古典文獻研究輯刊

六 編
曾 永 義 主編

第 11 冊

《納書楹曲譜》研究
——以《四夢全譜》訂譜作法爲核心(上)

林 佳 儀 著

國家圖書館出版品預行編目資料

《納書楹曲譜》研究——以《四夢全譜》訂譜作法為核心（上）
／林佳儀 著 — 初版 — 新北市：花木蘭文化出版社，2012〔
民 101〕
目 8+204 面；19×26 公分
（古典文學研究輯刊 六編；第 11 冊）
ISBN：978-986-254-955-1（精裝）
1. 曲譜 2. 樂曲分析 3. 比較研究
820.8 101014844

ISBN-978-986-254-955-1

9 789862 549551

古典文學研究輯刊
六 編 第十一冊 ISBN：978-986-254-955-1

《納書楹曲譜》研究
——以《四夢全譜》訂譜作法爲核心（上）

作　　者	林佳儀
主　　編	曾永義
總 編 輯	杜潔祥
出　　版	花木蘭文化出版社
發 行 所	花木蘭文化出版社
發 行 人	高小娟
聯絡地址	新北市永和區中正路五九五號七樓
	電話：02-2923-1455／傳眞：02-2923-1452
網　　址	http://www.huamulan.tw 信箱 sut81518@gmail.com
印　　刷	普羅文化出版廣告事業
初　　版	2012 年 9 月
定　　價	六編 18 冊（精裝）新台幣 30,000 元

《納書楹曲譜》研究
——以《四夢全譜》訂譜作法爲核心（上）

林佳儀　著

作者簡介

林佳儀，國立政治大學中國文學系博士（2009 年 7 月），現任國立新竹教育大學中國語文學系助理教授。研究方向為曲學、古典戲曲、崑曲、戲曲音樂。曾任國立傳統藝術中心委託之「戲曲曲譜檢索系統建置計畫」協同主持人；國立臺灣戲曲學院兼任講師、助理教授；國立政治大學兼任講師。博士論文《《納書楹曲譜》研究——以《四夢全譜》為核心》獲「99 學年度汪經昌教授优儷紀念基金——研究金」。其他發表之論文如：〈論張紫東家藏崑曲曲本的傳抄意義與文獻價值〉（《臺大中文學報》第 36 期，2012 年 3 月）、〈南、北曲交化下曲牌變遷之考察〉（《戲曲學報》第 4 期，2008 年 12 月）等

提　要

　　清乾隆年間蘇州曲家葉堂刊行的《納書楹曲譜》，為戲曲工尺譜之首，不僅在曲譜的發展脈絡中具有開創意義，且兼具選本性質，又為崑曲音樂作法集大成之作品，故筆者以其為研究對象，期對乾隆時期崑曲劇目的內容、訂譜作法的發展，及葉譜承先啟後的重要性，展開翔實且深刻的論述。

　　葉堂於乾隆 49 年（1784）至 60 年（1795）間陸續刊行的曲譜，包括初刻《西廂記譜》、《納書楹曲譜》（正續外補四集）、《四夢全譜》、重鐫《西廂記全譜》，皆為帶曲文、板眼及工尺，不帶科白的樂譜，一時風行，號稱「葉譜」，其內容豐富，計收 566 齣／套曲，且訂譜成就向受稱道，影響深遠。筆者於撰述時，首先梳理乾隆時期蘇州的崑曲活動、葉堂之志趣及交遊、葉譜的刊行及影響，以為全文論述之基礎；繼而開展兩個主要的關注面向：第二章為葉譜選錄的內容，第三、四章則為葉堂訂譜的作法；為集中焦點，乃選擇最具曲樂創作意義之《四夢全譜》為核心，討論葉堂如何為馳騁才情、不拘格律的湯顯祖《四夢》曲文訂譜，以見在曲律及曲樂發展上的重要意義。

　　就葉譜選錄的內容，筆者歸納其特色有三：（一）「散齣」與「全本」兼收。（二）「劇」與「曲」雙重觀照。（三）「流行」與「追憶」並存。而葉堂訂譜的作法，第三章先論「宛轉相就」之法，討論葉堂如何改調就詞，在譜曲時妥貼適應湯顯祖不盡合律的曲文。葉堂訂譜的特殊之處在於：追求文、律、樂之間的平衡，某些作法甚至遊走於合律邊緣，然若置入清前期曲律及曲樂發展的背景下考察，可見曲律鬆動之趨勢。第四章則比較諸譜《四夢》之曲腔，切入點有二：其一乃葉譜於相同牌調訂腔之比較；其二乃與其他曲譜之比較，凡此可見乾隆時期曲腔活潑變化之情形，並見葉堂集曲樂作法之大成。最後，藉由比較的結果，探討曲樂在「曲文字聲與曲腔旋律」、「曲牌行腔與固定曲調」方面的相關問題。

　　本文最後以「葉堂之曲樂觀點」、「葉譜之價值」綰結全文。就葉堂的觀點而言，重樂輕律，以盡度曲之妙；雅俗兼備，適度採錄時俗唱法、流傳劇目。就葉譜之價值而言，於刊行曲譜具有開創意義，為首度刊行之崑曲戲齣唱譜，兼有選本性質；且於曲樂發展具獨特貢獻，藉實際訂譜，彰顯「不合律即不可歌」之謬，並將訂譜的觀照對象，由單隻曲牌，擴展為套內諸曲，其所譜曲腔，促成《四夢》展演流傳，且安腔訂譜之法亦成為典範。

序

李殿魁

　　佳儀的博士論文要出版了，囑我寫幾句話，讓我躊躇了好幾天，難以下筆。因爲我是她的指導老師，十餘年來從碩士到博士，她很執著，一直在戲曲聲腔的曲牌方面，勤於搜羅分析、比較，從規整的北曲走向紛雜的南曲，最後落腳在清代的曲學大師葉懷庭的《納書楹曲譜》研究上。

　　近來研究戲曲的同仁們常說：做做戲曲發展，研究歷史、流派、變遷等外沿項目，容易動人，得到好評，稱爲「外學」；而留意於聲腔變化、曲牌格律、咬文嚼字，著意於一些小小零件，型態萬端，稱爲「內學」，而人多不屑一顧，因爲那不像學問。偏偏佳儀選了這個項目。

　　葉堂的《納書楹曲譜》，包羅甚廣，而佳儀做學問的態度，又非常細心，先就其時代背景、師承、交遊，仔細尋蒐，然後觀察樸學大盛的清代風尚。從《北西廂絃索譜》起到《九宮大成》、《納書楹》、《遏雲》、《六也》、《崑曲集淨》，到《集成》、《與眾》等戲曲聲腔曲譜的成熟完備，然後再集中焦點，深入透視探索葉堂如何譜《臨川四夢》，條分縷析，把清代曲譜學作了一次大整理。

　　自從五四以來，我們的音樂教育，全面倒向西洋，大學研究所也不見傳統中國音樂學，更罔談中國歌曲的創作法，一味地和聲、對位，大調小調，殊不知拼音語中子音母音的分佈，跟中國單音節四聲陰陽，開、齊、合、撮的邏輯是不一樣的！有人說音樂無國界，那是講聲響，歌唱必藉語言，我們都能分南腔北調，外國會統一「聲腔」嗎？德、法雷同嗎？

　　佳儀這本論文在中國歌唱音樂上，無疑作了重新疏理奠基，給中國傳統音樂學的研究，開闢了一條路，當然這並不是說研究葉堂的《四夢全譜》，就

是中國音樂的全部，就像魏良輔的《南詞引正》說：「曲有三絕：字清為一絕；腔純為二絕；板正為三絕。」所謂「字清」便是單音語言字音的種種條件，清濁、開合、聲調等，就像李笠翁說的學曲必先識字，不識字如何唱。「腔純」是指口法，各地方音，發聲收音不一，不可北口混南音；一般討論聲腔旋律，多在字音上，四聲的高低曲直等。但歌唱藝術，在美的要求上，聲隨意轉，時值相當重要，人常說音樂三大要素：「宮調、旋律、節奏」。魏氏所說「板正」，不是只在節拍準，板眼快慢而已，中國音樂的「板」，含有字詞時值的安排，語意強弱的長短輕重等，因而打譜時按律點板，歌唱時於骨幹音如何加花潤腔，如何騰挪作腔（點小眼），這些都是基本歌樂作曲的要件，但卻十分瑣碎。

劉彥和《文心雕龍・聲律篇》說：「音律所始，本於人聲者也。」自從南北朝起，中國的美文學無不講求聲律、平仄、對偶……；歌唱到兩宋，由雅轉俗，由文雅的詞一變而成為口語化的曲；一三二四年周德清的《中原音韻》提出平聲分陰陽，認為發天地不傳之祕，其實他旨在歌唱時，聲母清濁的不同、出口高低不同，曲家奉為圭臬；明朝范善臻序《中州全韻》，認為去聲亦可分陰陽，時間大約在一四八八或九八年間，更證明字的聲母清濁，影響出口的聲勢高低；到乾隆五十六年（1791）周昂的《新訂中州全韻》提出上聲可分陰陽，次年沈乘麐的《韻學驪珠》，又說明入聲亦可分陰陽，至此無論南北，其實四聲均有清濁，而歌唱聲調與音律婉協的道理才算完全清楚明白。因而大陸近年幾部大書，如各省《戲曲志》記錄方言戲曲的聲腔，必記其幾聲幾調、幾韻，原因即在記其聲腔。

佳儀在許多例證中，作了精密細微的分析，其理論方法，正是語言與歌唱如何同臻美善之要求，因此讀她每一條必需多加咀嚼，方知其味！

民國一百零一年七月七日抗戰七十五週年於傍南山居

目
次

書　影

圖 1 《西廂記譜》書名葉

乾隆甲辰仲冬新刻

東吴葉懷庭先生

西廂記譜

納書楹藏板

圖 2 《西廂記譜》卷端

西廂記譜卷之一

茂苑葉懷庭著

同學諸子校字

楔子

仙呂賞花時夫主京師祿命終子母孤孀途路窮因此上旅櫬在梵王宮盼不到博陵

圖 3 《納書楹曲譜》書名葉

乾隆壬子春鐫

納書楹正集曲譜

納書楹藏板

圖 4 《納書楹曲譜》卷端

納書楹曲譜正集卷一

長洲葉堂廣明訂譜

丹徒王文治禹卿參訂

稱慶

仙呂錦堂月畫錦堂簾幕風柔庭幃晝永朝來峭寒輕透親在高堂一喜又還一憂月上海棠惟願取百歲椿萱長似他三春花柳酌春酒看取

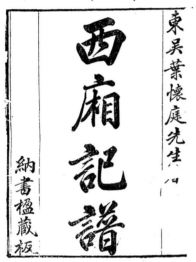

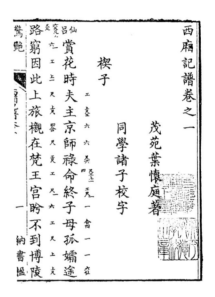

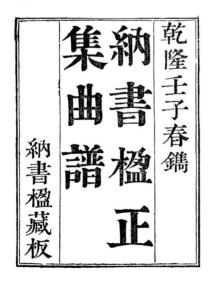

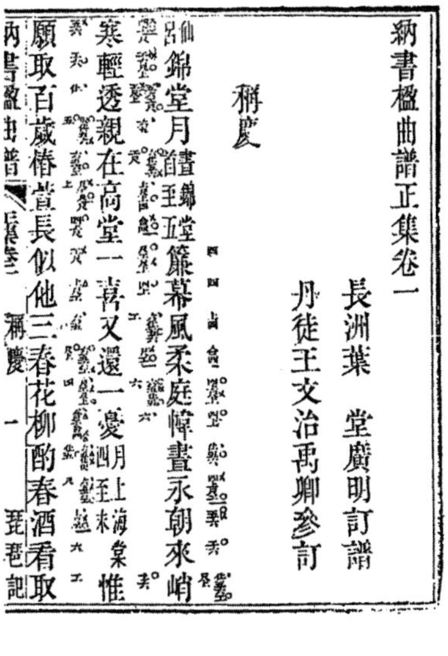

圖 5 《納書楹牡丹亭全譜》書名葉

乾隆壬子春鐫

牡丹亭全譜

納書楹藏板

圖 6 《納書楹牡丹亭全譜》卷端

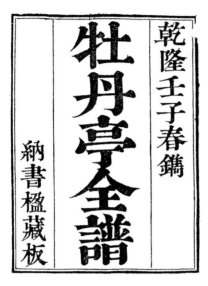

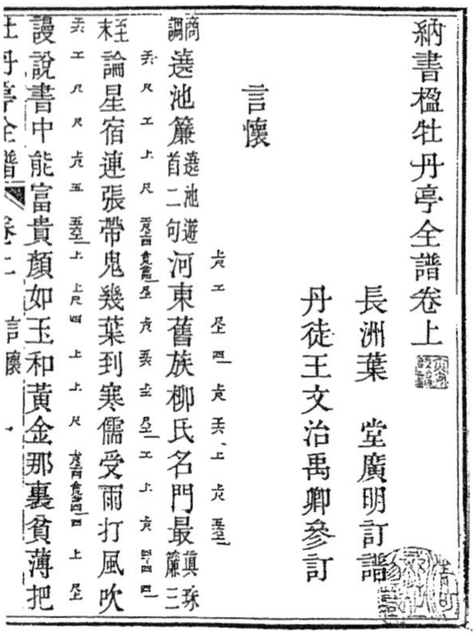
納書楹牡丹亭全譜卷上

長洲葉　堂廣明訂譜

丹徒王文治禹卿參訂

言懷

商調遶池遊首二句遶池遊河東舊族柳氏名門最

論星宿連張帶鬼幾葉到寒儒受雨打風吹

謾說書中能富貴顏如玉和黃金那裏貧薄把

牡丹亭全譜　卷上　言懷

圖 7 《納書楹西廂記全譜》書名葉

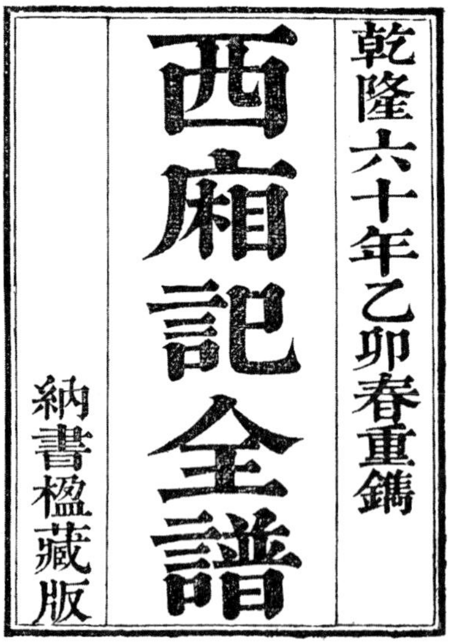
乾隆六十年乙卯春重鐫

西廂記全譜

納書楹藏版

圖 8 《納書楹西廂記全譜》卷端

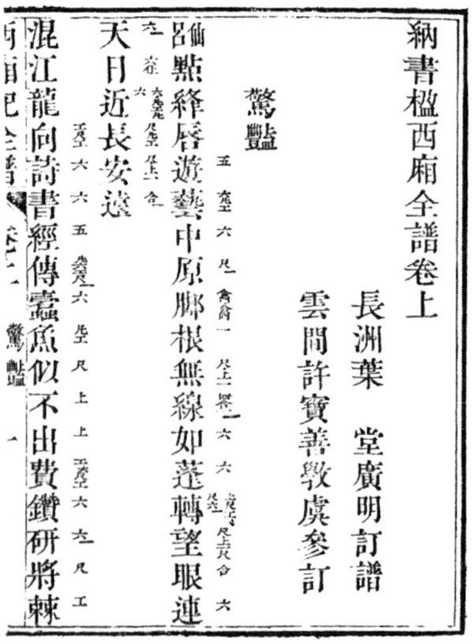
納書楹西廂全譜卷上

長洲葉　堂廣明訂譜

雲間許寶善敦虞參訂

驚豔

仙呂點絳唇遊藝中原腳根無線如蓬轉望眼連

天日近長安遠

混江龍向詩書經傳蠹魚似不出費鑽研將棘

西廂記全譜　卷上　驚豔

凡　例

一、本文題目爲「《納書楹曲譜》研究」，乃是以《納書楹曲譜》之名，涵蓋
　　清乾隆年間葉堂訂譜刊行的所有曲譜。但行文時，爲明確表達指稱或徵
　　引的對象，仍書寫原刊行名稱，唯於全本曲譜略去「納書楹」之名：
　　《西廂記譜》（初刻本）
　　《納書楹曲譜》（原刻本）
　　《四夢全譜》（單舉一部時，則稱《牡丹亭全譜》，其餘三部同）（原刻本）
　　《西廂記全譜》（重鑴本）
　　總稱葉堂訂譜時，則依清人慣例，稱「葉譜」。
二、本文所用葉譜版本如下，徵引時先說明卷數，再於文後標註頁碼：
　　《西廂記譜》的版本爲乾隆四十九年（1784）原刻本。
　　《納書楹曲譜》的版本爲乾隆五十七、五十九年（1792、1794）原刻本，
　　　　《善本戲曲叢刊》（臺北：臺灣學生書局，1987）第六輯影印出版。
　　《四夢全譜》的版本爲乾隆五十七年（1792）原刻本（按：《四夢全譜》
　　　　各齣頁數分別計算）。
　　《西廂記全譜》的版本爲乾隆六十年（1795）葉堂重鑴本，張世彬譯：《沈
　　　　遠北西廂絃索譜簡譜》（臺北：學藝出版社，1983）附錄影印出版。
三、本文經常引用之曲譜，徵引時先說明卷數，再於文後標註新編頁碼：
　　《舊編南九宮譜》、《增定南九宮譜》、《南詞新譜》、《九宮正始》、《九宮大
　　　　成譜》，爲《善本戲曲叢刊》（臺北：臺灣學生書局，1984、1987）第
　　　　三、第六輯影印出版本。
　　《南詞定律》，爲《續修四庫全書》（上海：上海古籍出版社，2002）第1751
　　　　～1753冊影印出版本。
　　《遏雲閣曲譜》，爲鉛印本，臺北：文光圖書有限公司，1965年影印出版。

四、本文若提及其他全本樂譜，爲免混淆，則書寫完整名稱，如：《吟香堂牡丹亭曲譜》。但第三章因《牡丹亭》相關曲譜有四種，且頻繁舉證，爲行文簡潔，均作簡稱：鈕少雅《格正還魂記詞調》，簡稱「鈕譜」；馮起鳳《吟香堂牡丹亭曲譜》，簡稱「馮譜」；葉堂《納書楹四夢全譜》，簡稱「葉譜」；劉世珩鑑定、吳梅正律、劉富樑正譜評注《雙忽雷閣彙訂還魂記曲譜》，簡稱「劉譜」。又第四章因主要討論對象爲《南詞定律》、《九宮大成譜》、《吟香堂牡丹亭曲譜》、《納書楹四夢全譜》、《遏雲閣曲譜》等五種，且屢見稱引，故以《定律》、《大成》、《遏雲閣》等簡稱示意。

五、本文徵引樂譜，未特別標示者，皆出自葉譜。除第四章第三節說明諸譜記譜之特色時，尚引用原工尺譜，餘爲行文及閱讀方便，皆將原譜直譯爲通行之簡譜示意。先將譯譜及分析原則說明如下：（1）爲求簡明，僅標正板，不標贈板，亦不記拍號。（2）所引用之樂譜，除《納書楹西廂記全譜》、《遏雲閣曲譜》、《集成曲譜》原已點定小眼，照樣譯出外，其餘未點中眼（僅《南詞定律》）及小眼者，概依原譜譯出，不自行安排節奏，亦不區分一板三眼曲或一板一眼曲。（3）分析譜例時，若涉及節拍究竟爲一板三眼或一板一眼，主要以曲腔的繁複與否作爲判斷依據，並參酌人物及劇情安排、後代板眼完整曲譜的運用慣例。（4）板眼之下大致據音符數量等分時值譯譜，但參酌唱法安排字音節奏之慣例。（5）將工尺譜字直譯爲音符，不作增潤處理。（6）因已將樂譜譯爲簡譜，故說明音符、音域等時，直接以唱名稱之，不再書寫原工尺譜字。

六、本文徵引曲文，斷句時亦標示句韻符號如下：「◎」表韻句；「。」表非韻句；「‧」表協韻與否皆可之句；「，」表讀斷處。

七、本文徵引劇作，若同時標明齣數及齣目，則合併書寫，如：《牡丹亭‧10驚夢》，表示《牡丹亭》第十齣〈驚夢〉（若已述及劇名，則作〈10驚夢〉）。

八、本文引用《綴白裘》的版本，除特別說明外，爲乾隆四十二年（1777）鴻文堂刻本，《善本戲曲叢刊》第五輯影印出版，徵引時先說明原編次，再於文後標註新編頁碼。

九、行文時，若提及「曲樂」，乃相對於曲文，泛稱曲體之音樂；若用「曲腔」，則指涉較爲明確，爲一曲小至字詞，大至腔句，甚至整隻曲牌之行腔。又所謂「音樂框架」，並不單指曲調旋律，而包括節奏、落腔在內，可見曲牌音樂的基本原則。

緒　論

　　戲曲的發展，除了劇目創作、表演精進、理論闡述等，聲腔、音樂的變化亦是關鍵，故筆者將研究重心放在結合文學與音樂的曲牌體，以南、北曲在崑曲之歌唱爲探討方向。前人研究曲牌，較著重於文學格律，筆者以〔清〕葉堂《納書楹曲譜》爲對象，試圖闡釋葉堂的譜曲成就，更關注曲牌在文學與音樂之間的調適，析論曲牌音樂如何安頓文學格律，尤其是傳唱不合格律曲文的應變之道，以及曲牌與其曲調之間靈活運用的情形，期能豐富曲牌研究的成果。

一、研究旨趣

　　曲牌體戲曲的發展，從宋元時期採里巷歌謠入戲唱詠，到明中晚期後多以格律嚴謹的牌調組織爲劇套，期間「曲譜」發展亦屬盛況，可視爲理解戲曲音樂的樞紐。根據編排方式及記錄內容，可將歷代曲譜分爲兩類：一爲依宮調錄入，以分別句韻、正襯、四聲爲主的「曲牌格律譜」（習稱「曲譜」）；一爲將所選戲齣，逐曲訂定板眼及行腔之「戲曲工尺譜」（習稱「宮譜」）。「曲牌格律譜」由輯錄牌調開始，發展爲訂定詳明格律，甚至註記工尺，略舉較具代表性者：〔註1〕北曲部分，從〔元〕周德清《中原音韻》輯錄調名及選入「定格」四十首、〔註2〕〔明〕朱權《太和正音譜》逐曲逐字訂定平仄、〔清〕李玉《北詞廣正譜》則以點板爲主，逐漸豐富；南曲首部輯錄牌調者爲〔明〕

〔註1〕爲求簡明，以下所述之曲譜不註相關出版資料，詳見文後參考書目。
〔註2〕均見於〈正語作詞起例〉：其中「定格」乃置於「作詞之法」之末。

蔣孝《舊編南九宮譜》，其後加註點板之格律譜如沈璟《增定南九宮曲譜》、徐于室、鈕少雅《九宮正始》、沈自晉《南詞新譜》、〔清〕張大復《寒山堂曲譜》等，至清康熙、乾隆年間，更有不註平仄而詳定板眼及工尺之呂士雄等《南詞定律》、周祥鈺等《九宮大成南北詞宮譜》，雖爲格律譜，實已兼具工尺譜之性質。而「戲曲工尺譜」的刊行較晚，其記錄內容雖以板眼、行腔爲主，亦發展出包括唸白、科介、鑼鼓者，最早刊行於乾隆晚期，繼葉堂初刻《西廂記譜》後，如馮起鳳《吟香堂曲譜》爲《牡丹亭》、《長生殿》兩劇之全譜，此外，尚有葉堂《納書楹曲譜》（正續外補四集）、同治年間王錫純《遏雲閣曲譜》等，皆爲戲曲選齣之樂譜；尤其《遏雲閣曲譜》〈自序〉言及：「變清宮爲戲宮」，〔註3〕並標註唸白、至〔民國〕王季烈《集成曲譜》等則又註記了重要的科介及鑼鼓。〔註4〕於是，曲譜發展的脈絡可圖示如下（曲譜例證詳見附錄一「曲譜發展脈絡示例」）：〔註5〕

圖9　曲譜發展脈絡圖

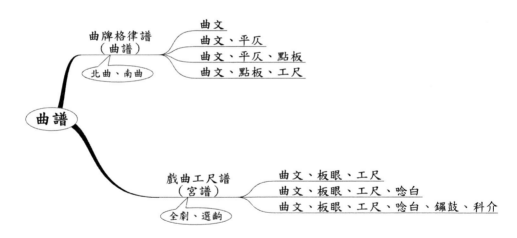

在此發展脈絡中，蘇州曲家葉堂《納書楹曲譜》實具開創意義，爲戲曲

〔註3〕見〔清〕王錫純：《遏雲閣曲譜》〈自序〉。
〔註4〕按，〔清〕琴隱翁編：《審音鑑古錄》，雖於所選散齣註記曲文、板眼、工尺、唸白，並有身段說明，因非以曲譜爲主，故僅附記於此。王秋桂主編：《善本戲曲叢刊》（臺北：臺灣學生書局，1987）第五輯，影印出版道光十四年（1834）補鐫刊本。
〔註5〕按，此處曲譜發展脈絡僅錄與南北曲崑唱關係密切者；又戲曲工尺譜著錄工尺的方式，雖有玉柱式、裘衣式、一炷香式等，因屬更細部的發展，爲免繁瑣，不再分述。

工尺譜之首，故筆者以其爲研究對象，包括乾隆四十九年（1784）至六十年（1795）間陸續刊行的初刻《西廂記譜》、《納書楹曲譜》（正續外補四集）、《四夢全譜》、重鐫《西廂記全譜》，皆爲帶曲文、板眼及工尺，不帶科白的樂譜，一時風行，號稱「葉譜」，〔註6〕其訂譜成就向受稱道，吳梅即認爲：「懷庭之譜，分別音律，至精至微。……欲求度曲之妙，舍葉譜將何所從乎？」〔註7〕其堪稱清代中後期戲曲工尺譜「最爲重要，也最有影響」〔註8〕者。

　　因此，環繞葉譜，〔註9〕可開展出一系列與崑曲及曲樂相關的問題，諸如：當曲譜的發展重心由「曲牌格律譜」轉至「戲曲工尺譜」，可視爲崑曲在曲牌文字「定律」之外，連唱腔都有「定板、定腔」，且因爲曲譜的刊行而有「定譜」，這代表崑曲音樂發展的極致？或是崑曲因爲有豐富的現成音樂可供擇取套用，而使發展新聲的腳步趨緩？

　　而葉譜向被視爲清唱宮譜，然而清唱與劇唱的曲牌音樂是否有明顯的差異？在王錫純《遏雲閣曲譜》「變清宮爲戲宮」之前，葉堂《納書楹曲譜》全然就是爲清唱而設，完全不考慮戲場演出的需求嗎？在《納書楹曲譜》〈凡例〉中有二條明確提及搬演家爲取便演唱而有「非實板」、「抽板」之處理方法（見頁10～11），葉堂訂譜時亦從之，甚至可見將曲牌開唱前的唸白譜上工尺，當據演出慣例而訂：《琵琶記・陳情》【歸朝歡】的首句，在元本《琵琶記》只有「冤家的，冤家的，苦苦見招。」但葉堂則是將曲前的「噯呀牛太師嗄！」（頁86）亦譜上工尺，當是方便與上曲連唱，至當代的《粟廬曲譜》〔註10〕亦是如此。王文治在《納書楹曲譜》〈序〉中，描述葉堂開始訂譜時，「有與俗伶不協者，或群起而議之。」但傳播既久「至今日翕然宗仰，如出一口。」（頁3）可見葉堂引領一時曲壇及劇壇度曲風潮。

〔註6〕 「葉譜」之稱可見於〔清〕楊恩壽：《詞餘叢話》，卷二：「長洲葉氏纂《納書楹》，徧取元、明以來院本，審定宮商，世所稱『葉譜』也。」收入中國戲曲研究院編：《中國古典戲曲論著集成》（九）（北京：中國戲劇出版社，1959），頁254。

〔註7〕 引自吳梅：《顧曲塵談・度曲》，見吳梅著，王衛民輯校：《吳梅戲曲論文集》（北京：中國戲劇出版社，1983），頁68。

〔註8〕 周維培：《曲譜研究》（南京：江蘇古籍出版社，1999），頁242。

〔註9〕 本文總稱葉堂訂譜諸作時，按清人慣例，逕稱「葉譜」；然若單指某部曲譜，則書寫曲譜簡稱。

〔註10〕 見俞振飛輯：《粟廬曲譜》，1953年於香港首度刊行，後有1991、1996中華民俗藝術基金會重印本；2007南京大學崑曲社重印本等。

　　除了從曲樂的角度觀照葉譜，可再從選取劇目的角度思考，尤其是《納書楹曲譜》收錄的散齣，更值得注意，葉堂在〈自序〉中言及：「自《琵琶記》以降，凡如干篇都爲一集，又徇世俗所通行者，廣爲二集。」（頁 6）〔註 11〕可見其輯錄的除名作外，尚多流行劇目的選齣，此部分可與略早刊行的舞台演出選本《綴白裘》互參，探討選齣之異同，開展葉譜在戲曲選本之重要性，並見其因從曲譜性質出發而呈現不同的選材思維。

　　因此，筆者擬全面探究葉譜，包括其選錄的內容與演出劇目的關連，於《四夢》訂譜的處理原則、安腔的具體作法，見其如何「宛轉相就」解決曲文與曲律的衝突，進而觀照曲牌「文」、「律」、「樂」之間的互動，及葉堂在訂譜過程中的創新，由此申論葉譜之價值及在曲樂發展的重要地位。

二、文獻回顧

　　爲集中焦點，此處將僅回顧與葉堂及葉譜整體相關之文獻，其餘與《四夢》合律與否、曲牌音樂相關之研究，則留待各章評述，以便與討論內容並觀。

　　葉堂的生平，遠不如其譜廣受注意，幸得鄧長風〈《吳中葉氏族譜》中的清代曲家史料及其他〉，有專節以「葉堂」爲題，〔註 12〕從族譜、方志、詩文集等，鉤稽葉堂家世背景、生平軼事、曲學活動等。前輩學者對葉堂及葉譜的研究，以陸萼庭觀照最廣，除於《崑曲演出史稿》有專節談清唱傳統下的「清曲家葉堂與鈕樹玉」外，〔註 13〕另有專文〈葉堂與蘇州劇壇〉，〔註 14〕除描繪當時的崑曲活動、葉堂的交遊、歸結葉堂刊印曲譜的心願等，並以「訂創兼重」來涵蓋葉堂對崑劇傳統宮譜的整理，並論及從《納書楹曲譜》的劇目，可見蘇州劇壇演出的消長。周維培《曲譜研究》，則是將葉譜放在戲曲工尺譜的脈絡中論述，綜說其在訂譜及輯錄劇目方面的成就。

〔註 11〕以下引用《納書楹曲譜》者，直接於文後標註《善本戲曲叢刊》影印出版之頁碼。

〔註 12〕見鄧長風：《明清戲曲家考略續編》（上海：上海古籍出版社，1997），頁 287～292。

〔註 13〕見陸萼庭：《崑劇演出史稿》「修訂本」（臺北：國家出版社，2002），第四章，頁 378～387。

〔註 14〕陸萼庭〈葉堂與蘇州劇壇〉，收入陸萼庭：《清代戲曲家叢考》（上海：學林出版社，1995），頁 245～258。

　　除了從文獻的角度開展對葉譜的論述，亦見以葉譜之音樂為探討對象者，如：林文俊《北雜劇曲牌：王西廂【雙調・新水令】套曲牌音樂研究》〔註15〕、黃慧玲《湯顯祖《四夢》中同名曲牌音樂之研究》，〔註16〕然其重點在擇取部分套式或曲牌進行音樂分析，故並深入葉堂訂譜之意義。林逢源〈北曲套式中的【煞】和【尾聲】——以《納書楹曲譜》參證〉，〔註17〕雖然重點在論北套收煞之曲的格式，然因取葉譜為參證，已涉及葉堂訂譜時，或有曲文剪裁得當更勝原本者，或有刪節曲文後與格律不合者，或有音階、板式與北曲慣例不盡一致者，雖著墨不多，然已深入訂譜之處理。李國俊〈《納書楹曲譜》「時劇」音樂試析〉，〔註18〕則注意到葉譜所收非屬崑腔音樂系統之「時劇」，分析其樂曲特色，有維持套式結構者，亦有循環運用曲牌者，有曲牌加滾者，更有不標曲名者，足見當時音樂形式的混雜多元。除了葉譜本身的研究，亦有將葉譜與同時的《吟香堂曲譜》、較晚的《遏雲閣曲譜》等相較者，如吳新雷在〈《牡丹亭》崑曲工尺譜全印本的探究〉、〈關於《長生殿》全本工尺譜的印行本〉，乃就同一劇目，取《吟香堂曲譜》、《納書楹曲譜》及其後的曲譜並觀，已略述及馮起鳳《吟香堂牡丹亭曲譜》、葉堂《納書楹牡丹亭全譜》的差異：「由於制譜者的理念不同，即使同一曲牌的主腔相同，但在細節處理上往往出現差異。以馮譜和葉譜相比，就可以看出馮譜近雅，葉譜近俗。」且強調「明清以來崑曲的訂譜工作並沒有鐵板一塊地訂死，在曲調旋律上還是有發展變化的。」〔註19〕吳氏於比較曲腔雖僅略示一二例，然兼具宏觀與微觀之視野，將葉譜置入曲樂發展的脈絡，探討各種曲譜之訂譜異同，並談及清工與戲工交流互補之相關情形。

〔註15〕林文俊：《北雜劇曲牌：王西廂【雙調・新水令】套曲牌音樂研究》（臺北：文化大學藝術所碩士論文，1994）。

〔註16〕黃慧玲：《湯顯祖《四夢》中同名曲牌音樂之研究》（臺北：文化大學藝術所碩士論文，1995）。

〔註17〕林逢源：〈北曲套式中的【煞】和【尾聲】——以《納書楹曲譜》參證〉，發表於世界崑曲與臺灣腳色——崑曲國際學術研討會，2005；後收入洪惟助主編：《名家論崑曲》（臺北：國家出版社，2010），頁925～958。

〔註18〕李國俊：〈《納書楹曲譜》「時劇」音樂試析〉，發表於世界崑曲與臺灣腳色——崑曲國際學術研討會，2005；後收入洪惟助主編：《名家論崑曲》（臺北：國家出版社，2010），頁885～906。

〔註19〕吳新雷：〈《牡丹亭》崑曲工尺譜全印本的探究〉，《戲劇研究》創刊號（2008.1），頁109～130，引文見頁115、125。吳新雷：〈關於《長生殿》全本工尺譜的印行本〉，《戲曲學報》第一期（2007.6），頁123～136。

三、研究取徑

　　本文首先於第一章梳理乾隆時期蘇州的崑曲活動、葉堂之志趣及交遊、葉譜的刊行及影響，以為全文論述之基礎；繼而開展兩個主要的關注面向，第二章為葉譜選錄的內容，第三、四章則為葉堂訂譜的作法，以下將分別說明切入視角及研究方法。

　　葉譜選錄的內容涵蓋甚廣，《西廂記譜》、《四夢全譜》是為全本名劇；《納書楹曲譜》則是選錄雜劇、戲文、傳奇等之散齣，並有少數散曲及時劇，僅此部分已有 351 齣／套。筆者從考訂整理葉譜散齣入手，翻查原著劇本，確認劇目題寫之相關情形，並註明折齣數，最後將所有散齣依劇本體製及創作先後，按劇目歸併製表為附錄三「葉譜選錄劇目及齣目一覽表」。面對琳瑯滿目的散齣，筆者觀照的是葉堂編選之考量，及與當時曲壇及劇壇的關連，故既與晚明選本收錄的散齣互為比較，見其流變；亦與稍早的舞台演出選本《綴白裘》、南北戲曲史料《揚州畫舫錄》、《消寒新詠》、《嘉慶丁巳、戊午觀劇日記》等並觀，見其與搬演劇目之同異；又與其後的戲曲工尺譜《遏雲閣曲譜》、《餘慶堂曲譜》、《集成曲譜》等相較，以見曲譜選錄重心的更迭。以上的論述，建立在詳細比較選本、曲譜等相關資料的基礎上，以期彰顯葉譜的選本特色。

　　關於葉堂訂譜的作法，由於葉譜卷帙繁多，為集中焦點，乃選擇最具曲樂創作意義之《四夢全譜》為核心。由於湯顯祖之《四夢》乃馳騁才情，不拘格律之作，故晚明以來，圍繞《四夢》，尤其是《牡丹亭》，遂有關於格律、聲腔、敘事、搬演等曲學及劇學方面的批評與改編，而葉堂之《四夢全譜》，則可謂從曲樂的視野，採用由曲牌摘句組成的集曲來「改調就詞」，既見「改詞就調」之點金成鐵，亦見「不合律即不可歌」之謬誤。

　　在說明研究架構之前，先就筆者對曲牌的理解及音樂分析的入手處稍作說明：本文論「曲牌」的概念，包括文學及音樂兩部分，曲牌的文學格式，鄭騫提出六項要目：「句數、字數、句式、調律、協韻、對偶」。〔註20〕先從韻文最重要的協韻談起，韻腳不僅為曲文中斷句及互為呼應之處，施諸韻腳的「煞聲」（又稱落腔、結音等）更是音樂框架的主要支柱，鄭西村《崑曲音樂與填詞》歸納韻腳在曲牌音樂的作用及重要性，強調：「歌詞的正韻韻腳與

〔註20〕見鄭騫〈論北曲之襯字與增字〉，收入鄭騫：《龍淵述學》（臺北：大安出版社，1992），頁 119。

曲調煞聲相結合，給整個律腔結構帶來穩定性和各個段落的停頓性。」〔註21〕此即所謂「起調畢曲」〔註22〕之理論，扼要而準確地說明曲牌文樂結合的基本作法。而一隻曲牌由文字到成為可歌之曲，需經由「點板」對曲文句式與內容詮釋來劃定節拍，再發展為音樂旋律，〔註23〕故筆者在分析曲牌時，並不單從曲文格式著眼，而是將節讀句韻與曲腔之板眼煞聲並觀。關於「點板」在曲牌的重要性，〔清〕徐大椿《樂府傳聲‧定板》曾言：「板之設，所以節字句，排腔調，齊人聲也。」〔註24〕乃強調以板位來安排字句節奏，布置曲調進行，作為歌唱準繩之作用。以下即以南【黃鐘】【滴溜子】、【雙聲子】為例說明，二曲皆以三字句開頭，然點板不同：

譜1　【滴溜子】－《牡丹亭‧圓駕》首三句〔註25〕

```
3 5 5 | 6 1 2 | 1 2 1 | 1 1  6 | 5 6 ‖
揚州路   揚州路   遭 兵    劫     奪
  。       。                      ◎
```

譜2　【雙聲子】－《牡丹亭‧圓駕》首三句

```
2 | 2 3 1 2 | 5 · 2  2 3 1 | 2 1 6 1 | 3 6  5 | 5 1  0 ‖
姻   緣 詫     姻    緣 詫    陰人 夢    黃 泉   下
       ◎            ◎               ◎
```

上例三字句的點板方式有兩類，【滴溜子】非韻句，點一頭板；【雙聲子】為韻句，點一腰板及一頭板。乍觀曲文，兩曲句法類似，然而，細查點板，

〔註21〕鄭西村：《崑曲音樂與填詞》（臺北：學海出版社，2000），乙稿，頁437。

〔註22〕可參考蔡楨：《詞源疏證》（臺北：學海出版社，1988），卷上「結聲正訛」，頁60。

〔註23〕可參考洛地：《詞樂曲唱》（北京：人民音樂出版社，1995），上編第二章「曲唱的節奏──板」。

〔註24〕其後尚有一段關於板位與曲調、板位固定與增損的相關論述，所談雖為北曲，但南曲之理同之，可以並觀：「蓋板殊則腔殊，腔殊則調殊，板一失，則宮調將不可考矣。惟過文轉接之間，板可略微增損，所以便歌也。至緊要之處，板不可少有移易，所以存調也。」見〔清〕徐大椿《樂府傳聲‧定板》，收入《中國古典戲曲論著集成》（七），頁181～182。

〔註25〕《牡丹亭‧圓駕》【滴溜子】、【雙聲子】，見《納書楹牡丹亭全譜》，卷下，頁3、5。

因押韻的疏密不同，板位的設置因而有異，曲調遂可判然兩分。故下文在分析曲牌音樂時，將注意其點板的位置，觀察板位是否變化，甚至眼位隨之挪移，以為腔句框架之重要依據。因此，本文在分析曲腔時，首先觀察由句韻節讀、煞聲及點板構成的音樂框架，至於旋律進行，由於牽涉煞聲高低、字聲〔註 26〕表現及牌調的特殊安排等，往往難以固定，故不採逐句對比的方式來論其同異，而多注意其旋律的音區變化及上下行趨勢。

最後，說明本書如何架構葉堂訂譜作法的研究，此處乃以《四夢全譜》為核心，故首先討論葉堂宛轉相就《四夢》曲文之原則及作法，由於其中最重要且能突破曲牌規範者，乃為「集曲」，故先行討論集曲摘句相連的種種作法及其特質；繼而整理葉堂為《四夢》曲牌正名及重訂等作法，附及鈕少雅《格正還魂記詞調》、馮起鳳《吟香堂牡丹亭曲譜》、劉世珩《雙忽雷閣彙訂還魂記曲譜》之處理，除分類評述外，又製表為附錄四「《四夢全譜》宛轉相就一覽表」；續為評議各家處理方法之差異，突出葉堂在改訂時追求文、律、樂之間平衡的特殊性，並與清前期曲律及曲樂發展的脈絡互為參看。在確立葉堂訂譜之原則後，進而討論葉譜實際的曲腔作法，首先取相同曲牌參照，以見其音樂創作靈活適應不同曲情的一面；其次，由於好奇葉譜作法是否確較他譜出色？是否有所傳承或另行開展？故從諸譜比較論其曲腔之異同；再則鑑於葉譜之成就應置入曲樂演化的背景方能見其重要性，遂綜論曲牌與曲調之間的關係，包括是否依字行腔？同一曲牌是否有共同的曲調？並以葉譜積累的曲腔譜法縮結全文，期在彰顯葉譜的成就及貢獻外，亦有助於崑曲音樂的研究與創作。

〔註 26〕關於「依字行腔」的相關討論，詳見第四章第三節。

第一章　葉堂其人與葉譜刊行

　　葉堂對崑曲的迷戀及其《納書楹曲譜》等三種（以下總稱葉譜）的編定、刊行，實可說皆是在蘇州的崑曲氛圍中浸潤而成，故本章即以葉譜爲核心，先探討乾隆時期蘇州與崑曲相關的演劇、創作、出版等活動，繼論曲家葉堂生平交遊、於俗唱的關注及葉派唱口的遞續，末論葉譜的刊行、體例、編排及影響，逐步開展本書對葉譜的研究。

第一節　乾隆時期蘇州的崑曲活動

　　曲家葉堂爲江蘇省蘇州府長洲縣人，其生卒年難以確考，但主要活動時間在清乾隆時期，本節即以葉堂所處的時空背景——乾隆時期的蘇州，勾勒當時崑曲流行傳唱的概況。

　　明清時期的蘇州府，行政區劃雖有不同，但範圍相近，以乾隆時而言，包括府城、附郭吳、元和、長洲三縣，及所轄崑山、新陽、常熟、昭文、吳江、震澤諸縣，另有雍正二年（1724）升爲直隸州的太倉州。〔註1〕蘇州自明初崑山腔發展以來，有太倉魏良輔創發水磨調、崑山梁辰魚創作《浣紗記》、萬曆年間「四方歌曲必宗吳門」〔註2〕、家班興盛……，崑曲活動蔚爲大觀。

〔註 1〕據《清史稿》，卷五十八，志三十三，地理五：江蘇。見趙爾巽、柯紹忞等：《清史稿》（臺北：洪氏出版社，1981），第 4 冊，頁 1992～1997。

〔註 2〕見明末長洲人徐樹丕：《識小錄》（佛蘭艸堂鈔本），卷四，〈梁姬傳〉，收入《筆記小說大觀》（臺北：新興書局，1985），四十編第 3 冊，頁 661～662。陸萼庭：《崑劇演出史稿「修訂本」》（臺北：國家出版社，2002），第二章以此爲標題，概括崑劇在明代萬曆年間的興盛，見頁 71。

乾隆時期的蘇州，唱曲、堂名、看戲，仍是常民生活的一部份；戲班、演員甚夥，厚植表演藝術；劇本創作雖少，但選本、曲韻、曲論、曲譜的刊行，則反映蘇州在崑曲流行之際，在作品傳播及音韻曲腔方面的關注。

一、唱曲、堂名與看戲

（一）鬥曲徵歌

蘇州人於良辰佳日、市會遊賞的唱曲之地，據〔清〕顧祿《桐橋倚棹錄》所記，有「水映庵」、「鳳凰臺」兩處：

> 水映庵：……為郡人習清唱之地。曩逢市會，遊人咸艤舟睹酒徵歌
> 于是。今此風亦稍替矣。〔註3〕

> 鳳凰臺：在野芳濱北。相傳葉廣明著《納書楹曲譜》時，試曲於此。
> 岸有兩青石，鑿鳳凰形，為停舟試曲之地，名曰「鳳凰臺」。歲凡春
> 秋佳日，溉墅關曲友與郡人，各雇沙飛船，張燈設宴，睹曲徵歌。
> 技之劣者，不敢與也。〔註4〕

當時的蘇州人，或至水映庵習曲，或者每逢市集，舟次水岸，歡聚暢飲之餘，歌曲遣興。身懷佳技者，更於鳳凰臺畔鬥曲爭勝，一曲清歌悠遠，呼吸口法皆有講究，四下嘆服，或許正是葉堂於此擊節度曲。

蘇州最熱鬧的唱曲活動，首推中秋夜在虎丘千人石的曲會，晚明袁宏道〈虎丘〉、〔註5〕張岱〈虎丘中秋夜〉，〔註6〕描繪當夜傾城雲集虎丘，在打十番漸歇之後，齊唱《浣紗記》中同場曲；繼而眾人鬥曲；及至深夜，一夫登場，不借簫板之力，每度一字，近乎一刻，聽者屏息凝神。此風俗至乾隆年間猶未消歇，袁景瀾在《吳郡歲華紀麗》尚有〈千人石聽歌〉一則，節慶的狂歡氣氛依舊，急管繁絃、聲歌入耳，但唱曲的盛況已不若晚明：

〔註3〕　〔清〕顧祿，生活於嘉慶、道光年間，蘇州府吳縣人。《桐橋倚棹錄》記蘇州
　　　　虎丘一帶山水、工藝等，清道光二十二年（1842）刊行。見〔清〕顧祿撰、
　　　　王湜華校點：《桐橋倚棹錄》（上海：上海古籍出版社，1980），卷三，「水映
　　　　庵」條，頁38。

〔註4〕　〔清〕顧祿：《桐橋倚棹錄》，卷九，「鳳凰臺」條，頁138。

〔註5〕　見〔明〕袁宏道著，錢伯城箋校：《袁宏道集箋校》（上海：上海古籍出版社，
　　　　1981），卷四，《錦帆集》之二，萬曆二十四年（1596）至二十五年（1597），
　　　　頁157～159。

〔註6〕　〔明〕張岱撰：《陶庵夢憶》（臺北：臺灣開明書店，1978重四版），卷五，頁
　　　　69～70。

> 中秋之夕，共遊虎丘，千人石聽歌，樽罍雲集，士女雜遝。郡志稱
> 虎阜聲歌徹夜，作盛會。各據勝地，延名優清客，打十番爭勝負。
> 十二三日始，十五日止。邵長蘅〈冶遊詩〉有：「中秋千人石，聽歌
> 細如髮」之句，蓋其俗由來久矣。

後附袁景瀾〈虎丘玩月歌〉，其中有「士女傾城出夜遊，千人石畔賭清謳。……
十番笙管雜箏琶，盛會名山誇獨占。白雪陽春和漸稀，鶯喉嚦嚦貫珠璣。」
〔註7〕可知虎丘在中秋鬥曲的傳統尚在，歌聲流麗仍是月夜佳景，但已難覓
眾人同聲相和，打十番鼓才是矚目的焦點。

（二）堂名清唱

　　「堂名」是清代盛行於江南地區，以「坐唱」方式唱奏崑曲，兼打十番鑼
鼓等的職業班社，通常八人為一班，每人兼能唱曲及奏樂，在婚喪喜慶等場合
表演時，圍坐於八仙桌或樂輿內，腳色、曲、白、鑼鼓俱全，只是不裝扮登台。
〔註8〕清乾隆年間蘇州劇作家沈起鳳《文星榜‧9戲洩》中有堂名「碧霄堂」至
趙家做慶壽道場，當儀式完畢，正要「軒檯子唱兩套」，因王師太臨時無法唱，
缺少一名唱闊口的，夜裡急忙去請焦道士相助的情節。堂名演奏往往見於生命
禮儀或喜慶場合，為常民生活的一部份，曲韻悠揚，是蘇州人慣常參與的崑曲
活動。由沈起鳳寫「碧霄堂」，可見堂名中各人分任不同腳色，有小口、闊口之
別；而做堂名是「賺銅錢，生意交關」，為營業性質；且道士可兼做堂名，故焦
道士唱【大迓鼓】道：「生涯直恁多，才完法事，又聘清歌。」〔註9〕

（三）戲館觀劇

　　蘇州人看戲，除了迎神賽會、歲時節令，諸如春臺戲、青龍戲〔註10〕等

〔註7〕　〔清〕袁景瀾，又名學瀾，生於嘉慶年間，同治年間尚健在。《吳郡歲華紀麗》
　　　　依照月份，記錄吳地歲時節令等，並徵引大量相關詩文作品，創作時間不詳，
　　　　當時僅有鈔本流傳。見〔清〕袁景瀾撰，甘蘭經、吳琴校點：《吳郡歲華紀麗》
　　　　（南京：江蘇古籍出版社，1998），卷八「八月」，頁256～258。

〔註8〕　關於「堂名」，可參考王廷信：《崑曲與民俗文化》（瀋陽：春風文藝出版社，
　　　　2005），「曲社堂名」一節，見頁187～189。

〔註9〕　〔清〕沈起鳳《文星榜》，收入吳梅：《奢摩他室曲叢》（上海：涵芬樓，1928），
　　　　第一集第9～10冊，影印古香林原刻本，「堂名」相關內容見第9冊，頁40
　　　　～42。

〔註10〕　「春臺戲」為春季時居民醵金在空曠之地搭臺演戲。「青龍戲」為戲班在竹醉
　　　　日（5月13日）歇夏散班之後，在中元節前後圍班，祀神演劇。見〔清〕袁
　　　　景瀾撰，甘蘭經、吳琴校點：《吳郡歲華紀麗》，卷三「三月」、卷七「七月」，

時節，在廣場、廟臺、野臺、戲船等地點，雍正年間，蘇州郭園在江南首開正式的演劇場所——戲館，〔註11〕販售酒食宴客，兼營演戲，至乾隆年間，已戲館林立，終日演劇，據乾隆《長洲縣志》卷十一〈風俗〉記錄：「蘇城戲園，向所未有。間或有之，不過商家會館藉以宴客耳。今不論城內城外，遍開戲園，集遊惰之民，晝夜不絕，男女混雜。」〔註12〕戲館除濃厚的飲宴逸樂風氣，亦是重要的謀生之所，據顧公燮《消夏閑記摘鈔》卷上〈撫藩禁燒香演劇〉所載：「胡公文伯為蘇藩，禁閉戲館，怨聲載路。其間金閶商賈雲集，宴會無時，戲館數十處，每日演劇，養活小民不下數萬人。」〔註13〕主人在戲館宴客，並以戲劇演出侑觴，固然頗似堂會性質，但戲館演劇為開放的，宴會主人、戲館經營者不避群眾圍觀，據顧祿《清嘉錄》卷七〈青龍戲〉所記，此類在圍欄之外，免費觀賞戲館演出，稱為「看閑戲」。〔註14〕館中所演率多崑曲，頻繁且便於觀覽的演出，使居民在穿梭行路之餘，不時一陣笛聲入耳，或被劇情吸引而駐足，崑曲就如此濡染著尋常百姓的生活。

二、戲班與演員

（一）家樂與戲班

晚明以來，蘇州文人仕紳多有備辦家樂戲班演出崑曲者，如：明萬曆二十二年（1594），太倉王錫爵在致仕後成立家樂、清順治十三年（1656），尤

頁74、241～242。

〔註11〕據〔清〕顧公燮：《消夏閑記摘鈔》，卷下〈郭園始創戲館〉：「蘇郡向年款神宴客，每於虎邱山塘，捲梢大船頭上演戲。……種種周章，殊多未便。至雍正年間，郭園始創開戲館，既而增至一二館，人皆稱便。由是捲梢船歇矣，今僅存一隻，而戲館不下二十餘處。」《消夏閑記》的確切創作時間不詳，但據卷末孫毓修跋語：「書作於乾隆季年，正吳門盛極之時。」收入《叢書集成續編》（上海：上海書店，1994），第96冊，子部，顧公燮：《消夏閑記摘鈔》，卷下，引文見頁738，跋見頁742。

〔註12〕〔清〕李光祚修、顧詒祿等纂：《長洲縣志》，清乾隆十八年（1753）刊行，收入《中國地方志集成》（南京：江蘇古籍出版社，1991），江蘇府縣志輯，第13冊，見卷十一，頁94。

〔註13〕見〔清〕顧公燮：《消夏閑記摘鈔》，卷上，收入《叢書集成續編》，第96冊，子部，頁706。

〔註14〕「蓋金閶戲園，不下十餘處，居人有宴會，皆入戲園，為待客之便，擊牲烹鮮，賓朋滿座。闌外觀者亦累足駢肩，俗目之為『看閑戲』。」按，〔清〕顧祿：《清嘉錄》，記吳中歲時風俗，道光十年（1830）刊行。見〔清〕顧祿撰、王邁校點：《清嘉錄》（南京：江蘇古籍出版社，1999），卷七，頁154。

侗置辦家樂娛親，曾演出其新作《鈞天樂》。但至清中葉，雍正二年（1724）有「禁外官畜養優伶」的諭令，乾隆三十四年（1769）重申「嚴禁官員畜養歌童」，〔註15〕乾隆時蘇州一地，不但官員家樂戲班寥寥，可考的家樂主人，據劉水云「明清家樂情況簡表」，僅有鎮洋畢沅、崑山徐柱臣。〔註16〕畢沅的家樂隨其赴任各省，徐柱臣的家樂記載甚少，故此時蘇州的家樂，遠不如同時期揚州鹽商洪充實的大洪班、江春的德音班等家樂戲班之盛。〔註17〕

　　此時期蘇州職業戲班可考的，除雍正、乾隆間蘇州織造海保官辦的「織造府班」，為承應而設；〔註18〕其他民間崑班先後有數十部之多，據乾隆四十五～五十六年（1780～1791）蘇州老郎廟梨園總局設立之「歷年捐款花名碑」所記，列名的崑曲藝人有300多人，各地職業崑班有62部，其中蘇州有46部，〔註19〕惜上述戲班活動已難稽考；此外又有「合秀班」、「蓮喜班」、「松秀班」等，散見於筆記之中。〔註20〕乾隆晚期之後，蘇州，甚至江南，頗富令譽的戲班，是為「集成班」，後改名「集秀班」，此為乾隆四十九年（1784）高宗第六次南巡時，金德輝集蘇州、揚州、杭州等地演員、樂師而成，自署「正旦色吳縣某」，

〔註15〕見王利器輯：《元明清三代禁毀小說戲曲史料》（增訂本）（上海：上海古籍出版社，1981），第一編「中央法令」，頁31～32、46～47。另，雍正禁令尚可見於漢文《起居注》雍正二年十二月十八日，見丁汝芹：《清代內廷演戲史話》（北京：紫禁城出版社，1999），頁137。

〔註16〕見劉水云：《明清家樂研究》（上海：上海古籍出版社，2005），附錄二「明清家樂情況簡表」，頁688～692。按，表中原將蘇州織造海保亦列為家樂主人，唯織造府班屬官辦性質，故此處不予列入。

〔註17〕揚州鹽商家樂，可見〔清〕李斗撰，汪北平、涂雨公點校：《揚州畫舫錄》（北京：中華書局，1960），卷五〈新城北錄〉下，頁107～136；卷十一〈虹橋錄〉下，頁254～255。按，李斗（1749～1817）（生卒年據陸萼庭：《清代戲曲家叢考》（上海：學林出版社，1995），〈曲家小紀·李斗〉，頁224～226），江蘇儀徵人，世居揚州府城，其代表作《揚州畫舫錄》，依照地域記述揚州風土、人物、生活等，乾隆六十年（1795）刊行。

〔註18〕「織造府班」，可見〔清〕李斗：《揚州畫舫錄》，卷五，第32條，頁126、卷十一，第11條，頁255；另可參考吳新雷〈蘇州崑班考〉「織造府部堂海府內班」，收入吳新雷：《吳新雷崑曲論集》（臺北：國家出版社，2009），頁115～116。

〔註19〕關於此碑的詳情及統計數字，可見吳新雷主編：《中國崑劇大辭典》（南京：南京大學出版社，2002），「老郎廟歷年捐款花名碑」條（顧聆森、吳新雷撰稿）、「蘇州老郎廟刻題名中四十六個崑班」條（吳新雷撰稿），頁34～35、217～218。

〔註20〕「合秀班」見錢泳《履園叢話》；「蓮喜班」、「松秀班」見清涼道人《聽雨軒筆記》，詳吳新雷〈蘇州崑班考〉，收入吳新雷：《吳新雷崑曲論集》，頁117。

接駕演出，龍顏大悅，迎鑾後續以「集成班」之名活動，何時更名「集秀班」已無考，歷時 43 年，約於道光七年（1827）方散班。〔註21〕

（二）演員競奏

當時蘇州演員的技藝，所知甚少，僅能從沈起鳳《諧鐸》卷十二〈南部〉窺見一斑：

> 吳中樂部，色藝兼優者，若肥張、瘦許，豔絕當時。後起之秀，目不見前輩典型，挾其片長，亦足傾動四座。如：金德輝之〈尋夢〉，孫柏齡之〈別祠〉，彷彿江彩蘋樓東獨步，冷淡處別饒一種哀豔。朱曉春之〈嘆月〉，馬奇玉之〈題曲〉，正如孟德曜練裳椎髻，不失大家風範。張聯芳之〈思凡〉，曹遠亭之〈佳期〉，又似孫荊玉舉止放誕，而反腰貼地，要是天然態度。王阿長之〈埋玉〉，周二官之〈劈棺〉，如徐月華臨青陽門彈箜篌，一時聲情俱裂。戴雲從之〈偷棋〉，沈人瑞之〈盜令〉，未免稍逸範圍，卻似趙飛燕跋扈昭陽，而掌中一舞，頗能竄易耳目。至如張修來〈思春〉一出，雖秋娘老去，猶似十三四女郎堂上簸錢光景。一兒歌場，得此數人提倡，稍可維持菊部。
>
> 自西蜀韋〔魏〕三兒來吳，淫聲妖態，闌入歌台。亂彈部靡然效之，而崑班子弟，亦有倍師而學者，以至漸染骨髓。幾如康崑崙學琵琶，本領既雜，兼帶邪聲，必十年不近樂器，然後可教。〔註22〕

〔註21〕「集成班」組班詳見龔自珍〈書金伶〉：「乾隆甲辰（1784），上六旬，……駕既行，部不復析，而寵其名曰『集成班』，復更名『集秀班』。」原刊於龔自珍《定盫續集》，後收入〔清〕龔自珍：《龔自珍全集》（上海：上海人民出版社，1975），第二輯，頁 181。
此「集秀班」一般稱爲「新集秀班」，以與乾隆四十六年蘇州老郎廟「歷年捐款花名碑」之集秀班（可稱「老集秀班」）區隔。
「集秀班」散班可見〔清〕張亨甫（韋胥大夫）《金臺殘淚記》，道光八年（1828）成書，卷二「閱《燕蘭小譜》諸詩，有慨於近事者，綴以絕句」第 34 首後夾注：「去年五月、九月，兩過蘇州。客招顧曲，問集秀部，於春夏之交散矣。」可知集秀班於道光七年（1827）散班。收入張次溪編纂：《清代燕都梨園史料》（北京：中國戲劇出版社，1988），頁 243。

〔註22〕〔清〕沈起鳳（1741～1802），除撰有小說《諧鐸》外，亦有戲曲創作，詳後。生平活動可參考〈沈起鳳年表〉，見陸萼庭：《清代戲曲家叢考》，頁 153～161。《諧鐸》爲文言筆記小說，刊行於乾隆五十七年（1792），〈南部〉一篇記吳中樂部，當因相對於偏北的揚州，故稱「南部」，文中所述〈嘆月〉、〈偷棋〉二齣，出處及劇情不詳。見沈起鳳：《諧鐸》，收入《古本小說集成》（上海：上海古籍出版社，1990），頁 463～465。

以上所列，全爲旦行，爲首者是集秀班的金德輝，《牡丹亭・尋夢》爲其代表作，沈起鳳盛讚其「冷淡哀豔」之態，李斗在《揚州畫舫錄》中，則稱其「如春蠶欲死」，〔註23〕可見其既婉轉纏綿，又富美豔的舞台丰姿。上述劇目，各見不同的表演重點，如：《療妒羹・題曲》的小青，孤寂中要不失閨秀風度；《思凡》、《南西廂・佳期》，觀其活潑天眞，俏皮靈動；《長生殿・埋玉》、《蝴蝶夢・劈棺》，著重在巨變當下，聲情激越。雖然沈起鳳言談之間，並未如《揚州畫舫錄》往往述及家門腳色的表演特點，但從其細膩的鑑賞，得以想見腳色家門的技藝趨於專精，演員盡心塑造人物，展現出成熟厚實的表演氣度。而色藝雙絕的演員既不可求，品評則重藝輕色，故中年演員登場扮飾思春幽懷，欣賞的是其少女情態，而非容貌。乾隆時期，雅部、花部在舞台上各擅勝場，蘊涵崑曲傳統的蘇州，在風靡京城的秦腔名伶魏長生南下，經揚州再至蘇州之際（約在乾隆五十三年（1788）或略晚），〔註24〕花部伶人爭相仿效之外，連崑曲子弟亦有私下學藝者，或可成爲崑亂不擋之才，但在講究崑曲聲口法度的評論者眼中，則將其視爲駁雜，甚至需間隔十年才宜再學崑曲。

乾隆時期，蘇州的唱曲傳統及演出活動固然熱鬧頻繁，但一時風光，則北移至長江及大運河交匯處，漕運繁忙、鹽商集中的揚州，陸萼庭論曰：「清代乾隆年間崑劇藝術發展的特點：崑劇活動中心從蘇州逐漸過江轉移到了揚州，揚州劇壇掀起了持續約半個世紀之久的崑劇演出高潮。」〔註25〕從李斗的《揚州畫舫錄》可知，自鹽商徐尙志徵集蘇州演員組成老徐班起，諸多蘇州籍的演員、樂師、清客至揚州發展，且名重一時，如：工小旦的「無雙唱口」吳福田、工小生的陳雲九，九十歲登台依舊「風流橫逸」。樂師有長於鼓板，鼓聲脆亮的朱念一、擅彈弦子，被稱爲「曲海」的唐九州。清曲家則有擅唱生旦曲，被譽爲「小喉嚨最佳」的張九思，其三絃亦爲第一手。清曲家登台演出稱爲串客，原本蘇州由串客組成的串班，如蘇州織造海府串班、石塔頭串班，有數人至揚州發展，最著名者爲原任老徐班副末，後爲德音班總

〔註23〕〔清〕李斗：《揚州畫舫錄》，卷五，第38條，頁128。

〔註24〕魏長生至揚州的時間，據趙翼在嘉慶年間撰著的《簷曝雜記》，卷二「梨園色藝」條：「歲戊申（乾隆五十三年，1788），余至揚州，魏三者忽在江鶴亭家。」見〔清〕趙翼撰、姚元之點校：《簷曝雜記》（北京：中華書局，1982），卷二，頁37～38。《揚州畫舫錄》亦有「四川魏三兒，字長生。年四十來郡城投江鶴亭，演戲一齣，贈以千金。」見〔清〕李斗：《揚州畫舫錄》，卷五，第50條，頁132。

〔註25〕陸萼庭〈江春與揚州劇壇〉，見陸萼庭：《清代戲曲家叢考》，頁231。

管的余維琛，能解宮譜，慷慨任俠。〔註26〕此外，雍正末年至乾隆前期活躍的「維揚廣德太平班」，雖在揚州，但亦捐資共襄蘇州老郎廟重修，戲班成員更是來自蘇州府，據《太平班雜劇》開列的腳色清單，無論教習、演員、場面，均分屬府治所在的吳縣、元和縣、長洲縣。〔註27〕

三、創作與選本

（一）劇本創作

蘇州一地，劇本創作最活躍的時期，爲明末清初，以李玉、朱素臣爲代表的一群作家，雖然學界對蘇州派的成員仍有不同的看法，亦難勾勒明確的理論主張，但劇作主題切合社會現實，各種身份的人物輪番出現，且適合舞台演出等特點，則多所論及。劇作家的新奇之作不斷在歌場傳唱，也促成了崑曲演出的一頁榮景，至今李玉《占花魁》、朱素臣《十五貫》中仍有數齣搬演不輟。但至乾隆年間，蓬勃的創作已不可得，蘇州劇作家可舉石琰、徐爔、沈起鳳、瞿頡、石韞玉爲代表。〔註28〕

石琰，生卒年不詳，〔註29〕字紫佩，號恂齋，活動於乾隆年間，蘇州府吳縣人。其劇作傳世的有《天燈記》、《忠烈記》、《酒家傭》、《錦香亭》、《兩度梅》等五種傳奇，前四種有乾隆年間清素堂刊本，合稱《石恂齋傳奇四種》，《兩度梅》則僅有鈔本。〔註30〕石琰的作品，據張鵬的〈序〉：「偶成一劇，

〔註26〕以上戲班、演員、樂師及清曲家，俱見〔清〕李斗：《揚州畫舫錄》：老徐班，見卷五，第1條，頁107。吳福田，見卷五，第25、28條，頁124、125。陳雲九，見卷五，第20條，頁122。朱念一、唐九州，見卷五，第42條，頁129。張九思，見卷十一，第11條，頁254。余維琛，見卷五，第18、34條，頁122、127。

〔註27〕見周育德：〈揚州太平班和迎鑾戲〉，《戲曲研究》第9輯（北京：文化藝術出版社，1983.3），頁281～290；後收入周育德：《周育德戲曲論集》（臺北：國家出版社，2008），頁232～244。

〔註28〕蘇州的其他劇作家，可見丘慧瑩：《乾隆時期戲曲活動研究》（臺北：文津出版社，2000），第一章第二節「從劇作家籍貫看乾隆朝戲曲活動」，頁31～33。上舉五位作家，參考周妙中：《清代戲曲史》（開封：中州古籍出版社，1987）所選，但瞿頡、石韞玉兩位原列於「嘉慶以後」者，因於乾隆年間亦有活動，一併列入。

〔註29〕周妙中訂爲康熙三十九年（1700）至乾隆四十五年（1780）左右。見周妙中：〈歷代曲家年里字號室名綜表〉，刊於《曲苑》第一輯（南京：江蘇古籍出版社，1984），頁311。

〔註30〕〔清〕姚燮《今樂考證》著錄石琰作品四種，爲《天燈記》、《酒家傭》、《錦

授諸梨園，按紅牙以歌之，觀者如堵牆，不脛而走，風行四國，由是所著之本最多，綜其生平，不下二十種，今擇其尤者五本，將付剞劂，問序於余。」〔註31〕石琰勤於創作，且適於搬演，曲折豐富的情節內容，使劇作每一登場，往往蔚爲流行。

　　徐爔，生於雍正十年（1732），卒於嘉慶十二年（1807），字鼎和，號榆村，別署種緣子、鏡緣子，蘇州府吳江縣人。其父爲以醫術及《樂府傳聲》聞名的徐大椿。徐爔亦行醫，〔註32〕傳世劇作有傳奇《鏡光緣》、雜劇《寫心雜劇》，另《雙環記》、《聯芳樓》僅存其目。〔註33〕《鏡光緣》有乾隆四十三年（1778）夢生堂刊本。徐爔以詞曲寄寓心志，觀其〈凡例〉可知：「傳奇十六齣，比諸小傳一篇，紀其始末，故字字實情實事，不加裝飾。……此本原繫案頭劇，非登場劇也。只視其事之磨折，情之悲楚，乃余高歌當哭之旨也。」將傳奇劇作比爲傳記，敷演親身經歷之事，以歌代哭，其原意本在書寫感懷，不爲搬演。〔註34〕《寫心雜劇》爲一折短劇合集，先有乾隆五十四年（1789）夢生堂刊行的十六種本，後有嘉慶年間刊行的十八種本，去其重複，共計二十種。〔註35〕徐爔此劇更以自家名姓爲登場人物，正如其在〈自序〉中所言：「《寫心劇》者，原以寫我心也。心有所觸則有所感，有所感則必有所言，言之不足，則手之舞之足之蹈之而不能自已者，此予劇之所由作也。」〔註36〕故其作劇乃是以眞名實姓的人物登場，搬演生平經歷，回顧此生，王瓈玲評述徐爔《寫心劇》：「在表現層次上著重於以『主觀化』手法呈顯作者的主觀意識與抒情自我（lyric self），堪稱作者個人『心理意識』之一種『戲劇化公開』。」〔註37〕

　　香亭》、《兩度梅》，無《忠烈記》。見〔清〕姚燮：《今樂考證》，著錄九・國朝院本「石㤗齋」條，收入《中國古典戲曲論著集成》（十）（北京：中國戲劇出版社，1959），頁276。《兩度梅》鈔本藏於中國國家圖書館。

〔註31〕張鵬序於乾隆庚寅（三十五年，1770），轉引自周妙中：《清代戲曲史》，頁217。

〔註32〕徐爔生平詳見鄧長風：《明清戲曲家叢考》（上海：上海古籍出版社，1994），〈徐大椿和徐爔：父子醫家兼曲家〉，頁189～197。

〔註33〕據〔清〕徐爔《鏡光緣》〈自序〉，見蔡毅編著：《中國古典戲曲序跋彙編》（濟南：齊魯書社，1989），頁1836。

〔註34〕徐爔《鏡光緣》〈凡例〉雖有「若就其登場就演，另塡三十二齣，已付梨園」之語，但今不傳。見蔡毅編著：《中國古典戲曲序跋彙編》，頁1836。

〔註35〕詳見陳芳：《乾隆時期北京劇壇研究》（臺北：學海出版社，2000），頁338～342。

〔註36〕見蔡毅編著：《中國古典戲曲序跋彙編》，頁1012。

〔註37〕王瓈玲〈私情化公：明清劇作家之自我敘寫與其戲劇展演〉，收入熊秉眞主編：

　　沈起鳳，生於乾隆六年（1741），卒於嘉慶七年（1802），字桐威，號蕢漁，一號蓉洲，又自號紅心詞客，蘇州府吳縣人，乾隆三十三年（1768）年舉人，後屢試不第。著有文言筆記小說《諧鐸》，詞集《紅心詞》，劇作傳世的有《報恩緣》、《才人福》、《文星榜》、《伏虎韜》，合稱《蕢漁四種曲》或《紅心詞客四種曲》，有清古香林刊本，另傳奇《千金笑》、《泥金帶》、《桐桂緣》、《黃金屋》僅存其目。沈起鳳的劇作遠不只五種，據石韞玉（獨學老人）《紅心詞客傳奇》〈序〉所述：「沈蕢漁……所製不下三四十種。當其時風行於大江南北，梨園子弟登其門而求者踵相接。歲在庚子（乾隆四十五年，1780）、甲辰（乾隆四十九年，1784），高廟南巡。凡揚州鹽政，蘇杭織造所備迎鑾供御大戲，皆出自先生手筆。」〔註38〕可以想見當年沈起鳳埋頭撰作，歌場競相搬演其新作的風尚。其中演出效果最佳者爲《伏虎韜》，吳梅《伏虎韜》〈跋〉：「聞故老言，洪楊亂前，吳中頗有演此記者，往往哄堂大噱。」〔註39〕此劇寫醫妒婦之事，至嘉慶、道光年間仍時搬演；民國十四年（1925）出版的《崑曲大全》第一集收入《伏虎韜·喬遷、賣身、選妾、伏吼》四齣；〔註40〕蘇州曲家徐鏡清（1891～1930），曾爲《才人福》、《伏虎韜》重新譜曲；〔註41〕吳梅輯《奢摩他室曲叢》第一集，〔註42〕將四部劇作全數收入。沈起鳳爲編劇高手，在巧妙新奇的情節中，縱使頭緒紛繁，穿插各色人物，甚至女扮男裝，總能前後關照，又騁其嬉笑調弄之筆，尤其淨丑等腳色多講蘇白，生動通俗，總使全劇熱鬧紛呈。吳梅爲四劇作〈跋〉，推崇沈起鳳才華，尤其嘆服

　　　《欲掩彌彰——中國歷史文化中的「私」與「情」——私情篇》（臺北：漢學研究中心，2003），頁92。

〔註38〕見蔡毅編著：《中國古典戲曲序跋彙編》，頁1942。

〔註39〕見蔡毅編著：《中國古典戲曲序跋彙編》，頁1948。

〔註40〕《崑曲大全》所收爲蘇州曲師殷溎深（1839？～1916？）傳譜，詳情可參考陸萼庭〈殷溎深及其《餘慶堂曲譜》〉，收入陸萼庭：《清代戲曲與崑劇》（臺北：國家出版社，2005），頁227～243。《伏虎韜》見怡庵主人（張芬）編：《繪圖精選崑曲大全》（上海：世界書局，1925），第一集；收入波多野太郎編：《中國語文資料彙刊》（日本東京：不二出版社，1991），第一篇第二卷，頁107～115。

〔註41〕收入徐鏡清：《新譜六種》，稿本今存。據陸萼庭〈沈起鳳年表〉，見陸萼庭：《清代戲曲家叢考》，頁161。按，徐鏡清曾爲吳炳《情郵記》訂譜，卷端有「鏡清製譜」方印，見《情郵記新譜》，收入首都圖書館編輯：《明清抄本孤本戲曲叢刊》（北京：線裝書局，1996）。

〔註42〕吳梅輯：《奢摩他室曲叢》第一集（上海：商務印書館，1928）。

其編撰科白的功力，《才人福》〈跋〉：「余嘗謂蕡漁之才，既不可及，而用筆之妙，尤非藏園（蔣士銓）、倚晴（黃燮清）所能。笠翁（李漁）自負科白爲一代能手，平心論之，應讓蕡漁。」〔註43〕但在《伏虎韜》〈跋〉，亦指出其劇作女扮男裝、從前世發想等巧妙構思，初讀視爲瑰寶，但四劇皆用，就是陳言俗套了。陸萼庭則從劇場演出的角度評論沈起鳳作品，認爲沈氏編劇「新奇加熟套」的作法，乃是「深受梨園標準制約」。〔註44〕

瞿頡，生於乾隆七年（1742），卒於嘉慶二十二年（1818）以後，字孚若，號菊亭，別署琴川居士、琴川蒼山子、秋水閣主人，蘇州府常熟縣人，乾隆三十三年（1768）舉人。傳世劇作有《元圭記》、《鶴歸來》、《雁門秋》、《桐涇月》四種，《鶴歸來》寫其祖瞿式耜明末拒降殉節之事，有嘉慶間秋水閣刊本，餘僅存鈔本，〔註45〕另《紫雲回》、《玄書記》、《錦衣樹》僅存其目。瞿頡存世劇作，創作時間已至嘉慶初年，《元圭記》、《鶴歸來》寫史，《雁門秋》記實，《桐涇月》寫情，其中《鶴歸來》付梓，《雁門秋》則「甫脫稿已流傳日下矣。」〔註46〕較爲熟知。

石韞玉，生於乾隆二十一年（1756），卒於道光十七年（1837），字執如，號琢堂，別署花韻庵主人、獨學老人，蘇州府吳縣人，乾隆五十五年（1970）狀元，後與修《蘇州府志》。〔註47〕傳世劇作有雜劇《花間九奏》、傳奇《紅樓夢》。《花間九奏》爲九種一折短劇合集，寫伏生、賈島等，大抵依史實安排人物事件，有乾隆年間石氏花韻庵刊本，後收入《清人雜劇》初集。〔註48〕《紅樓夢》，蘋庵退叟序於嘉慶己卯（二十四年，1819），有鈔本及刊本流傳，後收入《紅樓夢戲曲集》。〔註49〕《紅樓夢》以寶黛愛情爲主要關目，刪繁就

〔註43〕吳梅爲《紅心詞客傳奇》四劇所作之〈跋〉，見蔡毅編著：《中國古典戲曲序跋彙編》，頁 1943～1949；《才人福》〈跋〉引文見頁 1946。

〔註44〕見陸萼庭：《崑劇演出史稿「修訂本」》，第四章，頁 394～395。關於沈起鳳劇作，另可參考〈也只願天下才人多將福份擁──論沈起鳳的《紅心詞客四種》〉，收入林葉青：《清中葉戲曲家散論》（南京：江蘇古籍出版社，2002），頁 185～200。

〔註45〕鈔本藏於上海圖書館。

〔註46〕見詹應甲於《鶴歸來》題詞「看到處旗亭畫壁」夾註「先生著《雁門秋》傳奇，甫脫稿已流傳日下矣。」見蔡毅編著：《中國古典戲曲序跋彙編》，頁 2088。

〔註47〕〔清〕宋如林修、石韞玉纂：道光《蘇州府志》，清道光四年（1824）刊行，臺北：中央研究院歷史語言研究所等藏。

〔註48〕鄭振鐸輯：《清人雜劇》初集（福建：鄭振鐸影印本，1931、香港：龍門書店，1969）。

〔註49〕阿英編：《紅樓夢戲曲集》（北京：中華書局，1978）。

簡，僅譜十齣，曾有數曲選爲清唱：「往在京師，譚七子受偶成數曲絃索登場，經一冬烘先生呵禁而罷。」〔註 50〕兩劇皆爲文人案頭創作。石韞玉的創作雖不出眾，但樂於促進蘇州崑曲相關創作刊行：乾隆五十四年（1789），吳縣馮起鳳訂定之《吟香堂曲譜》版行，收有《牡丹亭》、《長生殿》二部劇作的全譜，石韞玉爲之作序推介；上舉沈起鳳《紅心詞客傳奇》，即是石韞玉在沈氏歿後，訪求數十年終得付梓，〔註 51〕促成劇作的流播。

（二）戲曲選本

創作之外，蘇州亦出版戲曲選本，有編者不詳、乾隆年間姑蘇書林王君甫梓行的袖珍本《千家合錦》、《萬家合錦》，兩書各收十種劇目，每劇僅一齣，除《萬家合錦》收錄的《西廂記・齋堂鬧會》爲雜劇外，餘皆爲戲文、傳奇，曲白俱全，今有《善本戲曲叢刊》第四輯影印原刊本。〔註 52〕這兩冊選本雖以崑腔爲主，但亦可見弋腔系統的劇目，如：《千家合錦》收錄的《琵琶記・宦邸憂思》，與《玉谷新簧》等爲同一系統，在曲牌中間雜入大量說白、加【滾】；而崑腔演唱，如選本《怡春錦》等，則是以唱詠【鴈魚錦】諸曲爲核心。〔註 53〕

最重要的選本則爲金閶寶仁堂書坊主人錢德蒼（沛思）編選的《綴白裘》，自乾隆二十九年（1764）刊行初編，至乾隆三十九年（1774）十二編全部刊印完畢，並合刊行世，翻刻者眾，〔註 54〕如最接近原刻的乾隆四十二年（1777）

〔註 50〕蘋庵退叟〈序〉，見蔡毅編著：《中國古典戲曲序跋彙編》，頁 1046。

〔註 51〕據《紅心詞客傳奇》獨學老人〈序〉，見蔡毅編著：《中國古典戲曲序跋彙編》，頁 1942。

〔註 52〕王秋桂主編：《善本戲曲叢刊》（臺北：臺灣學生書局，1987），第四輯。

〔註 53〕見《千家合錦》，《琵琶記・宦邸憂思》，頁 34～49，收入《善本戲曲叢刊》，第四輯。
見《玉谷新簧》下層，《琵琶記・伯皆書館思親》，頁 43～52，收入王秋桂主編：《善本戲曲叢刊》（臺北：臺灣學生書局，1984），第一輯。
見《怡春錦》，《琵琶記・旅思》，頁 279～284，收入《善本戲曲叢刊》，第二輯。
《千家合錦》雖未標示【滾】，但可與《玉谷新簧》加【滾】處對照。關於【滾】，可參考李殿魁：〈「滾調」再探〉，收入華瑋、王瓊玲編：《明清戲曲國際研討會論文集》（臺北：中央研究院中國文哲研究所籌備處，1998），頁 715～776。

〔註 54〕取「集腋成裘」之意命名的選本《綴白裘》，在錢德蒼本《綴白裘》通行之前已有數種，而錢本刊行後，亦有多種重刊本，詳見：吳新雷〈舞台演出本選集《綴白裘》的來龍去脈〉，收入吳新雷：《中國戲曲史論》（南京：江蘇教育出版社，1996），頁 203～219。林鶴宜〈清中葉暢銷書《綴白裘》地方戲的刊行、流播和腔調衍變〉，第一部份「《綴白裘》的刊行與重要性」，收入林鶴宜：《規律與變異：明清戲曲學辨疑》（臺北：里仁書局，2003），頁 198～205。

「鴻文堂」校訂重鎸本，有《善本戲曲叢刊》第五輯影印出版；〔註55〕又有改以數字標示卷次，影響其後刊本的乾隆四十二年「四教堂」重訂本，現今通行者爲汪協如點校本。〔註56〕編選者錢德蒼，據許永昌〈《綴白裘》八集序〉：

> 錢君沛思，髫年英俊，屢困場屋；然豪放不羈，性好音律，常遨遊於燕、趙、齊、楚，諸王公貴人，莫不羨其才，願羅而致之幕下，錢君不屑也。唯跌宕於酒旗歌扇之場，歲輯《綴白裘》一冊，自歌自詠，若醉若狂，凡七刻矣。〔註57〕

錢德蒼功名無著，不願擔任幕客。他雅好音律，流連歌場，以劇遣興，並逐年刊印《綴白裘》行世。《綴白裘》選本的特色，在於其並非案頭劇本輯錄，而是彙選舞台演出本，朱祿建〈《綴白裘》七集序〉所述甚明：

> 錢君每歲輯《綴白裘》一冊，已成六集。其間節奏高下，鬭筍緩急，腳色勞逸，誠有深得乎場上之痛癢者；故每一集出，梨園中無不奉爲指南，誠風騷之餘事也。〔註58〕

《綴白裘》每一刊行，由於錢德蒼深諳場上節奏、腳色配搭，其書遂成爲戲班的搬演指南，甚至是行家觀劇的底本。〔註59〕《綴白裘》十二集龐大的篇幅，幾乎涵蓋了當時的流行劇目，固以崑腔劇目爲大宗，但不乏流行的地方戲選齣，計收雜劇、戲文、傳奇等崑腔劇目85種，共425齣；另第六編部分、第十一編全部，又第二、三編各有一齣，收錄高腔、亂彈腔、梆子腔等地方戲劇目34種，共71齣。〔註60〕《綴白裘》傳播甚廣，所知的各種翻刻、重刊版本達數十種。

〔註55〕　見王秋桂主編：《善本戲曲叢刊》（臺北：臺灣學生書局，1987），第五輯。

〔註56〕　〔清〕錢德蒼編撰、汪協如點校：《綴白裘》（北京：中華書局，1940、1955、2005）。

〔註57〕　據四教堂本。按：四教堂本八集之序，承寶仁堂本；但鴻文堂本八編，改爲晴浦居士序。

〔註58〕　據四教堂本。按：四教堂本七集之序，承寶仁堂本；但鴻文堂本七編，改爲周家璠序。

〔註59〕　如〔清〕梁章鉅（1775～1849）：《浪跡續談》（刊行於道光二十八年，1848），卷六〈文班武班〉：「有京官專嗜崑腔者，每觀劇，必攤《綴白裘》於几，以手按板拍節，群目之爲專門名家。」見〔清〕梁章鉅撰、陳鐵民點校：《浪跡叢談　續談　三談》（北京：中華書局，1981），頁346。

〔註60〕　劇目總數據鴻文堂本《綴白裘》計算，地方戲劇目參考林鶴宜〈清中葉暢銷書《綴白裘》地方戲的刊行、流播和腔調衍變〉，收入林鶴宜：《規律與變異：明清戲曲學辨疑》，頁205～224。

　　由《綴白裘》的編排方式，可見其專意呈現劇目的企圖，不若晚明以來的選本，有的與時興小曲相雜（如《風月錦囊》），有的以宮調爲次（如《南音三籟》），有的以內容分類（如《樂府紅珊》）。收錄劇目的內容，不僅於選曲（如《吳歈萃雅》），也不強調繡像、點板（如《怡春錦》），[註61]戲劇表演才是關注的焦點，故《綴白裘》中唸白、科介的標示都相當豐富，丑和付等腳色的大量蘇白，往往是舞台語言的生動展現。每一集《綴白裘》的刊行，都彷彿是一次紙上戲劇展演，頗能反映場上演出的慣例，各集卷首的「開場」，有加官、招財等圖，還有「副末」交付排場，接下來各種劇目所選，通常爲二、三齣，很少超過五齣的，[註62]以《牡丹亭》爲例，所選的十二齣，就散見於一集、四集、五集、十二集，就閱讀劇本而言固屬不便，但正可與當時流行折子戲演出的情形相參，陸萼庭更認爲：「《綴白裘》標志著崑劇演出史上全本戲時代的結束，從此以後，進入了以演折子戲爲主的階段。」[註63]

四、曲論、曲韻與曲譜

　　乾隆時期蘇州的崑曲活動，在熱鬧的戲劇展演之外，亦有精研曲學的一面，厚植曲唱根柢，以下從曲論著作、曲韻編纂、訂定曲譜三方面析論。

（一）曲論著作

　　曲論著作以徐大椿《樂府傳聲》爲代表，繼魏良輔、沈寵綏的度曲之法，有更細密的闡述。徐大椿，生於康熙三十二年（1693），卒於乾隆三十六年（1771），[註64]字靈胎，號洄溪老人，蘇州府吳江縣人。其祖爲撰有《詞苑叢談》的徐釚（1636～1708），其子爲創作《寫心雜劇》的徐爔。徐大椿爲名醫，並有多種醫書傳世。其詞曲一類的著作，除了自創體裁的《洄溪道情》，最爲人稱道的則爲《樂府傳聲》，記錄徐氏對唱曲口法的鑽研心得。《樂府傳聲》初刊於乾隆十三年（1748），附刻《洄溪道情》，有豐草亭原刻本，並有

〔註61〕上述選本皆收入王秋桂主編：《善本戲曲叢刊》。又，關於戲曲選本的發展，可參考朱崇志：《中國古代戲曲選本研究》（上海：上海古籍出版社，2004）。

〔註62〕以鴻文堂本《綴白裘》爲例，一編中選入同一劇目超過五齣的，如：「六編」選入《蝴蝶夢》九齣、《翡翠園》十二齣；「八編」選入《荊釵記》七齣、《黨人碑》七齣；「九編」選入《衣珠記》八齣。

〔註63〕見陸萼庭：《崑劇演出史稿「修訂本」》，頁276。

〔註64〕徐大椿生平詳見鄧長風：《明清戲曲家叢考》（上海：上海古籍出版社，1994），〈徐大椿和徐爔：父子醫家兼曲家〉，頁189～197。

多種重刊本，後收入《中國古典戲曲論著集成》。〔註65〕《樂府傳聲》的規模
雖不若《度曲須知》，但在傳承沈寵綏曲論意涵之外，徐大椿最重要的發明及
核心理論爲「口法」，《樂府傳聲》〈自序〉云：

> 何謂口法？每唱一字，則必有出聲、轉聲、收聲，及承上接下諸法。

〔註66〕

是以全書從發音吐字的觀點，說明唱曲時字頭、字腹、字尾的講究，講述喉、
舌、齒、牙、脣「五音」審字之法，開、齊、合、撮「四呼」讀字之口法，
並分析平聲、上聲、去聲唱法，入聲讀法，詳明出聲、歸韻、收聲、逐字交
代等技巧，故「從發音生理學角度舉出各種口形，描述抽象的傳聲口法，是
其開創」。〔註67〕嚴明口法，實是爲了傳達曲情之極致，〈曲情〉一則云：

> 唱曲之法，不但聲之宜講，而得曲之情爲尤重。蓋聲者爲曲之所盡
> 同，而情者一曲之所獨異，不但生旦丑淨，口氣各殊，凡忠義奸邪，
> 風流鄙俗，悲歡思慕，事各不同，……即聲音絕妙，而與曲詞相背，
> 不但不能動人，反令聽者索然無味矣。〔註68〕

唱曲並非僅求吐字精確，講究的是以聲傳情，故以下「斷腔」、「頓挫」、「輕
重」、「徐疾」、「出音必純」、「句韻必清」、「底板唱法」等論，則在發音口法
的基礎上，再爲闡釋唱法要訣，諸如行腔時的連斷頓挫、氣息用力等，以傳
人聲之盡善。徐大椿也以唱曲家的體會，關照曲牌格律中字句、限韻、定板
的重要，例如〈定板〉：「惟過文轉接之間，板可略爲增損，所以便歌也。至
緊要之處，板不可少有移易，所以存調也。」〔註69〕故歌唱之際，板位雖可

〔註65〕〔清〕徐大椿：《樂府傳聲》，收入《中國古典戲曲論著集成》（七）。當代相
　　　　關出版尚有：〔清〕徐大椿原著，吳同賓、李光譯注：《《樂府傳聲》譯注》（北
　　　　京：中國戲劇出版社，1982）；古兆申、余丹研究及翻譯：《徐大椿《樂府傳
　　　　聲》》（香港：牛津大學出版社，2006）。
〔註66〕〔清〕徐大椿《樂府傳聲》〈自序〉，見《中國古典戲曲論著集成》（七），頁152。
　　　　雖然「口法」一詞，已見於〔明〕沈寵綏《度曲須知》〈曲韻隆衰〉：「雖口法
　　　　不等，而北氣總已消亡矣。」但並未闡述，見《中國古典戲曲論著集成》（五），
　　　　頁198。
〔註67〕引自李惠綿：〈從音韻學角度論清代度曲論的傳承與開展〉，《漢學研究》第二
　　　　十六卷第二期（2008.6），頁185～218，引文見頁214。尚可參考古兆申、余
　　　　丹研究及翻譯：《徐大椿《樂府傳聲》》〈導讀〉，頁1～21。
〔註68〕〔清〕徐大椿：《樂府傳聲》〈曲情〉。見《中國古典戲曲論著集成》（七），頁
　　　　173。
〔註69〕〔清〕徐大椿：《樂府傳聲》〈句韻必清〉、〈定板〉。見《中國古典戲曲論著集

騰挪增減，但切忌隨意發揮，以致牌調規格不存。徐大椿《樂府傳聲》的實用之論，至近代俞宗海（字粟廬）於《度曲芻言》，尚推崇其口法，並摘錄原〈頓挫〉之段落。〔註70〕

（二）曲韻編纂

作家製曲用韻、歌者咬字吐音，北曲有〔元〕周德清《中原音韻》可爲參考。至於南曲，明初雖有官修韻書《洪武正韻》（宋濂等纂修），且將入聲獨立，但分韻仍較近北音；明末有范善臻《中州全韻》，共分十九韻，入聲未獨立，但在平聲分陰陽之外，去聲亦分陰陽。而清代重要的曲韻，皆爲乾隆時期在蘇州刊行，頗見吳音特色，計有：崑山王駿《中州音韻輯要》，成書於乾隆四十六年（1781）；昭文（今常熟）周昂《增訂中州全韻》，成書於乾隆五十七年（1792）；太倉沈乘麐自乾隆十一年（1746）起撰述《韻學驪珠》（一名《曲韻驪珠》），七易其稿，歷時五十年，至嘉慶元年（1796）正式刊行。爲便於說明上述韻書的沿革及特色，製表如下：

表 1 　南北曲韻書一覽表

韻　書	韻部總數	入聲獨立	四聲陰陽	標注南北異音
周德清《中原音韻》	十九部	否	平聲分陰陽	否
宋濂等《洪武正韻》	二十二部〔註71〕（入聲另計）	是，共十部	否	否
范善臻《中州全韻》	十九部	否	平聲分陰陽去聲分陰陽	否
王駿《中州音韻輯要》	二十一部	否	平聲分陰陽去聲分陰陽	是
周昂《增訂中州全韻》	二十二部	否	平聲分陰陽上聲分陰陽去聲分陰陽	否

成》（七），頁 180〜182。

〔註70〕見俞宗海：《度曲芻言》〈自序〉及〈緩急頓挫〉。收入吳新雷：《二十世紀前期崑曲研究》，附錄《度曲芻言》，頁 249、254。

〔註71〕韻部總數是以《洪武正韻》七十六韻本歸併三聲而得。另，〔明〕洪武十二年（1379）刊行《洪武正韻》，是八十韻本，卷首有吳沉〈序〉。詳見寗忌浮：《《洪武正韻》研究》（上海：上海辭書出版社，2003），頁 13、83〜84。

沈乘麐 《韻學驪珠》	二十一部 （入聲另計）	是，共八部	平聲分陰陽 上聲分陰陽〔註72〕 去聲分陰陽 入聲分陰陽	是

　　《中原音韻》、《洪武正韻》的音韻系統，皆爲中原雅音；雖然沈寵綏標舉「北叶《中原》，南遵《洪武》」，〔註73〕但南曲創作的平上去三聲多借押北韻，入聲才遵《洪武正韻》。〔註74〕爲自明末以來，曲韻的編纂逐步切合南曲字面及用韻，《中州全韻》以下，更敏銳地表現南方語音，尤其韻書的編纂者皆在吳地活動，故吳音的特點，諸如入聲、四聲分陰陽等，在韻書的分類中漸次展現，更便於南曲創作及崑曲度曲，可視爲曲韻逐漸吳音化的過程，趙蔭棠在《中原音韻研究》第五章〈曲韻派〉中評述以上韻書：「牠們的地域都是在江蘇，產生的時代都在《洪武正韻》之後，牠們的背景是南曲。」〔註75〕然而，崑曲所唱之曲分南北，且「南曲不可雜北腔，北曲不可雜南字。」〔註76〕故曲韻的發展，遂在一部韻書中同時標記南北異音，以利創作及歌唱。〔註77〕上述韻書中，流傳最廣的爲《韻學驪珠》，問世以來屢見重刊，除嘉慶原刊本外，尚有光緒十八年（1892）本等，〔註78〕由於其分韻詳明、兼賅南北，填詞、唱曲者奉爲圭臬。

〔註72〕 每一韻部下，只有「上聲（陰陽合）」，並未細分「陰上」、「陽上」之目，但其下標示「以上陰上聲」、「以上陽上聲」以爲區別。〔清〕沈乘麐：《韻學驪珠》〈凡例〉：「茲則雖不列開，而於上聲中分註陰上、陽上，與陰陽通用三法。」見〔清〕沈乘麐著、歐陽啓名編：《韻學驪珠》（影印清光緒十八年（1892）重刊本）（北京：中華書局，2006），頁51。

〔註73〕 〔明〕沈寵綏：《度曲須知》〈入聲收訣〉。見《中國古典戲曲論著集成》（五），頁208。

〔註74〕 可參考李惠綿：〈從音韻學角度論明代崑腔度曲論之形成與建構〉，《中國文哲研究集刊》第三十一期（2007.9），頁 75～119。相關論述爲二、（一）「北叶《中原》，南遵《洪武》」，見頁81～93。

〔註75〕 趙蔭棠：《中原音韻研究》（上海：商務印書館，1956 重印版），頁 52。

〔註76〕 見〈魏良輔《南詞引正》校註〉「兩不雜」條，收入錢南揚：《漢上宦文存》（上海：上海文藝出版社，1980），頁 107。

〔註77〕 關於清代曲韻的發展，可參考蔡孟珍：《曲韻與舞台唱唸》（臺北：里仁書局，1997），第三章第一節「前代韻書、曲論之沿革」，頁 173～191。

〔註78〕 《韻學驪珠》的當代刊本，可見汪經昌校輯：《曲韻五書》（臺北：廣文書局，1965）（影印出版）；蘇州市戲曲研究室校訂加注：《韻學驪珠新注》（排印出版）（蘇州：蘇州市戲曲研究室，1964，初版）（蘇州：蘇州市文化廣播電視管理局，2002，重印）；《續修四庫全書》（上海：上海古籍出版社，2002）（影印出版），第 1747 冊；〔清〕沈乘麐著、歐陽啓名編：《韻學驪珠》（北京：中華書局，2006）（影印出版），附檢字表及筆畫索引。

（三）訂定曲譜

乾隆年間，蘇州有兩部曲譜出版：葉堂訂定的《納書楹曲譜》、馮起鳳訂定的《吟香堂曲譜》，皆爲清唱宮譜。葉譜共有三部分：最早出版者是爲王實甫《北西廂》全本訂譜的《西廂記譜》，乾隆四十九年（1784）刊行；繼有以選錄散齣爲主的《納書楹曲譜》、爲湯顯祖劇作全本訂譜的《納書楹四夢全譜》，均於乾隆五十七年（1792）刊行，後有增訂及重刊，詳細情形待下節論述。

《吟香堂曲譜》於乾隆五十四年（1789）刊行，訂譜者馮起鳳，字雲章，生平不詳，蘇州府吳縣人。該譜僅有吟香堂原刻本，[註79] 收入《牡丹亭》、《長生殿》全本工尺譜，卷首皆有石韞玉〈序〉。《吟香堂牡丹亭曲譜》除〈1標目〉外，從〈2言懷〉至〈55圓駕〉，逐齣逐曲訂定板眼工尺，[註80] 並在〈10驚夢〉後附〈堆花〉、〈26玩眞〉後附俗〈叫畫〉。《吟香堂長生殿曲譜》亦僅〈1傳概〉未譜，其餘各齣均予訂譜，並於〈24驚變〉後附俗〈小宴〉，上卷卷末附通用〈疑讖〉，下卷卷末附通用〈聞鈴〉、通用〈彈詞〉。全譜體例：就內容而言，只錄曲文，不錄科白，但曲文析分正字與襯字。就曲牌標示而言，每曲在牌名之上，除標記宮調，尚依曲牌性質，標記「引」、「正曲」、「集曲」等。就節拍而言，只有板及中眼，不點小眼。就附註而言，雖無「自序」及「凡例」，但可從眉批中窺見馮起鳳對曲學的關注，包括曲牌異名異體、字音讀法等，於《牡丹亭曲譜》，因爲將湯顯祖不合格律的曲文「改調就詞」，故可見「原題□□□，非」之類的註記。就附錄而言，加選流行俗譜，可與葉堂訂譜相參。《吟香堂曲譜》雖爲名作訂定全本工尺譜，惜乎流傳不廣，存世無多，未見重刊本及影印本，評述亦罕，僅舉梁廷枏《曲話》卷三爲例：

> 近日古吳馮雲章起鳳爲《吟香堂曲譜》，以飄渺之音，度娟麗之語，
> 迎頭拍字，按板隨腔，允稱善本。且其宮調、字音，多加考訂，毫
> 無遺漏，謂之《長生殿》第一功臣，可也。[註81]

此言馮起鳳對《長生殿》的貢獻，或有過譽，但對《吟香堂曲譜》的評價，則可視爲時人對馮起鳳訂譜精審的印象。[註82]

[註79] 〔清〕馮起鳳：《吟香堂牡丹亭曲譜》，乾隆五十四年（1789）刊行，北京：中國國家圖書館等藏。

[註80] 但馮起鳳將《牡丹亭》第二十齣〈鬧殤〉，改題爲〈悼殤〉。

[註81] 〔清〕梁廷枏（？～1861）：《曲話》，卷三，「《長生殿》至今」條。見《中國古典戲曲論著集成》（八），頁270。

[註82] 關於《吟香堂曲譜》的研究甚少，可參考周維培：《曲譜研究》（南京：江蘇

　　三年之間，蘇州竟有兩位曲家刊行《牡丹亭》全本曲譜，而《長生殿》全本曲譜雖只有馮起鳳刊行，但葉堂《納書楹曲譜》亦選錄原作達 31 齣，〔註83〕由這兩部曲譜的印行，可側面察知乾隆時期蘇州唱曲之風甚盛，對曲譜的殷切需求及關注，尤其馮起鳳及葉堂皆為向被譏為不合律的《牡丹亭》逐齣訂譜，應為一時佳話。饒富興味的是，同樣「改調就詞」，兩者的作法或同或異，以《牡丹亭·幽媾》為例：

〈幽媾〉曲文	《牡丹亭》曲牌	《吟香堂牡丹亭曲譜》曲牌	《納書楹牡丹亭全譜》曲牌
幽谷寒涯……	（黃鐘）【耍鮑老】	【中呂·二馬普金花】	【中呂·金馬樂】
俺驚魂化……	（黃鐘）【滴滴金】	【黃鐘·三段子】	【仙呂·雙棹入江泛金風】

　　馮起鳳及葉堂都認為湯顯祖原題的曲牌不確，故改作集曲或改題牌名，但實際作法顯然不同，可推知兩人對曲牌格律的看法未盡相同，而改以集曲遷就曲牌，亦有多種可能的作法。即使合律的曲牌，在兩人手中仍可見不同的唱腔，訂譜的過程，實包含創作在內。崑曲音樂後來給人定腔、定譜的印象，似乎音樂已經定型，各譜之間互相承襲，但至少在乾隆晚期，仍是處於靈活變動的狀態，《吟香堂曲譜》收錄的內容，多見於葉譜，正好探討音樂異同，以更詳盡的說明崑曲曲牌與腔調之間的關係。

　　回顧乾隆時期蘇州的崑曲活動，可見其多元發展的風貌：於市民而言，至水映庵習曲、到戲館看閑戲、中秋節虎丘曲會，時而有野台的鑼鼓管絃、儀式的堂名唱奏，閒時哼唱幾段曲文、談論演員技藝高下，常民生活中浸潤著崑曲的劇情、音樂與表演魅力。於文人而言，創作劇本亦是賞心樂事，有徐爔《寫心雜劇》，自敘生平，即使沒有搬上舞台，也是一種展演；也有熟諳場上的沈起鳳，擅寫賓白，其作品雖未成為經典，但搬演的戲劇效果絕佳。於演員而言，蘇州頻繁的演出足以餬口，有的還至揚州發展，遂淬練出精湛的表演功力，各家門皆有可觀，且以藝服人，中老年登場扮演小生、小旦，觀眾亦為之著迷癡醉。於曲家而言，鳳凰臺清歌鬥曲、潛心研究度曲技巧、編製韻書、訂定工尺譜，不僅為崑曲填詞、歌唱、譜曲等紮

　　　　古籍出版社，1999），頁 249～250。吳新雷：〈關於《長生殿》全本工尺譜的印行本〉，《戲曲學報》第一期（2007.6），頁 123～136。吳新雷：〈《牡丹亭》崑曲工尺譜全印本的探究〉，《戲劇研究》創刊號（2008.1），頁 109～129。
〔註83〕見《納書楹曲譜》正集卷四、續集卷一。

下深厚的曲學基礎，更關注戲劇層面，故論唱曲之法，需唱出人物的口氣、性情，而曲譜不爲格律而設，故皆有工尺配唱，且以戲劇選齣爲主，而非文樂雋雅的曲牌。蘇州崑曲的興盛，還可從出版活動窺見端倪，刊刻的內容包括劇作、選本、曲論、曲韻、曲譜等，尤以《綴白裘》、葉譜的篇幅最爲龐大，梓行之後，流傳的數量遠較鈔本爲多，從傳播行爲上亦足以見證當年崑曲的生命力。而葉堂一生，浸淫於蘇州濃郁的崑曲氛圍中，以下即述論葉堂其人與葉譜的刊行。

第二節　葉堂及其交遊、後學

葉堂，字廣明，一字廣平，號懷庭，清江蘇省蘇州府長洲縣人。生卒年未見確切記載，陸萼庭暫且標爲 1724？～1799？（雍正二年～嘉慶四年），終年 76 歲。[註84] 葉堂爲清乾隆年間著名曲家，傳世著作有《納書楹曲譜》、《納書楹四夢全譜》、《納書楹西廂記全譜》，其畢生專意度曲，先從《納書楹曲譜》〈自序〉見一梗概：

> 於四聲離合、清濁陰陽之芒杪、呼吸關通，自謂頗有所得。蓋自弱
> 冠至今，靡他嗜好。露晨月夕，側耳搖脣，究心於此事者垂五十年。
> （頁6）

度曲實爲葉堂的志趣，自少至老，近五十年來未嘗稍輟，不論晨昏早晚，曲不離口，講究四聲咬字、陰陽清濁、呼吸口法，相傳蘇州虎丘山野芳濱北之鳳凰臺爲葉堂試曲處，[註85]《納書楹曲譜》等可謂其畢生心得傑作。葉堂度曲及《納書楹曲譜》俱富聲名，略舉二則時人筆記，李斗《揚州畫舫錄》卷十一云：

> 清唱……近時以葉廣平唱口爲最，著《納書楹曲譜》，爲世所宗，其
> 餘無足數也。[註86]

錢泳《履園叢話》卷十二「度曲」則評爲：

[註84] 陸萼庭：〈葉堂與蘇州劇壇〉，見陸萼庭：《清代戲曲家叢考》，頁 251。
　　　　另，鄧長風：〈《吳中葉氏族譜》中的清代曲家史料及其他〉亦論及葉堂家世及生平活動，見鄧長風：《明清戲曲家考略續編》（上海：上海古籍出版社，1997），頁 287～292。
[註85] 見〔清〕顧祿：《桐橋倚棹錄》，卷三，頁 138。
[註86] 見〔清〕李斗：《揚州畫舫錄》，卷十一，頁 254。

近時則以蘇州葉廣平翁一派爲最著，聽其悠揚跌蕩，直可步武元人，

當爲崑曲第一。曾刻《納書楹曲譜》，爲海內唱曲者所宗。〔註87〕

葉派唱口的悠揚聲韻被喻爲第一、《納書楹曲譜》被度曲者奉爲圭臬，後更有「葉譜」之稱。本節將鉤稽葉堂之生平及後學、《納書楹曲譜》的刊行與接受，以開展全文對《納書楹曲譜》之討論。

一、方志著錄之葉堂

葉堂爲名醫葉桂（字天士，號香喦，1667～1746）之孫，生平不見史傳，僅沈德潛〈葉香喦傳〉提及葉桂子孫時，附述其名，〔註88〕其餘僅可從方志中一窺大概，在清道光《蘇州府志》中有兩處述及，卷一百六・人物・藝術下「醫」，葉桂：

> 葉桂，字天士，號香喦，以字行。先世自歙遷吳。……臨歿，戒其子曰：「醫可爲而不可爲也。……吾死，子孫愼毋輕言醫。」所著有《許學士本事方註》（沈德潛撰傳，參家述）。孫堂，字廣平，精音律，所輯有《納書楹曲譜》。

卷一百二十六・藝文五則提及葉堂的著作：

> 《納書楹曲譜》十卷、補遺四冊，湯臨川《四夢曲譜》。吳葉堂。〔註89〕

葉堂的祖父爲雍乾間名醫葉天士，以精於醫術及撰著醫書，名滿天下，然葉堂是否行醫，則不得而知。葉堂雖未被單獨立傳，僅附載於祖父名下，但其精於音律，早聞名於蘇州，尤其輯有《納書楹曲譜》及《納書楹四夢全譜》（此處漏載《納書楹西廂記全譜》），更爲重要著作。至同治《蘇州府志》所記，與此相仿，不具錄。〔註90〕然而葉堂的曲學師承、貢獻及影響如何？於《民

〔註87〕〔清〕錢泳（1759～1844），生活於乾隆至道光年間，江蘇金匱人。《履園叢話》所記門類繁雜，多爲作者經歷之事，道光十八年（1838）刊行。見〔清〕錢泳撰、張偉點校：《履園叢話》（北京：中華書局，1979），卷十二，頁331。

〔註88〕「孫二人，曰堂，曰堅。」見〔清〕沈德潛（1673～1769）〈葉香喦傳〉，收入沈德潛：《歸愚文鈔餘集》，卷五，頁2，清乾隆年間刊本，波士頓：哈佛大學燕京圖書館等藏。

〔註89〕〔清〕宋如林等修、石韞玉纂：道光《蘇州府志》，見卷一百六，頁15、17；卷一百二十六，頁28。

〔註90〕〔清〕李銘皖等修、馮桂芬等纂：同治《蘇州府志》，清光緒九年（1883）刊行。見卷一百十，藝術一「葉桂」；卷一百三十六，藝文一「葉堂納書楹曲譜」，收入《江蘇省蘇州府志》（臺北：成文出版社，1970影印出版），第4冊，頁

國吳縣志》卷七十五有較詳細的記載：

> 葉堂，字廣明，又號懷庭，長洲人，名醫桂之孫也。度曲得吳江徐
> 氏之傳，張口翕唇，皆有法度，陰陽毫釐不差。嘗取古今詞曲，改
> 訂成譜，計文字之工拙，音律之淸訛。與丹徒王文治合訂《納書楹
> 曲譜》十四卷，又以《臨川（四）夢》文字至佳，而不適歌者之口，
> 因匯集名譜，參互考核，成《四夢全譜》八卷；又以《北西廂》無
> 人歌唱，亦制成全譜。書成頗風行一時，號爲「葉譜」。從學者以鈕
> 匪石爲高足云。〔註91〕

此處提及葉堂的師承爲徐大椿，以《樂府傳聲》聞名，亦爲名醫，與葉天士
互相推崇，葉堂應是在長輩的這一層關係下向徐大椿請益的。葉堂唱曲的口
法雖難以文字具述，但其與許寶善、王文治共同精心編訂的曲譜被稱爲「葉
譜」，可見其備受讚譽，尤以爲湯顯祖《四夢》譜曲一事，最爲膾炙人口。葉
堂除了訂定曲譜，其唱法亦有傳人，蘇州人鈕匪石即爲其中最著者，並傳授
當時名伶金德輝，後至俞粟廬，至今仍存葉派唱口遺緒。

二、葉堂之交遊

此處將鉤稽與葉堂參訂《西廂記全譜》的許寶善，及參訂《納書楹全譜》、
《四夢全譜》的王文治，附及曾聆葉堂度曲的潘奕雋。

（一）許寶善

《西廂記全譜》卷端題：「長洲葉堂廣明訂譜」、「雲間許寶善斅虞參訂」。
參訂者許寶善（1731～1803），字斅虞，一字穆堂，號自怡軒主人，江蘇省松
江府青浦人。〔註92〕許寶善與葉堂相識頗早，據乾隆六十年（1795）《西廂記
全譜》許寶善〈序〉：

> 余年弱冠，即識懷庭先生，知其善音律之學。……厥後，余居京師
> 數十年，先生益肆力於此不少間。……歲己亥（1779），余以憂歸里，

2583、3234。

〔註91〕見曹允源、李根源纂：《民國吳縣志》卷七十五下「列傳・藝術二」，此段據
採訪稿寫成。該書有民國二十二年（1933）蘇州文新公司鉛印本，收入《中
國地方志集成・江蘇府縣志輯》（南京：江蘇古籍出版社，1991），第12冊，
頁13，總頁526。

〔註92〕據周妙中：〈歷代曲家年里字號室名綜表〉，見《曲苑》第一輯（南京：江蘇
古籍出版社，1984），頁312。

> 繼復病發，不更出山，時時得從先生遊，每見輒縱談曲譜。……余
> 雖不能盡知，然亦稍有領會。（頁3）

許寶善較葉堂略小數歲，兩人年輕時即相識，但許長年居官北京，彼此暢談音
律，則爲許中年歸里之後。在此之前，許寶善輯有《自怡軒詞譜》六卷，〔註93〕
其事見於謝元淮《碎金詞譜》〈序〉：

> 嘗讀《九宮大成譜》，見唐宋元人詞一百七十餘闋，分隸各宮調下。
> 每思摘錄一帙，自爲科程。繼睹雲間許穆堂侍御《自怡軒詞譜》，則
> 久已錄出，可謂先獲我心矣。〔註94〕

許寶善輯錄之《自怡軒詞譜》，雖是從《九宮大成譜》錄出詞調及工尺而成，並
未自訂樂譜，當時或未引起迴響，但間接促成數十年後《碎金詞譜》的編撰，使
「以歌曲之法歌詞」〔註95〕一時蔚然成風。這次的經驗，當使許寶善對曲譜更有
心得，故雖未參與《西廂記譜》初刻刊行，但與葉堂縱論度曲之抑揚疾徐，亦對
重鐫《西廂記全譜》的部分轉折了然於胸：乾隆四十九年（1784）《西廂記譜》
初刻本即已問世，或因只點頭板及中眼，未點小眼，世人不喜，故乾隆六十年
（1795）趁舊版零落重訂之際，葉堂爲符合眾望，遂逐一增入小眼，但仍有幾許
不甘，於〈自序〉直說此乃「不得已從俗之所爲」（頁9），而許寶善體貼入微，
在〈許序〉讚賞葉堂此舉乃「隨時變通而不詭於道」（頁4），並未違背度曲應由
歌者靈活轉折之初衷；且由於重鐫《西廂記全譜》，並非長銷告罄，而是葉堂珍
愛，不忍原版散逸，遂重行修訂付梓，許寶善又借序言慰勉葉堂即使時人見怪，
曲高和寡，千百世後當有知音，勿以一時臧否而遽斷價值。至於許寶善究竟如何
參訂《西廂記全譜》，由於序言及眉批中皆未述及，只能付之闕如了。

　　（二）王文治

　　《納書楹曲譜》、《四夢全譜》卷端題：「長洲葉堂廣明訂譜」、「丹徒王文治
禹卿參訂」。參訂者王文治（1730～1802），字禹卿，號夢樓，江蘇省鎮江府丹

〔註93〕　〔清〕許寶善輯：《詞譜》六卷，有乾隆三十六年（1771）序，朱墨套印本，
　　　　　北京：中國國家圖書館等藏。

〔註94〕　〔清〕謝元淮編撰：《碎金詞譜》，有道光二十三年（1843）、二十四年（1844）
　　　　　序之初刻本，又有道光二十七年（1847）序之增訂本。初刻本罕見，但序文
　　　　　收入劉崇德、孫光鈞譯譜：《碎金詞譜今譯》（石家庄：河北大學出版社，2000），
　　　　　頁279～280。

〔註95〕　〔清〕謝元淮編撰：《碎金詞譜》〈自序〉，道光二十七年（1847）增訂本。見
　　　　　《碎金詞譜》（臺北：學海出版社影印出版，1980），頁15。

徒縣人。王文治爲清代書法名家、詩家，乾隆二十五年（1760）年進士（探花），官至雲南臨安府知府，乾隆三十二年（1767）即不復爲官。〔註96〕王文治本好詞曲聲樂，但自言與葉堂相交，始明曲理，見〈題袁簪庵遺像二首〉小序：「余少喜填詞，苦不知曲理，及與吳中葉廣明交，始有入處。」〔註97〕王文治曾爲乾隆第五次南巡（乾隆四十五年，1780）而作《浙江迎鑾樂府》，〔註98〕共九折，皆爲一折雜劇。又以「快雨堂」之名，評點《冰絲館重刻清暉閣本還魂記》，並有序言誌之，〔註99〕此本雖未刪改《牡丹亭》原著，但因謹遵乾隆四十六年（1781）揚州曲局進呈本，故提及南宋與金人之處皆有刪節，此進呈本亦爲葉堂《牡丹亭全譜》所遵。〔註100〕王文治雅好戲曲，備有家樂，數見記載，舉姚鼐〈中憲大夫雲南臨安府知府丹徒王君墓誌銘並序〉爲例：

> 君之歸也，買僮教之度曲，行無遠近，必以歌伶一部自隨。其辨論
> 音律，窮極幽渺。客至，張樂共聽，窮朝暮不倦。〔註101〕

王文治歸家之後，審音辨律、教僮度曲演戲，其家班規模不小，連同前、後場等，「演戲用家樂約三十人，外有女子四人。」著名者如素雲、寶雲、輕雲、綠雲、鮮雲等。〔註102〕王文治終日聽樂，將求書者潤筆之資率多用於蓄養家樂，始終樂在其中，積年不疲，故在其鄉亦有善於度曲之名。光緒年間丹徒曲師茅恒（字北山），有論唱劇作《曲曲》，其中第五齣〈誤填〉，「寫茅氏由

〔註96〕王文治中進士爲乾隆二十五年（1760），非乾隆三十五年（1770），據「清代檔案人名權威資料查詢」，國立故宮博物院館藏資料庫，http://www.npm.gov.tw/zh-tw/learning/library/archives.htm。
另，《清史稿》，卷五百三，列傳二百九十，藝術二有傳，見第 19 冊，頁 13889。
〔註97〕見〔清〕王文治：《夢樓詩集》，卷二十一，收入《續修四庫全書》，第 1450 冊，頁 568。
〔註98〕王文治：《浙江迎鑾樂府》，今存道光年間刻本，中國國家圖書館等藏。事詳〔清〕梁廷枏：《曲話》，卷三，收入《中國古典戲曲論著集成》（八），頁 265。
〔註99〕《冰絲館重刻清暉閣本還魂記》，清乾隆 50 年（1785）刊行。王文治〈序〉，見蔡毅編著：《中國古典戲曲序跋彙編》，頁 1229～1230。
〔註100〕《冰絲館重刻清暉閣本還魂記》謹遵進呈本之事，可見《重刻清暉批點牡丹亭》〈凡例〉，收入蔡毅編著：《中國古典戲曲序跋彙編》，頁 1229～1230。
〔註101〕見〔清〕姚鼐：《惜抱軒文集》（臺北：世界書局，1960），後集卷六，碑文墓表，頁 266。
〔註102〕家樂人數見於〔清〕袁枚：《隨園詩話》（南京：江蘇古籍出版社，2000），卷二批語，頁 630～631。關於王文治家樂，可參見劉水云：《明清家樂研究》（上海：上海古籍出版社，2005），頁 617～619；楊惠玲：《戲曲班社研究》（廈門：廈門大學出版社，2006），頁 336～340。

度曲進而製譜，因不得門徑，苦思入夢。夢見其鄉里先輩王文治（《納書楹曲譜》的參訂者）給他指示迷津。」〔註103〕王文治身後數十年，曲師夢中得其指引，遂悟製曲之道，雖是戲劇情節，但亦可見王文治深諳此道。深好音律度曲、又喜《牡丹亭》的王文治，與葉堂應是相見恨晚吧！葉堂在《四夢全譜》〈自序〉說：「晚獲交於夢樓先生」（頁1），王文治在〈序〉中則說：「頃相遇於吳門，頹然老矣。」（頁2），可知兩人定交甚晚，葉堂已年近七十，可考的一次相會爲乾隆五十五年（1790），王文治客居蘇州時，假經訓堂宴飲，邀葉堂、潘奕雋等爲客。

記載此事者爲潘奕雋（約1740～1830），字榕皋，蘇州府吳縣人，乾隆三十四年（1769）進士，乾隆五十一年（1786）典試貴州後不久，不復爲官，嗜好吟詠，爲書法家、詩家，〔註104〕他對經訓堂聽曲一事戀戀難忘，兩度寫詩追憶，一見於《三松堂集》卷十六，詩題甚長，備述今昔——〈五月廿五日雨中重過山塘聽歌，客曰：是葉廣平派也。回思庚戌八月，夢樓太守招飲經訓堂，聽葉廣平諸君度曲，蓋十有四年矣。感念今昔，慨焉成詠〉：

> ……白社我尋塵外侶，黃粱誰認夢中身（是日唱《邯鄲夢》）。納書快雨都
> 陳跡，振觸新聲憶故人（葉有《納書楹曲譜》。快雨堂，夢樓書室也）。〔註105〕

又《三松堂集》卷十七有〈題葉懷庭遺照〉五首，錄前二首：

> 直將心事付枯桐，消盡清愁是九宮。博帶深衣岩壑裏，風流何似紫
> 霞翁（懷庭所著《納書楹曲譜》，一時度曲者奉爲圭臬）。

> 換徵移宮響過雲，桂庭涼月白紛紛。蔡邕仙去桓譚老，清梵魚山不
> 可聞（庚戌八月，夢樓招飲經訓堂，聽懷庭度曲。今懷庭與夢樓俱謝世，故云）。

〔註106〕

〔註103〕〔清〕茅恒：《曲曲》，有清光緒二十三年（1897）〈自序〉，收入〔清〕碧梧書屋慕蓮氏抄錄：《霓裳新咏譜》，光緒二十九年（1903）抄本，南京圖書館藏，第15冊。引自吳新雷〈奇特的崑曲唱論——《曲曲》〉，發表於《戲曲論叢》，1986年一期，後收入吳新雷：《中國戲曲史論》（南京：江蘇教育出版社，1996），頁220～222，引文見頁221。

〔註104〕見〔清〕李銘皖等修、馮桂芬等纂：同治《蘇州府志》，卷八十三，人物十「潘奕雋」，收入《江蘇省蘇州府志》，第4冊，頁2009。

〔註105〕見〔清〕潘奕雋：《三松堂集》，卷十六，收入《續修四庫全書》，第1461冊，頁14。

〔註106〕見〔清〕潘奕雋：《三松堂集》，卷十七，收入《續修四庫全書》，第1461冊，頁161。

讀〈題葉懷庭遺照〉第一首，頗能想見葉堂竭盡心思，於諧聲度律上專注凝神，不見如宋詞知音名家楊纘（字守齋，號紫霞翁）的風雅閒情。尤其葉堂響遏行雲的度曲清音，更讓潘奕雋難忘，睹像思人、聞音憶舊，事隔十餘年，思及當日所唱《邯鄲夢》諸曲，小集歡聚景象已不可在，主人王文治謝世，葉堂也已往生，只存葉派唱口，人事感慨隨之而生。

王文治曾客居蘇州，住在同年友人畢沅（字秋帆）的園林「樂圃」，〔註107〕與葉堂等宴飲的「經訓堂」，亦爲畢秋帆所有。王文治除在觥籌交錯之際與葉堂談曲論樂，參訂《納書楹曲譜》一事，亦爲佳話，楊恩壽《詞餘叢話》卷二：

> 長洲葉氏纂《納書楹》，偏取元、明以來院本，審定宮商，世所稱「葉譜」也，其中多（王夢樓）先生所糾正。論者謂「葉譜功臣」云。
> 先生斥《燕子箋》「以尖刻爲能，自謂學玉茗堂，全未窺其毫髮。笠翁惡札，從此濫觴。」〔註108〕

王文治雖被稱爲「葉譜功臣」，惜其糾正之處，今已無考，但上舉對《燕子箋》撰者阮大鋮的評論，則可見於《納書楹曲譜》續集卷三目錄（頁 980）。筆者認爲王文治的主要貢獻，實在促成葉堂下定決心刊行《四夢全譜》，事見《四夢全譜》的王文治〈序〉及葉堂〈自序〉。葉堂自云：

> 至《紫釵》，竊有志焉，而未逮也。晚獲交於夢樓先生，竭口贊余以譜之。（頁 1）

葉堂曾以己意參訂湯顯祖《邯鄲記》、《南柯記》、《牡丹亭》三夢的樂譜，獨缺《紫釵記》，幸得王文治慫恿鼓勵，葉堂方才續成。後葉堂及同人擬從訂定的曲譜中精選部分，刊印流傳，限於篇幅，《四夢》僅能選錄部分，又是王文治竭力爭取，才使《牡丹亭全譜》得以刊行，〈王序〉云：

> 懷庭於古今詞曲，皆有訂本。同人欲選其尤著者刊板，以廣其傳，《四夢》皆在首選，顧束于方幅，弗能多載。余欲將《牡丹亭》全本另

〔註107〕王文治〈汪心農繪試硯齋爲圖再索題詩六首〉，第四首「猶記黃鸝坊畔住」一句，夾註：「予客吳時館鸝坊橋之樂圃」。見〔清〕王文治：《夢樓詩集》，卷二十三，收入《續修四庫全書》，第 1450 冊，頁 590。
畢沅的園林「樂圃」，可見〔清〕錢泳：《履園叢話》，卷二十，園林，頁 522。另，王文治客居蘇州一事，可參考任遵時：《王文治醉心音律》（紐澤西：戴永貞，1999），頁 34～38。
〔註108〕〔清〕楊恩壽：《詞餘叢話》，卷二，清光緒年間刊行，收入《中國古典戲曲論著集成》（九），頁 254。

刊以行，力爭乃可。（頁 1）〔註 109〕

不過，葉堂幾經思量，終有彙刊《四夢全譜》之盛舉，〈自序〉云：

> 始余以《牡丹亭》考核較精，擬先訂一譜，餘三夢姑置焉。……夫
> 余之譜《四夢》，亦既得失自知焉矣，而炫長而諱其短，何爲也哉？
> 於是重加釐定，彙刊以問世。（頁 1）

葉堂雖知《牡丹亭全譜》最爲出色，但既不願揚長隱短，恐亦不忍其他三夢
湮沒，故重新校核後，同時版行問世。若不是王文治殷勤敦促，或許今日所
見葉譜，於《四夢》就僅止於常見的十數齣。

　　以上稽考與葉堂參訂曲譜的許寶善及王文治，兩位雖皆長於詞曲聲律，
然從曲譜的序文及眉批中實看不出參訂者的腳色，或許在音律方面參與不
多，但於曲文正誤及曲情內涵上多所指正。倒不如將他們視爲葉堂的知音，
或是曲譜出版的推手，葉堂感念在心，特於卷端留名誌之，亦藉名人嘉言，
爲曲譜增光。

三、關注俗唱的葉堂

　　朝夕度曲的葉堂，並非兀自駐足書齋，亦關注著當時曲壇、劇壇的種種
現象，摘錄數則《納書楹曲譜》的眉批爲例：

> 《牡丹亭・寫眞》【傾杯序】「撚青梅閒廝調」句眉批：調，俗伶讀去
> 聲，可笑。（卷上，頁 3）
>
> 《浣紗記・儲諫》【獅子序】「怕恩情離間，雖知未言」句眉批：此曲
> 第二句格式頗多，俗伶只照《琵琶》之〈諫父〉、《紅梨》之〈趕車〉，
> 唱作上三下六，而不知斷文，謬甚。（正集卷三，頁 355）
>
> 《牡丹亭・驚夢》【黃鐘・鮑老催】眉批：俗增【雙聲子】，鄙俚可厭，
> 今不錄。（卷上，頁 3）

度曲嚴謹的葉堂，對俗伶一字錯讀、斷句有誤、妄增曲牌，雖是鄙棄譏誚，
但觀其言之鑿鑿，可知浸淫其中，關注之餘的求全責備。不過，葉堂亦不吝
於盛讚當時學有所成者，《揚州畫舫錄》卷十一載：

> （徐班）小旦謂之閨門旦。……吳福田，字大有。幼時從唐權使英

〔註 109〕《續修四庫全書》所收《四夢全譜》無此序，查原刊本確有此序，可見於蔡
　　　　毅編著：《中國古典戲曲序跋彙編》，頁 159。

> 學八分書，能背《通鑑》。度曲應笙笛四聲，蘇州葉天士之孫廣平，
>
> 精於音律，稱大有爲無雙唱口。〔註110〕

吳福田爲揚州鹽商徐尙志家班的小旦，後入蘇州織造海府內班任總管，再至揚州鹽商江春的德音班，爲班中「三通人」之一，〔註111〕他唱曲能掌握四聲咬字，並能與笙笛相應，故葉堂稱其爲「無雙唱口」，在伶人中頗爲難得，上述諸例可知葉堂對時俗演出的關注。而〈瞿松濤傳〉則記錄其對樂師的讚譽：

> 有瞿松濤者，幼好音律。……既長，吹彈度曲，無不盡妙，而于鼓
>
> 板尤爲獨絕。蓋其鏤心南曲，已數十年，迎頭拍字，徹板隨腔，不
>
> 失分黍，且其鼓法以清點取勝，不染花亂俗習，故其品獨高。……
>
> 其所製鼓，扁形纖腹；板，質薄而輕，聲甚清越，號爲「松濤鼓板」，
>
> 梨園都仿其制。時吳門葉廣平精辨四聲五音，著《南曲譜》，名聞四
>
> 方。瞿曾偕友往，各奏其長。葉曰：「諸賢所學，僅可悦時，若瞿君
>
> 者足以名世矣！」〔註112〕

曲家瞿松濤爲上海人，精通唱曲與演奏樂器，尤以鼓板爲一絕：所用樂器皆爲自製，其「松濤鼓板」使梨園競相仿製；葉堂聽其演奏，按板出字隨腔、鼓點清而不雜，絲絲入扣，譽爲「足以名世」，此爲葉堂於度曲之外，難得見到論及場面之例，可知其講究場面與唱曲妥爲配搭，不以逞技爲能，故稱嫺熟度曲的瞿松濤，執掌鼓板節拍，最能沈穩烘托曲腔，足爲風範。

　　葉堂亦有從俗的一面，如上舉重訂《西廂記全譜》時，便逐一增入小眼。於齣目的標示亦然：「其有俗名與原本異者，亦姑從眾，以便披覽。」〔註113〕例如：《浣紗記》中范蠡兩次至苧羅村訪西施，分別爲〈2遊春〉、〈23迎施〉，但正集卷三收錄時，則依時俗題爲〈前訪〉、〈後訪〉。即如內容，亦有依從時俗唱法者，《四夢全譜》〈凡例〉記：

〔註110〕見〔清〕李斗撰，汪北平、涂雨公點校：《揚州畫舫錄》，卷五，第25條，頁124。

〔註111〕見〔清〕李斗撰，汪北平、涂雨公點校：《揚州畫舫錄》，卷五，第28、34條，頁125、127。德音班（老江班）「三通人」爲吳大有、董掄標、俞維琛，不僅於表演各有擅場，且於崑壇諸事頗爲通曉，甚至總管班內事務。

〔註112〕〈瞿松濤傳〉出自〔清〕毛祥麟：《對山書屋墨餘錄》，該書多記載道光至同治間蘇州松江府一代政經民俗等，清同治九年（1870）刊行。見《對山書屋墨餘錄》，卷一，收入《筆記小說大觀》（臺北：廣文書局，1991），七編，頁21～22。

〔註113〕見《納書楹曲譜》〈凡例〉，頁9～10。

〈冥判〉之【混江龍】不錄全譜，蓋此曲才大如海，把讀且不易窮，
豈能一一按歌？故僅照時派譜訂。（頁 1）

北曲【混江龍】爲可增句曲牌，湯顯祖於《牡丹亭・冥判》，揮灑數十句，寫
判官詠唱斷定刑名之大筆。此曲甚長，即使如數譜曲，亦難逐句按板歌唱，
故葉堂雖完整著錄曲文，但只按時俗唱法，將首尾部分譜曲，其餘則僅下底
板。〔註114〕最能說明葉堂對關注俗唱之例，則是在曲譜中收錄許多時俗盛演
的新劇目，例如：《牡丹亭全譜》附錄的俗增〈堆花〉、俗〈玩眞〉；《納書楹
曲譜》外集卷二最末，收錄《俗增紅梨記・解妓》、《俗增荊釵記・釵圓》、《俗
西遊記・思春》，補遺卷一最末，收入《浣紗記・俗增誓師》，雖視爲附驥，
但畢竟呈現了劇壇的演出新貌。除了收錄崑腔俗增劇目，亦於外集卷二末、
補遺卷四，收錄部分「時劇」劇目及「時人散曲」，相較於《納書楹曲譜》的
龐大篇幅，這一卷雖不多，但可見乾隆時期劇壇的變化，並可與《絃索調時
劇新譜》〔註115〕相參，亦見葉堂譜熟時俗追新逐變之趣味，且不以爲怪，故
於大雅之音外，附錄流行劇目。

四、葉派唱口的遞續

　　葉堂畢生心力除度曲及訂譜，亦有後學從之習曲，但現存史料中尚未見
葉堂傳授口法的相關記載，只見師承葉派唱口的著名曲家，自乾隆年間至二
十世紀，二百年間可稽考者有：鈕樹玉→金德輝→雙鸞……韓華卿→俞宗海
→俞振飛，〔註116〕當年清響絕倫的度曲之音，不復聽聞，葉派唱口的遞續及
特質僅能從文獻中略見一二，雖難以詳考，但亦足見葉堂確領一時風騷。

　　（一）鈕樹玉→金德輝→雙鸞

　　鈕樹玉（1760～1827），字藍田，一字匪石（又作非石），蘇州府吳縣
人，長於訓詁，尤擅《說文解字》之學，又精於音律，爲當時名布衣。鈕
樹玉等三人唱曲之事，皆據龔自珍〈書金伶〉一文，〔註117〕該文雖以金德

〔註114〕《吟香堂曲譜》即將《牡丹亭・冥判》【混江龍】全數譜出，見上卷，頁 52
　　　　～55。

〔註115〕〔清〕朱廷鏐、朱廷璋參訂：《絃索調時劇新譜》，清乾隆十四年（1749）刊
　　　　行，中國國家圖書館等藏。

〔註116〕俞振飛 1957 年起任上海市戲曲學校校長，培育第一、二屆崑劇演員班（俗稱
　　　　崑大班、崑小班）學員，雖亦傳承俞家唱，然此處不再展開。據方家驥、朱
　　　　建明主編：《上海崑劇志》（上海：上海文化出版社，1998），頁 44、306～307。

〔註117〕〈書金伶〉出自《定盦續集》。見〔清〕龔自珍：《龔自珍全集》（上海：上海

輝爲主，但詳述金從鈕樹玉習唱之經歷，並附言其弟子雙鸞。葉堂故後，鈕樹玉被稱爲「第一弟子」，他如何從葉堂習曲已不可考，但知其不但善於度曲，亦精通演劇舉手投足之尺寸，演員金德輝因而大爲嘆服，棄演三年，從其度曲。

金德輝本爲沒沒無名之旦腳演員，從鈕樹玉習曲，未及三年，名氣幾與鈕相當。後於乾隆四十九年（1784）組集成班（後更名集秀班）接駕，高宗大喜，一時傲視群倫，鈕樹玉以金雖成名，但藝事未就，授以「哀秘之聲」，鈕「每度一字，德輝以爲神。曲終，滿座燭盡滅，德輝竊譜其聲而不能肖。」金德輝當下不能肖似，然而，在那年秋天的某次堂會上，因鈕樹玉在座，憶起往昔所學，引吭而歌，竟得其哀秘之聲：

> 脫吭而哀，坐客茫然不省，始猶俗者省，雅者喜，稍稍引去。俄而
> 德輝如醉、如寱、如倦、如倚、如眩瞀，聲細而謔，如天空之晴絲，
> 纏綿慘闇，一字作數十折，愈孤引不自已，忽放吭作雲際老鶴叫聲，
> 曲遂破，而座客散已盡矣。〔註118〕

在滿座喧騰的宴席上，此等哀秘之聲，金德輝雖唱得酣暢動情，但想必聽客覺得冷冽幽暗，不忍卒聽，紛紛走避。師徒二人頗爲懊惱，金德輝還因此大病一場，鈕悔其傳授，認爲「技之上者，不可習也」，金竟將曲譜全數燒毀。所謂「哀秘之聲」，據龔自珍描述，可知曲腔舒緩纏綿，極盡委婉曲折之致，唱者渾然忘我，但聽者往往茫然不省，然而，這恐非葉派唱口的典型，而是度曲者刻意逞其運腔之能，傾吐幽怨之音，故雖可淋漓盡致展現個人才華，卻無法模仿學習，金德輝是在演出當下，才忽有傳神寫意之唱。

葉派唱口在金德輝之後，「有弟子雙鸞，非高弟也，約略能傳其聲。」雖然雙鸞並非出色的歌者，但據龔文中「嘉慶己卯（1819）冬」的紀年；又上引潘奕雋《三松堂集》卷十六之詩，記山塘聽聞葉派歌者，時在嘉慶癸亥（1803），皆可見嘉慶年間葉派唱口的流傳，且除鈕樹玉一支外，當還有其他弟子延續師承，只是其名文獻無徵。

人民出版社，1975），第二輯，頁 180～182。下引〈書金伶〉皆據此，不再逐一加註。
可參考陸萼庭〈鈕樹玉與金德輝──讀龔自珍〈書金伶〉〉，該文尤綜述鈕樹玉才學及生平遊歷，收入陸萼庭：《清代戲曲家叢考》，頁 269～278。
〔註118〕〔清〕龔自珍：〈書金伶〉，見〔清〕龔自珍：《龔自珍全集》第二輯，頁 182。

（二）韓華卿→俞宗海→俞振飛

當年習葉堂唱法者應甚眾，雖然累代相傳，遞續脈絡已無法詳考，但不絕如縷，可由俞宗海的自述回顧：

> 同治壬申（1872）之春，得晤甫里韓華卿先生，授以吳中葉懷庭之學；當時吳門有趙星齋、姚澹人、張毅卿、何一帆諸君，皆深於葉氏之學，相與言論，至足樂也。〔註119〕

韓華卿，江蘇省松江府婁縣人，生平不詳，大約活動於道光、咸豐年間，為咸豐初年創建於上海的「怡怡集」曲社成員之一。〔註120〕俞宗海（1847～1930），字粟廬，號韜盦，江蘇省松江府婁縣人，光緒年間移居蘇州，工書法，1921 年曾於百代公司灌錄唱片，並附手書《度曲一隅》曲譜，又輯錄前人所論曲唱文字為《度曲芻言》，其子俞振飛編印《粟廬曲譜》傳世，〔註121〕吳梅譽為：「蓋自瞿起元、鈕匪石後，傳葉氏正宗者，惟君一人而已。」〔註122〕韓華卿師承不詳，但將謳曲之技盡傳與俞宗海，同治年間傳葉派唱法者尚不乏其人，故俞宗海得於蘇州與趙星齋等論曲。後俞宗海傳子俞振飛（1902～1993），俞振飛據家學度曲心得，撰《習曲要解》說明各式腔格唱法，〔註123〕工小生，但拍曲則不限腳色家門，有《振飛曲譜》及錄音、錄影等傳世。除俞氏父子，又如徐致靖（1826～1918）「是《納書楹》葉堂一派，崑山腔的正宗。」〔註124〕雖不遑一一點檢葉派曲家，但由以上文獻已可知葉堂度曲口法代代遞續之概況，崑曲保存社同人曾描述俞宗海的唱法為：

〔註119〕此為 1924 年 3 月俞宗海自題於《長生殿·哭像》曲摺後，引自吳新雷：《二十世紀前期崑曲研究》（瀋陽：春風文藝出版社，2005），附錄俞粟廬《長生殿·哭像》曲摺跋後〉，頁 255。

〔註120〕「怡怡集」，據方家驥、朱建明主編：《上海崑劇志》，附「上海近現代崑曲曲社一覽表」，頁 52。

〔註121〕俞宗海《度曲一隅》，可見於《粟廬曲譜》附錄。
　　　　俞宗海輯錄：《度曲芻言》，上海笑舞台《劇場報》，1924.5；收入吳新雷：《二十世紀前期崑曲研究》附錄，頁 249～254。
　　　　俞振飛輯：《粟廬曲譜》（1953 年於香港刊行；臺北：中華民俗藝術基金會重印本，1991、1996；南京：南京大學崑曲社重印本，2007）。

〔註122〕據吳梅：〈俞宗海家傳〉，見俞振飛輯：《粟廬曲譜》，附錄。

〔註123〕俞振飛：《習曲要解》，刊於《粟廬曲譜》；後又結合舞台實踐，修改增補，刊於俞振飛：《振飛曲譜》（上海：上海音樂出版社，1982），頁 1～33。

〔註124〕徐致靖（1826～1918），字子靜，號僅叟，江蘇宜興人，寄籍順天府，清光緒二年（1876）進士，曾參與戊戌（1898）新政。見許姬傳〈徐僅叟對崑曲的造詣〉，收入許姬傳：《許姬傳七十年見聞錄》（北京：中華書局，1985），頁 70。

> 其度曲也，出字重，轉腔婉，結響沈而不浮，運氣斂而不促。凡夫
> 陰陽清濁、口訣唱訣，靡不妙造自然。……試細玩其停頓、起伏、
> 抗墜、疾徐之處，自知葉派正宗，尚在人間也。〔註125〕

此涵蓋俞宗海度曲時出字、行腔、收音、呼吸等之自然流轉，尤精於鋪排曲
腔高低張弛的各種幅度，堪為葉派正宗。葉堂後學者的接受與變異情形難以
稽考，上述文字記錄的雖是俞宗海的唱法，但亦無礙於將其視為葉堂度曲的
典範，所謂葉派唱口，正是表現徐大椿《樂府傳聲》等的曲唱要領，這些原
是崑曲度曲所講究的，所謂葉堂一派，或許未必有明確的師承關係，而是指
追求相同的曲唱典範。

除了葉派唱口的遞續，後有以葉堂或葉派喻善歌者或善譜曲者，亦可視
為葉堂成就的某種延續，《集成曲譜》〈魏序〉云：

> 吾友吳縣王君九、嘉興劉鳳叔，寢饋於崑曲者有年，今之葉廣明、
> 鈕匪石也。□世俗曲譜有乖正音，貽誤來學，編輯《集成曲譜》一
> 書，選劇四百餘折，分為四集。〔註126〕

《集成曲譜》為繼《納書楹曲譜》之後的曲譜鉅製，所錄劇目皆悉心訂正曲
文及曲牌，於民國十四年（1925）出版，編訂者王季烈（1873～1952）精於
度曲，撰有《螾廬曲談》，〔註127〕可供度曲、製曲參考；劉富樑（1875～1936）
著有《歌曲指程》，又善於譜曲，吳梅曾稱其為「懷庭後一人」，後吳之《霜
崖三劇》即有部分由劉富樑訂譜。〔註128〕由於王季烈、劉富樑皆精於音律，
又共同輯錄曲譜，遂被稱為今之葉堂、鈕匪石一輩的人物。

綜觀葉堂生平，畢生以度曲及訂譜為職志，「葉派唱口」、「葉譜」之稱，
足可概括其成就。葉堂唱法雖難以具述，但其在字音、運腔、抑揚等之講究，
實為崑曲度曲典範。葉譜的刊行，則可見葉堂訂譜及創作之功，並可窺知乾

〔註125〕見俞宗海《度曲一隅》曲譜，崑曲保存社同人所識之後記，收入俞振飛輯：《粟
　　　　廬曲譜》。
〔註126〕見王季烈、劉富樑：《集成曲譜》（上海：商務印書館，1925；臺北：進學書
　　　　局，1969影印），金集，魏絨〈序〉。
〔註127〕王季烈《螾廬曲談》原刊於《集成曲譜》各集卷首，後有單行本，王季烈：《螾
　　　　廬曲談》（臺北：臺灣商務印書館，1971）。
〔註128〕劉富樑：《歌曲指程》（吉林：永衡印書局，1930）。
　　　　吳梅稱譽劉富樑一事，見《集成曲譜》劉富樑〈後記〉，頁1301。
　　　　吳梅《霜崖三劇歌譜》，其中《無價寶》及《惆悵爨》之頭二本由劉富樑譜曲，
　　　　1933年於南京刊行。

隆時期曲牌音樂的發展及劇壇流行的概況。

第三節　葉譜的刊行及影響

一、葉譜的刊行

清代以來，刊行多種曲譜，諸如：《九宮正始》〔註129〕、《北詞廣正譜》〔註130〕、《寒山堂曲譜》〔註131〕、《十二律崑腔譜》〔註132〕、康熙《曲譜》〔註133〕、《南詞定律》〔註134〕、《九宮大成譜》〔註135〕、《太古傳宗》〔註136〕、《納書楹曲譜》、《吟香堂曲譜》，但除《太古傳宗》以下三種爲宮譜，其餘皆爲詳訂格律之曲譜，其中《南詞定律》、《九宮大成譜》亦附載工尺。在眾多格律譜中，影響最大的爲《九宮大成譜》，主因其收羅詳備，兼賅南、北曲，遍引詞調、雜劇、傳奇等，且其雖爲格律譜，兼有工尺，故此譜一出，幾乎成爲南、北曲的定本，葉堂在《納書楹曲譜》〈自序〉即言：「本朝《大成宮譜》出，而度曲之家奉若律令無異詞。」（頁5）而葉堂分批刊行《西廂記譜》、

〔註129〕〔明〕徐子室、鈕少雅：《九宮正始》，清順治八年（1651）精抄本，收入《善本戲曲叢刊》，第三輯。另收入《續修四庫全書》（上海：上海古籍出版社，2002），第1748～1750冊。又，黃仕忠、金文京、喬秀岩編：《日本所藏稀見中國戲曲文獻叢刊》（桂林：廣西師範大學出版社，2006），第7～9冊。

〔註130〕〔清〕李玉：《北詞廣正譜》，清初刊行，收入王秋桂主編：《善本戲曲叢刊》，第六輯（臺北：臺灣學生書局，1987）。另有單行本《北詞廣正譜》（臺北：學海出版社，1998）。

〔註131〕〔清〕張大復（彝宣）：《寒山堂曲譜》，清鈔本，收入《續修四庫全書》，第1750冊，匯錄各種鈔本，題《寒山曲譜》。

〔註132〕〔清〕王正祥：《十二律崑腔譜》，清康熙年間刊行；劉世珩：《暖紅室匯刻傳奇》附刊（1916），有影印單行本（臺北：鼎文書局，1972）。

〔註133〕〔清〕王奕清等：《曲譜》，清康熙五十四年（1715）刊行。有排印本《康熙曲譜》（長沙：嶽麓書社，2000）。

〔註134〕〔清〕呂士雄等輯：《南詞定律》，清康熙五十九年（1720）刊行，收入《續修四庫全書》，第1751～1753冊。

〔註135〕〔清〕周祥鈺等：《九宮大成南北詞宮譜》，清乾隆十一年（1746）刊行，收入《善本戲曲叢刊》，第六輯。另收入劉崇德主編：《新定九宮大成南北詞宮譜校譯》（天津：天津古籍出版，1998），第7～8冊。又，《續修四庫全書》，第1753～1756冊。

〔註136〕〔清〕朱廷鏐、朱廷璋重訂：《太古傳宗》，共有三種：《太古傳宗琵琶調宮詞曲譜》、《太古傳宗琵琶調西廂記曲譜》及附刊之《絃索調時劇新譜》，清乾隆十四年（1749）刊行，北京：中國國家圖書館等藏。

《納書楹曲譜》、《納書楹四夢全譜》、《納書楹西廂記全譜》，包括全本及散齣的崑曲曲譜，可謂開風氣之先，且頗爲度曲者推崇，時稱「葉譜」，期間雖有《吟香堂曲譜》，但刊刻內容及影響力均不及葉譜。葉譜的刊行，自乾隆四十九年（1784）至六十年（1795），從初刻到增補、重訂，前後歷時十二年版刻刊行，〔註137〕先表列其相關出版概況：

表2　葉譜出版概況表

葉譜	西廂記譜〔註138〕	納　書　楹　曲　譜		納書楹四夢全譜	納書楹西廂記全譜
		正集、續集、外集	補　遺		
卷數	五卷	正集四卷、續集四卷、外集二卷	四卷	牡丹亭二卷紫釵記二卷邯鄲記二卷南柯記二卷	二卷、續一卷
卷首	葉堂自序	王文治序、葉堂自序、凡例	葉堂自序	王文治序、葉堂自序、凡例	許寶善序、葉堂自序
葉堂刊行	乾隆四十九年（1784）	乾隆五十七年（1792）	乾隆五十九年（1794）	乾隆五十七年（1792）	乾隆六十年（1795）重鐫
後人重刻	／	道光二十八年（1848）文德堂重刻刊行書名頁題：納書楹曲譜全集，共二十二卷〔註139〕			／
影印原刻	／	善本戲曲叢刊、續修四庫全書〔註140〕		續修四庫全書	北西廂絃索譜簡譜附錄

〔註137〕葉譜雖字跡規整，然並非活字本；其序言中屢提及「剞劂」、「刊版」等，如初刻《西廂記譜》〈自序〉、《納書楹曲譜》〈王序〉、《四夢全譜》〈王序〉、重鐫《西廂記全譜》〈自序〉，唯歷次刻版出自眾手，故諸譜字跡不盡相同，除重鐫之《西廂記全譜》最末標示「姑蘇周品漁鐫」，餘皆不著刻者。

〔註138〕葉譜原刻本典藏單位舉隅：
《西廂記譜》，北京：首都圖書館等藏。
《納書楹曲譜》，臺北：國家圖書館、北京：中國國家圖書館等藏。
《納書楹四夢全譜》，臺北：故宮博物院、北京：中國國家圖書館等藏。
《納書楹西廂記全譜》，臺北：臺灣大學圖書館、北京：中國國家圖書館等藏。

〔註139〕《納書楹曲譜全集》，臺北：國家圖書館、北京：中國國家圖書館等藏。

〔註140〕《納書楹曲譜》，收入《善本戲曲叢刊》，第六輯。又，李宗侗曾編選《納書楹曲譜》正集、續集、外集影印出版（臺北：生齋出版社，1969）。
《納書楹曲譜》、《納書楹四夢全譜》，收入《續修四庫全書》第 1756～1757冊，均無書名頁。
《納書楹西廂記全譜》，收入〔明〕沈遠譜，張世彬譯：《沈遠北西廂絃索譜簡譜》（臺北：學藝出版社，1983），附錄。

| 譯譜 | ／ | ／ | 周雪華譯譜
（2008）〔註141〕 | ／ |
| 其他 | ／ | ／ | 牡丹亭曲譜
（1998）〔註142〕 | ／ |

（一）由《西廂記譜》到《納書楹西廂記全譜》

《西廂記譜》為三種曲譜中最早出版者，據葉堂〈自序〉：「以《西廂》之工易竣，且別無他譜行世。」（頁5）當時葉堂雖已完成《北西廂》、《幽閨記》、《琵琶記》、《四夢》、《長生殿》等名劇的訂譜，但為何率先出版《西廂記譜》？原因在於王實甫的《北西廂》全本，連同續作，雖有五本，篇幅終較傳奇名作為短。且《北西廂》雖有馬湘蘭在明萬曆三十二年（1604）領家伎至蘇州唱《北西廂》全本之記錄，〔註143〕但當時歌場所唱的《西廂記》皆為李日華改訂的《南西廂》，葉堂所訂王實甫《北西廂》之崑曲譜，確為獨步，就如葉堂在重訂《西廂記全譜》〈自序〉所言：「以從來未歌之曲，付之管弦。」（頁1）〔註144〕故在諸譜中，先行刊刻《西廂記譜》，每一本定為一卷，共計五卷。事隔十二年，葉堂再為校訂，重鐫刊行，改題《納書楹西廂記全譜》；作者由「東吳／茂苑葉懷庭」，〔註145〕改題「長洲葉堂」，與此前出版的《納書楹曲譜》、《四夢全譜》一致；原由「同學諸子校字」，後有「許寶善參訂」；又將卷數析為卷上、卷下，及續西廂記譜一卷；原版面為半頁5行16字，重鐫本延續《納書楹曲譜》、《四夢全譜》所定版面及字體，仍為半頁6行18字。內容則較初刻本略有增減：增加的部分，乃是依從俗唱需求，在樂譜板眼中「增入小眼」，這在刊行的崑曲工尺譜中為首創，雖

〔註141〕周雪華譯譜：《崑曲湯顯祖「臨川四夢」全集——納書楹曲譜版》（上海：上海教育出版社，2008）。該譯譜本，為閱讀欣賞之便，已將原著中腳色及唸白插入。

〔註142〕見江蘇省崑劇研究會編：《崑劇傳世演出珍本全編》（南京：江蘇文藝出版社，1998），甲編第一函所收錄之《牡丹亭》，書名頁題「（清）葉堂訂譜」，並有印文「過雲樓重訂」，乃重新謄寫整理。

〔註143〕〔明〕沈德符：《顧曲雜言》「北詞傳授」條：「頃甲辰年（萬曆三十二年，1604），馬四娘（馬湘蘭）以生平不識金閶為恨，因挈其家女郎十五、六人來吳中，唱《北西廂》全本。」見《中國古典戲曲論著集成》（四），頁212。

〔註144〕葉堂此處所言「從來未歌」，當指崑曲向來歌唱《南西廂》，未歌《北西廂》。其實《北西廂》至少有絃索唱法，今傳譜有〔明〕沈遠譜曲：《北西廂絃索譜》、〔清〕朱廷鏐、朱廷璋重訂：《太古傳宗琵琶調西廂記曲譜》。

〔註145〕書名頁題「東吳葉懷庭」，卷端題「茂苑葉懷庭」。

非葉堂初衷，然更能表現其度曲之細膩；刪去的部分，重鐫本〈自序〉說明：「楔子及【絡絲娘】，既非正曲，輒從芟汰。」（頁 2）故除第二本的楔子爲【正宮・端正好】套曲（即〈傳書〉），全數保留，其餘各本楔子所用的【仙呂・賞花時】、【仙呂・端正好】，及第二、三、四本最末只有二句的【絡絲娘煞尾】，均未再付梓，推想葉堂之意，當是認爲這幾隻不入套的曲子，零星散落且散板唱腔較無發揮之處，實無須保留，於是重鐫的《西廂記全譜》所錄皆爲全套的北曲。由刊行重訂本一事，可見葉堂對《西廂記譜》極爲看重，然而，似乎始終是「購者寥寥」，〔註 146〕初刻本如此，重訂本亦未受重視，道光年間重刻的《納書楹曲譜全集》，獨缺《西廂記全譜》；當代出版的叢書也未見收入，唯一出版者是附於臺灣版張世彬譯《沈遠北西廂絃索譜簡譜》之後。〔註 147〕

（二）《納書楹曲譜》

《納書楹曲譜》先刊行正、續、外三集，後又有補遺之作，收錄的均爲「雜曲」（或稱「散齣」），包含雜劇 22 種，計 44 齣；戲文、傳奇 80 種，計 284 齣；時劇共 23 種，計 23 齣；並有散曲及隻曲共 14 種。葉堂編纂此譜，旨在訂正俗唱之非，其在〈自序〉言道：

> 顧念自元、明以來，法曲流傳無慮數百種，其膾炙人口者，鼎中一臠爾。而俗伶登場，既無老教師爲之按拍，襲繆沿譌，所在多有，余心弗善也。暇日搜擇討論，準古今而通雅俗，文之舛淆者訂之，律之未諧者協之。（頁 5〜6）

可知葉堂所選，大抵爲傳唱不輟的曲目及劇目，深感俗伶相沿訛誤，遂重爲訂譜，於文、律皆詳細釐定，希冀成爲度曲者之指南。然而，葉堂對於場上種種，並非一味苛責，所選對象，除了《琵琶記》、《浣紗記》、《長生殿》等名家名作，曲譜中也附及時俗流傳的作品，如：外集卷二末的《俗增紅梨記・解妓》、《俗增荊釵記・釵圓》、《俗西遊記・思春》，補遺卷一末的《浣紗記・俗增誓師》，外集卷二、補遺卷四殿後的「時劇」。而曲譜中，除了劇壇流行的作品，亦有爲數不少的元人雜劇套曲、元明散曲佳作，當可代表清唱盛行的曲目，第二章將分別從其選錄的流傳劇目、時興作品切入，詳細分析《納書楹曲譜》的內容。

〔註 146〕見《西廂記全譜》〈自序〉，頁 7。
〔註 147〕張世彬譯：《沈遠北西廂絃索譜簡譜》（臺北：學藝出版社，1983）。

（三）《納書楹四夢全譜》

湯顯祖《四夢》爲才氣縱橫之作，撰作不以格律爲限，爲便於搬演，歷來改本頗眾，尤以《牡丹亭》爲最，〔註148〕且往往「改詞就調」，殊失原作之旨。直至明末清初鈕少雅撰《格正還魂記詞調》〔註149〕、清乾隆五十四年（1789）馮起鳳訂《吟香堂牡丹亭曲譜》，乾隆五十七年（1792）葉堂訂《納書楹牡丹亭全譜》，均以「改調就詞」之法適應不合律的曲文，方使《牡丹亭》有可能按原著搬演。葉堂在《四夢全譜》〈自序〉描述當時傳唱《四夢》的概況爲：

> 《邯鄲》、《南柯》遭臧晉叔竄改之厄，已失舊觀，《牡丹亭》雖有《鈕譜》，未云完善，惟《紫釵》無人點勘，居然和璞耳。（頁1）

於是，他致力爲《四夢》全本訂譜，不論用韻、字聲、句法等，皆設法遷就曲文，以維持完璧，《四夢全譜》〈凡例〉特爲說明：

> 臨川用韻，間亦有筆誤處，……至其字之平仄聲牙，句之長短拗體，不勝枚舉。特以文詞精妙，不敢妄易，輒宛轉就之。知音者即以爲臨川之韻也可，以爲臨川之格也可。（頁1）

在諸多「宛轉相就」之法中，最常見的是以「集曲」來適應曲文，雖然這並非葉堂獨創，但不同曲家的集法各異，仍可見葉堂用心。其中《牡丹亭》尤爲精心傑作，《紫釵記》則爲獨創之譜，參訂者王文治於〈序〉中極力稱賞：

> 《玉茗四夢》……俗工依譜諧聲，何能傳其旨趣於萬一？……懷庭乃苦心孤詣，以意逆志，順文律之曲折，作曲律之抑揚，頓挫綿邈，盡玉茗之能事。（頁1～2）

《四夢全譜》的完成，不但使《四夢》全本演出成爲可能，亦可見乾隆時期訂譜技巧之成熟，除以音樂手法來適應曲文，更力圖以音樂烘托曲情，傳唱作品的意趣神色。再從當代出版情形而言，緣於《四夢》之盛譽，葉譜中以《四夢全譜》最受青睞，在周雪華的完整譯譜〔註150〕之前，劉世珩鈔藏的曲

〔註148〕可參考陳慧珍：《明代《牡丹亭》批評與改編之研究》（臺北：臺灣大學中文所博士論文，2008）。

〔註149〕鈕格（1564～？），字少雅，晚號芍溪老人，江蘇長洲人，與徐迎慶合著《南曲九宮正始》。其《格正還魂記詞調》，考訂精審，點明板眼，詳分正襯。附刻於劉世珩編：《暖紅室匯刻傳劇》（1919刊行、揚州：江蘇廣陵古籍刻印社，1990年重印），《玉茗堂還魂記》之後。

〔註150〕周雪華譯譜之《崑曲湯顯祖「臨川四夢」全集──納書楹曲譜版》，增入腳色、賓白、笛色及潤腔唱法，並於《牡丹亭》補入自行譜曲的〈1標目〉、據《吟香堂曲譜》錄入的〈15虜諜〉。

譜中即有《納書楹邯鄲記曲譜》，〔註151〕而《崑劇傳世演出珍本全編》收入的《牡丹亭》，其一即爲葉堂訂譜者，〔註152〕這些當代傳本，皆努力使樂譜更爲完整，不但逐一點入小眼，有的還補入笛色，亦有將腳色、賓白全數插入者，甚至增譜當年葉堂未譜之數曲，總以續爲傳播的方式，表達對湯顯祖作品及葉堂訂譜的推崇之意。

（四）《納書楹曲譜全集》

　　《納書楹曲譜》與《四夢全譜》，在葉堂身後，曲譜刊行五十多年後，於道光二十八年（1848）有重刻本，將兩譜合刊，題爲《納書楹曲譜全集》。重刻本與原刻本分卷、內容相同，僅數處刊刻有異：（1）書名頁：如原刻本題「乾隆壬子春鐫／納書楹正集曲譜／納書楹藏版」；重刻本則題「道光戊申春鐫／納書楹正集／」，刊刻時間及題名不同，至於刊刻堂名，或是空白，或有仍題「納書楹」者，各卷不盡相同。（2）頁碼：原刻本的頁碼，各齣自爲起迄；重刻本則將一卷之內的頁碼，連續編排而下。（3）眉批：重刻本部分眉批有所缺漏，尤其是笛色，恐因只有兩個字，經常漏刻或漏印。如正集卷三《幽閨記·拜月》【青衲襖】，原刻本標記「尺調」，但重刻本則無。由重刻《納書楹曲譜全集》，可觀察到：（1）刊行重刻本的「文德堂」，〔註153〕未標示刊刻地，或仍在蘇州，如此則至道光年間，吳門除了花部戲曲，清唱甚至搬演崑曲的風氣仍未消歇，故重刻此多達二十二卷的曲譜。（2）自葉譜問世後的五十多年間，崑曲唱腔在已有定譜的狀況下，變動有限，故取葉譜總無礙於歌唱，且葉派唱口後學不輟，故有重刻之必要。（3）崑曲曲譜的抄本固然流傳不輟，但可考的散齣曲譜刻本，自葉譜之後，則待同治九年（1870）方有王錫純輯《遏雲閣曲譜》，〔註154〕該譜取《納書楹曲譜》、《綴白裘》爲底本，

〔註151〕此《納書楹南柯記曲譜》爲劉世珩精鈔本，卷端題「沈雷道士鑒定，童嬛、柳嬾侍拍」，空白處題識「甲子（1924）三月二十六日鳳叔校」，臺北：中央研究院歷史語言研究所藏。此本將葉堂原本未譜之〈1 提世〉亦譜入，且逐曲註明笛色。

〔註152〕《崑劇傳世演出珍本全編》收入者，增入腳色、賓白，並另行增譜葉堂遵進呈本不錄的〈15 虜諜〉全齣、〈47 圍釋〉略去的五曲之譜。

〔註153〕國家圖書館（臺北）藏《納書楹曲譜全集》本，並無刊刻堂名的標示，但首都圖書館（北京）藏本，標示「文德堂」。

〔註154〕〔清〕王錫純輯、李秀雲拍正：《遏雲閣曲譜》，清同治九年（1870）刊行，有光緒十九年（1893）鉛印本；上海：著易堂書局鉛印本，1920；臺北：文光圖書有限公司影印本，1965；《續修四庫全書》影印本，第1757～1758冊。

但「變清宮爲戲宮，刪繁白爲簡白。」〔註155〕加入唸白、標示小眼及潤腔，便於搬演。故道光年間重刊的《納書楹曲譜全集》，當可謂葉譜的最後一波流傳，至清末民初，除「天韻社」（原名「無錫曲局」）及部份揚州、金陵曲社等尚用葉譜，〔註156〕其餘曲家在葉譜未點小眼、不標潤腔、又與流行戲宮譜相異的情況下，認爲「此譜習之甚難，且與時譜不合。」〔註157〕多改用《過雲閣曲譜》、《六也曲譜》及《道和曲譜》等。

葉譜可謂相當成功的刊行，除敦請名士王文治、許寶善共同參訂、作序，有助於提高聲望；更在於葉堂本身善於表述，歷次刊行時的〈自序〉、〈凡例〉皆頗能見其關注面向、曲樂見解及作法說明；尤其葉譜內容頗豐，幾乎涵蓋葉堂畢生涉獵者，雖只收以套曲爲主的散齣，但僅《納書楹曲譜》，若併計所收南戲、雜劇、傳奇、時劇、散曲等，共有 365 齣／種，若再加上《西廂記全譜》、《四夢全譜》，則有 566 齣／種。此一個別曲家傳譜數量，唯有光緒間名曲師殷溎深（約 1839～1916）抄錄的 670 齣能望其項背，總名《餘慶堂曲譜》。〔註158〕由葉譜可見清乾隆年間曲壇、劇壇流行劇目的概況，亦見當時的譜曲水準，諸譜既有訂定俗唱之處，亦有葉堂自行創作者，尤以《北西廂》、《紫釵記》，因明代以後罕見歌唱，最可見葉堂製訂曲譜之作法。

二、葉譜的編選

在明清戲曲選本中，編排選入內容有多種形式：如《雍熙樂府》，依照宮調及曲牌羅列套曲、小令，故即使選入《西廂記》全本，卻是依宮調散見於各卷；如《群音類選》，在官腔、諸腔、北腔、清腔的分類下，是以劇作爲單位，下收

〔註155〕見《過雲閣曲譜》過雲閣主人〈序〉。

〔註156〕「天韻社」，見楊蔭瀏：《中國音樂史綱》（北京：音樂出版社，1955），「傳統久遠的崑曲社」，頁 235～236。揚州、金陵曲社，據俞宗海：「揚州、金陵亦有唱葉譜者，而葉之口法全無矣。」題於《長生殿・哭像》曲摺後（1924 年 3 月）。見吳新雷：《二十世紀前期崑曲研究》（瀋陽：春風文藝出版社，2005），附錄俞粟廬《〈長生殿・哭像〉曲摺跋後》，頁 256。

〔註157〕引自吳梅：《顧曲麈談》〈度曲〉，1914 年成書。見吳梅著，王衛民輯校：《吳梅戲曲論文集》（北京：中國戲劇出版社，1983），頁 67。

〔註158〕殷溎深《餘慶堂曲譜》包括「選齣」的《六也曲譜》、《崑曲大全》，及「全記」的《荊釵記》、《琵琶記》、《長生殿》等。詳見陸萼庭〈殷溎深及其《餘慶堂曲譜》〉，收入陸萼庭：《清代戲曲與崑劇》（臺北：國家出版社，2005），頁 227～243。

各劇散齣，如在《玉簪記》下收入〈對操傳情〉、〈秋江送別〉等套曲；如《樂府紅珊》，依慶壽、思憶、遊賞等分類選入情境相仿的散齣，故同出自《琵琶記》，〈蔡伯喈慶親壽〉、〈蔡伯喈書館思親〉、〈蔡伯喈荷亭玩賞〉則依內容排入上述各類；又如《綴白裘》，十二編乃分次刊行，乍看似以劇作爲單位，實則乃在選入可供搬演之散齣，故同一劇作的散齣往往分見各編，即使一編之中，各卷關注的，概以演出一臺戲來考量安排，所選未必是一個劇情段落，但將各式劇目穿插配置，「雅俗兼收，濃淡相配」，故梨園奉爲指南。〔註159〕而葉譜的編排，看似紛繁，但大抵依循從選劇到選齣，由雅而俗的脈絡而成，以下分述之：

（一）從「選劇」到「選齣」

而葉譜雖爲曲譜之屬，編排方式卻迥異於格律譜先分南、北曲，再依宮調及曲牌爲序的作法，無意並列相近之套曲以便習唱或演奏；雖未錄賓白，卻不自限於曲文選本，而是以選劇的視野，呈現尚能演唱或已然訂譜的散齣。葉譜的作法，就選本編排而言，雖與《群音類選》等相仿，但在曲譜編排卻是首創，此後各種崑曲譜刊行時多採此法。最能察見葉譜「選劇」策略的，當爲《西廂記譜》、《四夢全譜》等五部全本曲譜，然而，尚有部分劇作，初衷爲選入全劇而非僅選散齣，據初刻《西廂記譜》〈自序〉，葉堂有意爲以下作品製訂全譜：「獨王實父之《西廂》、施君美之《幽閨》、高則誠之《琵琶》、湯若士之《四夢》、洪昉思之《長生殿》，愛其工妙，製爲全譜。」（頁1~2）可知在葉堂的構想，包括《幽閨記》、《琵琶記》、《長生殿》，皆從選劇的觀點來思考。不過，當時的風氣畢竟以搬演散齣爲主，故在《納書楹曲譜》〈自序〉談及編選內容已是「爰取雜曲之尤雅者……自《琵琶記》以降，凡如干篇都爲一集。」（頁6）「雜曲」意同「散齣」，故此時的考量已偏向「選齣」，但葉堂在編排過程中仍盡力以劇作爲綱，正、續、外三集所選劇目及散齣，除《南西廂》、《西樓記》、《紅梨記》，因部分選齣的考量，分入正、續集（詳下），《長生殿》初選的編入正集卷四，續選的編入續集卷一，其餘各劇的齣目，刊行時不論齣數多寡，均按情節次序匯於劇作之下。〔註160〕《納書楹曲譜》的編

〔註159〕可參考顏長珂〈珍貴的戲曲史料——讀嘉慶丁巳、戊午《觀劇日記》手稿〉，該文尚且將《綴白裘》某卷的編選劇目，與三多部某日的演出劇目互爲參照，收入顏長珂：《戲曲文學論稿》（北京：文化藝術出版社，2008），頁113~142，與《綴白裘》相關的部分，見頁118~119。

〔註160〕僅續集卷二《牧羊記》，誤將在〈小逼〉之前的〈煎粥〉，置於〈望鄉〉之後。

排，之所以讓人覺得紛雜，乃是因爲兩年後續選刊行的「補遺」，常於正、續、外三集原選之劇作又添散齣，致同一作品的散齣分見於各集。總之，葉譜以《西廂記譜》、《四夢全譜》呈現「選劇」面貌，刊行全本曲譜；但即使以「選齣」爲主的《納書楹曲譜》，在編排上仍以劇作爲綱領，匯集散齣，盡錄佳作及時興散曲等。

　　（二）由「雅」而「俗」

　　《納書楹曲譜》有正、續、外、補四集，各集之間的次第，簡而言之，乃由「雅」而「俗」收錄劇作，葉堂在《納書楹曲譜》〈凡例〉自言：

　　　　「正集」之末近乎「續」，「續集」之末近乎「外」。至「外集」所選，因向來家絃戶誦，膾炙人口者，故不忍遽棄。（頁9）

又於《納書楹曲譜・補遺》〈凡例〉強調廣收經常搬演之作品：

　　　　上自《琵琶》，下至時劇，凡梨園家搬演而手曾製譜者，悉付剞劂。（頁1661）

因此，選劇中最爲雅馴者，葉堂列入「正集」，首卷爲《琵琶記》，次卷絕大多數出自元雜劇，〔註161〕卷三爲《浣紗記》、《幽閨記》等，卷四則爲《長生殿》，可知葉堂於諸曲中，特喜「曲祖」《琵琶記》、「元氣淋漓」〔註162〕之元曲、文律皆工之《長生殿》，於此一集之中，薈萃戲曲史上南戲、雜劇、傳奇各種體製的名作。「續集」次之，如《紅梨記》、《玉簪記》、《南西廂》、《荊釵記》等收錄最多。至「外集」所收，雖非名作，但像《金雀記・喬醋》、《獅吼記・跪池》，時至今日，仍爲膾炙人口之作。而「補遺」，則是零金碎玉，不忍遽棄，故凡曾經搬演並訂譜者，包括新近流行的時劇，均予以收入。葉堂並未陳述其分別雅俗的觀點，但大體而言，所謂「雅」，顯然文采氣度較爲出色，以《南西廂》爲例，絕大多數編入續集，「惟〈聽琴〉、〈驚夢〉二齣，與北曲文詞相合者多，特採入正集。」〔註163〕再如《西樓記》、《紅梨記》，多數散齣編入「續集」，但「正集」卷二選入《西樓記・俠試》，因其「氣魄雄偉」，收《紅梨記・問情》則因其「筆力勻稱」。〔註164〕至於「俗」，並非著意

〔註161〕除《義勇辭金・挑袍》（原題《古城記》）、《狂鼓吏・罵曹》爲明雜劇，《虎囊彈・山亭》爲清傳奇，其餘選入《納書楹曲譜》正集卷二者，均爲元雜劇。按，以上三齣皆唱北曲套數。

〔註162〕見《納書楹曲譜》，正集卷二目錄，頁172。

〔註163〕見《納書楹曲譜》，正集卷三目錄，頁332。

〔註164〕見《納書楹曲譜》，正集卷三目錄，頁332。

擇取文詞質樸俚俗之作，而是收錄時俗流行的作品，相較於正集、續集收入《浣紗記》、《紅梨記》、《長生殿》等，詞采音律出色之作的大量散齣；外集、補遺的各劇散齣，多在二齣左右，但於演出各具風貌，難怪家戶傳誦，如《豔雲亭・癡訴》中蕭惜芬裝癡求救，瞎子諸葛暗傳神的表演、《鐵冠圖・刺虎》則爲「三刺三殺」之一，有激烈的做表，〔註165〕還有流行的散曲，甚至「俗增」劇目，如外集卷二收入《俗增西遊記・思春》等；又有「時劇」，如補遺卷四收入〈僧尼會〉等。此外，《西廂記譜》之所以收錄續作的第五本，乃是因久已流傳，不便遽刪；《牡丹亭全譜》卷下亦附錄〈俗增堆花〉、〈俗玩眞〉，俱見葉堂從俗之舉。

三、葉譜的體例

葉譜爲工尺譜，採玉柱式著錄工尺，〔註166〕以下主要根據葉譜〈凡例〉，並參照曲譜內容，論其記譜體例，亦見葉堂對曲牌音樂的部分見解。葉譜中以《納書楹曲譜》的〈凡例〉最爲詳明，《四夢全譜》雖有〈凡例〉，但是針對「改調就詞」及未加工尺者的說明，其餘「所有工尺、板眼等式，備載雜曲譜中。」（頁2）而《西廂記全譜》，體例與《納書楹曲譜》相仿，重鐫時不設〈凡例〉，僅於〈自序〉中說明增入小眼的原由。

（一）曲　文

葉譜本爲歌唱而設，故只錄曲文，不錄賓白。譜中各曲，爲清眉目，不論在劇中是否連唱，均另起一行排列。以下逐項說明與著錄曲文相關的體例：

1、曲文不分正襯

葉譜既爲訂定工尺之樂譜，其意本不在詳明格律，故曲文字體大小一致，不區分正字及襯字。《納書楹曲譜》〈凡例〉中提及：

> 此譜與宮譜不同，蓋宮譜字分正襯，主備格式，此譜欲盡度曲之妙，
> 間有挪借板眼處，故不分正襯，所謂死腔活板也。（頁10）

〔註165〕《揚州畫舫錄》，卷九，第49條：「康官……演〈癡訴點香〉，甫出歌臺，滿座歎其癡絕。瞽婆顧婕，粥其女于是班，令其與康官演〈癡訴〉作瞎子，情狀態度最得神。」見頁204。
　　　　《揚州畫舫錄》，卷五，第25條：「許天福……三刺三殺，世無其比。」見頁124。
〔註166〕「玉柱式」乃將工尺及板眼，以直式並排於曲文右側，可參見前附書影。

就葉堂的作法來看，若要盡情謳歌，與其明辨正字、襯字，不如從安排板眼著手，藉由適當的節拍來表現語氣的疾徐輕重，因之偶有遷就曲文而挪動板眼者，故強調「活板」，不受格律羈絆。在各種梓行的崑曲工尺譜中，曲文大多不別正襯，唯《吟香堂曲譜》以大小字來區分。

2、「引子」例不訂譜

《納書楹曲譜》收錄的南曲散齣，其實並不完整，因「引子」均未譜入，《納書楹曲譜》〈凡例〉中說明：

> 諸曲因非全本，「引」皆不錄。若《四夢》係趙璧隋珠，故取其備。
> （頁9）

然而，即使葉堂珍愛《四夢》，但部分乾唱的「引子」，亦未譜上工尺，只是錄入曲文，句末加底板。《四夢全譜》〈凡例〉中述明：

> 是譜依原本校錄，除「引」之不用笛和者，不加工尺；餘雖隻曲、
> 小引，亦必斟酌盡善，未嘗忽略。（頁1）

不過，乾唱的「引子」仍有其腔，葉堂只下底板的「引子」畢竟甚少，[註167]甚至同一「引子」曲牌，雖在某齣未譜上腔，但往往有別齣可為參照，例如：【搗練子】，《牡丹亭全譜》中，〈5 延師〉的兩曲只有底板，但〈30 歡撓〉的則已註記工尺。

3、著錄「合前」曲文及工尺

劇本中曲末標示「合前」而省略曲文者，葉譜均逐句錄入，且譜上工尺。雖然「合前」有前一曲可為參照，但完整的曲譜則頗便於歌唱，度曲者遂可連貫而下。但雖是「合前」，前後曲未必完全相同，有曲文本就代換二三字的，如《牡丹亭・勸農》【孝金經】四曲，「合」的三句為：「官裏醉流霞，風前笑插花，把□□□俊煞。」最後一句依次為「農夫們」、「村童們」、「採桑人」、「採茶人」（頁 2～3）。有曲文相同但板式不同的，如《琵琶記・喫糠》，【山

〔註167〕《四夢全譜》中未譜工尺的「引子」如下：

《牡丹亭全譜》：〈5 延師〉【搗練子】；〈6 悵眺〉【番卜算】；〈8 勸農〉【夜行船】；〈12 尋夢〉【夜遊宮】；〈19 牝賊〉【番卜算】；〈27 魂遊〉【掛眞兒】；〈31 繕備〉【番卜算】；〈34 詗藥〉【鳳池遊】；〈45 寇間〉【劍器令】；〈50 鬧宴〉【梁州令】、【金蕉葉】、【梁州令】；〈54 聞喜〉【玩仙燈】。

《邯鄲記全譜》：〈15 西諜〉【金瓏璁】。

《南柯記全譜》：〈31 繫帥〉【熙州三臺】；〈32 朝議〉【小蓬萊】；〈36 還朝〉【遶池遊】、【卜算子】；〈39 象讁〉【菊花新】；〈41 遣生〉【金雞叫】、【逍遙樂】。

坡羊】「合前」的二句：「思之，虛飄飄命怎期。難捱，實丕丕災共危。」第一曲爲贈板曲，第二曲只有正板，除節拍不同，小腔也略有差異（頁91～92）。

4、例不註記任唱腳色

此譜既不爲搬演而設，本可不必關注各曲由何腳色任唱，故各齣、各曲均無「生唱」、「旦唱」一類的標示，例外的是《西廂記全譜》。《北西廂》原本就有多處打破元雜劇「一人主唱」的成規，有「一本」之中，甚至「一折」之中，由不同腳色任唱之例，〔註168〕葉堂於其中三折的眉批處，標示任唱腳色，但所用腳色名稱，已非雜劇原本標示的「末」（張珙）、「旦」（鶯鶯）、「紅」（紅娘），而是傳奇慣用的「生」、「旦」、「貼」：

〈鬧齋〉，【錦上花】：此兩曲係貼唱，故低一格。（頁47～48）

〈驚夢〉，【喬木查】、【攪箏琶】、【錦上花】、【么篇】、【清江引】、【折桂令】、【水仙子】：旦唱。其餘：生唱。（頁169～177）

〈榮歸〉，【喬木查】、【甜水令】、【折桂令】：貼唱。【沉醉東風】、第二隻【雁兒落】、【得勝令】：旦唱。其餘：生唱。（頁205～216）

明清的《北西廂》刊本有數十種之多，葉堂並未言明據何本訂譜，但其標示不同腳色任唱之處，與現存最早的明弘治本不盡相同。推想葉堂的初衷，確實無意註記任唱腳色，但上舉《北西廂》三折，因迥異於北套一人主唱的慣例，故葉堂特於眉批處標明。

（二）宮調及笛色

1、標示宮調

葉堂強調此譜爲度曲而設，故與歌唱無關者，逕予省略。例外的是，各套曲牌，除時劇外，仍保留宮調標示；而明代刊行《四夢》，除北曲外，原未標記宮調，葉堂逐一補入。其實至南、北曲崑唱，宮調實已不具調式、調高的意義，「只在曲牌連接、音域的適應程度等方面爲編劇、填詞的便利留下了曲調分類的作用。」〔註169〕葉堂不厭其煩地註記宮調，或許著眼於此譜於歌唱外，因詳爲標示宮調，可供創作參考，兼具範式意義。但後來的崑曲工尺

〔註168〕見鄭騫〈《西廂記》作者新考〉，據明弘治本及劉龍田本，收入鄭騫：《龍淵述學》（臺北：大安出版社，1992），頁167～169、183～189。

〔註169〕引自黃翔鵬撰寫的「宮調」詞條，見中國藝術研究院音樂研究所《中國音樂詞典》編輯部：《中國音樂詞典》（北京：人民音樂出版社，1985），頁123；收入黃翔鵬：《黃翔鵬文存》（濟南：山東文藝出版社，2007），頁1173。

譜，多已不標示宮調，例外的是《吟香堂曲譜》，不但標示宮調，且於南曲尚註明「引」、「正曲」、「集曲」等用法或作法的分類。

2、標示笛色

就曲唱而言，標記調高的實爲笛色，故在葉譜中，雖未全部標記笛色，但於套中笛色轉換處則在眉批處予以註明，〈凡例〉云：「譜中有一套用兩調者，註明上方。若始終一調，則不贅。」（頁 12）此頗便於歌唱及伴奏時的調高處理，葉堂此舉在刊行的工尺譜中爲首見，反映當時工尺七調的運用情形。例如：《漁家樂‧藏舟》，前半【商調‧山坡羊】爲「凡調」，後半【黃鐘‧降黃龍】等則爲「工調」（頁 1545～1549）。其後刊行的崑曲譜，則多逐齣標示笛色，如：同治年間刊行的《遏雲閣曲譜》，至民初又屢見刊行宮調與笛色的對照，〔註 170〕後《崑曲曲牌及套數範例集》所列，包括一宮調中不同曲牌所用笛色，最爲詳盡。〔註 171〕

（三）板眼及工尺

1、板眼符號

工尺譜板眼符號的標記，至清代已發展成熟，雖符號及名稱略異，但內涵相同，以《南詞定律》、《九宮大成譜》、《納書楹曲譜》三者相較即可見一斑：〔註 172〕

表 3　工尺譜板眼符號表

南詞定律		九宮大成譜		葉譜	
正板／頭板	、	正板／實板	、	頭板	、
掣板／腰板	ㄴ	腰板／掣板	ㄴ	腰板	ㄴ

〔註 170〕如：天虛我生：《學曲例言》，後附刊於《遏雲閣曲譜》（上海：著易堂書局，1919），先舉笛色，後列適用宮調。《集成曲譜》〈螾廬曲談〉卷二、華連圃：《戲曲叢談》（上海：商務印書館，1937），先列宮調，再舉可用笛色。

〔註 171〕王守泰主編：《崑曲曲牌及套數範例集》（南套）（上海：上海文藝出版社，1994），「崑曲南曲（五聲）調式情況一覽表」、「崑曲北曲（七聲）調式情況一覽表」，頁 1621～1623。

〔註 172〕見《南詞定律》〈凡例〉，頁 44～45、《九宮大成譜》〈凡例〉，頁 52～53、《納書楹曲譜》〈凡例〉，頁 10。下表葉譜「側眼」之名，乃筆者據《西廂記全譜》符號，採現今通行之名補入。按，葉堂於《西廂記全譜》〈自序〉提及增入「小眼」，雖未提「側眼」之名，但曲譜小眼符號，確有小眼（‧）、側眼（ㄴ）之別。

底板／截板	＿	底板／截板	＿	底板	＿
襯板之正板	╳	襯板之頭板	↗	頭贈板	╳
襯板之掣板	Ⅸ	襯板之腰板	⌐	腰贈板	Ⅸ
襯板之底板	╳	正眼	□	中眼	◦
／		徹眼	▯	腰眼	△
／		／		小眼	・
／		／		（側眼）	└

　　板眼符號的制訂，除正板與贈板（襯板）爲兩組符號外；「板」拍於音的開始、中途、結尾，各有符號，「眼」之理亦同。在《南詞定律》、《九宮大成譜》〈凡例〉，尚說明板眼符號的意義，但至《納書楹曲譜》，則僅需舉出所用之名稱及符號，應是當時已習以爲常了。而由於重鐫《西廂記全譜》時加上小眼，故葉譜的板眼符號甚爲完備，至今沿用。

　　此外，葉譜於板眼固然勘訂詳明，然於長音拍子的「宕眼」，或因可據前後板眼推知，爲免繁瑣，故未予註記，如：《琵琶記・賞荷》【桂枝香】之【前腔】中「宮」字，葉譜將其腔之工尺記錄如下，省略頭板中之腰眼：

　　　　、╳　　。
　　　　尺工尺上（頁99）

完整的記法應爲：

　　　　、△╳　　。
　　　　尺　工尺上

此類省略，僅見於同一字腔之內的某個長音，不致對「眼」的位置產生疑惑者；重鐫《西廂記全譜》時，雖點上小眼，但不少工尺的長音，往往不記側眼，《北西廂・驚夢》【清江引】一曲即有數例，舉「說」字爲例，省略者爲側末眼：

　　　　、・　　。
　　　　一四合上（頁173）

完整的記法應爲：

　　　　、・　　。└
　　　　一四合上

此類或是以頭板涵蓋腰眼，或是以中眼涵蓋側末眼，當爲記譜方便的權宜作法。

2、不點小眼

乾隆時期的工尺譜，率多「不點小眼」，此並非當時記譜技術不足，而是訂譜者認爲毋須將腔完全固定，自應留給歌者發揮的餘裕，葉堂在《納書楹曲譜》〈凡例〉特爲說明：

> 板眼中另有小眼，原爲初學而設，在善歌者自能生巧，若細細註明，轉覺束縛。今照舊譜，悉不加入。（頁11）

故「小眼」是有的，符號爲「‧」，但若逐一點入，反而將音樂定死，並非樂在度曲的葉堂所喜見，故葉譜中，除了重訂的《西廂記全譜》，勉強從俗增入小眼，其餘均未點定。觀《西廂記全譜》〈自序〉，眞可謂論度曲的一段精彩文字：

> 或謂余曰：「世之號爲能歌者，非能諳譜，乃趁譜者也。作譜者必點定小眼，始有繩尺可依。今子之譜有板而無眼，此購者之所以裹足而不前也。」余應之曰：「……曲有一定之板，而無一定之眼。假如某曲某句格應幾板，此一定者也。至於眼之多寡，則視乎曲之緊慢、側直，則從乎腔之轉折。善歌者自能心領神會，無一定者也。若必強作解事，而曰：某曲三眼一板、某曲一眼一板，以至關接收煞盡露痕跡，而于側直又處處誌之，是殆所謂活腔死唱者歟！」……因原版日久散失，復加校訂，於可用小眼處一一增入，以付剞劂。亦不得已從俗之所爲，究非余之本心也。（頁7~9）

文章由時俗歌者只會「趁譜」而唱談起，大抵可見當時唱曲者對樂譜的依賴頗深，若是未點小眼之譜，幾乎無法唱出。然而，葉堂從曲律及度曲的觀點，提出「曲有一定之板，而無一定之眼。」查諸格律譜，除《九宮大成譜》兼備板眼，其餘均只點板，曲律雖定下曲牌應幾句、幾板的格式，但於一板之內則可自由運用。故唱腔的靈活轉折，是由歌者掌握，並非由訂譜者限定，樂譜已標記板、中眼及唱腔，若再標記每一腔的起承轉合、長短快慢，使唱者只能按譜歌之，則易流於「死唱」，故葉譜原本皆不點小眼，唯重訂《西廂記全譜》時，也只好隨俗增入。

3、工尺標示

在乾隆時期刊刻的工尺譜中，已見將工尺小字側寫，提示腔之輕重，例如：

《九宮大成譜》《牡丹亭‧驚夢》【步步嬌】「整花鈿」之「花」字：〔註173〕
。

六五六工

《吟香堂牡丹亭曲譜》〈驚夢〉【步步嬌】「偷人半面」之「面」字：

、

四尺上四

然而，相同之腔，葉譜所記之工尺，大小、位置皆同，並未刻意區別，此舉並非葉堂所唱之腔不夠講究，只是其一貫主張活腔活唱，宜由度曲者自行掌握。葉譜所記較能可能反映其度曲之細膩者，爲今所稱之「疊腔」，俞振飛說明其寫法爲「本工尺下加一小點」，〔註174〕由於當時並無此名，亦不知唱法如何，僅可見相同的記譜方式，故略作說明，以《納書楹曲譜》中《琵琶記‧分別》【尾犯序】第二曲「年老爹娘」之「年」字爲例，其腔之工尺爲：

。╳

尺工六‧工（頁56）

又有「三疊腔」，即「於本工尺下連作兩點」，以《療妒羹‧題曲》【桂枝香】第二曲之「妒色驚回」之「驚」字爲例，其腔之工尺爲：

、。

六工‧‧尺（頁1128）

從記譜來看，其用意應與俞振飛所謂以疊腔扣住平聲字，「不許其腔音上揚」一致，隱然可見葉堂於四聲的講究。葉譜之後刊行的崑曲工尺譜，除點定小眼，又增入小腔工尺及潤腔符號等，可以《粟廬曲譜》爲代表，〔註175〕於記譜而言，固是鉅細靡遺，便於入門及傳承；但於度曲而言，由於曲腔之中可騰挪時值長短處，僅限於一拍之內，相形壓縮歌者自由揮灑的空間。

〔註173〕以下諸例，見：《九宮大成譜》，卷二，頁333；《吟香堂牡丹亭曲譜》，卷上，頁15；《牡丹亭全譜》，卷上，頁1。

〔註174〕以下「疊腔」、「三疊腔」之說明，均見俞振飛輯：《粟廬曲譜》，〈習曲要解〉，疊腔。

〔註175〕近世工尺譜以《粟廬曲譜》標記最詳，卷首〈習曲要解〉：「凡一切唱法及各式小腔之均以工尺標明於譜中者，尚爲前此所未有，故此譜之工尺填法，煞費經營，所有帶腔、撮腔、墊腔、疊腔、啜腔、滑腔、撤腔、豁腔等，均各以符號標明之，至嚯腔、呼腔、拿腔、賣腔、橄欖腔、頓挫腔等，雖無從率標符號，亦均爲條舉例證以明之。」

4、與歌唱相關的標記

葉譜爲便於歌唱，部分符號或標記皆設想周到，包括：

（1）非實板：爲起聲發調而增之板，葉堂在〈凡例〉中未予定名：

> 工尺下有「▢」者，因非實板，或重一字，如〈分別〉內，「怕回
> 來」之「怕」字，本非曲文應有者，乃搬演家起聲發調之法。（頁
> 10～11）

將此例寫爲簡譜（以「／」表非實板）：

《琵琶記・分別》【川撥棹】：5 6 1 ／ 1 1 6 5｜3 5 3 2 3
　　　　　　　　　　　　我　怕　怕　　回　來……（頁 54）

曲文原本只有「怕回來」三字，「我怕」是爲鋪墊情緒而增的，故此處葉堂標記
的不是底板，而是「▢」，以爲區別。同樣的作法還可見於《琵琶記・書館》【鏵
鍬兒】第四曲（頁 149）、《幽閨記・踏傘》【撲燈蛾】第二曲（頁 394）等。

（2）浪板：葉堂並未詳述「浪板」的標記及用法，只於〈凡例〉概括言
之：

> 浪板，如〈活捉〉、〈思凡〉、〈羅夢〉等曲，必不可少。其他遇欲加
> 「浪板」處，必須斟酌，即如曲中有「天地」、「爹娘」、「夫妻」等
> 字樣，亦要審度聲勢，不可濫用，恐其近乎對白耳。（頁 12）

「浪板」爲連續下板，符號爲頭板及底板，演出時常有相應的身段動作，如：

〈思凡〉【三段】：｜1｜1｜2｜2｜2｜2
　　　　　　　　降　魔……　　　　　　（頁 1641）

（3）抽板：爲求簡便，可靈活運用板眼，視需要將原有之部分板數抽掉，
〈凡例〉特爲說明：

> 抽板取其簡便，如首曲、次曲牌名俱同，俱有贈板，則次曲可以抽
> 板矣。有贈板中唱散板一句者，或贈板中忽唱無贈板者，又或末兩
> 句唱無贈板者，此皆搬演家取便處，今姑從之。（頁 11）

葉堂所謂「抽板」，乃針對贈板曲而言，由於「贈板」並非「正板」，故可視
需要抽去，靈活運用。疊用同一曲牌，通常前幾曲唱贈板，後幾曲則僅有正
板，如：《琵琶記・描容》【三仙橋】共有三隻，僅第一曲有贈板（頁 121～124）；
《療妒羹・題曲》連用六隻【桂枝香】，但前四曲方有贈板（頁 1127～1131）。

其餘抽去一二句贈板者較罕見，如：《幽閨記・拜月》【二郎神】，雖爲贈板曲，但前二句及中間「悄悄輕將衣袂拽」一句，皆爲散板（頁 407～408）。〔註 176〕此類皆屬演出時的處理，葉堂訂譜時亦從俗唱。

葉譜雖有許多靈活運用板眼，反映歌場演唱實際之例，然推其性質，畢竟爲葉堂參考時俗唱法所訂之譜，而非採錄歌唱內容所記之譜，再加上葉堂認爲歌者應「活腔活唱」，故是譜以「不點小眼」爲原則，不以工尺小字側寫表腔之輕重，亦不標註唱法及潤腔，只是「骨譜」，留下不少詮釋空間給度曲者。

四、葉譜的影響

葉譜刊行之後，除據其訂譜傳唱流行散齣，曲譜本身亦成爲崑曲工尺譜的經典之作，且因其收羅之廣，亦頗具文獻價值，析論如下：

（一）曲譜典範

葉堂雖爲著名的度曲家，亦關注時俗唱法，然據己意勘訂的曲譜，畢竟與時唱不盡相同，能否廣爲接受，則是曲譜流播的關鍵，參訂者王文治在《納書楹曲譜》〈序〉，於此過程有生動的描述：「懷庭始訂譜時，有與俗伶不叶者，或群起而議之；至今日翕然宗仰，如出一口。」（頁 3）可見葉堂唱法及訂譜，最終不僅施於清唱，甚至場上亦有據其譜搬演者，故葉譜正式刊行後，幾至交口讚譽，前引李斗《揚州畫舫錄》、錢泳《履園叢話》均提及葉譜「爲世所宗」，袁景瀾《吳郡歲華紀麗》卷二「春臺戲」一則，述及蘇州戲曲盛況時，葉譜即爲其一：

> 蘇州戲班名天下。乾隆辛丑（四十六年，1781），滸關榷使者進呈古
> 今雜劇傳奇，計一千八十一種。郡人葉廣平精音律，爲《納書楹曲
> 譜》，宮商無謬誤。〔註 177〕

袁景瀾擇取戲班、劇作、曲譜三事，來代表蘇州戲曲創作及演出的熱鬧場景，其中「宮商無謬誤」一語，可見時人對葉譜所訂之腔，已無訾議，大抵自乾隆晚期至道光年間，可謂唱崑曲者，莫不知宗葉譜。

葉譜的作用還不僅止於作爲唱譜典範，甚至具有格律譜的作用，後之創

〔註 176〕可與《九宮大成譜》卷五十七收錄之【二郎神慢】相較，該曲在開頭之「拜
　　　　新月」句末上板，此後則皆爲贈板，並無抽板，見頁 4584。
〔註 177〕見〔清〕袁景瀾撰，甘蘭經、吳琴校點：《吳郡歲華紀麗》，卷二「春臺戲」，
　　　　頁 74。

作者往往以葉譜爲據，如謝元淮《碎金詞譜》〈凡例〉說明：

> 腔之高下以按工尺，而腔之疾徐限以板眼，今悉照葉廣明《納書楹
> 曲譜》點定，按板尋腔，絲絲入扣矣。〔註178〕

《碎金詞譜》於道光二十四年（1844）初次刊行時，主要匯錄《九宮大成譜》
中的詞調；但於道光二十七年（1847）又有增訂重刊本，除增入部分按《九
宮大成譜》原調配詞的作品外（註明增），又補入新譜工尺的詞作（註明補），
〔註179〕由於詞樂不存，《碎金詞譜》乃「以歌曲之法歌詞」，〔註180〕除取材自
《九宮大成譜》，主要的參考依據爲葉譜，尤其板眼俱照其點定。然而，《碎
金詞譜》補入的詞調不多，且多未能直接套用葉譜收錄的曲牌，故其所謂悉
照《納書楹曲譜》點定，固可見葉譜於曲唱確爲精審之作，其訂譜可爲範式，
但實際作法則尚待耙梳。除了參照葉譜的板眼唱腔，《四夢全譜》也成了套式
匯錄集，如陳鍾麟《紅樓夢傳奇》〈凡例〉所言：

> 余素不諳協律，此本皆用《四夢》聲調，有《納書楹》可查檢對。
> 引子以下，大約相仿，惟工尺頗有不諧，度曲時再行斟酌。〔註181〕

《紅樓夢傳奇》創作時，乃據《四夢全譜》採摭曲牌，由於葉譜已將《四夢》
逐曲補註宮調，頗便於劇作家設置排場，《紅樓夢傳奇》卷一〈仙引〉〔註182〕
即仿《牡丹亭·寫真》而作。在晚明被視爲不合律，需「改詞就調」的《四夢》，
至清代，因爲《四夢全譜》成功「改調就詞」，竟由拗口難歌，轉爲流暢可歌的
代表，其套式甚至成爲文人取法的對象，且因已有現成樂譜，若要施諸歌場，
只需調整小腔即可。如此一來，不只《四夢全譜》，已然成爲曲譜典範的葉譜，
其中數百齣的工尺，在譜曲時皆可取來套用。只可惜原本各逞才華製譜的風氣
消歇，活譜走向定譜，譜曲幾成爲絕學，這恐非葉堂所樂見的。

　　直至民國初年，各種崑曲譜紛紛刊行之際，曲家仍念念不忘葉譜，然其
「不載賓白、不點小眼」，終是遺憾，俞宗海在《集成曲譜·聲集》〈序〉曾
思改進之道：

> 近日坊間所印各種曲譜，大都由梨園腳本湊集而成，雖宮譜、賓白

〔註178〕〔清〕謝元淮：《碎金詞譜》（道光二十七年版）〈凡例〉，頁26。

〔註179〕見〔清〕謝元淮：《碎金詞譜》（道光二十七年版）〈凡例〉，頁46～47。

〔註180〕見〔清〕謝元淮：《碎金詞譜》（道光二十七年版）〈自序〉，頁15。

〔註181〕〔清〕陳鍾麟：《紅樓夢傳奇》，清道光十五年（1835）刊行。見阿英編著：《紅
　　　　樓夢戲曲集》（北京：中華書局，1978），頁804。

〔註182〕見阿英編著：《紅樓夢戲曲集》，頁524～527。

兼全，而腔格錯誤，別字連篇，貽誤學者，莫此為甚。余治崑曲六
十餘年，每思就葉譜加賓白、點小眼，泐成一書，以便初學，而卒
卒未果。〔註183〕

葉譜雖然於記譜方面不夠周詳，但其訂譜精審，諸譜無出其右者，以致俞宗海
願以之為本，加上小眼、賓白，以利初學，而《集成曲譜》的出版，正是補足
了這一缺憾。葉譜雖不再是通用的習曲之本，但其典範地位綿延至今，葉堂所
訂全本樂譜，又滋養當代的崑劇演出，如陳士爭導演，在美國紐約首演的全本
《牡丹亭》（1999）〔註184〕、浙江崑劇團《牡丹亭》下本（2000）〔註185〕、
1/2Q 劇場《戀戀南柯》（2006）〔註186〕、北方崑曲劇院的大都版《西廂記》（2008）
〔註187〕、上海崑劇團的印象版《南柯記》、偶像版《紫釵記》（2008），〔註188〕
所用樂譜的底本分別為葉堂訂譜《牡丹亭全譜》、《南柯記全譜》、《西廂記譜》、
《紫釵記全譜》，二百多年前刊行的樂譜，因著劇團搬演名家名作，得以在舞台
上展現部分丰姿。

（二）文獻價值

葉堂最受推崇者雖為其訂譜及創譜成就，然由於葉譜收羅頗豐，亦具音
樂之外的文獻價值，下章將葉譜視為戲曲選本時再詳論，此略舉其於著錄劇

〔註183〕俞宗海〈序〉，作於 1924 年，見《集成曲譜》，聲集，頁 1～4。另《集成曲
　　　　譜》〈編輯凡例〉亦有類似說法，見金集，頁 7～8。

〔註184〕陳士爭導演《牡丹亭》的製作過程中，最激動不已的，是發現了葉堂《牡丹
　　　　亭全譜》崑曲曲譜。該劇特別標示譜曲者為葉堂。見〈導演陳士爭談《牡丹
　　　　亭》〉，收入：《牡丹亭》DVD（北京：中國科學文化音像出版社出品，出版
　　　　年不詳），附冊，頁 14。

〔註185〕見周雪華譯譜：《牡丹亭：崑曲湯顯祖「臨川四夢」全集——納書楹曲譜版》，
　　　　〈譯者的話〉，頁 7。

〔註186〕1/2Q 劇場的《戀戀南柯——療傷系水磨情歌》，據節目單（臺北：國家戲劇
　　　　院實驗劇場，2006.12.1～3 演出），為楊汗如訂譜，但經筆者訪問訂譜者，知
　　　　所據底本為《南柯記全譜》。

〔註187〕大都版《西廂記》，節目單（北京：保利劇院，2008.11.11～14 演出）封面即
　　　　標示「原譜：葉堂（清）」，且所用曲譜為葉堂最早刊行的甲辰本《西廂記譜》，
　　　　見北方崑曲劇院網站：2007 年北崑年終特別報導（八）http://www.beikun.com/
　　　　subjectshow.asp?id=118。

〔註188〕上海崑劇團於 2008 年底推出《臨川四夢》，其中印象版《南柯記》、偶像版《紫
　　　　釵記》，節目單封面標示：「曲譜根據清·葉堂《納書楹曲譜》改編。」按，《南
　　　　柯記》於 2008.12.23 在上海音樂學院賀綠汀音樂廳演出，《紫釵記》於
　　　　2008.12.31～2009.1.1 在東方藝術中心演出。

目及校勘曲文兩方面的貢獻。

1、著錄劇目

先看一段葉譜編纂過程中的軼事，是稍晚於葉堂、撰寫《履園叢話》的錢泳所披露：

> 當時吳門葉廣翁未刊《納書楹曲本》以前，弟嘗謂之曰：「今之所唱者，譬如詩文之選本也，擬將元明以來傳奇、雜劇彙一總目，附於曲本之後，續集一套，從宋院本來，方有根底。」後廣翁不聽吾言，又爲夢樓所阻，竟未及此。〔註189〕

推想錢泳的初衷，大抵是見葉堂訂定大量散齣樂譜，因出自不同時代的各種劇作，爲見選本的來由及淵源，故建議葉堂，在曲譜之外，另訂一卷，敘錄宋院本以下的傳奇、雜劇劇作名稱。然而，觀《納書楹曲譜》，正、續、外、補四集的排列，大抵爲由雅而俗，而集中各卷的次第，也與劇作年代先後無關，故錢泳的立意雖佳，但畢竟《納書楹曲譜》是散齣曲譜，實不需岔出旁枝，處理龐大的劇目史料，故訂譜者葉堂及參訂者王文治並未採納。

葉堂雖未編訂古今劇目敘錄，但因《納書楹曲譜》實爲一卷帙龐大的戲曲選本，爲補充黃文暘《曲海總目》〔註190〕的資料之一，李斗《揚州畫舫錄》卷五轉載《曲海總目》，後附焦循《曲考》增益之目，其中有：

> 葉廣平《納書楹曲譜》所載名目，前所未備者，附於後：
>
> 《古城記》、《單刀會》、《兩世姻緣》、《唐三藏》、《漁樵》、《蘇武還朝》、《鬱輪袍》、《綵樓》、《吟風閣》、《蓮花寶筏》、《珍珠衫》、《千鍾祿》、《葛衣》、《雍熙樂府》、《金不換》、《風雲會》、《東窗事犯》、《天寶遺事》、《俗西遊》、《江天雪》、《五香毬》、《小妹子》、《思凡》
>
> （原註：以上無名氏）。〔註191〕

〔註189〕錢泳評價《納書楹曲譜》手札（原件爲郁念純先生所藏），見胡忌、劉致中：《崑劇發展史》（北京：中國戲劇出版社，1989），書首附圖，頁5。

〔註190〕〔清〕黃文暘：《曲海總目》，爲揚州曲局奉命修改曲劇之後所作，清乾隆四十七年（1782）成書。可見〔清〕李斗：《揚州畫舫錄》，卷五，第2、9條，頁107、111；另可參考袁行云：〈清乾隆間揚州官修戲曲考〉，《戲曲研究》第28輯（北京：文化藝術出版社，1998.12），頁225～244。

〔註191〕見〔清〕李斗：《揚州畫舫錄》，卷五，第15、16條，頁121。其中《風雲會》，爲〔清〕李玉《風雲會》傳奇。《五香毬》，《納書楹曲譜》並未收錄，但可見於《揚州畫舫錄》，卷十一，第11條，爲蘇州鼓師顧以恭與教師張仲芳同譜，見頁255。

以上劇目，除《五香毬》實未收入外，共計 22 種。其中《雍熙樂府》爲散曲及劇曲選集，《納書楹曲譜》選錄自該書的劇目爲〔元〕羅貫中《風雲會》。而《重訂曲海總目》最後，亦有類似記載，但內容與《揚州畫舫錄》不盡相同，迻錄如下：

> 葉廣平《納書楹曲譜》中，亦有前考所未備者，附存於末：
>
> 喬孟符（元人）：《兩世姻緣》。王伯成（元人）：《天寶遺事》。缺名：《單刀會》、《唐三藏》、《蘇武還朝》、《蓮花寶筏》、《珍珠衫》、《葛衣記》、《翠屏山》、《雍熙樂府》、《金不換》、《東窗事犯》、《俗西遊記》、《江天雪》、《五香毬》、《小妹子》、《僧尼相會》。〔註192〕

以上共計 17 種，《僧尼相會》即《思凡》。與《揚州畫舫錄》相較，少了《古城記》、《漁樵記》、《鬱輪袍》、《綵樓記》、《吟風閣》、《千鍾祿》、《風雲會》，但多了《翠屏山》。姚燮《今樂考證》亦據《納書楹曲譜》補入四部劇作：

> 《蓮花寶筏》、《金不換》、《俗西遊》、《如意珠》
>
> 右《曲考》從葉廣平《納書楹譜》入二十餘種，如《單刀會》、《綵樓》、《葛衣》、《江天雪》之類，俱複入；如《小妹子》之類，係散曲；如《思凡》係《目連記》中之一折，並刪去，存四種。〔註193〕

由於焦循《曲考》的原書不存，其新補的二十餘種，無法與《揚州畫舫錄》等增入的相較，但觀以上四種，唯《如意珠》前所未載，其間的差別應在所據《納書楹曲譜》的範圍有異，由於「補遺」是在乾隆五十九年單獨刊行，除戲文、傳奇散齣外，繼外集卷二收錄時劇《思凡》、《小妹子》、《羅夢》後，又增入 20 齣時劇，並初次選入《如意珠》，但這些在乾隆六十年刊行的《揚州畫舫錄》、《重訂曲海總目》均未反映，當可推論所據的《納書楹曲譜》，實際上只有正、續、外三集；但由《今樂考證》錄入補遺卷二的《如意珠》，並說明將《小妹子》等時劇刪去未收之原因，則已遍及正、續、外、補四集了。

　　葉譜中，《西廂記譜》、《四夢全譜》爲全本名著，但《納書楹曲譜》收錄的則爲散齣，除輯錄歷代名作，亦錄入時俗流傳的作品，故不僅有罕見的前代名作，於著錄清代劇目更具助益，則其在曲譜之外，亦爲一重要的選本文獻。

〔註192〕〔清〕黃文暘原編、無名氏重訂、管庭芬校錄：《重訂曲海總目》，書末有清同治二年（1863）序。見《中國古典戲曲論著集成》（七），頁371。

〔註193〕〔清〕姚燮：《今樂考證》，清咸豐年間稿本。見《中國古典戲曲論著集成》（十），頁313。

2、校勘曲文

葉譜中，據以為校勘之參考或引用的，主要是《四夢全譜》，如劉世珩《暖紅室匯刻傳奇臨川四夢》，校勘精審，除取各本互校曲文，更以葉譜校訂曲牌句韻，如於《南柯記》〈跋〉即云：「清遠填詞，往往得意疾書，不甚檢核宮譜，以故訛舛致多，葉懷庭《納書楹譜》考訂極精，並從葉本校正。」〔註194〕又如錢南揚校點《湯顯祖戲曲集》，亦參考徵引《四夢全譜》等曲譜，〔註195〕互校的多與曲律有關，舉其校《紫釵記》為例：

> 〈23 榮歸燕喜〉校記2：【二郎神】，葉譜題作【二賢賓】，謂【二郎神】犯【集賢賓】。
>
> 〈23 榮歸燕喜〉校記6：【齊天樂】，原誤作【喜遷鶯】，據葉譜改。
>
> 〈51 花前遇俠〉校記20：（【沽美酒帶太平令】）原奪「帶太平令」四字，據葉譜補。〔註196〕

於曲牌名稱上，包括牌名誤題、牌名缺漏，均據《紫釵記全譜》改正，而於葉堂以集曲宛轉相就之處，亦出校記說明。不過，亦有少數與曲文相關，如：

> 〈10 回求僕馬〉校記5：（「不羨秦宮馮子都」）宮，原誤作「官」，據葉譜改。
>
> 〈34 邊愁寫意〉校記1：「非關獵火光」疊句，原僅注一「又」字，今據葉譜改書全文。
>
> 〈34 邊愁寫意〉校記13：「也星似嘹雲飄」，費解，疑有誤字。……葉譜此句作「聲逐塞雲飄」。〔註197〕

《紫釵記全譜》於部分曲文確能提供正字，或是另解；而因為疊句仍須譜出工尺，錢南揚於校注時遂也依譜補全。徐朔方箋校《湯顯祖全集》，偶見引葉譜校正，如：《紫釵記·8 議婚》【隔尾】「怎就把咱頭上釵兒來插戴」，將原「插

〔註194〕〔明〕湯顯祖撰，劉世珩編：《暖紅室彙刻傳奇臨川四夢》（1919 年刊行；揚州：江蘇廣陵古籍刻印社影印出版，1997），見《南柯記》〈跋〉，頁97。

〔註195〕〔明〕湯顯祖著，錢南揚校點：《湯顯祖戲曲集》（上海：新華書店，1978），〈校例〉，頁2。
但錢南揚的作法，徐朔方未必贊同，故後出的《湯顯祖全集》又有校訂，見〔明〕湯顯祖著，徐朔方箋校：《湯顯祖全集》（北京：北京古籍出版社，1999），〈緣起〉，頁16～18。

〔註196〕見〔明〕湯顯祖著，錢南揚校點：《湯顯祖戲曲集》，頁90、211。

〔註197〕見〔明〕湯顯祖著，錢南揚校點：《湯顯祖戲曲集》，頁49、133。

釵」改爲「插戴」即是。又特別指出：

> 葉堂作出的一些校訂，可說難能可貴。如《邯鄲記》第十齣（〈外補〉）
> 【前腔】（【玉芙蓉】）：「秋波得似俺花前俊」；第二十齣（〈死竄〉）
> 北【醉花陰】：「整日價紅圍翠匝」，「俺」、「價」原誤作「掩」、「假」。
> 〔註198〕

不過，校勘曲文畢竟不是葉譜的特長，當代《四夢》相關校注本屢屢徵引加註的，主要是曲牌名，亦可見葉堂爲湯顯祖劇作訂譜時，考校之精審確當，頗爲後人贊同。

　　葉堂刊行曲譜，可謂展現畢生度曲、譜曲心得，前後歷時十二年，始自乾隆四十九年（1779）的《西廂記譜》，但主要在乾隆五十七年（1792）面世，包括《納書楹曲譜》正、續、外三集，《四夢全譜》，繼有乾隆五十九年（1794）增刊《納書楹曲譜》補遺、乾隆六十年（1795）重鑴《西廂記全譜》，廣爲收羅名作的全本樂譜、古今劇作選齣的樂譜；後道光二十八年（1848）有後人重刊本，題《納書楹曲譜全集》，但未收《西廂記全譜》。葉譜僅錄曲文，不載賓白，亦不註記腳色，內容全爲樂譜，部分套曲標記笛色，頗便於唱奏；由於葉堂認爲度曲者應活腔活唱，而非趁譜而歌，故於譜面的記載甚簡，雖有「浪板」、「抽板」等與歌唱相關的符號或作法，但關於唱法、潤腔等均未記入譜中，連安排節拍的「小眼」，都是重刊《西廂記全譜》時，才勉強從俗增入的，精簡的記譜，於初學而言，確實不易上手，但於訂譜而言，則已頗具綱領。葉譜爲世所宗，不僅其訂譜之唱腔一時風行，其譜更具有部分格律譜的意義，其點板被取爲參考，《四夢》套曲因俱已譜出，反成爲創作時選曲聯套之參考，當代搬演的《西廂記》、《紫釵記》、《南柯夢》、《牡丹亭》，樂譜亦有取法葉譜者。由於葉堂收錄的內容除古典名劇，亦及於當代劇作，頗有助於敘錄劇目，則其在曲譜之外亦頗具文獻價值，第二章將續以「戲曲選本」的角度切入，分析葉譜收錄的劇目及散齣。

〔註198〕見〔明〕湯顯祖著，徐朔方箋校：《湯顯祖全集》，〈緣起〉，頁17。

第二章　葉譜選錄內容分析

「選本」的刊行，往往可見特定時空中作品流播的印記，葉譜本身雖是曲譜，但取材豐富，實可視為戲曲選本，鄭振鐸於〈中國戲曲的選本〉一文，就表列《納書楹曲譜》、《綴白裘》、《審音鑒古錄》、《六也曲譜》、《集成曲譜》所選齣目，以見三百年來演劇的變遷。〔註1〕為清楚展現葉譜豐富的內容，且有助於下文論述，筆者乃綜合《西廂記全譜》、《四夢全譜》及《納書楹曲譜》的選目，詳明出處後，依雜劇、戲文、明傳奇、清傳奇、時劇、散曲等體製，分別製表，詳見附錄三「葉譜選錄劇目及齣目一覽表」，茲先將葉譜選錄之劇目及齣目統計如下：

表 4　葉譜選錄之劇目及齣目統計

體　　製		數　　量	備　　註
雜劇	全本及散齣	23 種，65 折	見《納書楹曲譜》、《西廂記全譜》
戲文	散齣	13 種，73 齣	見《納書楹曲譜》
傳奇	明傳奇全本及散齣	40 種，292 齣	見《納書楹曲譜》、《四夢全譜》
	清傳奇散齣	31 種，99 齣	見《納書楹曲譜》
時劇	單齣	23 種，23 齣	見《納書楹曲譜》外集卷二、補遺卷四
散曲	套曲 重頭小令 隻曲【大紅袍】	9 套 1 種 4 曲，計 14 種	見《納書楹曲譜》

本章將分別從葉譜的「文本」及「樂譜」脈絡，探討其作為選本，在選材、存譜等方面的獨特性：從「文本」而言，葉譜收錄的對象涵蓋散曲、雜

〔註 1〕 鄭振鐸：〈中國戲曲的選本〉，收入鄭振鐸：《鄭振鐸文集》（北京：人民文學出版社，1988），第七卷，頁 240～282。

劇、戲文、傳奇、時劇等體製的全劇及散齣，其選材則涵蓋流傳劇目、時興作品等，若將葉譜所選齣目與乾隆時期的《綴白裘》等戲劇史料相較，更可見葉譜的取材特色及好尙，並有助於描述乾隆時期的蘇州劇壇；再從「樂譜」而言，取葉譜與前後的曲譜相較，既見葉譜促成某些散齣的流行，亦觀照崑劇散齣在樂譜存續遞變的軌跡，更見葉譜保存的音樂文獻，及其選錄內容對後起曲譜的引領作用。

第一節　葉譜取材（上）：選自流傳劇目

　　本章將葉譜的取材內容分爲「流傳劇目」、「時興作品」兩節來論述，以見其歷史傳承及時代特色。第一節先論「流傳劇目」，爲更清晰呈現葉譜內容的獨特性，將取同時期的戲曲臺本選集《綴白裘》比較參照。

一、崑班演出《南西廂》背景下的《北西廂》全本曲譜

　　王實甫的《西廂記》被譽爲「天下奪魁」之作，[註2] 明清兩代刊行劇作的就有數十家，《雍熙樂府》、《群音類選》等選本錄入其套曲，[註3] 且在晚明選本中經常見於諸腔選本，例如《詞林一枝》，卷端題識「青陽時調」，收入〈俏紅娘堂前巧辯〉；[註4] 清初選本中亦可見，如清康熙間翼聖堂補修的《綴白裘合選》，即收入〈佛店奇逢〉等 4 折；[註5]《北西廂》於高腔亦見

〔註 2〕引自增補本《錄鬼簿》，卷上，賈仲明弔王實甫【凌波仙】詞，見〔元〕鍾嗣成著，王鋼校訂：《校訂錄鬼簿三種》（鄭州：中州古籍出版社，1991），頁 137。

〔註 3〕〔明〕郭勛編：《雍熙樂府》，嘉靖四十五年（1566）刊本，有臺北：西南書局，1981 年單行本，收入《續修四庫全書》第 1740～1741 冊，《北西廂》見卷二、五、七、十二、十三、十四。

　　〔明〕胡文煥：《群音類選》，萬曆年間刊行，收入《善本戲曲叢刊》，第四輯，《北西廂》見北腔，卷一，頁 1759～1842。

　　晚明戲曲選本中題《西廂記》的散齣，有出自《北西廂》者，亦有《南西廂》等，可參考朱崇志：《中國古代戲曲選本研究》（上海：上海古籍出版社，2004），列表示意，見頁 136。

〔註 4〕《詞林一枝》全名《新刻京板青陽時調詞林一枝》，收入《善本戲曲叢刊》，第一輯，《西廂記》，見頁 143～152。

〔註 5〕〔清〕秦淮舟子審音、郁岡樵隱輯古、積金山人采新：《綴白裘合選》，有康熙二十七年（1688）序，爲翼聖堂據明刻本補修而成，詳見吳新雷〈舞台演出本選集《綴白裘》的來龍去脈〉，收入吳新雷：《中國戲曲史論》（南京：江蘇教育出版社，1996），頁 203～219，《綴白裘合選》部分，見頁 203～206。

傳唱，至今浙江調腔仍可唱〈遊寺〉等 4 折，〔註6〕又且爲絃索調的流行曲目，不但《金瓶梅詞話》等描繪彈唱場景，〔註7〕清代更有《校訂北西廂絃索譜》、《太古傳宗琵琶調西廂記曲譜》兩種絃索全本樂譜流傳。〔註8〕然而，崑班演出崔鶯鶯故事，用的始終是李日華改本的《南西廂》，而非王實甫的曲文，故葉堂稱其《西廂記譜》乃「以從來未歌之曲，付之管弦。」〔註9〕雖然曲譜刊行之後，銷路不佳，並未引起曲壇及劇壇競唱《北西廂》的風潮，但十二年後，葉堂仍推出重訂版，雖然反應依舊冷淡，但葉堂致力於使《北西廂》成爲崑曲名曲，推介元雜劇名作的努力則不容忽視。

就清唱而言，葉堂爲《北西廂》訂譜，可謂北曲崑唱的重要創作，然而，在崑班以唱南曲戲齣爲主，且早已習於《南西廂》演出之際，葉堂兩度刊行曲譜，既有個人對王實甫文采，濃豔疏淡各具丰姿的眷戀：「《西廂》之文，蒼勁秀媚，兼而有之，正如雨後秋山，青翠欲滴，又如岩側叢蘭，幽香自憐。」〔註10〕恐怕亦有不讓絃索〔註11〕專美於前，展現崑曲亦能清唱《北西廂》全本的企圖。晚明以來，吳中除傳唱崑曲，亦風行絃索，原以唱北曲爲主的絃索，傳至吳中，不再是雄勁激切之聲，不但風格趨近水磨調的清柔，且字音聲調亦按其規律，崇禎年間沈寵綏《度曲須知》〈曲韻隆衰〉提及：「『絃索』曲者，俗固呼爲『北調』，……漸近水磨，轉無北氣。」〈絃索題評〉又言：「聲

〔註6〕　浙江高腔（調腔）中尚存〈遊寺〉、〈請生〉、〈赴宴〉、〈拷紅〉，見洛地〈現今浙江高腔（調腔）中的《北西廂》《漢宮秋》《單刀會》及其他〉，收入洛地：《洛地戲曲論集》（臺北：國家出版社，2006），頁 199～217，《北西廂》部分，見頁 200～204。

〔註7〕　見〔明〕蘭陵笑笑生原著，梅節校注：《金瓶梅詞話》（臺北：里仁書局，2007），如第五十八回（唱「夜去明來」，出自《北西廂·巧辯》，均據《太古傳宗琵琶調西廂記曲譜》標目）、六十一回（唱「半萬賊兵」，出自《北西廂·請宴》）、六十八回（唱「遊藝中原」、「半萬賊兵」，出自《北西廂·奇逢、請宴》），頁 900、950、1099～1100。

〔註8〕　〔清〕沈遠：《校定北西廂絃索譜》，順治年間刊行，北京：中國國家圖書館藏。〔清〕朱廷鏐、朱廷璋重訂：《太古傳宗》，共有《太古傳宗琵琶調西廂記曲譜》、《太古傳宗琵琶調宮詞曲譜》，及附刊的《絃索調時劇新譜》三部分，乾隆十四年（1749）刊行，北京：中國國家圖書館等藏。

〔註9〕　見葉堂重鐫本《西廂記曲譜》〈自序〉，頁 7。

〔註10〕　見葉堂初刻本《西廂記譜》〈自序〉，頁 2。

〔註11〕　所謂「絃索（調）」，並非某一種聲腔的名稱，而是指以三絃、琵琶等絃索樂器伴奏的唱法，彈唱內容遍及散曲、雜劇、戲文、時曲、時劇等，多屬清唱。可參考路應昆：〈明代「絃索調」略考〉，《天津音樂學院學報（天籟）》2000年第一期，頁 11～16。

聲析調，務本《中原音韻》，皆以『磨腔』規律爲準。」〔註12〕在崑曲及絃索並行發展的過程中，不僅風格，演唱曲目也當互有影響，明清以來，絃索彈唱《北西廂》原就是頗受歡迎的曲目，葉堂是否得知兩部絃索譜已不可考，但據《太古傳宗》卷首諸序，康熙晚期在吳地仍流行絃索，至乾隆年間當仍有數套《北西廂》曲目，或關於清唱《北西廂》的軼事流傳，在這樣的背景下觀照葉堂訂譜，則可見在累世傳播《北西廂》名劇名曲的脈絡下，〔註13〕即使崑班慣唱《南西廂》，葉堂仍以北曲崑唱的訂譜，期使崑曲在《北西廂》的流傳中佔有一席之地。

　　《西廂記譜》的初衷當以清唱爲主，但隱約透露葉堂希冀推向舞台的願望。清代的《西廂記》刊本中，有一種標明「演劇」，雖未說明是爲崑班搬演而設，但不妨從其作法來一窺葉堂刊行《西廂記譜》的心思。以撰作《十五貫》聞名的朱素臣，曾與李書樓參酌，校訂《西廂記演劇》，該本收入王實甫的四本原作，於康熙中葉刊行，最大的特點是在不更動曲文的前提下，適度更動主唱者，甚至一曲之中可分唱、輪唱，並增加賓白，以適應舞台演出。〔註14〕葉堂是否得知《西廂記演劇》已不可考，但耐人尋味的是，葉譜例不註記任唱腳色，卻特於《西廂記全譜》中〈鬧齋〉、〈驚夢〉、〈榮歸〉三折註記，雖不若《西廂記演劇》精詳周到，安排亦有不同，但在曲譜中如此設置，似乎也蘊含促成搬演《北西廂》的願望。可惜《西廂記譜》二次刊行均未受青睞，其後崑劇傳世散齣、曲譜選錄之〈佳期〉、〈拷紅〉等，仍是《南西廂》的天下，直至 2008 年北方崑曲劇院推出「大都版《西廂記》」上下本，方才以初刻的《西廂記譜》爲底本，〔註15〕應是自葉譜問世以來，最大規模搬演《北西廂》者。

〔註12〕〔明〕沈寵綏：《度曲須知》，見《中國古典戲曲論著集成》（五），頁 198、202。

〔註13〕關於《北西廂》的各種傳唱情形，可參考伏滌修：〈明清時期北《西廂記》演唱情形考〉，《戲曲藝術》（中國戲曲學院學報）第二十七卷第三期（2006.8），頁 63～68。

〔註14〕〔元〕王實甫撰，〔清〕李書樓參酌、朱素臣校訂：《西廂記演劇》，康熙年間刊行，上海：上海圖書館等藏。詳見蔣星煜〈論朱素臣校訂本《西廂記演劇》〉，收入蔣星煜：《《西廂記》的文獻學研究》（上海：上海古籍出版社，1997），頁 404～421。

〔註15〕大都版《西廂記》，節目單（北京：保利劇院，2008.11.11～14 演出）封面即標示「原譜：葉堂（清）」，且因採用「楔子」，曲譜底本爲首次刊行的《西廂記譜》，見北方崑曲劇院網站：2007 年北崑年終特別報導（八）http://www.beikun.com/subjectshow.asp?id=118。

二、競演折子戲背景下的《四夢》全本曲譜

自晚明以來，崑劇流行摘演散齣，在《怡春錦》、《醉怡情》〔註16〕等選本中皆可見一斑；至清乾嘉年間，從《綴白裘》刊行的內容，《揚州畫舫錄》及《消寒新詠》、《嘉慶丁巳、戊午觀劇日記》〔註17〕等南北戲曲史料所載，皆可見演出崑劇折子戲的榮景，且當崑班發展出「江湖十二腳色」的細膩家門分工，又有演員及樂師等的精湛技藝，俱見表演藝術漸臻成熟，折子戲的具有獨立於全本之外的精采表現。〔註18〕在競演折子戲的背景下，即使葉譜本非專為演出訂譜，但葉堂為何刊行即使在曲壇上都不易流行的全本樂譜？當時《四夢》在曲壇的流行概況，除《紫釵記》外，其餘還有舊譜可為參酌，〔註19〕不致過於冷僻；但就搬演而言，常見的是《牡丹亭·遊園、驚夢》及《邯鄲記·掃花》等的折子戲，〔註20〕《紫釵記》、《南柯記》且無散齣收入《綴白裘》，《揚州畫舫錄》則記載擅演《紫釵記·折柳、陽關》的演員，〔註21〕而《南柯記》，後世流

〔註16〕〔明〕沖和居士編：《怡春錦》，明崇禎刻本，收入《善本戲曲叢刊》，第二輯。〔明〕青溪菰蘆釣叟編：《醉怡情》，明崇禎刻本、清乾隆致和堂重刻本，收入《善本戲曲叢刊》，第四輯。吳梅論清代曲選總集，錄《納書楹曲譜》、《綴白裘》、《醉怡情》、《怡春錦》四種，見《中國戲曲概論·清人散曲》，收入吳梅著，王衛民輯校：《吳梅戲曲論文集》（北京：中國戲劇出版社，1983），頁185～186。

〔註17〕《消寒新詠》為鐵橋山人、石坪居士、問津漁者共同撰作，成書於乾隆60年（1795），評論北京花雅兩部生、旦演員及其所演劇目，頗見精彩。見〔清〕鐵橋山人撰，周育德校刊：《消寒新詠》（北京：中國戲曲藝術中心，1986）。《觀劇日記》作者不詳，日記所記為其在嘉慶二年（1797）一月至嘉慶三年六月間，在北京看戲的劇目敘錄，大多為崑曲；後附歷年觀劇回憶，除劇目外，亦有對班社及演員的簡要註記。見顏長珂〈珍貴的戲曲史料——讀嘉慶丁巳、戊午《觀劇日記》手稿〉及其附錄，原載《戲曲研究》第9輯（北京：文化藝術出版社，1983.3），後收入顏長珂：《戲曲文學論稿》（北京：文化藝術出版社，2008），頁113～142。

〔註18〕關於「折子戲」，可參考以下學者論述——陸萼庭：《崑劇演出史稿「修訂本」》（臺北：國家出版社，2002），第四章〈折子戲的光芒〉，頁261～396。王安祈：《明代戲曲五論》〈再論明代折子戲〉（臺北：大安出版社，1990），頁1～48。王安祈：〈折子戲的學術價值與劇場意義〉，收入洪惟助主編：《崑曲辭典》（宜蘭：傳統藝術中心，2002），頁193～195。曾永義：〈論說「折子戲」〉，《戲劇研究》創刊號（2008.1），頁1～82。

〔註19〕見《四夢全譜》〈自序〉，頁2。

〔註20〕《綴白裘》於一、四、五、十二編，共收《牡丹亭》12齣折子戲；於一、十二編，共收《邯鄲夢》5齣折子戲。

〔註21〕見〔清〕李斗撰，汪北平、涂雨公點校：《揚州畫舫錄》（北京：中華書局，

傳的僅〈花報〉、〈瑤台〉。〔註22〕

　　《四夢》在文學上固然聲名赫赫，如「《牡丹亭夢》一出，家戶傳誦，幾令《西廂》減價。」〔註23〕但在乾隆時期的劇場上，流行的也就僅止於部分折子戲，《牡丹亭》則還可見連綴折子戲的疊頭戲，〔註24〕《四夢全譜》問世後，的確引起一些迴響，如促成一時吳中爭說《紫釵記》，〔註25〕甚至在道光二十八年（1848）還與《納書楹曲譜》一起，重新付刻，稱爲《納書楹曲譜全集》，使得《四夢》更廣爲曲壇及劇壇熟知；但《四夢全譜》最值得注意的仍爲其創作意識，其一出自對名作的禮讚，在劇壇競演折子戲的背景下，仍爲《四夢》訂定全本曲譜；其二則是以實際的訂譜，展現崑曲亦可歌唱向被譏爲不合律的湯顯祖曲文。葉堂在《四夢全譜》〈自序〉盛讚湯顯祖作品詞采及立意均別有韻致：「瓌姿妍骨，斱巧斬新。」（頁1）參看葉堂評論《長生殿》的一段話，更見其對於《四夢》直抒性靈的推崇：「《長生殿》詞極綺麗，宮譜亦諧，但性靈遠遜臨川。轉不如《四夢》之不諧宮譜者，使人能別出新意也。」〔註26〕《長生殿》雖工巧出眾，但於訂譜者而言，已無揮灑空間，倒是《四夢》，不合律的曲文，在葉堂創作訂譜下，能在舊譜之外別出新意，甚至成爲流行唱法，其作法及創見將於下一章詳論之。

　　葉譜訂定《牡丹亭全譜》的曲文底本，亦有獨特之處，以下附論之。《牡丹亭全譜》的曲文，因遵循乾隆四十六年（1781）揚州曲局進呈本，凡南宋與金人相爭之處，皆見抽改，除〈15虜諜〉全齣抽掉、〈47圍釋〉抽去五曲，部分文字亦經改換，如〈43禦淮〉改「胡兵」爲「邊兵」。但乾隆五十四年（1789）刊刻《吟香堂牡丹亭曲譜》的馮起鳳，並沒有這些忌諱，何以三年後葉堂刊刻《牡丹亭全譜》，倒不能具現湯顯祖作品原貌？筆者認爲是葉堂受參訂者王

　　　　1960），卷五，第29條：「李文益丰姿綽約，冰雪聰明。……後在蘇州集秀班，與小旦王喜增串《紫釵記・陽關、折柳》，情致纏綿，令人欲泣。」頁126。

〔註22〕傳字輩藝人尚能演《南柯記・花報、瑤台》，見桑毓喜：《崑劇傳字輩》（蘇州：江蘇文史資料編輯部，2000），頁210。

〔註23〕〔明〕沈德符：《顧曲雜言》〈填詞名手〉，收入《中國古典戲曲論著集成》（四），頁206。

〔註24〕姑蘇三多部於嘉慶二年六月六日在北京演出「勸農　學堂　遊園　驚夢　拾畫　玩眞」，見《觀劇日記》，收入顏長珂：《戲曲文學論稿》，頁127。

〔註25〕《四夢全譜》〈自序〉：「竹香陳刺使召名優以演之，於是吳之人莫不知有《紫釵》矣。」（頁1）

〔註26〕見《納書楹曲譜》正集卷四目錄，頁484。

文治的影響，揚州曲局進呈本今已不得見，但乾隆五十年（1785）刊行的《冰絲館重刻清暉閣本還魂記》則是謹遵進呈本，此本的評點者之一即為王文治，以「快雨堂」之名另抒己見，推想葉堂是在王文治的敦促下抽換曲文，故有部分未盡之處：

〈31 繕備〉【番卜算】「隔不斷胡塵漲」，未將「胡塵」改為「邊塵」。

〈41 耽試〉【滴溜子】「金人的，金人的，風聞入寇」，未將「金人」改為「邊關」。

〈45 寇間〉【駐馬聽】「學先師傳食走胡旋」，未將「胡旋」改為「狐旋」。

〈51 榜下〉【駐雲飛】「金主聞知」，未將「金主」改為「邊塞」。〔註27〕

雖然與金人相關的散齣，並非《牡丹亭》盛演的折子戲，但在眾多的《牡丹亭》傳譜中，亦僅有葉堂《牡丹亭全譜》以曲譜的形式，記錄乾隆年間揚州曲局進呈本的樣貌，清晰具現時代特色及個人交誼。

　　以上五部全本曲譜的刊行，固然可見葉堂於歷代名作中，獨鍾《北西廂》及《四夢》，開創崑曲曲譜新猷；然而，最能見其擇取特質，並能與其他選本互為參照的，仍為《納書楹曲譜》中收錄的散齣，故以下將與晚明選本及《綴白裘》並觀，論其選齣的共同性與獨特性。

三、從晚明戲曲選本論《納書楹曲譜》收錄的元明戲曲散齣

　　明代最早的散曲、戲曲選本，為正德十二年（1517）刊行的《盛世新聲》，嘉靖四年（1525）又有續為增輯的《詞林摘豔》，至嘉靖十年（1531）二十卷的增訂本《雍熙樂府》首度出版；其後尚有《風月錦囊》在嘉靖三十二年（1553）刊行，〔註28〕收錄流行的雜曲及戲曲；至晚明，在演劇風行及聲腔發展的背景下，各地文人及書坊興起刊行諸腔戲曲選本的風潮。這些選本收錄的戲曲文本，有的是全本，如《元曲選》、《六十種曲》，有的為散齣，如《摘錦奇音》、《歌林拾翠》；〔註29〕就聲腔而言，有徽調、青陽腔、弋陽腔、崑腔等，如《新刻京板

〔註27〕關於揚州曲局進呈本及刪改內容，可參考袁行云：〈清乾隆間揚州官修戲曲考〉，《戲曲研究》第 28 輯（北京：文化藝術出版社，1998.12），頁 225～244。周育德：〈《牡丹亭》明清版本的時代文化印記〉，見「中國湯顯祖文化網」（江西「遂昌湯顯祖文化官方網站」）：http://www.suichang.gov.cn/txz/txzyj/yzyj/t20070829_303935.htm。

〔註28〕有孫崇濤、黃仕忠箋校：《風月錦囊箋校》（北京：中華書局，2000）。

〔註29〕以下選本，除《樂府過雲編》收入《續修四庫全書》第 1778 冊，餘皆收入《善

<u>青陽時調詞林一枝</u>》、《新刻出像點板時尙崑腔雜曲醉怡情》；就內容而言，除了戲曲，有的還兼收散曲、時曲、酒令等，如《徽池雅調》；所錄文字，有的僅收曲文，有的則曲白兼備。〔註30〕由於《納書楹曲譜》爲乾隆時期的重要戲曲散齣選本之一，爲探求其散齣淵源，並見清乾隆時期在晚明流行散齣的背景下，其於元明劇作散齣的繼承與發展，故本節擇取晚明編輯刊行〔註31〕的以崑腔爲主的戲曲散齣選本，與清乾隆時期的《綴白裘》及《納書楹曲譜》對比觀照，並參考林逢源《折子戲論集》附錄之《戲曲選本齣目彙編》〔註32〕、汪詩珮《乾嘉時期崑劇藝人在表演藝術上因應之探討》第三章與乾嘉時期演出史料相關的表格，〔註33〕以劇作爲主，闡述自晚明至清乾隆時期流行不輟的散齣，以及乾隆時期方從元明流行劇作中摘錦的新興散齣，並兼及劇作在乾嘉時期的上演概況。以下先將取爲參照的晚明崑腔戲曲散齣選本製表如下：

表 5　晚明崑腔系統戲曲散齣選本

選　　本〔註34〕	刊行時間	內　　容〔註35〕	曲	白
樂府紅珊（十六卷）	明萬曆壬寅（1602）	元雜劇、戲文、傳奇散齣	∨	∨
吳歈萃雅（四卷）	明萬曆丙辰（1616）	元明散曲套數，戲文、傳奇散齣	∨	
月露音（四卷）	明萬曆間	元明雜劇、戲文、傳奇散齣	∨	
群音類選（存三十九卷）	明萬曆間	諸腔雜劇、戲文、傳奇散齣 元明散曲套數、小令	∨	
樂府南音（二集）	明萬曆間	戲文、傳奇散齣，散曲套數	∨	

本戲曲叢刊》第一、二、四、五輯。

〔註30〕關於戲曲選本，可參考朱崇志：《中國古代戲曲選本研究》（上海：上海古籍出版社，2004），書末附錄《中國古代戲曲選本敘錄》，依戲曲體製分類詳列各選本收錄之內容。

〔註31〕包括明末編輯，直至清初方才刊行者。

〔註32〕林逢源：《折子戲論集》（高雄：復文圖書有限公司，1992）。

〔註33〕汪詩珮：《乾嘉時期崑劇藝人在表演藝術上因應之探討》（臺北：學海出版社，2000），第三章〈崑劇劇目的變動與固定〉之相關表格，見頁 125～130、137～143。

按，汪詩珮在第二章、第三章論崑劇折子戲及劇目，筆者亦多所參考，但由於本節雖同時觀照乾隆時期劇壇，但重點仍在《納書楹曲譜》，故所論方向、劇目舉例，皆有不同。

〔註34〕以下選本，除《樂府遏雲編》，收入《續修四庫全書》第 1778 冊，餘均收入《善本戲曲叢刊》，第一、二、四、五輯。凡提及出自《善本戲曲叢刊》者，不標輯數，僅註記該選本之頁碼。

〔註35〕「內容」一欄，僅註明與散曲及戲曲相關者，其餘小曲、酒令、謎語等從略。

賽徵歌集（六卷）	明萬曆間	元雜劇、戲文、傳奇散齣	∨	∨
詞林逸響（四卷）	明天啓三年（1623）	明散曲套數，戲文、傳奇散齣	∨	
萬壑清音（八卷）	明天啓四年（1624）	元雜劇、戲文、傳奇散齣 所收均爲北曲	∨	∨
怡春錦（六卷）	明崇禎間	戲文、傳奇散齣	∨	∨
時調青崑（二卷）	明末	上欄收崑山腔戲曲 元雜劇、戲文、傳奇散齣	∨	∨
珊珊集（四卷）	明末	明散曲套數，戲文、傳奇散齣	∨	
玄雪譜（四卷）	明末	明雜劇、戲文、傳奇散齣	∨	∨
萬錦嬌麗（殘本）	明末	下層收戲文散齣	∨	
樂府遏雲編（三卷）	明末	元雜劇、戲文、傳奇散齣	∨	
歌林拾翠（二集）	明末編，清初覆刻	元雜劇、戲文、傳奇散齣	∨	
樂府歌舞臺（存風集）	明末編，清初刊本	元雜劇、戲文、傳奇散齣，散曲	∨	∨
南音三籟（四卷）	明末原刊本 配補清康熙增訂本	明散曲套數 戲文、傳奇散齣（均爲南曲）	∨	
醉怡情（八卷）	明末編，清初刊本	元雜劇、戲文、傳奇散齣	∨	∨

（一）晚明以來傳唱不輟的作品

1、雜　劇

　　北曲雜劇的演出，雖非晚明選本的主要內容，但仍有部分零折常見選入，只是未必遵循原劇題名，如：〔元〕羅貫中《風雲會・訪普》【正宮・端正好】「水晶宮鮫綃帳」套曲即爲其一，雖然各本所題齣名不出「訪普」、「訪賢」，但劇名卻又見《鮫（絞）綃記》、《黃袍記》。〔註36〕

　　部分作品則列入傳奇名下，如：〔元〕關漢卿《單刀會・刀會》【雙調・新水令】「大江東去」套曲，大作之名雖難得見於戲曲選本，但〈刀會〉一齣，則藉《三國志（記）》之名，屢見收錄，見於《樂府紅珊》卷十一，題爲《三國志》；〔註37〕《玄雪譜》卷三，題《三國記》等；雖然《納書楹曲譜》選錄〈刀會〉時，是諸選本首度標示原題名《單刀會》者，但葉堂選錄〈訓子〉時，則仍按《綴白裘》八編，題爲《三國志》。《三國志》劇作之名，早見於

〔註36〕如：《樂府紅珊》，卷九，題《黃袍記・宋太祖雪夜訪趙普》，在【端正好】套曲前尚有【節節高】一曲，見頁442～454。《吳歈萃雅》，貞卷，題《絞綃記・雪夜訪趙普》，見頁815～824。

〔註37〕此齣在【新水令】「大江東去」套曲前，尚有【玩仙燈】、【鳳凰閣】兩隻引子。

《風月錦囊》，收有《三國志大全》兩卷，但實是將與三國故事相關劇作集錦改訂而成，〔註38〕並非確有此一部劇作，其後選本當依慣例，仍將〈訓子〉、〈刀會〉題爲《三國志（記）》。〔註39〕

又如〔元〕金仁傑《追韓信·追信》【雙調·新水令】「恨天涯流落」套曲，本爲〔明〕沈采《千金記·北追》所援引，各本選錄時，雖皆題《千金記》，實則有兩種情形：一爲確屬沈采《千金記》者，包括該齣原在【新水令】套前及套中插入的南曲【金索掛梧桐】、【雙勝子】等，如《歌林拾翠》初集、《樂府紅珊》卷十四；一爲雖題《千金記》，但所錄實爲金仁傑原作【新水令】套曲者，如《吳歈萃雅》貞卷、《群音類選》北腔類卷四、《納書楹曲譜》續集卷二所錄。

2、戲文及傳奇

元明戲文及傳奇，在晚明選本中獨占鰲頭者首推《琵琶記》，不論收錄此劇的選本，或選入的散齣，數量均高於其他劇作；其餘常入選的劇作有《荆釵記》、《白兔記》、《拜月亭》（幽閨記）、《牧羊記》、《四節記》、《金印記》、《千金記》、《連環記》、《寶劍記》、《明珠記》、《浣紗記》、《南西廂》、《繡襦記》、《玉簪記》、《紅拂記》、《尋親記》、《紅梨記》，朱崇志於戲文、傳奇均製有「入選戲曲選本頻率表」、「單齣表演頻率表」，可見諸劇作在選本中的分佈，〔註40〕以上劇目，在清乾隆年間選本的出入不大，故此處僅拈出晚明崑腔選本的熱門劇目，至《綴白裘》、《納書楹曲譜》已不再流行者略作闡釋，至於上述劇作在清代增選的散齣，則詳下文論析。上舉諸劇，出入最明顯者爲《四節記》，此劇乃沈采構思以四季景致，分寫杜甫等四位名人遊賞之事，於形式上頗有創新，一時流行；然而，明末清初以降，《四節記》已不見於選本，《醉怡情》卷八、《綴白裘》十二編中的《四節記》，齣目爲〈賈志誠〉（或〈嫖院〉），全非沈采筆下的文人韻事，而是借原作中杜甫偕友遊春，造訪名妓黃四娘事，

〔註38〕可參考孫崇濤〈《全家錦囊》中的雜劇作品·三國志大全〉，見孫崇濤：《風月錦囊考釋》（北京：中國戲劇出版社，2000），頁221～250。

〔註39〕關於〈刀會〉的流傳，還可參考王安祈：〈《單刀會》的流傳與演出〉，收入《關漢卿國際學術研討會論文集》（臺北：行政院文化建設委員會，1984），頁139～165，流傳部分見頁141～148。

〔註40〕見朱崇志：《中國古代戲曲選本》，頁62～63、71～75、78～79、83～84。按，朱崇志表中所列的選本，包含諸腔，筆者所討論者限於崑腔，乃在朱表的基礎上重計各劇作的收錄狀況，而有上文所列諸種經常入選的作品。

演光棍賈志誠假冒杜子美親近黃四娘，全齣以丑腳吳語科諢見長，﹝註41﹞從原本的郊遊賞樂，一變為玩笑之作，除題材及演劇方向的變遷，亦可從《綴白裘》在齣首的註記中，察覺此齣給演員的發揮空間：「是齣遊戲打諢，原無定準，不拘丑副，聽其所長，說白小曲，亦可隨口改易。」﹝註42﹞故可極盡表現賈志誠的無賴，及其窘迫的下場。又如《寶劍記》、《明珠記》、《紅拂記》在晚明選本中頗為常見，但在《綴白裘》歷次編選中均未受青睞，僅《納書楹曲譜》尚選錄一二齣，勉強可見當年風光：《寶劍記》最常被選錄者即為〈夜奔〉，《納書楹曲譜》補遺卷二仍之；《明珠記》於晚明選本所見散齣較為分散，常見者為〈煎茶〉、〈珠圓〉（或題〈明珠重合〉），《納書楹曲譜》補遺卷一、外集卷一共選入〈煎茶〉、〈假詔〉、〈俠隱〉3 齣；晚明選本於《紅拂記》多錄入「李靖渡江」、「紅拂私奔」，《納書楹曲譜》續集卷四僅有〈靖渡〉，以上僅〈夜奔〉至今盛演不輟。

（二）清代增選的作品

　　繼晚明選本之後，清代蒐羅最富的兩部崑曲散齣選本，一為乾隆三十九年（1774）完成十二編的《綴白裘》，一為乾隆五十九年（1794）完成正續外補四集的《納書楹曲譜》，雖然一為臺本，一為曲譜，但皆可視為乾隆年間選錄流傳劇目及時興劇目的總結之作，本段先探討《綴白裘》及《納書楹曲譜》的編選者，於選錄前代流傳劇作及散齣方面的開創。晚明選本中琳瑯滿目的雜劇、戲文、傳奇等的散齣，固有不少至清代已罕見搬演，但乾隆時期崑壇善於從前代作品中「找戲作」，或為新選劇作，或為增選散齣，還有另取齣名者。由於本段的觀照對象為清代增選的作品，故將並觀《綴白裘》及《納書楹曲譜》兩部選本，以下擇要論述其增選之作品，側重於至乾隆年間方較受注意的數折雜劇、屢有演出紀錄的散齣、首次收入選本的作品。

　　1、新選劇作

　　「新選劇作」意指未被晚明選本採錄任何散齣之元明劇作，由於元雜劇在清代的流傳較為罕見，故先行考察，接著再就增選戲文及傳奇的部分舉例闡述。先就元雜劇而言，《唐三藏·北餞、回回》、《東窗事犯·掃秦》、《不伏

﹝註41﹞《綴白裘》在〈嫖院〉後註曰：「此劇乃蘇郡名公口授，純用吳音土語。」見十二編，頁 5060。
﹝註42﹞見《綴白裘》，十二編，頁 5029。

老・北詐》、《昊天塔・五臺》、《漁樵記・漁樵、逼休、寄信》（齣名據《納書楹曲譜》），除〈五臺〉外，雖均爲晚明專錄北曲的《萬壑清音》首次選入，但至清代方成爲流行劇目，乾隆年間多見演出記錄。

〈北餞〉、〈回回〉是《唐三藏西天取經》雜劇僅存的二齣，亦爲清宮大戲《蓮花寶筏》（或作《昇平寶筏》）取材，但稱引或演出時往往冠以《西遊記》之名，〔註 43〕《觀劇日記》記乾隆年間江西宜黃集秀部名淨尤官演〈北餞〉（飾尉遲恭）：「止一笑，誰能學來？」〔註 44〕

〈掃秦〉往往被冠以傳奇《精忠記》之名，〔註 45〕然《精忠記・28 誅心》，雖演瘋僧數落秦檜一事，但爲南曲，崑壇流行的本子，乃出自雜劇《東窗事犯》，從《觀劇日記》可知此爲姑蘇三多部於嘉慶二年（1797）至嘉慶三年六月間，在北京的常演劇目之一。〔註 46〕

〈北詐〉（又稱〈妝瘋〉），選錄時往往題傳奇《金貂記》之名，〔註 47〕事實上，《金貂記・34 託疾藏機》演尉遲敬德裝瘋的情節，但爲南曲；《綴白裘》二編選錄時雖題《金貂記》，但刻意稱〈北詐瘋〉，乃因所唱爲流行的北套曲；《消寒新詠》卷三，記生行范二官演〈裝瘋〉：「此劇演者屢矣，然或故意顯假，又或故意裝眞，俱未得宜。惟范二官有意無意之間，最爲入妙。」〔註 48〕頗能拿捏眞假之間的表演分寸。

〈五臺〉首見於《綴白裘》二編，然題爲《昊天塔・盜骨》則不確實，《昊天塔》「盜骨」一事見第三折，《綴白裘》所選則爲第四折楊景至五臺山與出

〔註 43〕見《萬壑清音》，卷四，題《西遊記》。《蓮花寶筏》，第十六、十八齣。《綴白裘》八編，題《安天會・北餞》；九編，題《慈悲願・回回》。《納書楹曲譜》，正集卷二，題《蓮花寶筏・北餞》；續集卷二，題《唐三藏・回回》。

〔註 44〕見顏長珂〈珍貴的戲曲史料——讀嘉慶丁巳、戊午《觀劇日記》手稿〉及其附錄，收入顏長珂：《戲曲文學論稿》，頁 113～142。按，此條見於附記先前在江西的觀劇記錄。

〔註 45〕如：《萬壑清音》卷六、《綴白裘》五編，選錄〈掃秦〉均題作《精忠記》。
〔明〕佚名：《精忠記》，有《六十種曲》本。

〔註 46〕陸萼庭〈清代全本戲演出述論〉有「《精忠記》演出鈎沉」一段，可以參看，見陸萼庭：《清代戲曲與崑劇》（臺北：國家出版社，2005），頁 292～295。

〔註 47〕如：《萬壑清音》卷二、《歌林拾翠》二集、《綴白裘》二編，選錄〈妝瘋〉均題作《金貂記》。
〔明〕佚名：《金貂記》，有富春堂刻本，收入《古本戲曲叢刊》，初集。

〔註 48〕見《消寒新詠》，卷三，頁 49。按，一般演〈北餞〉者爲淨腳，如《綴白裘》二編所記；此處不知何故以生腳扮飾。

家的哥哥楊朗相遇，故《納書楹曲譜》正集卷二改稱〈五臺〉，崑班演出時亦然，此劇亦爲《觀劇日記》所記姑蘇三多部的常演作品。

至於演朱買臣夫妻離合的雜劇《漁樵記》，則常以本事相同的傳奇《爛柯山》稱引，其實，就齣目而言，〈北樵〉、〈逼休〉、〈寄信〉、〈相罵〉出自《漁樵記》；屬《爛柯山》者，則爲〈後休〉、〈悔嫁〉、〈癡夢〉、〈潑水〉，會相混的只有朱妻逼休的情節，乾隆時這兩劇的散齣同時盛行，如《揚州畫舫錄》卷五，記擅演《風雪漁樵記》的正旦史菊觀、擅演《爛柯山》朱買臣的老生劉亮彩。〔註49〕

何以在乾隆時期又有數齣元雜劇被搬上舞臺？在《萬壑清音》至乾隆中晚期間，上述散齣的詳情不可盡知，或許北套的清唱仍不絕如縷，成爲這些作品搬上舞臺的契機。再就題材而言，以上諸齣，均非傳奇常見的生旦離合愛情故事，但也非陌生之作，本事早爲觀眾熟知，故往往冠以相關劇名即四處上演；再就登場腳色而言，大面爲多，從零星的筆記史料中，尚能鉤稽出一二條與表演相關的記述，且〈回回〉、〈北餞〉、〈北詐〉、〈五臺〉，名列淨腳「七紅八黑三僧四白」的代表作中，〔註50〕則乾隆時期，從舊作中挖掘新劇目，並厚植表演深度，家門代表作逐步形成，可見其在折子戲發展過程中，表演藝術邁向成熟的軌跡。

再就清代新選的元、明戲文及傳奇劇作而言，如《綴白裘》九編首次選入《衣珠記》（又稱《荷珠配》）8齣、六編首次選入《蝴蝶夢》9齣，〔註51〕兩劇乾嘉年間搬演不輟，尤其是《衣珠記‧園會》、《蝴蝶夢‧劈棺》；又如《療妒羹‧題曲》，首見《綴白裘》十二編選錄，《納書楹曲譜》續集卷三承之，爲喬小青挑燈閒看《牡丹亭》的獨腳戲，場面雖冷，但演員精湛的技藝則深得小青神韻，《揚州畫舫錄》卷五記金德輝演來「如春蠶欲死」，《消寒新詠》卷三記徐才「將小青感嘆杜麗娘神思，細意描寫，則可謂仿佛當年，不徒形似者。」〔註52〕

由於《納書楹曲譜》收錄，首次進入選本者則有：《殺狗記‧雪救》（外集卷二）、《一種情‧冥勘、拾釵》（外集卷二）、《珍珠衫‧詰衫》（續集卷四）、《牟尼合‧渡海》、《春燈謎‧遊街》（俱外集卷一）。其中《一種情‧冥勘、

〔註49〕見《揚州畫舫錄》卷五，第24、35條，頁123、127。
〔註50〕「七紅八黑三僧四白」爲崑班行話，總稱淨腳所演劇目，詳細內容略有參差，《崑曲集淨》即據此編選。詳見褚民誼輯：《崑曲集淨》（1944年印行，臺北：中央研究院歷史語言研究所等藏）。
〔註51〕按，《納書楹曲譜》未收《衣珠記》、《蝴蝶夢》散齣。
〔註52〕見《揚州畫舫錄》，卷五，第38條，頁128。見《消寒新詠》，卷三，頁53。

拾釵》,《觀劇日記》載三多部經常連演〈冥勘〉、〈拾釵〉,〈冥勘〉又稱〈炳靈公〉,《消寒新詠》卷三記小旦金福壽擅演炳靈公:「釵橫翠貼女兒妝,日日紅樓窈窕娘。不意〈炳靈公〉一曲,歌音洪亮賽王郎(指百壽官)。」〔註53〕且透露此腳可由小生及小旦扮飾,小旦金福壽的炳靈公,更勝小生王百壽;至於其他數齣,雖無史料可佐證演出情形,但據《納書楹曲譜》的〈自序〉及〈凡例〉,收入外集、補遺的作品,多屬廣爲傳誦、梨園搬演之作,故即使不見於乾隆時期崑曲演出本大全《綴白裘》,仍應將其視爲曾經流行的劇目,而非僅見於曲壇清唱;而《珍珠衫・詰衫》還可見其在劇本文獻的獨特性,由於〔明〕袁于令《珍珠衫》原劇不傳,僅《玄雪譜》卷一等存〈哭花〉、〈歃動〉、〈驚歡〉三齣,而〈詰衫〉,《納書楹曲譜》所收者則爲僅存之文獻。

　　2、「增選散齣」及「另取齣名」

　　「增選散齣」,意指在晚明所選的劇目之中,在既有選齣之外,又抽繹出可雕琢成氣候的新散齣;「另取齣名」,則指就晚明以來即選入的散齣,在原本慣用的齣目之外,另取足見劇情精彩之名稱;由於部分劇作兼具兩者,故本段以劇作爲綱,舉例說明。

　　屢見於晚明選本的《南西廂》,乾隆年間仍有新選:《綴白裘》九編有《西廂記・跳牆、著棋》(《納書楹曲譜》補遺卷一則併稱〈跳牆〉),其中〈跳牆〉摘自原著〈乘夜踰垣〉,於晚明選本未見,〔註54〕而〈著棋〉的情節卻是藝人插入的,在張生跳牆入園與見著鶯鶯之間,另找戲作,其趣味在於:張生急著月下佳期,紅娘卻緩緩藉著下棋來試探小姐,並機靈地周旋於兩人之間,待下畢一局,張生方趁紅娘收棋盤時與鶯鶯相會,此齣紅娘表演頗有可觀,《消寒新詠》卷三,詠王喜齡擅演〈下棋〉:「巧施潑雨撩雲手,賣弄偎香倚玉人。」〔註55〕

　　又如《獅吼記》,在晚明選本僅是聊備一格,〔註56〕乾隆年間增選頗見精彩,《綴白裘》五編,除繼《玄雪譜》卷四選入〈諫柳〉,但將齣目改稱〈跪池〉,不再著重於蘇東坡諷諫柳氏,而以陳季常跪池,側寫柳氏悍妒,凸顯令人發噱

〔註53〕見《消寒新詠》,卷三,頁68。按,東嶽速報司炳靈公一角,近代由淨腳擔綱,可見於《崑曲集淨》,爲「七紅」之一。

〔註54〕晚明選本中所錄《西廂記・乘夜踰垣》,如《歌林拾翠》二集、《賽徵歌集》卷二等,爲《北西廂》【新水令】套曲。

〔註55〕見《消寒新詠》,卷三,頁60。

〔註56〕僅《月露音》卷一選入〈訪妓〉、卷二選入〈豪遊〉;《玄雪譜》卷四選入〈諫柳〉。

的表演情境；又在〈跪池〉前增選原題〈奇妒〉者，但改稱〈梳粧〉，演季常隨柳氏晨起打扮，對妻子又愛又畏之情，又因柳氏發覺有妓相伴遊春，其醋意正好與〈跪池〉銜接；《納書楹曲譜》外集卷一又新選〈夢怕〉，該齣乃在原著〈鬧祠〉的基礎上發展而成，但將實境改爲夢境，〔註57〕輪番上演季常、縣官、土地三對懼內的夫妻，滿是笑罵諧謔。尤其〈跪池〉頗爲討喜，但演員分寸拿捏亦屬不易，《消寒新詠》卷三、卷四即載擅演此齣的搭檔：王百壽演季常「擬他杖落心惶恐」，徐雙慶演柳氏「眉煩悉帶酸容，舉動俱形悍態」。〔註58〕

再如《金雀記》，《醉怡情》始選入〈探春〉、〈臨任〉等4齣，〈臨任〉乃按原著題名，平淡敘述井文鸞赴任所與夫婿潘岳團聚，但《綴白裘》七編於《金雀記》僅錄此齣，但改題〈喬醋〉，生動點明賢慧的井文鸞假意吃醋，沒有金雀的潘岳滿臉困窘，乾隆時期〈喬醋〉亦爲盛演劇目，上舉徐雙慶長於詮釋妒婦，演〈喬醋〉亦有可觀。而《納書楹曲譜》外集卷一、補遺卷三共選入《金雀記》7齣，其中〈玩燈〉、〈庵會〉、〈竹林〉爲首次選入，但僅有〈喬醋〉前奏的〈庵會〉尚見流傳。

又如《納書楹曲譜》所選《西樓記》散齣，〔註59〕有屢見於晚明選本及當時劇壇演出，但《綴白裘》未收的〈錯夢〉（續集卷三），此齣多析爲〈玩箋〉、〈錯夢〉搬演，〔註60〕〈玩箋〉爲于叔夜賞玩穆素徽花箋的獨腳戲，〈錯夢〉則演「情到情眞使入魔」〔註61〕的夢中驚詫；又於正集卷三新選〈俠試〉，爲劍俠胥長公救出素徽後，試得其對叔夜的一片眞情，據《觀劇日記》，此齣（題〈試妓〉）在嘉慶初年可見三多部演出，往往〈玩箋〉、〈錯夢〉、〈試妓〉、〈贈馬〉連演，其餘新選的〈覓緣〉、〈集豔〉（俱補遺卷二）、〈會玉〉（續集卷三），則未見乾嘉時的演出記錄。

附記其他《納書楹曲譜》新選的散齣如下：《蕉帕記·鬧題》（外集卷一）、《雙紅記·猜謎、顯技》（補遺卷三、外集卷一）、《燕子箋·寫像》（續集卷三）；其中《燕子箋》選〈寫像〉的鶼鰈閨房之樂，而非流行的〈奸遁〉（後

〔註57〕王季烈、劉富樑：《集成曲譜》（上海：商務印書館，1925；臺北：進學書局，1969影印），金集卷四，〈三怕〉眉批：「此折將《獅吼》原本稍改，託之於夢，排場靈動，情節入理，實勝原本。」見頁603。

〔註58〕見《消寒新詠》，卷三、卷四，頁49～50、73～74。

〔註59〕按，《綴白裘》於《西樓記》，僅選入〈樓會〉、〈拆書〉，見五編。

〔註60〕可參考《觀劇日記》等所載。

〔註61〕見《消寒新詠》，卷三，題王百壽演〈錯夢〉之詩，頁50。

稱〈狗洞〉）嘲諷假狀元，當是著眼於這一套深情的曲文。乾隆時期崑劇藝人雖然難以新創劇本，但從舊傳奇中，仍努力開發明人並未注意的劇作或散齣，新選的作品風格各異，既有〈跳牆、著棋〉、〈夢怕〉等風趣詼諧之作，亦有〈題曲〉、〈玩箋〉等溫婉靜雅之作，每一齣戲從入選到流傳，皆可見演員的詮釋功力；不過，《納書楹曲譜》所選散齣畢竟以曲爲主，無法涵蓋以說白見長的戲，如《荊釵記‧參相》、《鳴鳳記‧吃茶》等，雖至《綴白裘》方見選入，不再一一述及。

（三）《納書楹曲譜》獨特的內容

1、罕見於晚明戲曲選本的散曲

在《納書楹曲譜》中，有些雖屬元明兩代作品，卻罕見於晚明戲曲選本中，主要爲元明散曲及雜劇，部分於《雍熙樂府》即已選錄，更由於葉譜的曲譜性質，其取材來源之一當爲《九宮大成譜》，正如其於《納書楹曲譜》〈自序〉所言：「本朝《大成宮譜》出，而度曲之家奉若律令無異詞。」（頁5）時人對官修的《九宮大成譜》，在其蒐羅廣備，自曲律至曲唱皆訂有範式下，往往奉爲圭臬，遵循因襲，而葉堂所選元明散曲及雜劇，雖在晚明戲曲選本中頗爲罕見，但大多可見於《九宮大成譜》，〔註62〕以下先對這類套曲或散齣略作說明。元明散曲的部分，計有五種，均可見於《九宮大成譜》：〔註63〕〔元〕馬致遠【夜行船】「百歲光陰」套、〔元〕方伯成【端正好】「柳飛綿」套、〔元〕無名氏【歸來樂】「罷罷耍耍」重頭小令、〔明〕陳鐸【八聲甘州】「春光豔陽」套、〔明〕無名氏【新水令】「枕痕一線」套，除【歸來樂】「罷罷耍耍」重頭小令外，其餘早於《雍熙樂府》即已選錄，〔註64〕其中【新水令】「枕痕一線」合套，亦爲絃索流行曲目之一，可見於《太古傳宗琵琶調宮詞曲譜》卷下，以上均爲北曲或南北合套，這幾種曲文，明中期即頗爲風行，但晚明戲曲選本中散曲卷帙多收明人作品，上述幾種錄者不多。

2、續選元明雜劇

葉譜所收元明雜劇，當各有淵源，若從《雍熙樂府》來看，相關的只有以下作品：《北西廂》、《兩世姻緣‧離魂》、《楊貴妃‧馬踐》、《追韓信‧追信》、

〔註62〕此處專就曲文來源而言，不涉及曲樂異同。
〔註63〕見《九宮大成譜》，卷六十七、三十五、三十九、七、閏。
〔註64〕見《雍熙樂府》，卷十二、二、四、十一。

《蘇武還朝‧告雁、還朝》、《風雲會‧訪普》、《貨郎旦‧女彈》、《義勇辭金‧挑袍》，﹝註65﹞不過，葉堂除將〈訪普〉的出處標為《雍熙樂府》之外，其餘均已寫明劇作名稱。綜觀葉堂收錄的所有元明雜劇，除《北西廂》外，大多不出《九宮大成譜》所選，﹝註66﹞例外者僅有《單刀會‧訓子、單刀》、《西天取經‧北餞》、《追韓信‧點將》、《蘇武還朝‧告雁、還朝》、《西遊記‧揭鉢、女還、女國》、《馬陵道‧擺陣、孫詐、擒龐》、《漁樵記‧漁樵、逼休、寄信》。其中《蘇武還朝‧告雁、還朝》、《西遊記‧揭鉢、女還、女國》是首次進入戲曲選本；至於《單刀會》、《追韓信》、《漁樵記》，往往混入傳奇中而見於晚明戲曲選本；〈北餞〉已見於《綴白裘》八編，但題《安天會》；《馬陵道》則於《醉怡情》卷一選入。

　　3、選入絃索流行曲目《綵樓記‧彩圓》

　　除元明散曲及雜劇外，還有戲文《綵樓記‧彩圓》，亦罕見於晚明戲曲選本。其實《綵樓記》並非晚明選本的罕見劇目，上表諸選本幾乎都見選入，但選入〈彩圓〉之【喬合笙】「喜得功名遂」套者，則僅有《群音類選》北腔類、《歌林拾翠》初集、《怡春錦》御集，﹝註67﹞大抵此齣在崑壇上不甚流行；不過，此套曲文早錄於《雍熙樂府》卷十六，且是絃索調的流行曲目之一，相關的記載頗多，如：〔明〕何良俊《曲論》載：「南戲……如《呂蒙正》『紅粧艷質』、『喜得功名遂』……皆上絃索。」﹝註68﹞《金瓶梅詞話》第二十回﹝註69﹞、〔明〕宋懋澄〈順天府宴狀元記〉，記萬曆三十五年（1607）春，順天府宴請狀元的獻酬之儀：「二獻，則上絃索調，唱『喜得功名遂』，乃《呂聖功破窯記》末齣也。」﹝註70﹞此套曲的樂譜亦見於《九宮大成譜》卷二十八、《太古傳宗琵琶調宮詞曲譜》卷上。「喜得功名遂」套曲的歡樂得意之詞，想來頗

﹝註65﹞ 見《雍熙樂府》，卷十四、二、十一、六、十一、二、九、三。參考隋樹森：
　　　　 《《雍熙樂府》曲文作者考》（北京：書目文獻出版社，1985）。
﹝註66﹞ 但葉堂對於《九宮大成譜》僅標示《元人百種》者，均已明確註出劇作名稱。
﹝註67﹞ 見《群音類選》，北腔類，卷六，題「【合笙】一套（彩樓），頁 1985～1987。
　　　　 見《歌林拾翠》，初集，題《破窯記‧封贈團圓》，頁 615～20。
　　　　 見《怡春錦》，絃索元音御集，題《綵樓記‧榮會》，頁 647～653。
﹝註68﹞ 〔明〕何良俊：《曲論》，該條記《呂蒙正》等八種戲文的十二套曲可上絃索，
　　　　 見《中國古典戲曲論著集成》（四），頁 12。
﹝註69﹞ 見〔明〕蘭陵笑笑生原著，梅節校注：《金瓶梅詞話》，頁 281。
﹝註70﹞ 見〔明〕宋懋澄：《九籥集》，文集卷一，收入《續修四庫全書》第 1374 冊，
　　　　 頁 173。

受歡迎，屢有增潤變遷：出自《綵樓記》，原爲南曲；但在《雍熙樂府》已見插入北曲，成爲南北合套；《群音類選》則收入北腔類，但註明「亦入南北調」；至明末清初，此合套全唱作北腔，〔註71〕後《九宮大成譜》、《納書楹曲譜》皆然。葉堂選入此套，或不免受《九宮大成譜》影響，但或因與絃索調俱有清唱背景，遂使此套甚受葉堂青睞，除可作爲「喜得功名遂」套曲變遷之例證，探討南北合套、南曲北唱等南北曲之間的互動，亦可爲崑唱原爲絃索曲目之例。

　　本節乃就葉譜取材自流傳劇目之作品做一梳理，除了全本《北西廂》與《四夢》外，其餘散齣，既有與晚明戲曲選本重疊，傳唱不歇之作品；更有清代方成爲流行劇目的雜劇《東窗事犯》、《不伏老》等，新從傳奇劇本摘選的〈跪池〉、〈喬醋〉等，還有葉譜不同於其他選本，選入的散曲、雜劇，甚至絃索調作品，可見其在歷史傳承的脈絡外，亦具時代新意，及自身獨特考量。

第二節　葉譜取材（下）：選自時興作品

　　作爲清代戲曲選本的《綴白裘》及《納書楹曲譜》，選錄前代流傳劇作及散齣，固然佔了半數以上的篇幅，但亦不吝惜選錄清初以來時興的當代作品，此爲其最能凸顯選本之時代特色者，如兩書皆多錄以李玉爲首的蘇州劇作家代表作，並將選錄的範圍擴及地方戲或時劇，記錄乾隆時期劇壇演出劇目的變遷。以下將以《納書楹曲譜》收錄的內容爲主，兼及《綴白裘》，論述選入的時興作品，此處的「時興」，並非僅指乾隆時期新興的創作，而是涵蓋晚明選本未曾收錄的作品，故自明清之際至乾隆年間的創作皆歸入「時興作品」討論，以別於上一節所討論之元明以來流傳的作品。

一、明清之際蘇州作家群作品

　　明清之際，以李玉爲首的蘇州劇作家，關於其成員，學界各有不同的劃分標準，或以作品風格爲重，或是強調時代與地域的共同性，由於本文的重點不在探討作家作品的內容風格，而是從選本收錄這一批活躍於同一時空（創作於明崇禎年間至清康熙四十年左右，以蘇州爲中心）的作家作品，在新作

〔註71〕可參考：《九宮正始》，卷八，【道和】「喜得功名遂」等曲後之說明，頁 844
　　　　～845。《九宮大成譜》，卷二十八，【喬合笙】套曲後之說明，頁 2643～2645。

可能風行演出全本之後，至乾隆年間選本收錄散齣之情形，故以「蘇州作家群」，而非「蘇州劇派」的概念來涵蓋作家，〔註72〕將《納書楹曲譜》選錄的李玉、朱佐朝、朱素臣、張大復、陳二白、丘園、葉時章等人的作品皆納入，收錄諸家傳奇劇作計20種，在所選清代傳奇31種中已逾半數。

（一）作品綜覽

蘇州作家群中最具代表性，作品數量居冠的李玉，其早期作品「一、人、永、占」中的《一捧雪》、《永團圓》、《占花魁》，為《醉怡情》首先選入（見卷三、卷二、卷一），但大量選錄諸家作品，仍為《綴白裘》與《納書楹曲譜》，兩書選錄未經歷史篩選的當代作品，迭有參差，正可一覽錢德蒼與葉堂不同的編選方向，先將收錄內容製表如下：

表6　《綴白裘》與《納書楹曲譜》收錄蘇州作家群作品

作者	劇作	《綴白裘》選錄〔註73〕	《納書楹曲譜》選錄
李玉	一捧雪	送杯、搜杯、換監、代戮、審頭、刺湯、祭姬、邊信、杯圓（1、7、9、12）	祭姬（續3）
李玉	人獸關	演官（5）	前設、後設（補2）
李玉	永團圓	逼離、擊鼓、鬧賓館、計代、堂婚（1）	述緣、閨艴、雙合（續3、補2）
李玉	占花魁	勸粧、酒樓、種情、串戲、雪塘、獨占（1、10、12）	勸粧、一顧、再顧、探芳、醉歸、巧遇、獨占、贖身（續3、補2）
李玉	麒麟閣	揚兵、反牢、激秦、三擋（6、7）	三擋（補3）
李玉	清忠譜	書鬧、訪文、罵祠、拉眾、鞭差、打尉（5、9）〔註74〕	罵祠（續4、補3）
李玉	風雲會	送京（3）	送京（外1）
李玉	太平錢	／	綴帽、種瓜、窺粧（續2、補1）
李玉	眉山秀	／	婚試、詔賦、遊湖（續2、補3）
李玉	千鍾祿	奏朝、草詔、搜山、打車（3、8）	慘睹、廟遇、打車、歸國（續4、補3）
李玉	萬里圓	跌雪、三溪、打差（6、8、9）〔註75〕	三溪（外1）

〔註72〕參考康保成：《蘇州劇派研究》（廣州：花城出版社，1993）、李玫：《明清之際蘇州作家群研究》（北京：中國社會科學出版社，2000）。

〔註73〕以下齣目後的數字為編次，如《一捧雪》見於《綴白裘》一編、七編、九編、十二編；《納書楹曲譜》續集卷三。

〔註74〕《清忠譜・訪文、罵祠》僅見於鴻文堂本。

〔註75〕原題《萬里緣》。

朱佐朝	吉慶圖	扯本（7）	╱
朱佐朝	漁家樂	納姻、藏舟、相梁、刺梁、羞父（3、8）	賣書、納姻、藏舟（外2）
朱佐朝	豔雲亭	癡訴、點香（5）	癡訴、點香（外1）
朱佐朝	乾坤嘯	╱	勸酒（補3）
朱佐朝	九蓮燈	火判、問路、闖界、求燈（9）	╱
朱素臣	翡翠園	預報、拜年、謀房、諫父、切腳、恩放、自首、副審、封房、盜牌、殺舟、脫逃（6）	╱
朱素臣	十五貫	判斬、見都、踏勘、訪鼠測字、拜香（2、8、12）	判斬、見都、踏看、測字（補3）
張大復	如是觀	交印、刺字、草地、拜金、獻金橋（2、6）〔註76〕	刺字、敗金（補3）
張大復	醉菩提	付篦、打坐、石洞、醒妓、天打（10）	打坐、伏虎、醒妓、換酒、佛圓（外2）
朱雲從	兒孫福	別弟、報喜、宴會、勢利、下山（2、5、12）〔註77〕	╱
陳二白	雙官誥	蒲鞋、夜課、借債、見鬼、榮歸、齎詔、誥圓（4、8）	夜課（外2）
丘園	黨人碑	打碑、酒樓、計賺、閉城、殺廟、賺師、拜師（8）	╱
丘園	虎囊彈	山門（3）	山亭（正2）
葉時章	琥珀匙	╱	山盟、立關（續4）

　　先從選錄的劇作數量來看，《綴白裘》與《納書楹曲譜》其實不相上下，且多數的劇作是兩部選本皆收入的，兩位編選者雖厚愛古人名作，也不薄今人新作；而選入的齣目不盡相同，正可見彼此在流行趨勢下，仍有不同的切入點。可以《一捧雪》爲例：莫懷古等爲守護家傳一捧雪玉杯，與嚴世蕃周旋的過程曲折驚險，《綴白裘》歷次所選的9齣，已能完整演述故事並使重要人物各有表現，但《納書楹曲譜》所選，卻僅有一套戚繼光祭雪豔的【端正好】套曲，參酌《占花魁》、《十五貫》收錄的內容，可知葉堂並不排斥多選新作散齣，也非僅喜抒情感懷之曲，只是出自嚴世蕃、湯勤等聲口的曲文，在戲劇情節中固然率直俐落，切合人物個性，但純就文字內涵而言，實則平淡寡味，於唱腔上亦無可發揮。《納書楹曲譜》畢竟是爲度曲而設，不若《綴

〔註76〕原題《倒精忠》，〈草地〉、〈拜金〉、〈獻金橋〉僅見於鴻文堂本。
〔註77〕《兒孫福・宴會》僅見於四教堂本。

白裘》以戲取勝，若曲牌本身在文字及音樂上皆難見精彩，自無選錄之必要。

若再對照《翡翠園》則更爲明顯，《綴白裘》所錄 12 齣，事件緊密相扣，麻長史的蠻橫無理、王饅頭及趙翠兒的仗義搭救，人物的心緒、情節的推展，在曲文、唸白及表演交織中，酣暢痛快地演繹故事，但如此緊密的結合，當使葉堂對此膾炙人口之作，難以釐析出亮眼的曲牌，只能割愛。

《綴白裘》重「戲劇表現」，《納書楹曲譜》重「曲牌文樂」，其間之理固然甚明，但透過若干劇作及散齣的觀察更能凸顯彼此差異。再舉《千鍾祿・慘睹》爲例：此齣又稱〈八陽〉，乃建文帝與程濟改扮僧人，在從湖廣逃往雲貴的途中，目睹舊日臣民慘遭殺戮流放，曲曲痛徹心扉，但這悲壯蒼茫的上佳曲文與集曲組套的音樂構思，不見於《綴白裘》，但正爲葉堂所傾賞，於《納書楹曲譜》續集即予選入，是〈慘睹〉的曲文及樂譜首次刊行問世，當可視爲此齣流傳的契機，〔註78〕後於《觀劇日記》中，屢見姑蘇三多部在北京演出〈慘睹〉。〔註79〕由〈慘睹〉一例，除可見葉堂重曲的選擇標準，更見詞情與聲情並茂之散齣，亦有可能從曲壇流行至劇壇，因戲班排練琢磨而豐富演出劇目。

至於《太平錢》、《眉山秀》、《乾坤嘯》、《琥珀匙》等劇及其他散齣，雖然曲子皆有可稱道之處，但既不爲《綴白裘》選錄，也未見其他演出史料，葉堂收入《納書楹曲譜》，當可視爲乾隆年間〔註80〕曾在蘇州流行的最後一抹光影。

由以上諸例可見《綴白裘》與《納書楹曲譜》的收錄標準有同有異，共同處在於均敏銳覺察當時流行的劇作並予以收入；相異處在於《綴白裘》注重「整體戲劇效果」，故於《一捧雪》、《翡翠園》等經常上演的劇作皆選入大量散齣，而《納書楹曲譜》則是在劇壇流行的佳作中，再篩選出「曲文佳善且兼具音樂表現」的作品，故以賓白取勝的作品固然不可能收入，曲文與情節進展結合緊密，無法獨立閱聽者亦無法入選。在諸作中，能同時被錢德蒼與葉堂欣賞，兼具戲劇性與曲文詞采音樂者，首推《占花魁》，兩部選本所題齣目雖然各異，但《綴白裘》所收者，《納書楹曲譜》盡皆涵蓋，且又多選〈一

〔註78〕《千鍾祿》只見鈔本流傳，收入《古本戲曲叢刊》三集。關於《納書楹曲譜》刊行〈慘睹〉，並造成此套樂曲的流傳，可參考劉致中：〈家家『收拾起』，戶戶『不提防』考辨〉，《戲曲學報》第一期（2007.6），頁 222～223。

〔註79〕如《觀劇日記》嘉慶二年三月十日、四月二日、五月五日等所記，見顏長珂：《戲曲文學論稿》，頁 124、125、126。

〔註80〕《太平錢》等劇的流行期間或爲乾隆早期，至《綴白裘》刊行時已不甚流行，唯葉堂彙刊《納書楹曲譜》時，乃蒐羅生平涉獵之曲目及劇目，故留下諸劇之記錄。

顧〉、〈探芳〉、〈贖身〉3 齣，其中〈贖身〉，可與〈雪塘〉、〈獨占〉結爲一情節段落，如《觀劇日記》中三多部所演，[註81] 演出次數固然無法與〈獨占〉相比，但並非僅見於清唱之曲。又如《十五貫》，亦是同爲兩部曲選青睞之作，倒是《綴白裘》較《納書楹曲譜》多選〈拜香〉一齣，演熊氏兄弟高中，拜謝況鍾，已不在況鍾重勘冤獄的主要情節之內。

（二）關於全本戲的思考

由於整理蘇州作家群的劇作散齣，擬附談乾嘉時期劇壇演出折子戲與全本戲的相關問題，由於並非本段重點，簡而言之，關注點有二：乾嘉年間劇壇上演的是否亦有全本戲？《綴白裘》與《納書楹曲譜》所選，是否皆爲折子戲？疑惑實起於兩部選本對諸劇的選錄與排列方式，尤其是《綴白裘》收錄《翡翠園》、《黨人碑》，齣數既多，又一反分散收錄的常態，集中於一編，雖非劇作全本，亦爲一高潮迭起、相對完整的情節段落，《納書楹曲譜》所收《占花魁》、《十五貫》、《醉菩提》亦然，[註82] 若參照演出記錄，這幾部劇作，固然可以上演單齣，但確有以全本上演者，此處所謂「全本」，自然不是文人傳奇的全本，而是戲班刪繁爲減，將動輒數十齣的傳奇縮至可集中演完的「本戲」，或是連綴折子戲而具完整情節段落的「串本戲」，在筆記史料中，注目的焦點往往是演員精彩的折子戲，全本的演出訊息，則需從詳盡記錄崑班演出劇目的《觀劇日記》來查考，舉最鮮明之《翡翠園》爲例即可見一斑，姑蘇三多部在北京演《翡翠園》，有兩次當爲全本：一次記「翡翠園預報　盜牌」，由於該日並無他齣，雖然作者未註起迄，但應是從〈預報〉演至〈盜牌〉；一次記「折柳陽關　翡翠園」，[註83] 則是日演畢〈折柳、陽關〉，續演《翡翠園》全本，雖然其中的齣目無法確知，但當與《綴白裘》收錄者相去不遠，然而，《翡翠園》中是否亦有以折子戲聞名者？數齣中唯〈盜令（牌）〉經常單獨上演，且走腳步頗足稱道，如《消寒新詠》卷三記萬和部金福壽「緩步行徐欺醉漢」、《觀劇日記》寫姑蘇金玉部錢巧齡「但一走腳步就是賣婆」，[註84]

[註81] 如《觀劇日記》嘉慶二年九月二日所記，見顏長珂：《戲曲文學論稿》，頁 130。

[註82] 《納書楹曲譜》雖將《占花魁》分入兩集收錄，但續集卷三所收六齣，雖乏〈巧遇〉、〈贖身〉，仍有完整的敘事段落。

[註83] 見《觀劇日記》嘉慶二年十二月十八日、嘉慶三年四月二十四日，見顏長珂：《戲曲文學論稿》，頁 133、135。

[註84] 見《消寒新詠》，卷三，頁 69。《觀劇日記》，見顏長珂：《戲曲文學論稿》，頁 137。

至於戲班上演折子戲〈盜牌〉或全本《翡翠園》，則視演員、場合、劇目搭配等情況安排。其實「串本戲」不為罕見，《綴白裘》所選《永團圓》，《納書楹曲譜》所選《占花魁》、《十五貫》、《醉菩提》即已具備這樣的格局，《觀劇日記》中可見這些折子雖亦可單獨上演，但亦見串本演出。由《翡翠園》一例即可見，並非劇作中的每一齣皆屬「折子戲」——「經歷過長期加工實踐而形成的一個獨立性非常強的藝術精品」，〔註85〕由此，《綴白裘》與《納書楹曲譜》中所收的散齣，固然大部分具有折子戲的獨立性與表演特色，但也確有部分應置入全本戲中，方見其位置。

二、《長生殿》、《桃花扇》及其他

（一）《長生殿》、《桃花扇》

康熙時期的兩部鉅作《長生殿》、《桃花扇》，葉堂均予選錄，《長生殿》前後高達 31 齣，《桃花扇》則僅 3 齣；較諸《綴白裘》選入《長生殿》8 齣〔註86〕、未選《桃花扇》，為數甚多，正好見葉堂「重曲」的喜好，尤其是《長生殿》，在康熙年間演出全本的風潮之後，乾隆年間以演折子戲為主，但葉堂強調：「第恐愛歌《長生殿》者其願未厭，且世少別譜，故正集中不入選者，仍錄入續集中。」〔註87〕遂將佳曲盡行收錄，《長生殿》分配腳色勞逸平均，即使屬闊口的腳色，於唱腔上亦有表現空間，從葉堂欣賞並選錄者來看，生行、旦行主唱之曲固占多數，而末、外、淨、副淨等闊口主唱者亦有 6 齣：〈疑讖〉（後稱〈酒樓〉）（外）、〈合圍〉（淨）、〈罵賊〉（外）、〈神訴〉（副淨）、〈彈詞〉（末）、〈覓魂〉（淨、末），皆為北曲，亦可見洪昇確實用心安排，各行演員的唱工皆得以發揮。而《桃花扇》，雖然與《長生殿》並稱，關目結構巧妙出新，遣詞造句俱有可觀，託言麥秀黍離之悲慨，然而，其搬演盛況，遠不逮《長生殿》，不但《綴白裘》未予收錄，從《納書楹曲譜》所錄僅〈訪翠〉、〈寄扇〉、〈題畫〉3 齣推詳，

〔註85〕見陸萼庭〈清代全本戲演出述論〉，收入陸萼庭：《清代戲曲與崑劇》，頁 320。該文尚提到「江湖十八齣」、「摘錦八齣」等戲班全本的演出形式，亦可參看，筆者此處不作展開，僅以蘇州作家群的劇作為例，說明選本中的散齣並非均為折子戲，亦透露全本演出的訊息。

〔註86〕按，《綴白裘》收錄計《長生殿》〈定情〉（六編）、〈酒樓〉（十二編）、〈絮閣〉（二編）、〈醉妃〉、〈驚變〉、〈埋玉〉（以上十編）、〈聞鈴〉（七編）、〈彈詞〉（二編）等 8 齣，其中〈醉妃〉、〈驚變〉皆出自《長生殿·24 驚變》。

〔註87〕見《納書楹曲譜》，正集卷四目錄，頁 484。

乾隆年間《桃花扇》當已逐漸退出舞台，清唱恐亦罕見，逐漸成爲案頭賞讀之作，《品花寶鑑》第四十一回記清唱〈訪翠〉、〈眠香〉，〔註88〕或許出於寫作上的構思，但應也不乏追憶性質，此後，咸豐十年（1860）陳金雀攜入昇平署點戲用戲摺的劇目、清末上海崑劇演出劇目志、清宣統以後恢復的後全福班直至民國以後的仙霓社所常演的劇目，〔註89〕均未再見《桃花扇》散齣。

（二）《風箏誤》、《滿床笏》及清人雜劇

《納書楹曲譜》選錄康熙以來的時興作品，尚有《風箏誤》（外集卷一、補遺卷二），除《綴白裘》五編所選 4 齣，又加〈茶圓〉，從〈驚醜〉、〈前親〉（即〈婚鬧〉）、〈逼婚〉演至〈後親〉（即〈詫美〉），可視爲串本戲，姑蘇三多部曾如此搬演；〔註90〕又有《滿床笏》，《綴白裘》所選爲郭子儀一線的〈卸甲〉（七編）及〈笏圓〉（三編），《納書楹曲譜》所選則是與原題《十醋記》相關，寫龔敬之妻吃醋一線的〈納妾〉、〈跪門〉（補遺卷三），各有趣味。

《納書楹曲譜》較爲獨特的是選入了三種清人雜劇，清初以來雜劇創作蔚爲風氣，雖多案頭之作，亦不乏登場搬演者，葉堂所選《揚州夢》（《四才子》之一）、《吟風閣·罷宴》、《四絃秋》三劇皆可見演出記錄，但以家樂及堂會演出爲主，黃兆森《唐堂集》記《揚州夢》演出：

> 昔粵撫陳公（陳元龍）家伶每演予《揚州夢》樂府，頗流傳。〔註91〕

〔註88〕〔清〕陳森《品花寶鑑》，道光二十九年（1849）刊行，小說中的記錄，大抵可反映嘉慶、道光年間北京梨園名花及官宦仕紳的戲曲情事。清唱《桃花扇》，見〔清〕陳森著、孔翔點校：《品花寶鑑》（北京：中華書局，2004），頁 415～417。

〔註89〕咸豐十年（1860）陳金雀攜入昇平署點戲用戲摺的劇目，見顧篤璜：《崑劇史補論》（南京：江蘇古籍出版社，1987），附錄，頁 176～188。
清末上海崑劇演出劇目志，爲陸萼庭據同治十一年（1872）創刊的《申報》及《字林滬報》等報紙戲劇廣告編寫，見陸萼庭：《崑劇演出史稿「修訂本」》，頁 512～530。
清宣統以後恢復的後全福班直至民國以後的仙霓社所常演的劇目，爲顧篤璜據老藝人曾長生口述整理，見顧篤璜：《崑劇史補論》，附錄，頁 195～204。

〔註90〕《觀劇日記》，嘉慶二年五月九日演出，見顏長珂：《戲曲文學論稿》，頁 126。

〔註91〕〔清〕黃之雋（兆森）：《唐堂集》，乾隆年間刊行，波士頓：哈佛大學燕京圖書館等藏。見《唐堂集》，卷五十，【滿江紅】〈題凌雲長沙妓傳奇〉夾註，頁 10～11。
記《四才子》演出者尚有：「《四才子》詞，憤激牢騷，寓言於聲音酒色神仙之域。太倉相國每宴會必奏之，決辰不厭。」見〔清〕黃兆森：《忠孝福》，陳元龍康熙戊戌冬月〈序〉（康熙五十七年（1718）刊行，臺北：臺灣大學圖

焦循《劇說》載〈罷宴〉感人至深：

> 阮大中丞巡撫浙江，偶演此劇，中丞痛哭，時亦爲之罷宴。〔註92〕

《四絃秋》江春〈序〉述及演出情形：

> 亟付家伶，使登場按拍，延客共賞，則觀者輒欷歔太息，悲不自勝，
> 殆人人如司馬青衫矣。〔註93〕

《四絃秋》直至道光年間仍有徽班名伶在北京演出，見於《長安看花記》：

> 連喜，扈姓，字梅香。……能《四絃秋》全曲，聲情掩抑，一倡〔唱〕
> 三歎，有餘音矣。（春臺部）〔註94〕

雖然時至今日，清人雜劇大抵僅餘〈罷宴〉仍見演出，但《納書楹曲譜》收錄的這三種，則記錄了時人雜劇演出的盛況。

（三）《雷峰塔》、《金不換》及《如意珠》

崑班常演並發展爲折子戲的劇目，大多爲康熙以前的作品，至乾隆年間，雖然蘇州一地就有沈起鳳《薲漁四種曲》等的創作，但新劇作上演雖然一時熱鬧，眞能流傳下來的甚少，乾隆年間的劇作至今演出不輟的，可謂僅有《雷峰塔》，該劇先有乾隆三年（1738）的黃圖珌本，繼有更富人情味的崑班演出本，〔註95〕曾於乾隆三十六年（1771）在揚州參加皇太后八十壽誕演出，〔註96〕隔年，方成培據梨園本改編寫定的《雷峰塔》刊行。《雷峰塔》，尤其是〈水漫〉（即〈水鬥〉）、〈斷橋〉，爲盛演劇目，〔註97〕但所演仍近於梨園鈔本系統，以《綴白裘》選入〈水漫〉、〈斷橋〉（七編），《納書楹曲譜》選入〈法海〉（補遺卷四）爲例，這3齣情節內容雖可與方成培改編刊行的《雷峰塔·水鬥、斷橋、歸眞》相對應，〔註98〕但曲文則頗有不同。

書館等藏），頁2。

〔註92〕見〔清〕焦循：《劇說》，卷五，收入《中國古典戲曲論著集成》（八），頁195。
按：阮元於嘉慶年間任浙江巡撫。

〔註93〕見〔清〕蔣士銓撰，周妙中點校：《蔣士銓戲曲集》（北京：中華書局，1993），頁187。

〔註94〕見〔清〕蕊珠舊史：《長安看花記》，道光十七年（1837）成書，收入張次溪輯：《清代燕都梨園史料》（北京：中國戲劇出版社，1988），頁321。

〔註95〕據陳金雀言，《雷峰塔》乃由揚州伶人陳嘉言及其女改編，見洪惟助主編：《崑曲辭典》，「陳嘉言」條，頁722。

〔註96〕據〔清〕方成培：《雷峰塔》〈自序〉，見蔡毅編著：《中國古典戲曲序跋彙編》，頁1940。

〔註97〕如《消寒新詠》卷四，記松壽部小旦蓮生擅演〈水漫〉、〈斷橋〉，見頁73。

〔註98〕〔清〕方成培：《雷峰塔》，乾隆三十六年（1771）刊行，收入王季思主編：《中

　　而時興的《金不換》（即《錦蒲團》），僅有鈔本流傳，〔註99〕最早的散齣刊本見於《納書楹曲譜》，葉堂雖僅收〈自懲〉（即〈守歲〉，外集卷一）、〈侍酒〉（補遺卷三），頗可見浪子回頭及愧悔之意，姑蘇三多部曾上演全本，〔註100〕然至今盛行者仍是葉堂當年選入的〈守歲〉、〈侍酒〉。

　　而《如意珠》，未見其他演出記錄，僅可從《納書楹曲譜》補遺卷二收錄的〈密訂〉追想，由於該《如意珠》全本已不傳，葉堂收錄者爲其僅存之文本。據孫書磊考證南京圖書館所藏《如意珠》稿本，知《納書楹曲譜》所收者，乃是乾隆五十九年以前，無名氏撰著的《如意珠》散齣，而非出自秦子陵之《如意珠》；因今傳《如意珠》稿本之撰者秦子陵，乃是活動在清中後期，其《如意珠》爲另一作品，《納書楹曲譜》所收〈密訂〉與之無關。〔註101〕

　　（四）《三國志・挑袍》

　　〈挑袍〉一齣頗見關公之忠義及智謀，《納書楹曲譜》收入兩種：其一出自〔明〕朱有燉《義勇辭金》雜劇（原題《古城記》，正集卷二）；其二出自《三國志》（補遺卷三），〔註102〕兩齣〈挑袍〉俱用【九轉貨郎兒】套曲，但曲文不同，出自《三國志》者，研究者討論【九轉貨郎兒】時並未涵蓋，〔註103〕但此齣與《古城記・20受錦》〔註104〕等弋陽腔系統演出本實有關連，應屬清代作品，以下略作考述。筆者的疑惑起於：兩種〈挑袍〉前三轉的曲文近似，應爲《三國志》摭取《義勇辭金》曲文而成，那麼題爲《三國志》者，其爲梨園俗增本？或爲戲文、傳奇舊本？先從《古城記》說起，其中〈20受

　　　　國十大古典悲劇集》（下）（濟南：齊魯書社，1991）。
〔註99〕〔清〕佚名：《錦蒲團》，鈔本，收入《古本戲曲叢刊》，三集。
〔註100〕《觀劇日記》記三多部於嘉慶二年五月六日演〈賞荷〉、〈死竄〉、〈照鏡〉、《錦蒲團》，嘉慶二年閏六月二十日演《金不換》，參酌他日演出份量，推測兩次演出皆爲全本。見顏長珂《戲曲文學論稿》，頁126、130。
〔註101〕詳見孫書磊：〈秦子陵及其《如意珠》傳奇創作考辨——兼論新發現的《紅羅記》傳奇稿本〉，《文學遺產》2004年五期，頁107～114。
〔註102〕此所謂《三國志》，當爲搬演三國故事的總稱，並非確有一本劇作題名《三國志》。
〔註103〕如：鄭騫〈李師師流落湖湘道雜劇〉附錄「【九轉貨郎兒】集」，收入鄭騫：《景午叢編》（臺北：臺灣中華書局，1972），上集，頁446～525。卜致立：《北曲【貨郎兒】音樂研究》（臺北：臺北藝術大學傳統藝術研究所碩士論文，2006），頁13～14。
〔註104〕〔明〕佚名：《古城記》，萬曆年間文林閣刊本，收入《古本戲曲叢刊》，初集。

錦〉與《三國志・挑袍》的曲文大體相同，但曲牌標示爲：【賀新郎】、【天下樂】、【滾】、【前腔】、【出隊子】、【滾】、【前腔】、【滾】、【尾】，此齣爲關羽主唱，僅【出隊子】爲曹操上場所唱，可見《三國志・挑袍》應有舊本可循，然而，《古城記・挑袍》中弋陽腔系統加【滾】〔註105〕的唱腔，如何成爲崑班劇目？目前僅能從清宮大戲《鼎峙春秋》〔註106〕中覓得線索，該劇爲薈萃歷來三國戲曲編撰而成的崑弋連臺本戲，其中第四本第六齣〈紅袍藥酒餞賢侯〉，在曹操第一次上場唱引子【撻破歌】後，即是【九轉貨郎兒】套曲，曲文與《古城記・受錦》相像，但當是仿《義勇辭金》，逐段配上九轉的曲牌名稱，其中【六轉】的曲文爲新添的，此齣有多處「滾白」，恐怕也是弋陽腔唱法；〔註107〕而《納書楹曲譜》所錄《三國志・挑袍》，諸轉曲文安排大體同《鼎峙春秋》。

　　由《古城記・受錦》改編而成的〈挑袍〉【九轉貨郎兒】套曲，在崑曲及高腔皆見傳本，崑曲有《納書楹曲譜》及《崑曲集淨》傳譜，高腔有《清車王府藏曲本》、《俗文學叢刊》等所收鈔本流傳，〔註108〕這幾種的曲文與《鼎峙春秋》本雖近，但各轉起迄處標示不盡相同。改編的【九轉貨郎兒】套曲特別處有二：一爲將《古城記・受錦》原本「滾唱」的段落全以曲牌方式處理，此一變動或許即在整編《鼎峙春秋》時產生，姑且不論所配各轉曲牌是否合律，將原流水滾唱的段落改以曲牌腔句處理，音樂應已產生變化；〔註109〕二爲不同聲腔的劇本往往不盡相同，同一戲文散齣，崑曲大多按原詞歌唱，

〔註105〕關於「加【滾】」，可參考李殿魁：〈【滾調】再探〉，收入華瑋、王璦玲主編：《明清戲曲國際研討會論文集》（臺北：中研院文哲所籌備處，1998），下冊，頁715～776。

〔註106〕〔清〕周祥鈺等：《鼎峙春秋》，內府精鈔本，收入《古本戲曲叢刊》（北京：中華書局，1964），九集。

〔註107〕《鼎峙春秋》雖收入《崑弋本戲曲譜》，但其中並無〈挑袍〉之【九轉貨郎兒】套曲樂譜，詳見故宮博物院編：《故宮珍本叢刊》（海口：海南出版社，2001），第689冊。

〔註108〕〈挑袍〉可見三種高腔傳本，屬同一系統，差別甚罕，詳見：首都圖書館編輯：《清車王府藏曲本》「全印本」（北京：學苑出版社，2001），第14冊，高腔，題「〈挑袍〉全串貫」，頁199～201。中央研究院歷史語言研究所俗文學叢刊編輯小組編輯：《俗文學叢刊》（臺北：新文豐出版公司，2001），第40冊，戲劇類高腔，題「〈挑袍〉（一）」、「〈挑袍〉（二）」，頁269～298。

〔註109〕關於高腔如何處理「滾唱」與曲牌腔句，可參考張九、石生潮：《湘劇高腔音樂研究》（北京：人民音樂出版社，1981），頁26～41。

高腔則經常加【滾】處理，而清代流行的〈挑袍〉【九轉貨郎兒】套曲，則是
崑曲、高腔流傳者曲文大同小異，〔註110〕由於【九轉貨郎兒】套曲乃從高腔
本《古城記‧受錦》加【滾】的曲文演變而來，則《納書楹曲譜》傳唱的崑
曲《三國志‧挑袍》，或可視爲崑班取高腔本改調歌之。

三、俗增作品、時劇及散曲

（一）俗增作品

乾隆時期的戲曲選本中，雖然佔多數的仍爲晚明即已流傳的散齣劇作，
但舊曲傳新聲，藝人於搬演時二度創作的努力不容小覷，最常見的爲在原著
基礎上增潤發展，使臺本較墨本更具丰采，有的改動幅度之大，已與原作內
涵殊少關連，如本自《幽閨記》的〈請醫〉，表演重心在醫者的科諢、本自《琵
琶記》的〈拐兒〉（又稱〈大小騙〉），看的是拐兒設計騙誘；〔註111〕除此之外，
還有一些在雜劇、戲文或傳奇故事的基礎上，「無中生有」的「俗增」散齣，
爲數甚少，但實屬崑班藝人精心創發，或爲增添排場熱鬧，如《牡丹亭》新
增〈堆花〉，或爲新創情節，如《西遊記》新增〈思春〉（後又稱〈狐思〉），
俱見精彩，以下將乾隆時期選本中可見的俗增作品表列如下：

表 7　乾隆時期選本中可見的俗增作品

故事基礎	俗增齣目	附：《醉怡情》	《綴白裘》	《納書楹曲譜》
精忠記	奏本	卷七	二編	／
牡丹亭	堆花	卷三〈入夢〉	／	《牡丹亭全譜》卷下
紅梨記	解妓	／	十編	外集卷二
紅梨記	北醉隸（〈醉皂〉）	／	五編	／
南西廂	著棋	／	九編	補遺卷一（併入〈跳牆〉）
西遊記	思春（〈狐思〉）	／	／	外集卷二
荊釵記	釵圓	／	／	外集卷二
浣紗記	誓師	／	／	補遺卷一

〔註110〕崑班流傳者，曹操上場時無【出隊子】一曲。
〔註111〕〈請醫〉一齣的變化，可參考王安祈〈明代折子戲變形發展的三個例子〉，收
　　　　入王安祈：《明代戲曲五論》（臺北：大安出版社，1990），頁 49～79，〈請醫〉
　　　　之結論見頁 76。
　　　　〈拐兒〉的變化可見陸萼庭：《崑劇演出史稿「修訂本」》，第四章〈折子戲〉
　　　　的光芒，頁 288～289。

　　「俗增」的作品多爲乾隆年間的創作，〔註112〕除仿《鳴鳳記・寫本》而作，寫秦檜誣害忠良的〈奏本〉，首見於《醉怡情》卷七，其餘皆首見於《綴白裘》或《納書楹曲譜》，兩書所記錄者可互爲補充。《牡丹亭・驚夢》中熱鬧的花神「堆花」場面，雖在明末的《醉怡情》即已具雛形，有【出隊子】、【畫眉序】、【滴溜子】、【鮑老催】、【雙聲子】這一套「結婚進行曲」，但仍附於〈驚夢〉之中，〔註113〕最早將這一段稱爲〈堆花〉，並獨立記錄者，爲馮起鳳《吟香堂牡丹亭曲譜》，葉堂《牡丹亭全譜》承之，〔註114〕以花神呵護柳夢梅、杜麗娘夢中幽會，場上歌舞翩翩，後又有十二月花神，更爲繽紛鬥豔，至今花神的演出雖不唱大套曲子，仍是膾炙人口的段落。〔註115〕在以上俗增劇目中，固有僅一時流行者，但腳色家門有表演特色者，則作爲折子戲流傳下來，〈醉皂〉（亦稱〈醉隸〉）的副腳（或丑）許仰川（或陸鳳萱）、〈著棋〉的貼旦紅娘、〈思春〉的貼旦玉面狐仙皆然，〔註116〕尤其〈醉皂〉還有「南醉」、「北醉」之分，以不同的方言及醉後舉止，生動演繹「醉眼生花」的風趣皂隸。〔註117〕此外，由以上「俗增」劇目，也可見平素多演南曲戲齣的藝人，對北曲崑唱亦頗爲嫻熟，可創作無礙，上述諸齣中，〈解妓〉、〈北醉隸〉、〈思春〉、〈釵圓〉、〈誓師〉皆唱北套曲。

　　（二）時　劇

　　《納書楹曲譜》所收時興作品中，另有一批特別標爲「時劇」者，這些作品的劇本體例，多逸出一般南北曲聯套的作法，音樂表現亦有不同，故乾

〔註112〕清乾隆之後的俗增作品，最爲人熟知且可見演出者爲本自《療妒羹》故事的〈澆墓〉，見殷溎深傳譜、張餘蓀編：《增輯六也曲譜》（上海：朝記書莊，1922；臺北：臺灣中華書局，1977重印），元集，浙江崑劇團王奉梅曾演出，錄影收入《中國崑劇藝術團精選》（宜蘭：國立傳統藝術中心，1997）。

〔註113〕按，《綴白裘》四編所收之《牡丹亭・驚夢》，僅加【雙聲子】一曲，見頁1611。

〔註114〕〔清〕馮起鳳：《吟香堂牡丹亭曲譜》，乾隆五十四年（1789）刊行，所收〈堆花〉，在【鮑老催】後，添入【五般宜】，故共6曲，見卷上，頁19〜21。葉堂《牡丹亭全譜》則因「俗增【雙聲子】鄙俚可厭」，故未錄入，計5曲，見卷上，〈驚夢〉眉批、卷下，俗增〈堆花〉。

〔註115〕可參考陸萼庭〈〈遊園驚夢〉集說〉，收入陸萼庭：《清代戲曲與崑劇》，頁181〜226，「結婚進行曲」的詮釋，見頁194〜195。

〔註116〕據「清末上海崑劇演出劇目志」，上述諸齣仍有演出，見陸萼庭：《崑劇演出史稿「修訂本」》，頁517、516、514。但〈思春〉今已不見傳承。

〔註117〕〈南醉〉中皂隸名許仰川，唸蘇白；〈北醉〉中皂隸名陸鳳萱，唸揚州白。詳見華傳浩演述、陸兼之記錄整理：《我演崑丑》（上海：上海文藝出版社，1961），〈談〈醉皂〉〉，頁109〜124。

隆時期的《太古傳宗》、《納書楹曲譜》兩部樂譜，都將「時劇」另行編排，〔註 118〕本段論時劇，以乾隆時期曲家收錄刊行且標明時劇的作品爲主，不論其他向被視爲時劇或崑班吸收地方戲的劇目。〔註 119〕《納書楹曲譜》所收時劇 23 種，於崑班有演出紀錄可循者爲：〔註 120〕〈思凡〉、〈僧尼會〉（〈下山〉）、〈羅夢〉、〈醉楊妃〉、〈私推〉（〈算命〉）、〈夏得海〉（〈下海〉）、〈昭君〉、〈蘆林〉、〈磨斧〉、〈借靴〉、〈拾金〉、〈花鼓〉〔註 121〕等 12 齣；其餘則未見演出記錄，但詳情各異：〈來遲〉、〈踏繖〉、〈孟姜女〉，就曲文看來，應有二位主要演員，但未見演出；而〈小妹子〉、〈金盆撈月〉〔註 122〕、〈崔鶯鶯〉等 3 齣，及版心標爲散曲〔註 123〕的〈閨思〉、〈閨怨〉、〈懷春〉、〈小王昭君〉、〈琵琶詞〉等 5 種，皆爲女子一人自抒情懷的詠歎之作，以上皆無演出記錄，但《綴白裘》三編「時調雜齣」收錄〈小妹子〉，註記「場上先設床帳，場面兩桌，各樣擺設，細吹品和。貼豔裝上。」最後「做騷式下。」〔註 124〕其他諸齣若按此模式，何嘗不可於演出劇目中穿插搬演，只是排場單調，或許絃索彈唱才是流行趨勢。

〔註 118〕《太古傳宗》有《絃索調時劇新譜》；《納書楹曲譜》則置於外集卷二、補遺卷四之末，均直接標明「時劇」，下錄名稱，與《綴白裘》通常標示《孽海記·下山》等，仍冠以全本劇作名稱不同。

〔註 119〕時賢論「時劇」，可舉徐扶明：〈崑劇中時劇初探〉爲代表，見《藝術百家》，1990 年第一期。徐扶明據〔清〕宣鼎：《三十六聲粉鐸圖詠》，將〈仲子〉、〈大小騙〉等多種亦納入時劇範圍。

〔註 120〕此乃據《觀劇日記》、「乾隆以來崑劇上演劇目的狀況」、「清末上海崑劇演出劇目志」整理所得，然僅見於《綴白裘》者不計入。《觀劇日記》見顏長珂：《戲曲文學論稿》，頁 123～142；「乾隆以來崑劇上演劇目的狀況」，見顧篤璜：《崑劇史補論》，頁 171～204；「清末上海崑劇演出劇目志」見陸萼庭：《崑劇演出史稿「修訂本」》，頁 512～530。

〔註 121〕按，《綴白裘》六編收入的〈花鼓〉，有【鳳陽歌】、【花鼓曲】等，與兩種時劇譜所錄不同，而崑班演者只見齣目名稱，未知詳情。

〔註 122〕《金盆撈月》，承襲明代選本中屢見的《紅葉記》「韓夫人四喜四愛」，曲文多有雷同，各選本收錄情形，詳見林逢源：《折子戲論集》，頁 70。又，李殿魁：〈【滾調】再探〉，即舉〈四喜四愛〉爲討論對象，附錄各選本曲文及《納書楹曲譜》所錄時劇《金盆撈月》之譯譜，收入華瑋、王璦玲編：《明清戲曲國際研討會論文集》（臺北：中央研究院中國文哲研究所籌備處，1998），頁 715～775。

〔註 123〕以上數齣版心雖標示「散曲」，然於目錄仍歸入「時劇」下，當是著眼於其爲時尚流行，異於崑曲的曲調，故不以是否搬演來區隔。

〔註 124〕見《綴白裘》，三編，頁 1055～1060。

前人論崑劇中的時劇，往往著重於其「通俗化」的一面，嬉鬧逗趣的詼諧趣味，與多數劇目從曲文至聲容、身段，雅致細膩的風格相較，更爲生活化；或者注意到時劇來源於不同的聲腔，如〈思凡〉、〈蘆林〉源於弋陽腔，但歷經演出磨合，在樂器、唱法、腳色、表演風格等，可謂已「崑曲化」。以上就崑劇的角度，探討時劇如何豐富了崑劇的劇目，以及崑劇的風格影響時劇的表演，皆極具見地；〔註125〕然而，筆者則試圖從「時尚」這一視角切入，考察「時劇」在流播上可能超越聲腔的獨特性，簡而言之，即同一劇目，包括其曲文、曲調，乃以大致相同的面貌，流行於各地劇唱或清唱中，故不論爲絃索調、崑劇或其他聲腔所唱，起初其曲調當頗爲近似，但久而久之，又有各自的發展面貌。舉筆者曾經考察的〈昭君出塞〉爲例：〔註126〕就可見的清代傳本，包括《絃索調時劇新譜》、《綴白裘》、《納書楹曲譜》、昇平署劇本、車王府藏曲本、《俗文學叢刊》所收抄本等，與聲腔及曲牌相關的標示極爲多樣，可見時劇、梆子腔、絃索、高腔、崑曲等，有逐段標示小曲名稱的，有只標【山坡羊】的，有沒有曲牌名稱的，可見傳唱的曲調與各聲腔慣唱者皆不同，這些牌調標示無法明確指涉音樂內涵，且從兩種時劇譜來看，其實曲調爲同一系統，只是《絃索調時劇新譜》爲器樂譜、《納書楹曲譜》爲歌唱譜，乍看不同，實則點板、旋律皆頗爲類似，因此，筆者大膽推想：所謂「時劇」，就是以當時流行的曲文及曲調組合成一套樂曲來演唱，並不屬於某種聲腔，伴奏樂器亦可能不同，但這一套曲調傳唱大江南北，可成爲各劇種的劇目。由此觀照，更可凸顯「時劇」的時尚之義，不但是新興劇目，其音樂曲調也是不同於崑曲的流行新聲，《納書楹曲譜》收錄這批作品，並標明「時劇」，正是時尚趨勢在崑劇的反映。

（三）散　曲

葉堂收錄的清代時興作品，不僅有大量劇作，亦有數種散曲，本段將著重探討與絃索調關係密切的〈小十面〉，及新創的北曲曲牌【大紅袍】。

與楚漢相爭「十面埋伏」故事相關的散齣或散曲並不罕見，《雍熙樂府》

〔註125〕 可參考傅雪漪：〈明清戲曲腔調尋蹤〉，《戲曲研究》（北京：文化藝術出版社，1985.9），第 15 輯，頁 95～111。陸萼庭：〈〈思凡〉偶說〉，收入陸萼庭：《清代戲曲與崑劇》，頁 157～180。

〔註126〕 林佳儀：〈《綴白裘》之〈昭君出塞〉劇作淵源與流播〉，《臺灣音樂研究》，第二期（2006.4），頁 143～165，關於「時劇」的部分，見頁 156～165，所引資料出處不再重複；該文尚論及時劇的變化，此處亦不展開。

卷六即選入〔明〕王子一【中呂・粉蝶兒】「創立秦都」套曲，題〈十面埋伏〉、卷八又有無名氏【南呂・一枝花】「統三軍將帥能」套曲，題〈十面埋伏〉；《絃索辨訛》附錄選入〔明〕沈凌雲【黃鐘・醉花陰】「非是俺統三軍滅楚降秦的本事能」套曲，題《小十面・凱歌》；《九宮大成譜》卷七又有【仙呂・點絳唇】「天淡雲孤」套曲，誤題《千金記》，以上四種皆為絃索彈唱曲目；〔註127〕但《納書楹曲譜》所收〈小十面〉「非是俺統三軍將帥能」套曲，又是另一套不載於其他曲集，較為俚俗的作品，篇幅短小，只有 7 隻曲子，引起筆者好奇的是在樂譜間特為標出「品頭」，與絃索調間奏的處理方式一致，這一套曲文較接近《絃索辨訛》之《小十面・凱歌》，但文字頗有減省，且已不能以曲牌律之，故葉堂未註牌名。〔註128〕《納書楹曲譜》錄入的〈小十面〉曲譜，不僅可補充絃索調彈唱的內容，具現由明入清，「非是俺統三軍」一套曲的傳唱遞變軌跡，於清前期崑曲清唱而言，亦可見在戲曲散齣、時劇之外，同時吸納流行曲調、時俗散曲的豐富多元。

　　【大紅袍】亦為時俗散曲的代表，這一曲牌首次刊行，見於《九宮大成譜》卷五，篇幅頗長，共三十句，〔註129〕足可鋪敘相當內容，目前只見單用一曲，亦可作為劇中插曲。葉堂收錄的四曲【大紅袍】，除〈紅日〉外，均可見用於劇中：「花氣粉牆陰」曲，出自《鬱輪袍・3 假伶》，劇本原題「北曲【鬱輪袍】」，〔註130〕為王維彈琵琶時所唱，在劇中為插曲。「天運有循環」曲，見

〔註127〕　【中呂・粉蝶兒】「創立秦都」套曲，見《雍熙樂府》，卷六；《九宮大成譜》，卷十五，頁 446～450；《太古傳宗琵琶調宮詞曲譜》，卷上，頁 77～87。
　　　　　【南呂・一枝花】「統三軍將帥能」套曲，見《雍熙樂府》，卷七；《太古傳宗琵琶調宮詞曲譜》，卷下，頁 7～11。
　　　　　【黃鐘・醉花陰】「非是俺統三軍滅楚降秦的本事能」套曲，見沈寵綏：《絃索辨訛》附錄，曲後有說明，收入《中國古典戲曲論著集成》（五），頁 178～181。
　　　　　【仙呂・點絳唇】「天淡雲孤」套曲，見《九宮大成譜》，卷七，頁 1083～1099；《太古傳宗琵琶調宮詞曲譜》，卷上，頁 30～42。
〔註128〕　葉堂於眉批註記：「此套牌名全然不合，故不錄。」全套僅末曲標【煞尾】。（頁 2183～2186）
〔註129〕　《九宮大成譜》卷五，【大紅袍】註：「按【大紅袍】闋，元人無此格，係明人創始，諸譜皆未之收。……《曲譜大成》，附錄在【高宮】之末。」（頁 894）按，《曲譜大成》僅存殘抄本，抄錄時間不詳，但在《九宮大成譜》刊行之前，北京：中國國家圖書館、首都圖書館藏。
〔註130〕　《鬱輪袍》為〔清〕黃兆森：《四才子》之一種，康熙五十五年（1716）刊行，北京：中國國家圖書館等藏。「北曲【鬱輪袍】」，見頁 13～14。

《鐵冠圖・詢圖》，該齣僅有【浪淘沙】、【大紅袍】、【煞尾】三曲，【大紅袍】爲主曲。〔註131〕「梅占百花魁」曲的「詠花」場面，後可用於《堆花》（《牡丹亭・驚夢》花神）、《驚鴻記・太白醉寫》，爲增入之歌舞插曲，直至《炎薲曲譜》、《振飛曲譜》等才見記錄。〔註132〕【大紅袍】當爲散曲與劇曲兼用之曲牌，但亦可自劇中摘唱；〔註133〕或是流傳至後世，被援引入劇應用。關於「散曲入劇」，首見於《納書楹曲譜》正集卷三的〈兀的不〉中【疊字錦】亦爲一例，葉堂於目錄註記：「《鐵冠圖》借作〈夜樂〉內用。」（頁 331）今傳乾隆抄本《虎口餘生・37 夜樂》有「唱【疊字錦】介」，眉批處註記：「按，【疊字錦】，即「兀的不」曲，□未錄出，俟補全。」〔註134〕〈兀的不〉應爲當時流行的一套清曲，故劇中相爺歌唱即取其中【疊字錦】，該曲在劇中亦爲插曲。〔註135〕葉堂收錄的時興散曲，甚至成爲《全清散曲》取材的對象，〔註136〕除可見當時清唱內容之廣，亦可提供散曲與劇曲、散曲與絃索調之間，傳唱內容互相流動的佐證。

四、葉譜的選本特色

（一）「散齣」與「全本」兼收

晚明選本的編選或刊行，或僅選散齣，或僅選全本，未見如葉堂既有全

〔註131〕 今傳〔清〕遺民外史：《虎口餘生》（乾隆抄本，收入《古本戲曲叢刊》五集），無〈詢圖〉及【大紅袍】；但可見於《綴白裘》七編，《鐵冠圖・詢圖》，頁 3133～3136。

〔註132〕 〈驚夢〉用【大紅袍】，見焦承允輯：《炎薲曲譜》（臺北：中華學術院崑曲研究所，1971），頁 28。另，《振飛曲譜》於〈遊園、驚夢〉說明：劇中「堆花」一段，原本用【畫眉序】曲牌；也有用【大紅袍】的，實是「詠花」。見俞振飛編著：《振飛曲譜》（上海：上海音樂出版社，1982），頁 135。
〈太白醉寫〉用【大紅袍】，見《振飛曲譜》，包括說明及曲譜，頁 261、264～266。

〔註133〕 葉堂收錄〈假伶〉與〈詢圖〉，看似散齣，但均僅收【大紅袍】一曲，並非收錄全齣曲牌。

〔註134〕 〔清〕遺民外史：《虎口餘生》，收入《古本戲曲叢刊》，五集。按，關於《鐵冠圖》與《虎口餘生》的異同，此不具辨。

〔註135〕 《綴白裘》七編選錄之《鐵冠圖・夜樂》，已將「兀的不」曲錄入，但題【疊字令】，見頁 3148～3149。

〔註136〕 《全清散曲》據《納書楹曲譜》收錄〈兀的不〉、〈尋夫〉、〈烹茶〉、〈紫甸〉、〈詠花〉、〈紅日〉六種。見謝伯陽、凌景埏編：《全清散曲》（濟南：齊魯書社，1985 出版、2006 增補版出版），頁 1904～1913。

本劇作、又有散齣選集，且以樂譜的性質面世者，葉堂從刊行《西廂記譜》至《納書楹曲譜》，由選錄全本至散齣的歷程，可視爲在劇壇風氣下，個人審美好尚的轉變及呈現，其間的轉變，在刊刻諸譜的〈自序〉及〈凡例〉中可窺得端倪，以下略作耙梳。曲家葉堂的生平嗜欲，直可用「雅好曲文、衷情謳歌」來概括，讀其初刻《西廂記譜》的〈自序〉，〔註137〕歷數生平傾賞之作：

> 《西廂》之文，蒼勁秀媚，兼而有之……。《幽閨》、《琵琶》，南詞鼻祖，譬之太羹元酒，〔註138〕淡而彌永……。臨川天才俊逸……其文猶春花乍吐……。《長生殿》命題冠冕，選詞喬皇……。（頁2～4）

這八種作品，固是戲曲史上的名作，但葉堂稱賞的，皆是其曲文，或是古樸雋永、或是筆墨粲然、或是皇華大氣；於《四夢》尙提及其作「並無聱牙棘口之病」，於《長生殿》，盛讚洪昇「洞曉音律」，則與曲樂相關，可知這幾部劇作的命意、情節、人物等等，並非葉堂關注的焦點，其愛煞諸作，主要出於對曲文的賞鑑，故爲之制訂全本曲譜，雖然最終刊行的只有其中 5 種，但仍可見葉堂賞文知音的興趣。

　　但至刊行《納書楹曲譜》，滿紙「俗伶」如何、「搬演家」云云，則葉堂的興趣已不僅是書齋清賞，場上演出的新奇風氣，觀衆交相讚譽的戲齣，逐漸進入葉堂選本的視野，這些曲子，自有葉堂平昔再三歌詠，難得上演者，但與《綴白裘》重複的實占多數，在編輯意識中，「觀衆喜好」已占上風，這或許不乏版行銷售的考量，但當捨棄其餘劇作全本樂譜的刊行，轉而將精力投注於選錄時俗傳承及新興的散齣，則可見葉堂襟懷朗闊，作品不必全本佳作，有數齣可堪玩賞即予入選，正是當時盛演折子戲的風氣使然；場上流傳的戲齣即使曲文難免鄙俚，既不礙其成爲好戲，又有曲可唱，則何妨盡行選錄，《納書楹曲譜》展現的，正是曲家葉堂不斤斤於詞采斐然、曲律穩妥，轉而關心流行趨勢，廣收劇壇名齣佳曲的寬闊視野。在收錄的諸種作品中，對劇作名稱考訂精審，詳細標註，則是選本之佳例，如：將混入傳奇作品的散齣，還其舊觀，《東窗事犯‧掃秦》即是；稱《南西廂》，以別於王實甫原作；〔註139〕將不屬原劇作的相關散齣，冠上「俗增」字樣，便於後人釐清脈絡。訂譜是葉堂的強項，但選錄劇作、詳明出處，這其中或許也有嗜好觀劇，出

〔註137〕因初刻《西廂記譜》罕見，故於附錄二錄入其〈自序〉全文。
〔註138〕「元酒」當爲「玄酒」，爲避淸聖祖玄燁名諱而改稱「元酒」。
〔註139〕其他選本中，淸楚標示《南西廂》者，僅有《群音類選》，官腔，卷二十五。

門必以歌伶相隨的王文治共同切磋吧！

（二）「劇」與「曲」雙重觀照

即如上文所言，葉堂從選錄全本到選入散齣，觀照的面向由純粹文本之曲，轉而爲場上演劇之曲，故本段將說明葉譜在「劇」與「曲」兩方面的觀照。無可諱言，一齣只有說白的戲，或一齣曲文與說白、表演結合緊密，無法獨立閱聽的戲，是不可能入選《納書楹曲譜》的，故所謂對「劇」的觀照，畢竟是在有「曲」可選的前提下才能成立；而當年刊行的全本曲譜，看似與演劇較爲疏離，但卻也成爲今日上演諸劇的曲譜之本。葉堂對「劇」的觀照，可從《納書楹補遺曲譜》〈自序〉見之，由於時人對正集、續集、外集所選，尙不能涵蓋劇壇盛演散齣，故葉堂刊行補遺時，逐將「上自《琵琶》，下至時劇，凡梨園家搬演而手曾製譜者者，悉付剞劂。」（頁1661）例如補遺卷二收錄之《繡襦記・蓮花》，所唱【三轉雁兒落】、【蓮花落】諸曲，不屬南、北曲牌調，曲文質白，曲腔節奏鮮明，實難稱之爲文律雙美之曲，然落魄才子鄭元和衣衫破舊，沿街數唱【蓮花落】乞討，雖是一臉窮相，想來別具表演風釆，此齣早見於《綴白裘》六編（取首句曲文稱〈鵝毛雪〉）；又如上一小節所言，《納書楹曲譜》中選錄了「俗增」劇目、甚至非崑曲系統的時劇，凡此皆可見葉堂關注場上之選材特色。

葉堂雖觀照演劇，《納書楹曲譜》與《綴白裘》所選劇作重疊者甚多，然其中齣目則未必相同，舉《西遊記》及《釵釧記》爲例，即可見葉堂在選劇與選曲之間的抉擇。先看《西遊記》，《納書楹曲譜》選入10齣（續集卷三、補遺卷一），皆爲大套北曲，足供唱者馳騁歌喉，其中〈認子〉、〈胖姑〉、〈借扇〉仍見傳唱；〔註140〕但《綴白裘》則僅有〈認子〉聊備一格（六編，題《慈悲願》）。再看《釵釧記》，《綴白裘》選入說白及人物情態皆有精彩表現的〈相約〉、〈相罵〉（亦稱〈約釵〉、〈鬧釵〉）等9齣（四編、五編、九編），連貫至李若水審理此案，足可演繹釵釧故事之始末曲折；但《納書楹曲譜》則僅選入〈謁師〉（補遺卷三），彼此藉唱段詢問及回稟前情，埋下日後夫妻團圓之兆。類似的例子，尙可以前舉《一捧雪》及《長生殿》爲代表，此處不再贅述。

而葉堂重曲，尙可從幾個面向觀察，一爲在大量選錄演劇散齣之餘，又有少部分僅供清唱之曲，主要爲散曲，及未必登臺演出的雜劇，時劇中亦有

〔註140〕如：〈認子〉有江蘇省崑劇院張繼青等演出；〈胖姑〉有北方崑曲劇院王瑾等
　　　　演出；〈借扇〉有上海崑劇團王芝泉等演出。

部分當以清唱爲主，就曲譜的成書而言，只要有好曲子可唱，不妨劇曲、散曲兼收。二爲尤重北曲，除《北西廂》全本 21 折等元氣淋漓的雜劇套曲，許多罕見於其他選本的散齣，如《牟尼合‧渡海》、《珍珠衫‧歆動》等，在去取之間，或許因屬北套，雖已退出舞台，仍因北曲唱來酣暢颯爽，不忍割捨；甚至於一齣之中，僅選入北曲部分，如《西樓記‧俠試》，摘取南北合套的北曲，《長生殿‧罵賊》，僅錄前 4 隻北曲。三是所錄之曲，要有足以表現的曲腔旋律，〔註141〕故除《四夢》因係「趙璧隋珠」，逐曲錄入；〔註142〕南曲部分，通常散唱，且旋律平直的「引子」，略過不錄；北曲部分，楔子所用的【仙呂‧賞花時】、【仙呂‧端正好】，只有兩句的【絡絲娘煞尾】，由於並非套曲的組成部分，亦不予收入。然而，重曲的葉堂，亦不膠著於聯套規律，雖然譜曲時盡量求全，但實際歌唱時，「譜中有曲文太長，一人之力不能卒歌者，不妨節去幾曲，以博其趣。」〔註143〕這是何等通達自在！

（三）「流行」與「追憶」並存

葉堂在《納書楹補遺曲譜》〈自序〉提到：「追新逐變，眾嗜同趨，……余既不能違曹好而獨彈古調，又安用靳此炱炱者爲哉！」（頁1661）正是點明其固然嗜好古曲，但於梨園時曲，亦兼容並蓄。葉堂於《納書楹曲譜》外集、補遺所錄，尤多流行之作，其選入20種明清之際蘇州作家群劇作，於俗增作品、時劇等時興劇目皆不偏廢，或許是20多年的時間落差，或許是觀點不同，《納書楹曲譜》甚至有《綴白裘》未收的梨園常演作品，如《金不換》、時劇〈蘆林〉等，可見採錄時尚劇目之用心，故將兩部乾隆年間的選本內容互參，方可較完整呈現當時崑班劇目。然而，葉譜所反映的，也不盡是乾隆晚期蘇州劇壇及曲壇的現狀，選錄的部分散齣可謂帶有追憶性質，或可將其視爲乾隆早期的紀錄，例如明代劇作《春燈謎》、《蕉帕記》及清代劇作《琥珀匙》、《桃花扇》等，不見於《綴白裘》及其他演出記錄，乾隆中期以後當已漸次退出劇壇。而有些作品，或許還帶有引領風潮的意味，當年因葉堂《紫釵記》訂譜，吳中演出成爲一時佳話，〔註144〕〈折柳、陽關〉是否因此而爲人熟知？

〔註141〕觀《納書楹曲譜》補遺卷四，時劇〈借靴〉的眉批，可見一斑：「□曲照搬演家所用，無工尺者概不錄。」（頁2311）

〔註142〕《納書楹曲譜》〈凡例〉：「諸曲因非全本，『引』皆不錄。若《四夢》係趙璧隋珠，故取其備。」（頁9）

〔註143〕見《納書楹曲譜》〈凡例〉（頁12）。

〔註144〕事見《四夢全譜》〈自序〉（頁1）。

又如《寶劍記‧夜奔》、《千鍾祿‧慘睹》原非乾隆時劇壇的熱門劇目，然至今流行不輟，葉堂選入曲譜，當是使這兩齣戲受到注目，並從曲壇搬上舞台，打磨成折子戲的機緣。

葉譜的內容，也相當程度記錄了不同腔調系統間曲目的流動，如《北西廂》、《綵樓記‧彩圓》是絃索調頗為風行的作品，原非崑曲慣唱的曲目，葉堂或許是從中獲得靈感，才以崑曲訂譜，增加清唱曲目；《三國志‧挑袍》乃源自弋陽腔系統加【滾】的《古城記‧受錦》，在易為【九轉貨郎兒】套曲之後，崑曲改調歌之，亦新增一流傳劇目；又如時劇，各地所唱原為時下流行的曲調，並非固定的聲腔系統，故不論絃索彈唱，或是崑班演唱，應屬同一路，旋律並無明顯差異。以上二節考察葉譜選錄的內容，由於其呈現方式為僅錄曲牌的曲譜，故對樂曲的感受頗為敏銳，試圖將不同腔調系統的曲目融入崑曲之中；更由於其為乾隆時期的選本，有鮮明的時代特色，收錄不少當代時興的作品，雖為曲譜，但卻是探求乾隆時期崑壇劇目不可或缺的史料。

第三節　選譜分析

葉譜刊行之後，可謂流傳了百餘年，直至清末，除了道光年間重刻《納書楹曲譜全集》、同治年間刊行《遏雲閣曲譜》，未見其他崑曲譜刊行，究其原因，除了崑曲的輝煌不再，並無刊印曲譜的迫切需求；更因為乾隆之後，崑劇新增的劇目有限，葉譜豐富的內容，已幾可滿足清唱及演出的需求，故即使至民國年間，在《崑曲大全》、《集成曲譜》的序言中，仍可見到對《納書楹曲譜》的推崇，只是沒有賓白，始終是遺憾；〔註145〕在民國十年前後，《六也曲譜》等曲、白俱全的樂譜刊行，清工漸向戲工靠攏之際，難以切合實用的葉譜方才逐漸退出常用曲譜之列。

本節將選取《九宮大成譜》以下，已刊之崑曲全本及散齣工尺譜作為對照，以見葉堂編選之內容，在其後曲譜的承繼與變遷，可為劇目演變發展之記錄；

〔註145〕《崑曲大全》〈凡例〉：「《納書楹》雖為曲譜善本，然不載賓白，不點小眼，其宮譜又與近時唱法不同，殊不便學者。本編則一一訂正，使觀者瞭如指掌。」
《集成曲譜》〈凡例〉：「葉氏《納書楹》、馮氏《吟香堂》，皆為曲譜善本，然不載賓白，不點小眼，殊不便於初學，故迄不能通行。本編則宵詳母略，宵淺無深，小眼賓白，一一詳載，鑼段笛色，無不註明，務期初學之易解，不敢自附於高古。」

在比較異同之後，將可見葉譜在今存崑曲樂譜的特殊之處，及其在樂譜文獻中保留了部分散齣僅見之樂譜。〔註146〕先將本節參照之曲譜表列如下：〔註147〕

表 8　可與葉譜參照之刊行曲譜

曲譜名稱	訂譜及編撰者	刊行時間	齣數
九宮大成譜	〔清〕周祥鈺等	乾隆十一年（1746）	／
太古傳宗	〔清〕朱廷鏐、朱廷璋重訂	乾隆十四年（1749）	90
納書楹曲譜（葉譜）	〔清〕葉堂	乾隆四十九～六十年（1795）	552
吟香堂曲譜	〔清〕馮起鳳	乾隆五十四年（1789）	109
遏雲閣曲譜	〔清〕王錫純	同治九年（1870）	87
六也曲譜初集	殷溎深傳譜、怡庵主人編〔註148〕	光緒三十四年（1908）	34
崑曲粹存初集	殷溎深傳譜、崑山東山曲社編	民國八年（1919）	50
西廂記曲譜	殷溎深傳譜、張餘蓀編	民國十年（1921）	14
琵琶記曲譜	殷溎深傳譜、張餘蓀編	民國十年（1921）	48
拜月亭曲譜	殷溎深傳譜、張餘蓀編	民國十年（1921）	26
牡丹亭曲譜	殷溎深傳譜、張餘蓀編	民國十年（1921）	16
春雪閣曲譜〔註149〕	殷溎深傳譜、張餘蓀編	民國十年（1921）	10
道和曲譜〔註150〕	道和俱樂部編	民國十一年（1922）	26
增輯六也曲譜〔註151〕	殷溎深傳譜、張餘蓀編	民國十一年（1922）	204
荊釵記曲譜	殷溎深傳譜、張餘蓀編	民國十三年（1924）	56
長生殿曲譜	殷溎深傳譜、張餘蓀編	民國十三年（1924）	52
崑曲大全	殷溎深傳譜、張餘蓀編	民國十四年（1954）	200
集成曲譜〔註152〕	王季烈、劉富樑編	民國十四年（1925）	416
與眾曲譜	王季烈輯	民國二十九年（1940）	97
崑曲集淨〔註153〕	陸炳卿、沈傳錕校對，褚民誼輯	民國三十三年（1944）	55

〔註146〕詳見附錄三「葉譜選錄劇目及齣目一覽表」，齣目加底線者。
〔註147〕爲省篇幅，諸譜的館藏地或出版資料，詳見文後之「參考書目」。
〔註148〕殷溎深所傳曲譜，除《崑曲粹存》初集由東山曲社整理，餘皆由怡庵主人張芬（餘蓀）整理，各譜出版時標名不同，爲醒目起見，此處均以「殷溎深傳譜、張餘蓀編」代表。又，《六也曲譜初集》出版時，並未說明底本來自殷溎深，此乃據陸萼庭〈殷溎深及其《餘慶堂曲譜》〉著錄，收入陸萼庭《清代戲曲與崑劇》，頁232。
〔註149〕又稱《春雪閣曲譜三記》，收錄：《玉簪記·琴挑、偷詩、姑阻、失約》、《浣紗記·回營、進美、採蓮、寄子》、《豔雲亭·癡訴、點香》。
〔註150〕《道和曲譜》專收《荊釵記》選齣。
〔註151〕《增輯六也曲譜》下分元、亨、利、貞四集。
〔註152〕《集成曲譜》下分金、聲、玉、振四集。
〔註153〕《崑曲集淨》專收淨腳劇目。

　　由於《崑曲集淨》之後出版的曲譜，除新編劇目外，所收內容大抵未出
前代曲譜的範圍，且所收劇目較少，故不再列入參照對象。除此之外，清代
刊行的絃索譜，包括順治年間的沈遠《校定北西廂絃索譜》、乾隆十四年（1749）
的《太古傳宗》——湯彬和、顧峻德於康熙六十一年（1722）成書，朱廷鏐、
朱廷璋重訂的《太古傳宗琵琶調宮詞曲譜》、《太古傳宗琵琶調西廂記曲譜》，
附刊朱廷鏐、朱廷璋參訂的《絃索調時劇新譜》，〔註154〕部分內容與葉譜所收
相關，亦將論及。關於上述各譜收錄的內容，已有各種表目可供參考：曹安
和編《現存元明清南北曲全折（齣）樂譜目錄》、洪惟助主編《崑曲辭典》附
錄、吳新雷主編《中國崑劇大辭典》附錄，〔註155〕為省篇幅，不再另行製表。

一、從絃索譜及《九宮大成譜》談起

　　葉堂選錄 65 折雜劇樂譜，在葉譜份量雖不重，卻占傳世雜劇崑唱曲譜之
半，且其中：《北西廂》全本、《追韓信・點將》、《蘇武還朝・告雁、還朝》、
《西遊記・揭缽、女還、女國》、《馬陵道・擺陣、擒龐》、《夢揚州》全本，
還是僅存的樂譜。相較於後代曲譜收錄雜劇，大多不出《單刀會・訓子、刀
會》、《東窗事犯・掃秦》、《風雲會・訪普》、《西遊記・認子》、《四聲猿・罵
曹》這幾折，葉譜則收錄大量雜劇，以下將從諸譜選錄元雜劇零折情形談起，
以見葉譜的特殊之處。

（一）選錄雜劇的前代樂譜

　　在葉譜之前，清代傳唱雜劇的相關樂譜，有絃索譜《校訂北西廂絃索譜》、
《太古傳宗》及格律譜《九宮大成譜》，此處先行鋪敘，以為談論葉譜選錄雜劇
的基礎。葉堂《西廂記譜》的刊行，雖在《校訂北西廂絃索譜》、《太古傳宗琵
琶調西廂記曲譜》兩部絃索譜之後，但其特殊性除為崑曲傳世的唯一《北西廂》
全譜，與《北西廂絃索譜》記錄杭州一帶、《太古傳宗》記錄蘇州一帶的絃索曲

〔註154〕　〔清〕沈遠：《校定北西廂絃索譜》，順治年間刊行，北京：中國國家圖書館藏。
　　　　　〔清〕朱廷鏐、朱廷璋重訂：《太古傳宗》，乾隆十四年（1749）刊行，北京：
　　　　　中國國家圖書館等藏。
〔註155〕　曹安和編：《現存元明清南北曲全折（齣）樂譜目錄》（北京：人民音樂出版
　　　　　社，1989）。
　　　　　洪惟助主編：《崑曲辭典》，附錄二「折子戲劇目表」，頁 1193～1235。
　　　　　吳新雷主編：《中國崑劇大辭典》，「文獻書目」，頁 900～902、附錄二「崑劇
　　　　　常用曲譜曲目便檢」（桑毓喜編），頁 946～956。

調，各有不同，〔註156〕且其爲歌唱譜，與絃索譜爲器樂譜不同。翻閱絃索譜，最鮮明的特徵爲其詳細標示彈撥樂器的拍點，以《太古傳宗》爲例，每行固定著錄32個工尺，曲文則依節拍間隔排列；而《納書楹曲譜》爲歌唱譜，以曲文爲主，旁註工尺。崑曲以笛爲主奏樂器，鼓板爲節，即使仍有絃索伴奏，但畢竟與絃索調著重拍點、和絃不同，另有水磨調的婉轉細膩，葉堂刊行《西廂記譜》，除延續《北西廂》全本清唱一脈，更賦予北曲崑唱的新風貌，只是終究流傳不廣，即使葉堂在重刻時依唱者需求點定小眼，違背其希望度曲者活腔活唱的初衷，但仍無法使曲壇爭唱《北西廂》，是譜在創作及文獻上意義重大，惜其實用性恐怕直至當代演出大都版《西廂記》方得以施展。

　　除《太古傳宗琵琶調宮詞曲譜》收錄《追韓信・追信、點將》、《風雲會・訪普》、《御溝紅葉》等少數幾折元雜劇的絃索樂譜，另一收錄大量雜劇樂譜的則爲《九宮大成譜》，此譜廣收詞調、諸宮調、南曲、北曲等牌調，羅列正體、又一體等，堪稱清代收羅最廣的曲譜，由莊親王允祿門下周祥鈺等編纂，雖爲南、北曲格律譜，但逐曲註記工尺，可兼爲南、北曲崑唱之歌譜。其中北曲部分，主要取材於《元人百種》、《雍熙樂府》、散曲、《月令承應》，共存有73折雜劇的樂譜，〔註157〕除《東窗事犯・掃秦》、《紅梨花・賣花》、《不伏老・北詐》、《追韓信・追信》、《兩世姻緣・離魂》、《風雲會・訪普》、《西遊記・撤子、認子、餞行、胖姑、定心、伏虎、借扇》、《連環記・北拜》、《四聲猿・罵曹》、《義勇辭金・挑袍》，亦見於《納書楹曲譜》等，其餘皆僅存於《九宮大成譜》。雖然《九宮大成譜》與《納書楹曲譜》皆保存不少雜劇樂譜，但兩者選入的作品頗見歧異，《九宮大成譜》爲格律譜，其選入諸折的目的，乃是作爲套數範例，繼北曲格律譜臚列套式之外（如《北詞廣正譜》在各宮調之首，皆有「套數分題」），〔註158〕增入套曲的曲文、音樂，豐富例套的內

〔註156〕可參考楊蔭瀏、曹安和譯譜：《西廂記四種樂譜選曲》（北京：音樂出版社，1962），以【小桃紅】爲例說明，見頁 1～4。但亦有學者舉例說明《太古傳宗》與葉譜的部分曲調互有關連，見譚雄：〈對《太古傳宗》與《納書楹曲譜》中《西廂記》曲譜的比較研究〉，《天津音樂學院學報（天籟）》2006 年第二期，頁 37～44。

〔註157〕據吳志武：〈《新定九宮大成南北詞宮譜》收錄的元明雜劇考〉計算，但已修正總表中部分誤植之處，方爲此 73 折之總數。吳文見《天津音樂學院學報》（天籟），2008 年第一期，頁 9～16。
　　　　按，《九宮大成譜》所收雜劇，皆爲元、明作品，目前未查得清人雜劇。

〔註158〕〔清〕李玉：《北詞廣正譜》，清初刊行，收入《善本戲曲叢刊》，第六輯。另

容，這在北曲譜中是爲首見，亦反映《九宮大成譜》確爲「集大成」，包羅甚廣。《九宮大成北詞宮譜》〈凡例〉於此略有說明：「譜中先列隻曲在前，使於填詞審用。成套者另彙爲卷，以示矩範。」、「套曲諸譜，止列其名目。今將每宮調套式各舉數套，始得體備。」（頁58～59）故《九宮大成譜》在北套中選入的雜劇，雖爲詳備體式之用，但因此留下73折雜劇的樂譜。然而，葉譜並非格律譜，竟選入高達65折雜劇，遠多於其他崑曲譜常見的五、六折，筆者認爲此乃爲清唱而設，其說如下。

（二）葉譜基於清唱而選錄雜劇

葉譜向被視爲清工譜的代表，筆者認爲在其選譜中最能展現清唱特質的，莫過於收錄大量雜劇全本及散齣樂譜。葉堂所選大多爲北雜劇，另有數種南雜劇；除元人佳作，亦有時人名作。葉堂推崇元雜劇，且大半編入《納書楹曲譜》正集卷二，〔註159〕原因之一見諸該卷目錄：「元曲元氣淋漓，直與唐詩、宋詞爭衡，惜今之傳者絕少。」、「〈北餞〉氣盛詞雄，的係元人手筆。」（頁172）此乃稱譽元人渾厚酣暢的筆力，故於曲文上，葉堂力圖展現元人風貌：「〈五臺〉依元人舊本改定。」（頁172）但在音樂上，處於蘇州的葉堂，並未申言要恢復北曲元音，其所譜北雜劇，既染南腔南調，也可歸爲個人創作。因此，筆者揣想葉堂推崇元雜劇的原因之二，乃是清唱者樂於一人主唱北套！誠然，清唱不若搬演，未必需要分派腳色任唱，即使南曲戲文、傳奇，照舊可以一人唱遍全齣所有曲子，然而，不同腳色的曲子，語氣、情緒畢竟有別；而元雜劇所用的北曲，本由一人主唱全套，於場上雖有聲口單調，戲劇張力不足之憾，但於清唱而言，當歌者一氣呵成，唱遍整套北曲，實是盡情發揮聲情之美的滿足。元雜劇僅有一位演員能歌唱的侷限，竟成爲後代清唱家展現個人實力的契機，故葉堂傾一人之力，選入34折元雜劇之譜，又兩度刊行《北西廂》全本曲譜，期望藉此拓展北曲崑唱的劇目及曲目，雖然成效不彰，其中大多數不見於當代及後代的崑曲場上，但觀其戮力以赴，實具現一名清曲家好尚北曲的心思。

葉堂選譜清代雜劇作品《夢揚州》、〈罷宴〉、〈四絃秋‧送客〉的原因，則不盡然是偏好一人主唱的北套，《夢揚州》全劇爲南曲，〈送客〉爲南北合套，這幾齣的樂譜都是首次刊行，可反映乾隆時期歌壇傳唱當代創作的情形。清代

有單行本，《北詞廣正譜》（臺北：學海出版社，1998）。
〔註159〕按，〈挑袍〉、〈山亭〉雖收入《納書楹曲譜》正集卷二，但並非元雜劇。

雜劇亦見存有全劇樂譜者，如《紅樓夢散套》、《補天石傳奇》，但皆爲刊行劇本時即已譜上工尺，〔註160〕像葉堂《納書楹曲譜》爲《夢揚州》全本訂譜，在選齣曲譜中爲首見，亦是僅見。不過，這幾齣並非後代刊行曲譜時的熱門之作，只有《集成曲譜》聲集卷八收錄〈罷宴〉、〈送客〉。回顧葉堂收錄的雜劇選折，最特別的當推《單刀會·訓子、刀會》，〈刀會〉至今仍爲膾炙人口的劇目，〔註161〕但清代的曲譜，卻僅有《納書楹曲譜》收錄，直至民國年間《增輯六也曲譜》元集卷六、《集成曲譜》玉集卷一、《與眾曲譜》卷一、《崑曲集淨》上集，方同時收入〈訓子〉、〈刀會〉，不同選譜的考量或有不同，但葉堂可謂開風氣之先；此外，《貨郎旦·女彈》的套式雖爲《長生殿·彈詞》等襲用，但罕見曲譜收錄，除《九宮大成譜》卷三十三【高宮】舉爲【九轉貨郎兒】套曲之例，後僅見《納書楹曲譜》正集卷二、《集成曲譜》聲集卷一收入全折。

二、從《遏雲閣曲譜》到《崑曲集淨》

在崑曲的曲目及劇目中，多數出自戲文及傳奇的散齣，〔註162〕爲凸顯葉堂訂定全本曲譜的企圖，並利於觀察選譜的變化，將分「曾有全本／全記曲譜刊行者」、「其他戲文及傳奇劇作散齣曲譜」兩部分闡述；前者除《四夢》外，亦包括葉堂有意製爲全譜，或有全本／全記曲譜傳世者，共 9 種；後者則於傳奇存譜中，擇取較爲通行或變遷較大者說明，以見各譜對同一劇目的選齣，新舊增刪各有不同，尤其選錄清傳奇劇作及散齣，頗見歧異。

（一）曾有全本／全記曲譜刊行者

《荊釵記》、《幽閨記》、《琵琶記》、《南西廂》、《四夢》、《長生殿》等 9 種南戲及傳奇作品曲譜，從馮起鳳、葉堂至殷溎深，曾有全本或全記曲譜單獨刊行流傳，故先行討論，以見不同時代全譜與散齣曲譜間，選錄齣目的異

〔註160〕〔清〕荊石山民：《紅樓夢散套》，嘉慶 20 年（1815）刊行、〔清〕周文泉：《補天石傳奇》，道光十七年（1837），臺北：東吳大學圖書館等藏。

〔註161〕北方崑曲劇院侯少奎即以擅演〈刀會〉之關公聞名，可見《崑劇選輯》（二）（臺北：行政院文化建設委員會，1997），第二十二集等。

〔註162〕關於「戲文」與「傳奇」的分別及作品歸屬，參考曾永義：〈再探戲文和傳奇的分野及其質變過程〉，《臺大中文學報》第二十期（2004.6），頁 87～134；許子漢：《明傳奇排場三要素發展歷程之研究》（臺北：國立臺灣大學出版委員會，1999），頁 239～241、637～646。又，本文將由明入清的傳奇作家作品，皆歸入清傳奇下。部分佚名、朝代不詳的作品則置於最末。

同。據初刻《西廂記譜》〈自序〉，葉堂有意為以下作品制訂全譜：「獨王實父之《西廂》、施君美之《幽閨》、高則誠之《琵琶》、湯若士之《四夢》、洪昉思之《長生殿》，愛其工妙，制為全譜。」（頁 1～2）雖然最終以全本曲譜面世的，只有《北西廂》及《四夢》，但《納書楹曲譜》畢竟收入《琵琶記》、《長生殿》半數以上的齣目，又所收《荊釵記》的份量亦近半，而《幽閨記》選 7 齣、《南西廂》選 10 齣，亦不為少。可為參照的全本或全記曲譜有：馮起鳳《吟香堂曲譜》有《牡丹亭》、《長生殿》全本曲譜；殷溎深傳譜中，《荊釵記》、《琵琶記》、《長生殿》為全本曲譜，《拜月亭（幽閨記）》、《南西廂》、《牡丹亭》則是首尾情節貫串的全記譜。

1、《荊釵記》曲譜

葉堂無意為《荊釵記》制訂全譜，且將選譜置於續集卷四、補遺卷一，但仍收錄多達 19 齣，從王、錢雙方議親，至舟中相會團圓，大致涵蓋主要情節，其中數齣尤可見場上搬演的情形：〈別任〉、〈女舟〉出自《王狀元荊釵記》，〔註163〕不見於《六十種曲》本《荊釵記》，但為梨園搬演時參酌採用，可見於《綴白裘》等，〔註164〕而曲壇同見傳唱。又收入俗增〈釵圓〉，此不見於上述《荊釵記》劇本、《綴白裘》，當為崑班新創收煞之作。這幾齣繼葉堂選錄之後，傳唱不歇，還可見於《道和曲譜》、殷溎深傳全本《荊釵記曲譜》。《荊釵記》諸齣，流行不輟，雖然同治年間刊行的《遏雲閣曲譜》並未錄入，但民國間還有《集成曲譜》於聲集卷二、卷三選錄高達 28 齣。

2、《幽閨記》曲譜

葉堂雖有意為《幽閨記》訂定全本工尺譜，但收入《納書楹曲譜》的只有 9 齣，除〈店會〉見補遺卷一外，其餘皆編入正集卷三，可見葉堂頗為推崇，置於卷一《琵琶記》專卷、卷二元雜劇專卷之後。後代曲譜最常選入其中〈走雨〉、〈拜月〉兩齣，見《遏雲閣曲譜》、《集成曲譜》聲集卷四，至殷溎深傳譜的《拜月亭曲譜》，雖非全本，但亦收入 26 齣，為全記譜。

3、《琵琶記》曲譜

葉堂推崇《琵琶記》，雖未見全譜，但《納書楹曲譜》開卷即為《琵琶

〔註163〕〔明〕溫泉子編集、夢儂子校正：《原本王狀元荊釵記》，影鈔本收入《古本戲曲叢刊》初集。〈別任〉為第 27 齣，〈女舟〉為第 48 齣（原題〈舟會〉）。

〔註164〕按，《綴白裘》於八編收入〈別任〉（頁 3243～3250），二編收入〈舟會〉（頁945～958）。

記》，再加上補遺卷一收錄 2 齣，共有 24 齣，始自〈稱慶〉，終於〈別丈〉，類似全記譜的規模。曲祖《琵琶記》之散齣，實爲曲譜中首選之作，如《過雲閣曲譜》，在「開場」之後即收錄《琵琶記》中 24 齣，其中〈墜馬〉、〈請郎〉、〈花燭〉、〈彌陀寺〉是首見收錄。又如殷溎深傳《琵琶記曲譜》，乃依《六十種曲》本《琵琶記》搬演全本，共 48 齣；《集成曲譜》開卷先收錄三折元雜劇，接著金集卷二、卷三皆爲《琵琶記》，共收 36 齣，始自〈稱慶〉，終於〈旌獎〉。乾隆時期，散齣的標目趨於固定，但葉堂所標《琵琶記》齣目，則有數齣與其他曲譜不同，原因在於葉堂按原本（當爲《六十種曲》本）分齣訂譜，﹝註165﹞但他譜則將一齣之內不同排場的拆爲兩齣，如：〈分別〉（原〈5 南浦囑別〉）分爲〈囑別〉、〈南浦〉；〈描容〉（原〈29 乞丐尋夫〉）分爲〈描容〉、〈別墳〉；因此《六十種曲》本《琵琶記》共 42 齣，至殷溎深傳《琵琶記曲譜》則分爲 48 齣。

4、《南西廂》曲譜

葉堂雖然喜愛《北西廂》，早已出版初刻《西廂記譜》，但並未忽略當時歌場、劇場盛行的《南西廂》，只是收入的 10 齣曲譜散見於各集，曲文與《北西廂》接近的〈聽琴〉、〈驚夢〉在正集卷三，﹝註166﹞其餘在續集卷二，乾隆時新選入的〈跳牆〉則是至補遺卷一才收入。《南西廂》雖有殷溎深傳《西廂記曲譜》，但該全記譜僅收 11 齣，除〈鬧齋〉、〈惠明〉、〈拷紅〉，均已見於《納書楹曲譜》，但是葉堂所選的〈送方〉則未再有刊本流傳。

5、《紫釵記》曲譜

葉堂所訂《紫釵記全譜》，爲古今獨步之作，據《四夢全譜》〈自序〉，在此之前，「《紫釵》無人點勘，居然和璞耳。……繼遇竹香陳刺使，召名優以演之，於是吳之人莫不知有《紫釵》矣。」（頁 1）當時吳中盛行的《綴白裘》並未選入《紫釵記》齣目，由此推想，《紫釵記全譜》刊行，再加上陳刺使促成此劇搬演，可能一時蘇州城裡爭說《紫釵記》。但熱鬧過後，後代曲譜選錄的，只有將原著〈25 折柳〉分爲兩齣的〈折柳〉、〈陽關〉，《集成曲譜》聲集卷六選入 16 齣，已屬特例。

﹝註165﹞《納書楹曲譜》〈凡例〉：「譜中有題名一齣，而曲則合二、三套者。如《琵琶記‧分別》之類，今遵原本，概不妄增名目。」（頁 9）

﹝註166﹞《納書楹曲譜》，正集卷三目錄：「惟〈聽琴〉、〈驚夢〉二齣，與北曲文詞相合者多，特採入正集。」（頁 332）。

6、《牡丹亭》曲譜〔註167〕

葉譜所訂《牡丹亭全譜》，因遵循乾隆四十六年（1781）揚州曲局進呈本，凡南宋與金人相爭之處，皆見抽改，故〈15 虜諜〉全齣抽掉、〈47 圍釋〉抽去五曲，部分文字亦經改換（詳第二章第一節，頁70～71）。「吟香堂」與「納書楹」刊本，皆收錄「俗增」《牡丹亭》的相關齣目：插入〈10 驚夢〉的〈堆花〉、可取代〈26 玩眞〉的〈叫畫〉。〔註168〕而俗〈叫畫〉的定型，則可見於《綴白裘》初編，所選劇本並非湯顯祖〈玩眞〉原作，而是題爲〈叫畫〉的時俗傳本，〔註169〕兩部曲譜在爲原齣目訂譜之外，皆適時反映流行演法，爲當時劇壇留下鮮明的足跡；也可推想這類通行演法，影響清唱的劇目，或唱原本、或唱俗本，各憑喜好。在「吟香堂」與「納書楹」刊行《牡丹亭》全本樂譜之後，後起曲譜，或是選齣，或有全記，如殷溎深傳《牡丹亭曲譜》，是始自〈學堂〉，終於〈圓駕〉的全記譜，共收16齣。《牡丹亭》雖然盛演不衰，但爭相刊行曲譜的盛況，乾隆年間的馮起鳳、葉堂已獨領風騷。

7、《南柯記》曲譜

《綴白裘》未選入《南柯記》，故葉堂訂定之《南柯記全譜》刊行，可能是使湯顯祖名劇又受到關注的契機之一，於是後代曲譜亦選錄散齣，但大抵只有〈花報〉（原〈26 啓寇〉）、〈瑤台〉（原〈29 圍釋〉）兩齣，《集成曲譜》玉集卷四選錄10齣，已不同尋常。《南柯記》其餘33齣，則僅有葉堂訂譜流傳。

8、《邯鄲記》曲譜

《四夢》在《牡丹亭》之外，最受注目者爲《邯鄲記》，不但《綴白裘》初編、十二編共收入〈掃花〉、〈三醉〉（皆出自〈2 度世〉）、〈捉拿〉、〈法場〉（皆出自〈20 死竄〉，後又稱〈雲陽〉）、〈仙圓〉（原〈30 合仙〉）5齣，〔註170〕常被曲譜收錄者又多〈番兒〉（原〈15 西諜〉）一齣，《集成曲譜》玉集卷三選入12齣，仍居諸譜之冠。《邯鄲記》其餘18齣，則僅有葉堂訂譜流傳。

〔註167〕可參考吳新雷：〈《牡丹亭》崑曲工尺譜全印本的探究〉，《戲劇研究》創刊號（2008.1），頁109～130。

〔註168〕「吟香堂本」於〈10 驚夢〉附〈堆花〉（頁19～21）；於〈26·玩眞〉附〈叫畫〉（頁66～67）。「納書楹本」，俗增〈堆花〉、俗〈叫畫〉，皆見卷下最末。

〔註169〕按，《綴白裘》四編所收〈驚夢〉，並未增入「堆花」場面（頁1607～1616）；但初編所收〈叫畫〉，則是時俗流行本（頁182～188）。

〔註170〕〈掃花〉，見《綴白裘》初編，頁147～150；其餘4齣，見《綴白裘》十二編，頁5277～5318。

9、《長生殿》曲譜〔註171〕

略早於葉堂的馮起鳳，刊行《吟香堂長生殿曲譜》，除〈1 傳概〉之外，將全本訂譜，且另附 4 齣通行俗譜：〈24 驚變〉後附俗〈小宴〉，上卷末附通用〈疑讖〉（即〈酒樓〉），下卷末附通用〈聞鈴〉、通用〈彈詞〉。葉堂稱《長生殿》爲近時傑作，尤對其音律讚譽有加，但認爲作品機趣實不若湯顯祖：「《長生殿》命題冠冕，選詞喬皇，其步武前人之處，直于青勝於藍。又能自出心裁，另創集曲之名，非洞曉音律者不辦。其遜於臨川者，乏天然之趣耳。然近今以來，允稱傑構。」〔註172〕雖未見葉堂《長生殿全譜》問世，但最終選入《納書楹曲譜》正集卷四共 24 齣、續集卷一又增入 7 齣，總計達 31 齣，居諸劇選齣之冠，可見葉堂對洪昇曲文、音律之欽佩，亦反映當時好歌《長生殿》的風氣，但各齣僅錄一譜，並未如《吟香堂長生殿曲譜》，另附俗譜。此後殷溎深傳《長生殿曲譜》，是爲全本，將〈1 傳概〉一併錄入，但改稱〈開宗〉，又將〈2 定情〉分爲〈定情〉、〈賜盒〉，〈24 驚變〉分爲〈小宴〉、〈驚變〉，故總計 52 齣，可見劇場搬演的調整。《長生殿》向爲頗受歡迎的劇目，故各譜所選皆不少，如《遏雲閣曲譜》選入 13 齣；《集成曲譜》玉集卷七、卷八錄入 25 齣；《與眾曲譜》卷七則選錄 9 齣；以上除增選〈25 埋玉〉外，餘均不出葉堂所錄的齣目。

（二）其他戲文及傳奇劇作散齣曲譜

戲文及傳奇的散齣，可謂崑曲演出及曲譜收錄的主要內容，各種曲譜在選錄時雖各有喜好與側重點，但比較不同曲譜所收的散齣，則有助於探討劇作流播的情形，故以下從葉堂選譜的「劇作」切入，分析不同曲譜所收同一劇作的散齣，可見《納書楹曲譜》選齣的特色，與劇作散齣在曲譜中存續增刪的變化。

1、逐漸積累的散齣（上）：元明劇作

葉堂所選傳奇名作《浣紗記》、《紅梨記》、《西樓記》等，在後起曲譜中多見收錄，且往往續選齣目，先舉元明劇作爲綱，逐譜敘錄散齣積累情形：

〔註171〕可參考吳新雷：〈關於《長生殿》全本工尺譜的印行本〉，《戲曲學報》第一期（2007.6），頁 123～136。

〔註172〕見葉堂初刻《西廂記譜》〈自序〉，頁 4～5。葉堂於《納書楹曲譜》正集卷四目錄，亦有類似評論：「《長生殿》詞極綺麗，宮譜亦諧，但性靈遠遜臨川。」（頁 484）

　　《白兔記》，於《納書楹曲譜》僅有補遺卷三、續集卷二收錄的〈麻地〉、〈養子〉，各譜所選齣目則頗為參差，《增輯六也曲譜》亨集新選〈賽願〉、〈出獵〉、〈回獵〉；《崑曲大全》第二集增入〈上路〉、〈竇送〉、〈相會〉；散齣存譜共 8 齣，但常見的仍是葉堂選入的〈麻地〉、〈養子〉。

　　《牧羊記》刊於曲譜者，除《納書楹曲譜》續集卷二所選〈望鄉〉等 5 齣，尚有〈大逼〉、〈燒香〉、〈做親〉、〈遣妓〉。葉堂所選〈小逼〉、〈牧羊〉、〈望鄉〉、〈告雁〉均頗受青睞，諸譜多見選錄；而〈煎粥〉〔註173〕雖無他譜選入，但因主曲【一秤金】為罕見之集曲，格律譜往往取為例曲，故於《南詞定律》卷四、《九宮大成譜》卷四，亦見其工尺譜。

　　《浣紗記》為將崑山水磨調搬上舞台的代表作品，但清代以降的曲譜，已不見「梨園子弟爭歌之」的盛況，〔註174〕所選散齣有限，且各譜參差：《納書楹曲譜》於正集卷三、補遺卷一收錄〈前訪〉、〈後訪〉等 9 齣，外加僅見的俗增〈誓師〉；〔註175〕《遏雲閣曲譜》未選入；殷溎深傳《春雪閣曲譜》，收入〈回營〉、〈進美〉、〈採蓮〉、〈寄子〉，除〈採蓮〉外，均是首次選入；《集成曲譜》玉集卷二、卷三共選入 18 齣，除未收《崑曲大全》所選〈思蠡〉，確是集《浣紗記》存譜大成；至於葉譜選入，亦為各譜常見的，則只有〈前訪〉、〈分紗〉、〈泛湖〉。

　　《繡襦記》見於《納書楹曲譜》外集卷二、補遺卷二，有〈勸嫖〉、〈打子〉、〈蓮花〉、〈剔目〉4 齣，尚不能精彩畢現；至《遏雲閣曲譜》又再選入〈賣興〉、〈教歌〉等 9 齣，幾乎涵蓋存世《繡襦記》曲譜；後僅《六也曲譜》貞集加選〈聘樂〉，故計有 14 齣曲譜；往往彙集各譜選齣的《集成曲譜》，則僅於振集卷三選入〈蓮花〉、〈剔目〉。

　　《鳴鳳記》在《納書楹曲譜》外集卷二、《集成曲譜》振集卷三所收，均僅有〈寫本〉，但傳世則有 14 齣，餘均見於《崑曲粹存》初集。《崑曲粹存》成書於清宣統三年（1911），所收劇目及其齣數為：《鐵冠圖》（選 18 齣）、《千鍾祿》（選 9 齣）、《鳴鳳記》（選 14 齣）、《吉慶圖》（選 2 齣）、《精忠記》（選

〔註173〕按，《納書楹曲譜》之〈煎粥〉，僅錄【一秤金】、【尾聲】兩曲。
〔註174〕《芳茗詩話》：「梁辰魚……著《浣紗》傳奇，梨園子弟多歌之。」轉引自〔清〕焦循：《劇說》，卷二，收入《中國古典戲曲論著集成》（八），頁 117～118。
〔註175〕按，與《浣紗記37‧誓師》的簡短排場不同，俗增〈誓師〉唱一套北曲，僅見於《納書楹曲譜》，《綴白裘》未收入此齣。

7 齣），〔註176〕此類選劇及齣數實非曲壇、劇壇常態，相當程度折射清末民心所望，是以上述諸劇的存譜，大多僅見於《崑曲粹存》初集。

《釵釧記》，《納書楹曲譜》僅有補遺卷三〈謁師〉一齣，與當時《綴白裘》選錄達 9 齣的流行概況並不相稱，後《增輯六也曲譜》利集、《崑曲大全》第二集，將《綴白裘》所選，除去〈謁師〉，各選入前後 4 齣，自成一情節段落，呈現與《納書楹曲譜》特重曲子之不同趣味。至《集成曲譜》聲集卷七，則兼有《納書楹曲譜》與《六也曲譜》所選，錄入〈相約〉、〈講書〉、〈落園〉、〈謁師〉4 齣。

《紅梨記》見於《納書楹曲譜》正集卷三、續集卷一、外集卷二，收〈亭會〉、〈花婆〉等達 13 齣，又有僅見的俗增〈解妓〉；〔註177〕其後刊行的曲譜，僅《集成曲譜》再選入〈賞燈〉及藝人增入之〈醉皂〉，〔註178〕故《紅梨記》傳譜計 16 齣；《增輯六也曲譜》、《崑曲大全》、《與眾曲譜》所選四、五齣，均未出《納書楹曲譜》，常見者如〈訪素〉、〈窺醉〉。

《雙紅記》的散齣曲譜，頗見編選過程中逐漸積累的情形：《納書楹曲譜》外集卷一、補遺卷三選入〈猜謎〉、〈顯技〉（此齣爲僅見）、〈青門〉3 齣；《六也曲譜》除〈猜謎〉外，又新選〈謁見〉、〈擊犬〉、〈盜綃〉3 齣；《集成曲譜》又多譜〈攝盒〉；計《雙紅記》存譜 7 齣，除〈顯技〉、〈攝盒〉，其餘均有淨腳崑崙奴擔綱，爲「七紅」之一，故於《崑曲集淨》上集收入〈謁見〉、〈猜謎〉、〈擊犬〉、〈盜綃〉、〈青門〉5 齣。

《西樓記》見於《納書楹曲譜》正集卷三、續集卷三、補遺卷二，有〈樓會〉、〈錯夢〉等 8 齣，其中〈覓緣〉、〈載豔〉、〈集月〉雖未見他譜收入，但諸譜迭有新選：《遏雲閣曲譜》新選〈贈馬〉；《增輯六也曲譜》利集新選〈拆書〉，且將原〈錯夢〉一齣，分爲〈玩箋〉、〈錯夢〉，均頗見流傳；其後《崑曲大全》第四集新選〈督課〉，《集成曲譜》金集卷六又加選〈打妓〉，故《西樓記》存譜共 13 齣。

2、逐漸積累的散齣（下）：清代劇作

以上所舉明傳奇等劇目，各譜收錄的散齣，多寡新舊或有不同，但《納

〔註176〕按，《崑曲粹存》初集所題《精忠記》，只是岳飛故事的總稱，其中選齣來源各異：〈交印〉、〈刺字〉、〈草地〉、〈翠樓〉、〈敗金〉出自《如是觀》（《倒精忠》）；〈奏本〉爲崑班俗增劇目；〈掃秦〉出自《東窗事犯》。

〔註177〕按，俗增《紅梨記·解妓》不見於他譜，亦未收入《綴白裘》。

〔註178〕按，俗增《紅梨記·醉皂》可見《綴白裘》五編，題〈北醉隸〉，見頁 1945～1956。

書楹曲譜》所錄，許多仍是他譜常見齣目。下舉清傳奇劇目，或因距離創作時代較近，崑班屢見搬演，各譜所收散齣，往往大相逕庭，由於《遏雲閣曲譜》於清代傳奇僅收《長生殿》，以下討論曲譜擇錄之散齣，尤可見《納書楹曲譜》與《增輯六也曲譜》、《崑曲大全》之間的歧異。

《一捧雪》，《納書楹曲譜》僅於續集卷三收入〈祭姬〉，選錄齣目遠少於《綴白裘》的 9 齣，不過，此劇在後起曲譜屢見選入，《增輯六也曲譜》利集新選〈換監〉、〈代戮〉、〈刺湯〉；《崑曲大全》第二集另選〈賣畫〉、〈邀宴〉、〈說盃〉、〈送盃〉；《集成曲譜》金集卷七又增選〈審頭〉、〈刺湯〉等 10 齣，為收入《一捧雪》散齣最多者；而《納書楹曲譜》即選錄的〈祭姬〉，為最常收入的齣目。

《永團圓》在《納書楹曲譜》續集卷三、補遺卷二收入〈述緣〉、〈閨艷〉、〈雙合〉，但均未見他譜收入；《增輯六也曲譜》利集另選〈逼離〉、〈賺契〉、〈擊鼓〉、〈堂配〉；《集成曲譜》玉集卷五又新選〈會釁〉、〈計代〉；〈擊鼓〉、〈堂配〉為較常見的散齣。〔註 179〕

《占花魁》至今盛演，《納書楹曲譜》續集卷三、補遺卷二選入〈一顧〉（即〈賣油〉）、〈再顧〉（即〈湖樓〉）等 8 齣；後《增輯六也曲譜》元集收〈賣油〉、〈湖樓〉、〈受吐〉（即〈醉歸〉）、〈獨占〉，均未出葉堂所選；《崑曲大全》新選〈落娼〉、〈品花〉、〈寺會〉，存世曲譜共 11 齣；但《納書楹曲譜》所收〈巧遇〉（《綴白裘》十編將前半齣題〈串戲〉，後半齣題〈雪塘〉），未見他譜收入；諸譜最常見者為〈受吐〉、〈獨占〉。

《漁家樂》在《納書楹曲譜》外集卷二已有〈賣書〉、〈納姻〉、〈藏舟〉，雖有他譜收入，但諸譜所錄各有千秋，《增輯六也曲譜》元集新選〈賜針〉、〈羞父〉；《崑曲大全》第一集新收〈題詩〉、〈喜從〉、〈相梁〉、〈刺梁〉；《集成曲譜》又增〈逃宮〉、〈端陽〉、〈俠代〉、〈營會〉；各譜散齣總計 12 齣，最常見者為〈藏舟〉。

《風箏誤》的巧合情節，在《納書楹曲譜》外集卷一、補遺卷二收錄的〈驚醜〉、〈前親〉等 5 齣就已見精彩；但《崑曲大全》第一集又新選故事開端的〈題鷂〉、〈鷂誤〉、〈冒美〉；《集成曲譜》金集卷八又增其間穿插的〈夢駭〉、〈導淫〉、〈拒奸〉；《風箏誤》存譜共 11 齣，其中選錄最多的仍為〈驚醜〉。

〔註 179〕傳字輩藝人曾演出新排的全部《永團圓》，但承自沈月泉等的僅〈擊鼓〉、〈堂配〉，詳桑毓喜：《崑劇傳字輩》，頁 189。

　　《滿床笏》在《納書楹曲譜》補遺卷三所收，雖僅〈納妾〉、〈跪門〉，但其後選齣累增，各有所好，《增輯六也曲譜》貞集新選〈後納〉、〈笏圓〉；《崑曲大全》第一集另收〈郊射〉、〈龔壽〉、〈卸甲〉、〈封王〉；《集成曲譜》振集卷八則由〈郊射〉至〈笏圓〉，選入 12 齣。

　　《白羅衫》在《納書楹曲譜》，僅補遺卷三選錄〈井遇〉；《增輯六也曲譜》元集另選故事結尾的〈遊園〉、〈看狀〉、〈詳夢〉、〈報冤〉；《崑曲大全》第四集新選故事開端的〈攬載〉、〈設計〉、〈殺舟〉、〈撈救〉；《集成曲譜》振集卷八所收則是〈井遇〉、〈遊園〉、〈看狀〉；最常被選入者爲〈看狀〉。

　　3、相對固定的劇作散齣

　　有部分劇作，後起曲譜所選幾乎與《納書楹曲譜》相同，可謂已形成相對固定的散齣：

　　諸曲譜所收與《躍鯉記》相關故事，共有〈思母〉、〈蘆林〉、〈看穀〉三齣，但來源不同：《納書楹曲譜》在續集卷四《躍鯉記》下，選入〈思母〉、〈看穀〉；在補遺卷四「時劇」下，收錄〈蘆林〉，乃唱【駐雲飛】「步出郊西」一套。而《集成曲譜》振集卷六亦選此三齣，皆題《躍鯉記》，〈蘆林〉所唱爲【懶畫眉】「蘆林驚起雁鴻飛」一套，並非時劇的本子；《與眾曲譜》卷八則僅收時劇〈蘆林〉。〔註180〕

　　《玉簪記》在《納書楹曲譜》續集卷一即已選入〈手談〉、〈佛會〉、〈茶敘〉、〈琴挑〉、〈偷詩〉、〈阻約〉、〈秋江〉等 7 齣，綜觀《玉簪記》已刊散齣曲譜，除〈問病〉首見於《遏雲閣曲譜》、〈催試〉首見於《增輯六也曲譜》，餘皆早爲葉堂選錄。《玉簪記》散齣雖不甚多，但精彩迭出，諸譜所選常見重複，可謂已具疊頭戲樣貌，是以曲家張餘蓀在編選殷溎深傳譜時，當《春雪閣曲譜》選錄〈琴挑〉、〈偷詩〉、〈姑阻〉、〈失約〉，《增輯六也曲譜》收入〈茶敘〉、〈問病〉、〈催試〉、〈秋江〉後，續編的《崑曲大全》，已難再另行選入 4 齣。

　　演朱買臣夫妻故事者，元代有雜劇《漁樵記》，明末則有傳奇《爛柯山》，後代選本、曲譜常見相混。確屬《爛柯山》者，《納書楹曲譜》外集卷二、補遺卷三選入〈前逼〉、〈悔嫁〉、〈癡夢〉、〈潑水〉，可謂疊頭搬演，傳世《爛柯山》曲譜僅此 4 齣，《增輯六也曲譜》貞集全部選入，後江蘇省崑劇院《朱買

〔註180〕諸譜雖題《躍鯉記》，曲文則與〔明〕陳羆齋：《躍鯉記》（明萬曆富春堂刊本，收入《古本戲曲叢刊》，初集）差異甚大，可參考徐宏圖：〈南戲《姜詩躍鯉記》遺存考〉，《浙江藝術職業學院學報》，第三卷第三期（2005.9），頁 54～56。

臣休妻》亦演此 4 齣。〔註 181〕

　　雖然《長生殿》、《桃花扇》並稱「南洪北孔」，但《長生殿》有全本曲譜流傳，《桃花扇》的散齣曲譜則甚罕。《納書楹曲譜》正集卷三選錄〈訪翠〉、〈寄扇〉、〈題畫〉，即涵蓋其傳世曲譜，後《增輯六也曲譜》貞集、《集成曲譜》振集卷七，亦收此 3 齣；另王季烈後又輯訂《正俗曲譜》，在丑集另行選入〈聽稗〉等 9 齣。〔註 182〕《桃花扇》的折子戲在乾隆之後已不見流傳，江蘇省崑劇院石小梅演出的〈題畫〉，乃自行整理排演，重新捏戲而成。〔註 183〕

　　《金不換》（即《錦蒲團》）的散齣選者不多，不見於《綴白裘》，在《納書楹曲譜》外集卷一、補遺卷三選錄〈守歲〉（即〈自懲〉）、〈侍酒〉，後僅《集成曲譜》振集卷七收入，至今仍見北方崑曲劇院等演出。〔註 184〕

　　4、僅見於《納書楹曲譜》的劇作及散齣

　　《納書楹曲譜》收錄的戲文、傳奇劇作及散齣，固然多見於後之曲譜，但亦有部分為僅見者，除上文已提及之《牧羊記・煎粥》、《浣紗記・俗增誓師》、《南西廂・送方》、《紅梨記・俗解妓》、《雙紅記・顯技》、《西樓記・覓緣、集豔、載月》，還有數種劇作，雖有他譜選入，但部分散齣僅見《納書楹曲譜》：〔註 185〕

　　《一種情》（即《墜釵記》）散齣曲譜存〈冥勘〉、〈拾釵〉，〈冥勘〉（即〈炳靈公〉）可見於《納書楹曲譜》外集卷二、《集成曲譜》振集卷三、《崑曲集淨》上集，但〈拾釵〉則僅見於《納書楹曲譜》外集卷二。

　　《金雀記》存世曲譜有 6 齣，見於《納書楹曲譜》外集卷一、補遺卷三，其中〈玩燈〉可見於《九宮大成譜》卷十六，其餘〈覓花〉、〈庵會〉、〈喬醋〉、

〔註 181〕阿甲、姚繼焜整理：《朱買臣休妻》（按，〈前逼〉改稱〈逼休〉），可見雷競璇編：《崑劇朱買臣休妻──張繼青姚繼焜演出版本》（香港：牛津大學出版社，2007），頁 15～44。

〔註 182〕王季烈輯訂：《正俗曲譜》（上海：錦章書局，1947），僅存子、丑二集，因所收劇目乃為移風易俗，與他譜差異甚大，故不納入討論，僅於此附記收錄《桃花扇》曲譜。詳見洪惟助主編：《崑曲辭典》，頁 484。

〔註 183〕詳石小梅：〈石頭寒月照疏梅〉，「石頭書屋」崑曲藝術網站轉載：http://www.rock-publishing.com.tw/kanqu/forum/anthology/default_004.asp。

〔註 184〕如：江蘇省崑劇院 1998 年在臺北新舞台演出《金不換・守歲》，見「秣陵蘭薰」演出節目單（1998.11.11～18）。北方崑曲劇院 2002 年 3 月 16 日在臺北新舞臺演出《金不換・守歲、侍酒》，見「京朝雅音　燕趙悲歌──北方崑曲劇院」演出節目單（2002.3.16～20）。

〔註 185〕附錄三「葉譜選錄劇目及齣目一覽表」，已將僅見於葉譜的齣目加底線標示。

〈醉圓〉均可見於《崑曲大全》第四集、《集成曲譜》金集卷五；〈喬醋〉又見於《與衆曲譜》卷五；〈喬醋〉最受歡迎，但〈竹林〉則僅見於《納書楹曲譜》外集卷一。

　　《人獸關》散齣曲譜有 5 齣，《增輯六也曲譜》貞集選入〈演官〉、〈幻騙〉、〈惡夢〉，且《集成曲譜》聲集卷八收〈演官〉、〈惡夢〉，《崑曲集淨》下集有〈惡夢〉，但〈前設〉、〈後設〉僅見於《納書楹曲譜》補遺卷二。

　　《眉山秀》存世曲譜有 4 齣，《納書楹曲譜》續集卷二、補遺卷三選入〈婚試〉、〈詔賦〉、〈遊湖〉，後僅《集成曲譜》聲集卷八新選〈衡文〉，並收〈婚試〉，則〈詔賦〉、〈遊湖〉爲僅存之譜。

　　《鐵冠圖》最爲人熟知的散齣爲〈刺虎〉，《納書楹曲譜》外集卷二選入〈刺虎〉、〈夜峴〉；但〈夜峴〉，不見於收錄《鐵冠圖》達 17 齣的《崑曲粹存》初集，爲僅見之譜；又《集成曲譜》玉集卷六選入 4 齣；《與衆曲譜》卷八選入〈刺虎〉、〈夜樂〉，均不出《崑曲粹存》初集所選。

　　以下劇作及其散齣，他譜未見選入：

　　《江天雪》劇作僅存佚曲，葉堂所選〈走雪〉，與《詞林逸響》月卷所收《崔君瑞傳・走雪》〔註186〕同，但原有三隻【滴溜子】，《納書楹曲譜》外集卷一所收則僅有一隻，且是拼合原第一、二曲而成。此套曲雖有零曲見於《九宮大成譜》，〔註187〕但選錄全套曲譜者，則僅見於葉譜。

　　《寶劍記・夜奔》往往見於明代戲曲選本，〔註188〕在明末爲時尚的絃索彈唱，故沈寵綏選入《絃索辨訛》，〔註189〕又在其《度曲須知》上卷〈曲韻隆衰〉提及：「雄勁悲壯之氣，猶令人毛骨悚然。」〔註190〕但在諸曲譜中，除《納書楹曲譜》於補遺卷二收入此齣，上舉其他曲譜均未選入。〔註191〕〈夜奔〉

〔註186〕見〔明〕許宇輯：《詞林逸響》，月卷，頁 709～711，收入《善本戲曲叢刊》，第二輯。

〔註187〕參考錢南揚：《宋元戲文輯佚》（上海：上海古典文學出版社，1956），頁 133～134。

〔註188〕可參考林逢源：《折子戲論集》（高雄：復文圖書有限公司，1992），頁 129～130。

〔註189〕見〔明〕沈寵綏：《絃索辨訛》雜曲卷，收入《中國古典戲曲論著集成》（五），頁 164～166。

〔註190〕見〔明〕沈寵綏：《度曲須知》上卷〈曲韻隆衰〉，收入《中國古典戲曲論著集成》（五），頁 199。

〔註191〕後中華學術院崑曲研究所、蓬瀛曲集輯：《蓬瀛曲集》（臺北：臺灣中華書局，1972），收入〈夜奔〉，見頁 45～52。1958 年初編本的目錄上還註記：夜奔，

至今盛演不衰，還有以老生及武生應行兩種演法。〔註192〕

其餘僅見於《納書楹曲譜》存譜的劇作有：明代的《綵樓記・彩圓》、《明珠記・煎茶、假詔、俠隱》、《虎符記・勸降》、《葛衣記・嘲笑》、《曇花閣・點迷》、《種玉記・箋允、往邊》〔註193〕、《蕉帕記・鬧題》、《後尋親・後索》、《珍珠衫・歆動、訐衫》、《牟尼合・渡海》、《春燈謎・遊街》；清代的《清忠譜・罵祠》、《太平錢・綴帽、種瓜、窺粧》、《萬里圓・三溪》、《乾坤嘯・勸酒》、《琥珀匙・山盟、立關》、《如意珠・密訂》、《雷峰塔・法海》。

（三）時劇及散曲

葉堂選錄 23 種時劇，除〈思凡〉、〈小妹子〉、〈羅夢〉刊於《納書楹曲譜》外集卷二最末，其餘是續刊《納書楹曲譜》時，方置於補遺卷四殿後，顯然葉堂不甚看重，但卻爲崑曲留下罕見的樂譜，與《絃索調時劇新譜》收錄的 24 種時劇相較，少了〈臨湖〉、〈踢毬〉、〈唐二別妻〉3 種，但增入〈孟姜女〉、〈懷春〉2 種，故從兩譜中可得乾隆時期所稱「時劇」計 26 種，多數劇目皆是因此二譜選錄，方爲後世所知，時劇譜因而頗具文獻價值。這些時劇中，〈思凡〉、〈僧尼會〉（即〈下山〉）、〈蘆林〉常見曲譜收錄，且至今演出不輟，其餘除《增輯六也曲譜》貞集收入〈羅夢〉，《與眾曲譜》卷八收入〈羅夢〉、〈拾金〉，〔註194〕僅有《納書楹曲譜》刊行崑曲譜。但《與眾曲譜》在〈羅夢〉前又選入諸譜所無的〈燒香〉，該齣與《綴白裘》六編所錄《盤陀山・燒香》相近，其中有一段【高腔】。〔註195〕

「時劇」的音樂組織，頗爲紛繁，並無固定的腔調系統，有的雖有曲牌

用的是「大章班」腳本。

〔註192〕 「按文班崑劇傳統，林沖由老生應行。二十年代『傳』字輩形成武戲行當後，由主工武生的汪傳鈐飾演此角。」見蘇州市文化局、蘇州戲曲志編輯委員會編：《蘇州戲曲志》（蘇州：古吳軒出版社，1998），頁 139。
江蘇省崑劇院柯軍曾以老生應行演出，北方崑曲劇院侯少奎則以武生應行演出，演出錄影分別見於：《秣陵蘭薰》（宜蘭：國立傳統藝術中心，1998），第八輯；《崑劇選輯》二（臺北：行政院文化建設委員會，1996），第二十集。

〔註193〕 《納書楹曲譜》補遺卷二目錄題《玉合記》，但版心題《種玉記》，此依版心及曲文內容，題《種玉記》。

〔註194〕 按，《與眾曲譜》卷八標爲「時劇」的，共有《燒香》、《羅夢》、《思凡》、《下山》、《蘆林》、《拾金》。

〔註195〕 四教堂本《綴白裘》將《盤陀山》移至五集，且改題《一文錢》。
《與眾曲譜》卷八將〈燒香〉中【高腔】一曲題爲【弋陽調】。

名稱，但不同於南、北曲的組織方式，〔註196〕即就《納書楹曲譜》可見者，顯著的特徵爲：一齣之內的音樂構成，罕見套式，〔註197〕有的反覆使用少數曲牌，如〈金盆撈月〉就反覆用【如夢令】、【二犯朝天子】，有的僅將曲文分段而無曲牌，如〈借靴〉；而樂句之間多用過門，即《絃索調時劇新譜》〈凡例〉提及「和首」、「過文」等，《納書楹曲譜》外集卷二《小妹子》，開頭即爲「和首」的前奏工尺，曲中並有「高界」、「中界」、「低界」、「品頭」等間奏工尺（頁 1643～1648），與向來句句相連的南北曲唱頗爲不同。時劇譜中所載戲齣內容，各本所錄不盡相同，亦相當程度反映劇樂正在變遷發展中，如〈借靴〉，《綴白裘》十一編收錄時將中間數段曲文皆標爲【高腔】，但在兩種時劇譜中並無牌名標示，《絃索調時劇新譜》於〈凡例〉中強調：「此譜專以音節爲工，不便另加牌名，免強牽合。」林鶴宜在論《綴白裘》地方戲的聲腔時，亦認爲不應將某一劇目認定爲某一劇種或某一腔調，〔註198〕故筆者將時劇音樂視爲當時流行曲調的組合，而不著重於其與崑曲音樂的關連性。

　　《納書楹曲譜》雖以收錄戲曲散齣爲宗，但兼及部分散曲，除標爲〈兀的不〉、〈尋夫〉、〈烹茶〉、〈詠花〉、〈小十面〉的 5 種，爲葉堂首先訂譜收錄，其餘皆見於《九宮大成譜》，〔註199〕而後世曲譜，除《與眾曲譜》卷八收入上述〈歸來〉、〈秋思〉（即〈百歲〉）、〈詠花〉3 種散曲外，餘均僅收戲曲全劇或散齣，散曲演唱應已不再見於崑曲清唱及演出，只〈詠花〉因可插入《牡丹亭・驚夢》、《驚鴻記・太白醉寫》，尚以紛華熱鬧之姿於舞台流轉。〔註200〕

〔註196〕李國俊：〈《納書楹曲譜》「時劇」音樂試析〉，發表於世界崑曲與臺灣腳色——崑曲國際學術研討會，2005；後收入洪惟助主編：《名家論崑曲》（臺北：國家出版社，2010），頁 885～906。

〔註197〕諸齣時劇中，最可見套式組織者爲〈磨斧〉：【點絳唇】、【油葫蘆】、【天下樂】、【元和令】、【寄生草】、【煞尾】。

〔註198〕可參考林鶴宜〈清中葉暢銷書《綴白裘》地方戲的刊行、流傳和腔調衍變〉，收入林鶴宜：《規律與變異：明清戲曲學辨疑》（臺北：里仁書局，2003），頁 225～237。

〔註199〕以下將《九宮大成譜》收錄上述散曲的卷數逐一註出（仍據《納書楹曲譜》標目）：〈百歲〉見卷六十七、〈柳飛〉見卷三十五、〈歸來樂〉見卷三十九、〈詠蝶〉見卷七、〈枕痕〉見卷閏、〈紫甸〉見卷七十三、〈假伶〉見卷五、〈詢圖〉見卷五、〈紅日〉見卷五。

〔註200〕水磨曲集崑劇團還曾將〈詠花〉單獨上演，用於開場，臺北：國家戲劇院，2000.12.16 演出，見「跨世紀千禧崑劇菁英大匯演」演出節目單（2000.12.11

推想當年葉堂收入這些散曲及隻曲，當爲豐富清唱曲目，故除〈百歲〉、〈枕痕〉等早爲《雍熙樂府》等選入的散套外；〔註201〕更於補遺卷次收入時興散曲，這些作品雖爲數不多，亦罕名家手筆，但藉著曲譜的刊行，亦可管窺乾隆時期，甚至略早的流行曲目。

三、存譜綜論

（一）收錄內容相近

綜觀葉譜、殷溎深傳譜等諸譜收錄的內容，相同的齣目仍占多數，只《北西廂》未再收入，《四夢》除《牡丹亭》外，僅《邯鄲記》有較多散齣流傳，而葉堂未譜出全譜的《荊釵記》、《琵琶記》、《長生殿》，不僅《納書楹曲譜》散齣頗眾，後起曲譜選入亦多，更有殷溎深傳全本曲譜。其餘劇作的散齣，大致而言，葉堂所選亦爲後代曲譜編選者欣賞，故多見續選，甚至有些劇作的選齣無甚變化，諸譜所選幾與《納書楹曲譜》相同。各譜所收戲文及明傳奇作品，從劇目至齣目均較爲相近，但所選清傳奇以降劇作及散齣，則各譜頗見出入，不僅葉堂所選未必有後繼者，晚出曲譜屢有新選：《崑曲大全》第三集之《紅菱豔》、《呆中福》、《折桂傳》、《雙占魁》等，均爲僅見之俗創劇目；《崑曲集淨》專選淨腳家門戲，上集的《三國志·古城、擋曹》，下集的《三國志·負荊》、《財神記（應爲《天下樂》）·嫁妹》、《千金記·烏江》、《（南）西廂記·惠明》均爲首次選入曲譜，既有傳奇散齣，亦有崑班演出時總題《三國志》，敷衍關羽、張飛等故事的散齣。

若以乾隆時期刊行的葉譜、《吟香堂曲譜》，與 100 多年後刊行的十數種曲譜相較，在所選內容上其實出入不大，新選入的散齣，有多數早見於《綴白裘》，但因曲子不夠精彩而未被葉堂選入。究其原因，主要是崑劇劇目在乾嘉之後，無甚積累，演出仍以數百齣歷經錘鍊打磨的折子戲爲主，從曲譜來觀察，的確也沒有明顯的變動，其中較能反映近代崑曲劇目變遷的，主要是《崑曲大全》，陸萼庭提出：「要瞭解太平天國革命以前，蘇州劇壇演出以情節曲折與吳語詼諧取勝的小本新戲的情況，《大全》是必不可少的參考書。」

〔註202〕上舉《紅菱豔》等即是曲譜中的新面貌。其次，後起曲譜對前代曲譜往往多所承襲，尤其是《集成曲譜》，葉譜中許多罕見選齣未退出曲譜之林，往往是因王季烈又予以選入，最鮮明的例子為《四夢》，除《牡丹亭》的散齣尚多，其餘三夢能上演的折子戲只有零星數齣，但《集成曲譜》卻大量選入：《紫釵記》有 16 齣，《邯鄲夢》有 12 齣，《南柯記》有 10 齣，晚近曲譜無出其右者；再如元雜劇《貨郎旦‧女彈》、《馬陵道‧孫詐》，並非常演的元雜劇作品，也是《納書楹曲譜》後唯一選入者。

（二）曲譜性質改變

　　將葉譜與其後諸譜的內容相較，最明顯的是後起者均加上腳色及賓白，更能完整呈現一齣戲的樣貌，這樣的改變，並非只是補足葉譜的遺憾而已，若與收錄的內容相參，則可視為由「清宮譜」（重曲）到「戲宮譜」（重戲）的轉變。

　　先從《遏雲閣曲譜》說起，該譜在〈自序〉即標舉：「家有二三伶人，命其於《納書楹》、《綴白裘》中細加校正，變清宮為戲宮，刪繁白為簡白，旁註工尺，外加板眼，務合投時，以公同調。」（頁 1）此譜欲兼《綴白裘》及《納書楹曲譜》之美，為工尺譜中首次刊行賓白者，觀其大意即知是譜之刊行，乃將原本偏重於清唱的宮譜，一變而為有助於梨園演習之戲場宮譜，雖所收之戲雖仍以重曲者為主，以副丑科諢見長的僅有《幽閨記‧招商》，但畢竟已較葉譜專收有好曲子的散齣不同。同為曲譜，葉譜固然重「戲」，但「曲」則是必不可少，且須得有所表現；諸譜則較考量豐富演出內容，故亦收錄以唸白、科諢為主之散齣。試舉《白羅衫》散齣為例，即知葉譜與晚出曲譜關注面向的差異：《納書楹曲譜》選錄的是〈井遇〉，為南北合套，小生與老旦所唱之曲，聲口不同、心緒有別，彼此銜接流暢，確實頗為動聽；但諸譜最常收錄的則為〈看狀〉，此齣前面大套的開門動作，昭示禁衛森嚴、律法無私的按院形象，〔註203〕以及後面徐繼祖看狀時，奶公細訴前情，那一段揭開二十年隱情，驚心動魄的對白，方是此齣引人入勝之處，相形之下，其中的幾隻曲子倒不夠份量了。

〔註202〕見陸萼庭〈殷溎深及其《餘慶堂曲譜》〉，收入陸萼庭：《清代戲曲與崑劇》，頁 243。

〔註203〕可參考王安祈：〈崑劇在臺灣的現代意義〉，《臺大中文學報》第十四期（2001.5），虛擬的法理世界：〈看狀、詰父〉，頁 62～64。

　　後起曲譜頻頻選錄〈看狀〉，則代表晚近曲譜的方向，已由「曲」轉而至「戲」，其性質頗可比喻為「加上板眼、工尺的《綴白裘》」，而非「加上腳色、賓白的《納書楹曲譜》」，因此，曲譜於演出大有助益，陸萼庭曾述及《增輯六也曲譜》對傳字輩藝人的助益：「當年崑劇『傳』字輩在上海笑舞台演出期間，得益於此書者不少。」〔註204〕即使未見傳承的戲齣，藝人仍可據曲譜「捏戲」演出，豐富劇目。然而，勤於採錄流行散齣的《納書楹曲譜》，其所重之曲，也並非僅於清唱時拍捱冷板，仍相當程度影響了當時的劇壇，於齣目而言，上舉《寶劍記・夜奔》、《千鍾祿・慘睹》即為佳例；於曲腔而言，王文治在〈序〉中說到：「懷庭始訂譜時，有與俗伶不叶者，或群起而議之。至今日翕然宗仰，如出一口。」（頁 3）其言或有過譽，但則明白指出葉派唱口對曲壇，甚至於伶人演劇的影響。

　　經由考察現存諸譜收錄的內容，可觀察曲譜性質由「曲」到「戲」的轉變，然而清工與戲工之間，也不是截然二分，互不往來，清工譜收錄的內容不乏場上盛行的劇目，細心勘訂的唱法也可風行舞台，民國初年刊行的曲譜，則更強調與演出的關連，仍以最足以反映流行劇目的《崑曲大全》為例，〈凡例〉中強調「本編將曲白板眼悉心訂正，與梨園演唱無異，俾度曲者不致相捱。」（頁 1）這一作為固然度曲者稱便，何嘗不是提供演員極佳的演出劇本選？近代以來，清工漸向戲工靠攏，原本頗能代表清工度曲成就的曲譜編選，早已添滿場上熱鬧繽紛的各家門代表作，頗能展現一時演出風采，而《集成曲譜》可謂其中的異數，雖詳載賓白、鑼鼓，便於登台串演，然若細察其選錄之散齣，則頗見重曲之傾向。

　　本章分別從葉譜的「文本」及「樂譜」脈絡，探討其作為選本，在選材、存譜方面的獨特性。就文本而言，葉譜為乾隆時期與《綴白裘》並稱的重要選本，選錄對象包括散曲、雜劇、戲文、傳奇、時劇等各種體製的套曲、散齣或全本；筆者乃從「流傳劇目」、「時興作品」兩個方向切入，析論葉譜所選內容的歷史傳承及時代特色，並拈出其三項選本特色：（1）「散齣」與「全本」兼收：除《北西廂》、《四夢》為全本外，其餘則多為當時劇壇流行的散齣，甚至有「俗增」作品。（2）「劇」與「曲」雙重觀照：雖然葉譜向以清唱宮譜著稱，然而細繹其選錄內容，多有劇壇常演劇目，只是選入的散齣皆為

〔註204〕見陸萼庭〈殷溎深及其《餘慶堂曲譜》〉，收入陸萼庭：《清代戲曲與崑劇》，頁 234。

有佳曲可唱者。（3）「流行」與「追憶」並存：從《納書楹曲譜》外集、補遺所選，最可見葉譜掌握流行趨勢的取材傾向，其餘較罕見者，如《桃花扇》等則帶有追憶盛況的性質，但〈夜奔〉、〈慘睹〉則可謂由曲壇向劇壇流行的散齣。再就樂譜而言，葉譜爲首部刊行的戲曲工尺譜，筆者考察自葉譜以下的十數種曲譜，除《崑曲大全》新收錄的小本新戲外，諸譜於同一劇所選的散齣變化有限，幾不出乾嘉以來折子戲演出的規模；然而自《遏雲閣曲譜》起，各譜率多刊行賓白，亦收錄以對白、科諢見長的散齣，使曲譜的性質由「重曲」轉至「重戲」，一變而爲有助於搬演的臺本，見證清工與戲工的合流。葉堂所訂之譜，在尚未刊行時即已備受推崇，梓行後道光年間又有重刊，至清末民初尚有天韻社等傳承，今日則爲搬演《北西廂》等本戲的曲譜底本，由選本及選譜的角度觀照葉譜，其 200 多年來流行不輟之原因，簡而言之，乃在「雅、俗共賞」、「曲、劇兼備」，由於葉堂並非端坐書齋、朝夕沈涵，而是觀照場上，不避從俗，廣爲蒐羅，故不同時期、不同雅好者，皆可從中擷取適合的劇目，且有耐唱耐聽之曲可供玩賞。

第三章　《四夢全譜》宛轉相就之法

　　湯顯祖的鉅作《玉茗堂四夢》問世以來，其情思詞采固然瑰奇獨特，堪稱絕調，然而曲文多與音律不協，情節排場繁長難演，卻成爲崑曲傳播名作的障礙。以《牡丹亭》而言，晚明改編之道約可分爲兩途：一著意於聲律，有所謂「湯沈之爭」，吳江沈璟著重合律依腔，臨川湯顯祖強調意趣神色，遂有「臨川之於吳江，故自冰炭」等說法，〔註1〕沈璟嫻熟曲律，編有《增定南九宮曲譜》，以「易詞就律」之法，改訂《牡丹亭》曲文，另題《同夢記》（《串本牡丹亭》），零曲可見於沈自晉《南詞新譜》；〔註2〕一講究精簡內容，遂刪併場次、重撰曲文，如臧懋循《還魂記》改本、馮夢龍《風流夢》、徐日曦《碩園刪定牡丹亭》等，各家改編本雖有助於《牡丹亭》適應舞台演出，然而「改詞就調」的作法，割裂湯顯祖原作，甚至點金成鐵，終有遺憾。〔註3〕於是在

〔註1〕　詳〔明〕王驥德：《曲律》，雜論三十九‧下：「臨川之於吳江，故自冰炭」一條，收入：《中國古典戲曲論著集成》（四）（北京：中國戲劇出版社，1959），頁165。另可參考曾永義〈論說「拗折天下人嗓子」〉，收入曾永義：《論說戲曲》（臺北：聯經出版事業有限公司，1997），頁161〜198。周育德〈也談戲曲史上的「湯沈之爭」〉、〈湯顯祖研究若干問題之我見〉，收入周育德：《周育德戲曲論集》（臺北：國家出版社，2008），頁77〜129。程芸：《湯顯祖與晚明戲曲的嬗變》（北京：中華書局，2006），中篇，「湯沈之爭」考論。曾永義〈再說「拗折天下人嗓子」〉，收入曾永義：《戲曲與歌劇》（臺北：國家出版社，2004），頁291〜372。
〔註2〕　《同夢記》之零曲收入〔明〕沈自晉：《南詞新譜》（臺北：臺灣學生書局，1984），【蠻山憶】見卷十六，頁586、【眞珠簾】見卷二十二，頁727。
〔註3〕　諸家改編本雖亦涉及改訂曲牌及曲律的相關問題，但畢竟著重在情節敘事，與沈璟偏重音律有別。關於晚明《牡丹亭》改編本可參考陳凱莘：《崑劇《牡丹亭》舞台藝術演進之探討－以《牡丹亭》晚明文人改編本及折子戲爲探討

崑曲音樂處理手法漸臻成熟之際，以「改調就詞」保留湯顯祖全本原作，調和曲律與曲文間的扞格，則成爲流行趨勢，〔註4〕自明末鈕少雅作《格正還魂記詞調》〔註5〕以來，清乾隆年間有馮起鳳《吟香堂牡丹亭曲譜》〔註6〕、葉堂《納書楹牡丹亭全譜》，〔註7〕民國還有劉世珩鑑定、劉富樑訂譜的《雙忽雷閣彙訂還魂記曲譜》，〔註8〕其餘《邯鄲記》、《南柯記》〔註9〕、《紫釵記》則僅有葉堂訂定全本曲譜，即使全本未必符合場上演出習慣，但就曲樂的發展而言，因湯顯祖曲文中，不乏筆誤、拗字、拗句、不合韻等失律情況，則葉堂訂譜時如何忠於原著，以變化音樂來隨順其遣詞用字，其作法與觀點頗值得深究，並足以省思曲文合樂的相關問題。本章的寫作策略，乃是直接切入葉堂爲湯作訂譜的相關作法及論題，故不擬逐一檢視《四夢》曲文是否合律，也不擬探究曲牌的一般譜法，而是從葉堂常用的「集曲」手法展開討論。標題之「宛轉相就」，乃出自《四夢全譜》〈凡例〉：

> 臨川用韻，間亦有筆誤處，……至其字之平仄聱牙，句之長短拗體，不勝枚舉。特以文詞精妙，不敢妄易，輒宛轉就之。知音者即以爲

對象》（臺北：臺灣大學戲劇所碩士論文，1999）、陳慧珍：《明代《牡丹亭》批評與改編之研究》（臺北：臺灣大學中文系博士論文，2008）。

〔註4〕 關於「易詞就律」、「改調就詞」，可參考洪惟助：〈從撓喉捩嗓到歌稱繞樑的《牡丹亭》〉，收入華瑋主編：《湯顯祖與牡丹亭》（「湯顯祖與《牡丹亭》國際學術研討會」論文結集）（臺北：中央研究院中國文哲研究所，2005），頁737～780。該文並就〈驚夢〉【皂羅袍】一曲，探討馮譜、葉譜的音樂處理；附錄二「《格正還魂記詞調》、《納書楹牡丹亭全譜》集曲對照表」及說明，亦頗爲詳明。

〔註5〕 〔明〕鈕少雅：《格正還魂記詞調》（簡稱「鈕譜」），清康熙三十三年（1694）胡介祉谷園刻本；後附刊於劉世珩編：《暖紅室彙刻傳奇臨川四夢》（1919；揚州：江蘇廣陵古籍刻印社，1990重印出版）。

〔註6〕 〔清〕馮起鳳：《吟香堂牡丹亭曲譜》（簡稱「馮譜」），乾隆五十四年（1789）刊行，北京：中國國家圖書館等藏。

〔註7〕 〔清〕葉堂：《納書楹四夢全譜》（簡稱「葉譜」），乾隆五十七年（1792）刊行，臺北：故宮博物院、北京：中國國家圖書館等藏，收入《續修四庫全書》，第1757冊。

〔註8〕 劉世珩鑑定、吳梅正律、劉富樑正譜評注：《雙忽雷閣彙訂還魂記曲譜》（簡稱「劉譜」），參考《南詞定律》、《格正還魂記詞調》、《吟香堂曲譜》、《納書楹曲譜》、《過雲閣曲譜》等彙訂而成，有眉批、朱墨筆校記等，僅存劉富樑1921年二校之抄本，臺北：中央研究院歷史語言研究所藏。

〔註9〕 《南柯記》雖有全本曲譜之抄本流傳，然不論其題名及內容，皆據葉譜校訂而成，見劉世珩鑑定、劉富樑校訂：《納書楹南柯記曲譜》，1924年校訂本，臺北：中央研究院歷史語言研究所藏。

臨川之韻也可，以爲臨川之格也可。（頁1）

雖然前賢多以相對於「易詞就律（改詞就調）」的「改調就詞」，說明鈕譜以下對湯顯祖曲文的處理，但由於葉堂自言「宛轉就之」，且其作法除「改調就詞」外，尚可涵蓋對曲律的處理彈性、勉力烘托曲情、表現人物意涵等曲學觀點，故本文乃以「宛轉相就」總稱葉堂因應《四夢》曲文的訂譜之道。本章將分三部分探討：首論宛轉相就的重要手法——集曲；次論葉堂處理《四夢》不合律曲文的觀點及作法；末論宛轉相就之法在曲樂上的意義。

第一節　葉譜集曲作法

早在宋詞，已有「宮調相犯」、「句法相犯」等創製詞調之法。〔註10〕「宮調相犯」之例，如周邦彥的【中呂・六醜】（落花），其作法及牌名之緣由爲：「此犯六調，皆聲之美者，然極難歌。高陽氏有子六人，才而醜，故以比之。」〔註11〕「句法相犯」之例，如【四犯翦梅花】，採【解連環】、【醉蓬萊】、【雪獅兒】各曲文句合成。〔註12〕南曲曲牌以「雜犯諸調」而成的，雖亦有稱爲「犯調」者，但本文乃依《九宮大成譜》，統名爲「集曲」，〔註13〕集曲大量增加在明中葉後，自沈璟《增定南九宮曲譜》開始蒐集並分析集自何曲，至乾隆年間《九宮大成譜》蔚爲大觀，收有 596 體，〔註14〕其中不少爲曲家獨創的罕用曲牌。

今人對集曲的研究，散見於曲學著作，雖無專著，但亦逐步廓清集曲的相關問題，例如：汪經昌《曲學例釋》述及集曲的作法、入套運用與單用小

〔註10〕 關於「犯」，宋人詞牌有【淒涼犯】等，並有音樂上宮調相犯、文體上的句法相犯的分別。可參考洛地：〈犯〉（以探索音樂上「宮調相犯」的「犯」爲主），刊於《中國音樂》（季刊）2005：4，頁 17～22。

〔註11〕 此段據〔宋〕周密：《浩然齋雅談》記載，爲周邦彥對宋徽宗之語。轉引自楊易霖：《周詞定律》（臺北：學海出版社，1975），頁 20。

〔註12〕 見〔清〕萬樹：《詞律》，卷十四，康熙二十六年（1687）刊行，收入《四部備要》（臺北：臺灣中華書局，1966），第 483～484 冊。

〔註13〕 《九宮大成南詞宮譜》〈凡例〉：「以各宮牌名彙而成曲，俗稱犯調，其來舊矣。然於犯字之義實屬何居？因更之曰集曲。」見《九宮大成南詞宮譜》（臺北：臺灣學生書局，1987），頁 46。

〔註14〕 據李殿魁等：《「戲曲曲譜檢索系統建置計畫」結案報告》（宜蘭：國立傳統藝術中心，2007），「《大成》南曲曲數統計表」，集曲有 596 體，共 734 曲，見頁 10。

令的情形；李昌集《中國古代散曲史》提出集曲發展過程中，「不完全小令」
這一潛在環節；洛地《詞樂曲唱》認爲「集曲」不是曲牌，而是曲唱以「腔
句」的唱散解了曲牌。〔註15〕又如施德玉〈集曲體式之研究〉，以《九宮大成
南北詞宮譜》收錄的集曲爲對象，初步梳理其類型、組合、命名等現象；高
嘉穗〈南曲集曲結構探微〉，著意於集曲爲首曲牌對該集曲的影響。李殿魁等
《「戲曲曲譜檢索系統建置計畫」結案報告》，提出研究集曲尚須注意選用的
曲牌爲「正體」或「又一體」，而集曲亦有「又一體」形式。

　　而筆者於集曲的研究關懷主要在於其「組織方式」──源自不同曲牌的
段落，在句法及音樂上需如何銜接連貫，以組成集曲？本節僅以《納書楹曲
譜》、《四夢全譜》之集曲爲研究對象，取樣內容雖受葉堂選材的限制，未必
能具現集曲的創意構思，然選擇葉譜，不僅因其例證豐富，尤其《四夢全譜》
由葉堂訂定的集曲，還可思考「集曲的音樂表現」，究竟集曲的創作是爲擴展
曲牌音樂內涵，或是因應曲文的變化之道？以下根據集曲結構差異，將集曲
的組織方式分爲「摘句相連」、「首尾歸本格」、「多重首尾」、「未分析摘句」
四類，並擇取同宮相連的【南呂‧梁州新郎】、異宮相連的【商調‧金落索】、
首尾歸本格的【越調‧山桃紅】、多重首尾的【南呂‧十樣錦】爲例，搭配樂
譜，從宮調（或笛色）銜接、板眼銜接、音程銜接、腔句銜接等，論其音樂
現象，〔註16〕由於葉譜原則上不標笛色、不點小眼，故關於笛色使用、節拍
安排的討論，乃參酌《集成曲譜》寫成。〔註17〕

〔註15〕 如：吳梅：《南北詞簡譜》（1939 年於重慶印行；臺北：學海出版社，1997），
　　　　見於曲牌之後的說明。汪經昌：《曲學例釋》（臺北：台灣中華書局，1984），
　　　　頁 60～61。李昌集：《中國古代散曲史》（上海：華東師範大學出版社，1991），
　　　　頁 82～87、157～162。洛地：《詞樂曲唱》（北京：人民音樂出版社，1995），
　　　　頁 189～192。李昌集：《中國古代曲學史》（上海：華東師範大學出版社，1997），
　　　　頁 334～337。單篇論文則如：施德玉：〈集曲體式之研究〉，《戲曲學報》第二
　　　　期（2007.12）頁 125～150。高嘉穗：〈南曲集曲結構探微──以《新訂九宮
　　　　大成南北詞宮譜》的【商調】集曲爲例〉，《臺灣音樂研究》第六期（2008.4），
　　　　頁 131～166。李殿魁等：《「戲曲曲譜檢索系統建置計畫」結案報告》（宜蘭：
　　　　國立傳統藝術中心，2007），頁 29～33。
〔註16〕 本節乃在筆者《納書楹曲譜》之集曲作法初探〉一文的基礎上，精簡內容並
　　　　改寫補訂而成，故此處雖略述集曲的發展及相關研究，於集曲的名稱則不再
　　　　重複，將內容集中於集曲作法，詳見林佳儀：〈《納書楹曲譜》之集曲作法初
　　　　探〉，《臺灣音樂研究》第六期（2008.4），頁 95～130。
〔註17〕 葉譜只在該套使用兩種以上笛色時，方於眉批註明；因僅重鐫《西廂記全譜》
　　　　點小眼，故南曲部分均只有板及中眼。故笛色及節拍復以王季烈、劉富樑：《集

一、摘句相連的集曲

集曲最基本的作法，乃將源自不同曲牌的摘句連接而成新的曲牌，以下將分別就同宮調之內摘句相連，及就不同宮調之間摘句相連舉例說明。

（一）同宮相連：【南呂‧梁州新郎】

此類的集曲，乃是取自同一宮調的過曲，由不同曲牌的首尾摘句集合而成。如：《玉簪記‧阻約》【中呂‧榴花泣】，乃集自【中呂‧石榴花】首至三、【中呂‧泣顏回】四至末（頁797～798）；《千鍾祿‧慘睹》【正宮‧傾盃玉芙蓉】，乃集自【傾杯序】首至五、【正宮‧玉芙蓉】四至末（頁1255）。〔註18〕以下舉【南呂‧梁州新郎】為例，〔註19〕詳細說明其銜接方式：

1、集法

【南呂‧梁州序】首至合、【南呂‧賀新郎】合至末〔註20〕

2、句式〔註21〕

（【梁州序】首至合）四◎四◎六◎四。六◎六◎四，五◎七◎七◎（【賀新郎】合至末）六乙◎七◎六乙◎

3、說明

【梁州新郎】乃是將原本【梁州序】最末「合」的一句（六乙句），換為

成曲譜》（上海：商務印書館，1925）參照。

〔註18〕葉譜標示集曲摘句時，只有曲牌句數而無宮調，故下文所標示的宮調為筆者查補。

〔註19〕葉譜收錄的【梁州新郎】計有：《琵琶記‧賞荷》（頁100～103）、《南西廂‧聽琴》（頁415）、《長生殿‧聞樂》（頁717）、《水滸記‧活捉》（頁1063）、《牡丹亭‧鬧宴》（頁1～3）、《紫釵記‧軍宴》（頁1～3）、《南柯記‧情著》（頁1～2）。

〔註20〕此處依葉譜慣例，標示「首至合」、「合至末」，以見曲牌「合」的運用，並避免各體句數不同之困擾，必須說明的是，所謂「首至合」乃是指從首句至「合」前面之句數，「合至末」方指從「合」開始至結束的諸句；此處若按《南詞定律》所列之第一體（冊二，頁245、249～250），則可記為：【南呂‧梁州序】首至十、【南呂‧賀新郎】六至末。按，【梁州新郎】所集【賀新郎】為「合至末」，但葉堂標示略有參差，《牡丹亭‧鬧宴》作「七至末」，第一支又誤作「七至合」，實際上諸曲集法皆同。

〔註21〕句式體例仿鄭騫：《北曲新譜》（臺北：藝文印書館，1973）：「◎」表協韻之句；「‧」表協否均可之句；「。」表不協韻之句。「六乙」為上三下三的六字句；「七乙」為上三下四的七字句。句式內容為筆者參考〔清〕徐于室、鈕少雅：《九宮正始》（臺北：臺灣學生書局，1984）、〔清〕呂士雄：《南詞定律》（上海：上海古籍出版社，2002）及葉譜例曲整理。

【賀新郎】「合」的三句，相集而成，且【梁州序】與【賀新郎】兩曲末句的句法相同。

4、音樂現象

【梁州新郎】在劇套中可見連用四隻、單用一隻兩種情形，節拍則以第一、二隻爲加贈板的一板三眼（8/4），第三、四隻爲僅用正板的一板一眼（2/4）爲原則；若單用一隻，則唱加贈板的一板三眼。〔註 22〕【梁州新郎】乃集自【梁州序】、【賀新郎】，筆者以葉譜所收這三隻曲牌的各曲旋律互爲對照，見其兩處特點：一爲【梁州序】連用四隻時，第三、四隻「換頭」處，〔註 23〕句法及旋律有明顯變化，【梁州新郎】亦同。二爲【梁州新郎】集曲與【梁州序】、【賀新郎】對應處的句法、旋律大致相同；但集入的【賀新郎】「合」首句，旋律明顯高於原【賀新郎】。試析如下：

（1）先舉【梁州新郎】及其【前腔】「換頭」，說明旋律變化情形：

譜 3 【梁州新郎】首五句－《琵琶記·賞荷》〔註 24〕

〔註 22〕參考《集成曲譜》，連用四隻者有：《琵琶記·賞荷》（金集卷一）、《南柯記·情著》（玉集卷四）、《紫釵記·軍宴》（聲集卷六）；僅用一隻者有：《南西廂·聽琴》（聲集卷七）、《長生殿·聞樂》（玉集卷七）、《水滸記·活捉》（振集卷五）。

〔註 23〕〔明〕王驥德：《曲律》，論調名第三：「換頭者，……【梁州序】則至第三、四調而始換首二句。」收入《中國古典戲曲論著集成》（四），頁 60～61。

〔註 24〕葉譜此曲應爲加贈板的一板三眼曲，但爲便與下曲比較，譯譜時只標示正板拍位，故以一板三眼的方式譯出。此外，爲凸顯該句旋律，凡非本句者暫以休止符代替。

譜4 【梁州新郎】（換頭）首四句－《琵琶記・賞荷》

此處【梁州新郎】首五句的句法是：四。四◎六◎六。六◎

【前腔】「換頭」首四句的句法則是：七◎七◎五。四◎

　　雖然「換頭」諸句與首曲相較，無論句法及旋律皆見參差變化，但最明顯處乃在首句，雖就「句法」而言，【梁州新郎】「換頭」首句，可視爲合併【梁州新郎】首曲的第一、二句；然而就「旋律」而言，「換頭」首句的結音，則比原曲首二句的結音高了四度，可見「換頭」不僅是句法上的改變，音樂上也有不同的色彩。【梁州新郎】各隻，在上述「換頭」樂段之後的句法及旋律就趨近了，可見「換頭」未必限於第一句的改變，且不僅一般過曲有換頭，集曲根據集入的曲牌段落，亦可見換頭變化。

（2）再舉【賀新郎】「合」段落，與【梁州新郎】的【賀新郎】摘句相較：

譜5 【賀新郎】合至末（六至八句）－《南柯記・入夢》

譜6 【梁州新郎】（換頭）十一至十三句－《琵琶記・賞荷》

　　【梁州新郎】「換頭」的第十一句，乃集自【賀新郎】第六句，然各齣眾

腳色所唱，在韻字前後皆明顯比【賀新郎】的腔高約八度，是集曲摘句與原曲最大的不同，此後逐漸與【賀新郎】原本的旋律趨近，兩曲結束時落音也相同。此處略作翻高，可使【梁州新郎】結尾之處更具抑揚變化，若說集曲在音樂上有何特殊之處，則此例可視為在原曲架構下的一點巧妙騰挪。大體而言，集曲曲牌的摘句與原曲牌之間或有異同，但仍可見不少相似，武俊達曾拈出「保留因素」：「一是結音，兩句都保留了原曲句和讀的結音；二是曲式、字位大體保留；三是旋律主要骨幹音也都予以保留。」〔註25〕此一原則，亦可印證上文分析【梁州新郎】的結果。

（3）【梁州新郎】在【梁州序】與【賀新郎】之間的銜接：

首先就「宮調及笛色」而言，【梁州序】及【賀新郎】皆屬【南呂】、笛色皆為凡字調，頗便於結合，組成的集曲【梁州新郎】仍屬【南呂】，亦用凡字調。〔註26〕再就「板眼銜接」來看，【梁州序】摘句在板上結束，【賀新郎】即從眼起，與曲牌連接的通例一致，若是贈板曲，則讓銜接的【賀新郎】從贈板上起，板眼皆可順利過渡。至於「音程銜接」，由於【梁州序】的摘句為一樂段的結束，因此接續集入的【賀新郎】腔句另以三句的樂段重起並終結，由於兩曲多用「La（6）」作結束音，可互相呼應，不致零落。而「腔句銜接」部分，【梁州序】集入的末句為七字句，其下連接【賀新郎】的三句，亦為六乙或七字句，與【梁州序】原本末句的六乙句法相近，集入的【賀新郎】可視為末句的延長。整體而言，【梁州新郎】的組成是以相似性頗高的【梁州序】與【賀新郎】相銜，過接自然流暢。

（二）異宮相連：【商調‧金落索】

取自同宮調曲牌摘句的集曲，一般而言笛色相同，容易連接；但也有組合不同宮調曲牌摘句而成的集曲，其宮調則據集入的第一曲稱呼。如：《金雀記‧喬醋》【雙調‧江頭金桂】，〔註27〕集入【雙調‧五馬江兒水】首至五、【雙調‧金字令】五至九、【仙呂‧桂枝香】七至末（頁 1315～1317）；《長生殿‧

〔註25〕此乃分析《千鍾祿‧慘睹》【傾杯玉芙蓉】而得，見武俊達：《崑曲音樂研究》（北京：人民音樂出版社，1987），頁 236。

〔註26〕葉譜【梁州新郎】僅《南西廂‧聽琴》標示「凡調」。復以《集成曲譜》參照，除未收錄的《牡丹亭‧鬧宴》外，各齣皆以凡字調演唱。

〔註27〕此曲應為【雙調】，葉譜未標示，據其他【江頭金桂】增入。

夜宴》【雙調・風雲會四朝元】，集入【雙調・四朝元】首至十一、【中呂・駐雲飛】四至六、【南呂・一江風】五至八、【雙調・朝元令】合至末（頁525～529）。以下舉【商調・金落（絡）索】爲例，詳細說明源自不同宮調的曲牌摘句，如何彼此調和銜接。

一般而言，曲牌摘句與文意段落相合，集曲則是各段落的組合；但集法紛繁的【商調・金落索】，〔註28〕全曲共有 14 句，其曲牌摘句與文意段落互爲交錯，爲醒目起見，將【金絡索】依文意分爲三個段落，引《琵琶記・飢荒》第一隻【金絡索】爲例，製表如下：

表9 【商調・金絡索】段落表－《琵琶記・飢荒》

段 落	曲文、句式及曲牌摘句				
第一段 （首至 四句）	區區一個兒	兩口相依倚	沒事爲著功名	不要他供甘旨	
	五。	五◎	四。	五◎	
	【商調・金梧桐】首至四				

〔註28〕葉譜收錄的【金落索】計有：《琵琶記・飢荒》（頁73～76）、《浣紗記・後訪》（頁344～346）、《躍鯉記・思母》（頁1207～1209）。此外，《四夢全譜》之【金落索】，各曲集法不盡相同，表列如下：

出　處	集句1	集句2	集句3	集句4	集句5	集句6	集句7
紫釵記・觀屏 第一支 （頁2～3）	【商調・金梧桐】首至五	【南呂・東甌令】二至四	【仙呂・針線箱】第六句	【仙呂・解三酲】第七句	【南呂・懶畫眉】第四句	【商調・寄生子】末二句	
牡丹亭・診祟第一支（頁1）	【商調・金梧桐】首至五	【南呂・秋夜月】首至三	【仙呂・針線箱】第六句	【仙呂・解三酲】第七句	【南呂・懶畫眉】第四句	【商調・寄生子】合至末	
牡丹亭・診祟第二支（頁1～2）	【商調・梧桐樹】首至五	【南呂・東甌令】二至四	【仙呂・針線箱】第五句	【仙呂・解三酲】第七句	【南呂・懶畫眉】第四句	【商調・寄生子】末三句	
牡丹亭・診祟第三支（頁2～3）	【商調・金梧桐】首至五	【南呂・東甌令】二至四	【仙呂・針線箱】六至七	【南呂・懶畫眉】第三句	【商調・寄生子】末二句		
牡丹亭・診祟第四支（頁3）紫釵記・觀屏第二支（頁3）	【商調・金梧桐】首至五	【南呂・東甌令】二至四	【仙呂・針線箱】第六句	【仙呂・解三酲】第七句	【南呂・懶畫眉】第三句	【商調・寄生子】末二句	
南柯記・粲誘（頁1～2）	【商調・金梧桐】首至五	【南呂・東甌令】二至四	【仙呂・針線箱】第六句	【仙呂・解三酲】第七句	【南呂・懶畫眉】第三句	【商調・黃鶯兒】四至五	【仙呂・皂羅袍】末一句

第二段 （五至 九句）	你教他做官	要改換門閭	只怕他做得官 時你做鬼	你圖他三牲五 鼎供朝夕	今日裏要口粥湯 卻教誰與你
	五。	三◎	七◎	七◎	七◎
	【商調‧金梧桐】 第五句	【南呂‧東甌令】二至四			【仙呂‧針線箱】 〔註29〕第六句
第三段 （十至 末句）	相連累	我孩兒因你做 不得好名儒	空爭著閒是閒 非	我偏要爭閒是 閑非	噯呀苦嗄只落得 雙垂淚
	三◎	七◎	七◎	四◎	六乙◎
	【仙呂‧解三酲】 第七句	【南呂‧懶畫眉】 第三句	【商調‧寄生子】合至末		

1、摘句宮調

【金絡索】共集入【商調】、【南呂】、【仙呂】三個宮調的曲牌摘句，且每組摘句下接不同宮調。

2、曲牌摘句與文意段落

【金絡索】有三處彼此不合，（1）第五、六兩句連讀方語意完整，但第五句在非【金梧桐】韻段處結束，下句改接【東甌令】；（2）第八、九兩句之間，亦需連讀，但由【東甌令】換至【針線箱】；（3）第十、十一兩句之間，亦需連讀，卻由【解三酲】換爲【懶畫眉】。

3、音樂現象

由於各摘句與原曲牌之間，並沒有明顯不同之處，因此將直接從笛色、板眼、音程及句法的銜接著眼，並兼及【金落索】不同的集法。

（1）**笛色銜接**：【金落索】集入六個不同宮調的曲牌，至少需統一笛色，方易於銜接；由於各摘句的原曲，在劇套中較爲罕見，〔註30〕故筆者翻查數種曲譜，將各曲牌笛色列表如下：〔註31〕

〔註29〕按，【針線箱】與【解三酲】句律之別，頗有異說。可參考《南詞定律》，卷四，【針線箱】說明，該譜認爲【針線箱】即【解三酲】，見第一冊，頁499。

〔註30〕【金梧桐】甚少以完整的曲牌在聯套中使用，但是經常作爲【商調】集曲的首曲：葉譜只見《紫釵記‧拒婚》【金梧桐】（頁3）完整出現；《九宮大成譜》卷五十八收錄的【商調】集曲【金甌解酲】、【金梧繫山羊】、【金梧落粧臺】等（頁4792～4807），皆以【金梧桐】爲首。
【針線箱】在葉譜只見兩次：《邯鄲記‧外補》（頁1）、《牡丹亭‧遇母》（頁1）。
【寄生子】可見作爲集曲的末段，如：《九宮大成譜》卷四【仙呂‧解酲畫眉子】（頁652）、卷五十八【商調‧梧桐結子芙蓉紅】（頁4811）。

〔註31〕【寄生子】未見標示笛色之曲。
各齣在《集成曲譜》卷次如下：《荊釵記‧回書》見聲集卷三，《牡丹亭‧幽

表 10　【商調・金落索】集入曲牌之笛色

曲　牌	「小工調」例曲	「凡字調」例曲	「六字調」例曲
【金梧桐】	／	《眉山秀・衡文》：集成	／
【東甌令】	／	《荊釵記・回書》：集成	《牡丹亭・幽媾》：集成
【針線箱】	《邯鄲記・外補》：集成	《牡丹亭・遇母》：葉譜	／
【解三酲】	／	《荊釵記・上路》：葉譜 《琵琶記・書館》：集成、 振飛、曲苑綴英	《紫釵記・折柳》：集成 《琵琶記・書館》：綴英
【懶畫眉】	／	／	《牡丹亭・尋夢》：葉譜 《玉簪記・琴挑》：集成

　　由上表可知，【東甌令】、【針線箱】、【解三酲】皆可出入於兩個笛色，且與人物行當無關；而【金落索】的六段曲牌摘句，雖沿用各曲旋律，但笛色則統一爲「凡字調」，與小工調、六字調各差一度，不致拗折歌者嗓子，正見集自不同宮調的曲牌，藉由統一笛色而初步結合。

　　（2）**板眼銜接**：各曲牌摘句間的板眼銜接，也需共同化，就葉譜標註的節拍，原本【金梧桐】、【懶畫眉】是贈板曲，【東甌令】、【針線箱】、【解三酲】則無贈板，但集入【金落索】，則皆作贈板曲；後來《集成》所收【金落索】，節拍標註更爲細膩，皆爲散板起唱，接加贈板的一板三眼到底，〔註32〕相當舒緩悠長。此外，【金梧桐】與【東甌令】銜接之處亦可注意：一般而言，曲牌之間或集曲摘句之間的連接，都在當板的韻字上結束，故從「板後」或是「眼上」過渡到下一曲，〔註33〕但此處【金梧桐】集句在「眼上」結束，【東甌令】集句則從「板上」起，這固然是沿用原有的板眼，並且銜接得宜，但也反映【金梧桐】第五句並非完整的結束，故不在板上收尾。

　　（3）**音程銜接**：【金落索】所集的各曲，本不在一套曲或是一齣戲之內前後出現；甚至【解三酲】及【懶畫眉】還是不與其他曲牌聯套的「孤牌」，

媾》見聲集卷五，《邯鄲記・外補》見玉集卷三，《琵琶記・書館》見金集卷三，《紫釵記・折柳》見聲集卷六，《玉簪記・琴挑》見振集卷五。
　　《琵琶記・書館》又可見俞振飛：《振飛曲譜》（上海：上海音樂出版社，1982），頁108～109。
　　王正來：《曲苑綴英》（香港：中華文化促進中心，2004），頁38。
〔註32〕【金落索】有少數非贈板曲的，見《集成曲譜》振集卷七《雷峰塔・斷橋》，其中第二隻爲一板三眼，但葉譜未收錄此齣。
〔註33〕關於曲牌板位的安排，可參考洛地：《詞樂曲唱》（北京：人民音樂出版社，1995），第二章「曲唱的節奏──板」。

〔註 34〕那麼究竟如何銜接在同一曲牌中？筆者認爲最大的優勢在於結音穩定，上述摘句的六隻曲牌，結音即以「La（6）」爲主，間有上五度的「Mi（3）」音，因此，【金落索】的十四句中，除了第三句（非韻句）收在「Re Do（2 1）」、第六句收在「Mi（3）」音、第十句收在「Mi（3）」之外，其餘的落音皆是「La（6）」，曲牌的各句互爲呼應，得以穩定結合。其次，曲牌的整體旋律起伏不大，除了第六、十二、十三句偶有「La（6）」及「Do（1）」之外，其餘腔句多在「La（6）」至「Mi（3）」之間徘徊，曲子不致過於鬆散，也烘托哀婉訴說的氣氛。

（4）**腔句銜接**：最值得注意的是【金落索】的數個摘句是在上句結束，而非如慣例在押韻、文意與腔句皆完足的下句收尾。〔註 35〕第五、六句之間的連接，第八、九句之間的連接，及第十、十一句之間的連接，都是上、下句源自不同的曲牌，以《躍鯉記・思母》爲例，表述如下：

表 11 　【商調・金落索】上下句及結音一覽表－《躍鯉記・思母》

句數	上下句	集　　句	曲　　　文	結　　音
一	上句	【金梧桐】第一句	胸中苦萬千◎	La（6）
二	下句	【金梧桐】第二句	默默含悲怨◎	La（6）
三	上句	【金梧桐】第三句	母子情深，	Re Do（2 1）
四	下句	【金梧桐】第四句	時刻相留戀◎	La（6）
五	上句	【金梧桐】第五句	痛憶我娘親，	La（6）
六	上句	【東甌令】第二句	出逐下堂前◎	Mi（3）

〔註 34〕「孤牌」的概念爲《崑曲曲牌及套數範例集》提出：「不能根據主腔腔型規律同一性與其他曲牌聯成本套的曲牌，在本《範例集》中稱爲孤牌。南曲孤牌較多，北曲祇有少數幾支孤牌。」見王守泰：《崑曲曲牌及套數範例集・南套》（上海：上海文藝出版社，1994），頁 59。

〔註 35〕鄭西村提出「南北曲曲牌以韻——韻段爲組成單元」，韻段之中的句子又可分出上下句，可依組成方式分爲兩類：一上句對一下句的「單句型」、上下句由不只一句組成的「複句型」。見鄭西村：《崑曲音樂與填詞》（臺北：學海出版社，2000），甲稿，頁 16～33。

七	下句	【東甌令】第三句	懊恨生離各一天◎	La（6̣）
八	上句	【東甌令】第四句	我把孝經曲禮開書卷◎	La（6̣）
九	下句	【針線箱】第六句	哪一節不道爲人孝行先◎	La（6̣）
十	上句	【解三酲】第七句	徒空嘆◎	Mi（3̣）
十一	下句	【懶畫眉】第三句	看這渭陽詩句叫我轉悽然◎	La（6̣）
十二	上句	【寄生子】十四句	端只爲婆不相憐◎	La（6̣）
十三	上句	【寄生子】十五句	爹不相憐◎	La（6̣）
十四	下句	【寄生子】十六句	兩下**裏**相輕賤◎	La（6̣）

　　這般上下句語意與曲牌摘句之間的錯雜關係，或可視爲集曲的另一種作法：透過不完足的語意，帶起下一樂段，使韻段或樂段不具有小收束的作用。此類作法尚可舉《長生殿·復召》【十樣錦】爲例，集入的首曲【繡帶兒】末三句是「聽好鳥猶作歡聲，睹新花似鬥容輝◎追悔◎」語氣是懸宕的，但次曲【宜春令】接得恰好：「悔殺咱一劇兒粗疏，不解他十分的嬌媠◎」

　　【金落索】從元末高明《琵琶記》開始運用，至清中葉黃燮清《帝女花》等，〔註36〕皆習用上述集曲作法，可說已形成定式，反覆套用。《崑曲曲牌及套數範例集》認爲：「實用中【金落索】已原曲化。」〔註37〕然而，葉堂訂定的《四夢全譜》，以不同的摘句來組成【金落索】，亦頗爲安貼。如【金落索】末三句，一般是取【寄生子】合至末，句式爲「七乙◎四◎六乙◎」舉《躍鯉記·思母》爲例，旋律如下：〔註38〕

〔註36〕見吳梅：《南北詞簡譜》（重慶，1939；臺北：學海出版社，1997），【金落索】：「黃韻珊最喜用之，所作《帝女花》、《桃溪雪》、《凌波影》諸傳，皆用此調。」見頁620。

〔註37〕《崑曲曲牌及套數範例集·南套》對「原曲」的定義爲：「原曲指原來就是完整的曲牌，原曲和集曲相對應。集曲是由兩個或更多原曲曲牌派生的。」見頁59。引文則見頁551。

〔註38〕譜3～5、譜3～6，皆爲贈板曲，爲求簡明，僅以正板區分小節。原譜「端只爲」、「迤逗他」皆共占半拍，因爲樂譜輸入的限制，只能以後兩字表示。

譜7　【金落索】末三句－《躍鯉記‧思母》

```
0  563  56565 | 3.  216121₆ | 556565 | 3.  216121₆⌐
   只爲婆 不      相    憐         爹不       相    憐
                        ◎                         ◎

₆₆61216  1  21 | 6₁  216₅  61 | 216  000 ‖
兩 下 裏     相      輕      賤
                      ◎
```

湯顯祖《南柯記‧粲誘》【金落索】的末三句：「廸逗他忘懷醉鄉◎傷心洞房◎取情兒我再把這宮花放◎」雖未違律，但葉堂改以【商調‧黃鶯兒】四至五（句法爲四◎四◎）、【仙呂‧皂羅袍】末一句（七◎）相集，因爲以不同句法來集句，板位移動，使語氣更爲明確，旋律如下：

譜8　【金落索】末三句－《南柯記‧粲誘》

```
0  21612161 | 321₆16⌐ 61212 | 1  321₆5₆5  3335 |
   逗他忘    懷 醉 鄉    傷 心 洞    房 取 情兒我
                  ◎                  ◎

1̇651232 | 12121₆  56 | 216  000 ‖
再 把 這宮 花   放
                 ◎
```

就旋律而言，葉堂直接取自【黃鶯兒】及【皂羅袍】，與原本【金落索】集入的【寄生子】也相去不遠；總板數相同，只是板位略有參差。但〈粲誘〉這一段的旋律較〈思母〉流暢舒展，旋律重複的很少。這個例子既展現同一集曲曲牌不同作法的可能，也可見葉堂《四夢全譜》「以己意參訂之」，[註39]不必同俗。

最後，綜述【金落索】各摘句間的銜接：就「宮調與笛色」而言，雖然各摘句分別出自【商調】、【南呂】、【仙呂】、【南呂】、【商調】，且原本的笛色有小工調、凡字調、六字調，但組合爲集曲時，均統一爲凡字調。再看「板眼銜接」，原本各摘句有贈板與不贈板之別，但在組成【金落索】時，均爲贈板。比較特別的是【金梧桐】的摘句，語氣未完結，是在眼上結束，與一般摘句在板上結束，語氣完整的慣例不同。而「音程銜接」部分，由於各摘句的落音多爲「La（6̇）」音，全曲具有穩定的支柱，再加上多數旋律的音域集

〔註39〕見《四夢全譜》〈自序〉，頁1。

中在「La（6̣）」至「Mi（3）」這五度之間，共同型塑低迴婉轉的行腔風格。

至於「腔句銜接」，由於源自眾多摘句，雖無完整段落，但以六組上、下句構成全曲，甚至上、下句可出自不同曲牌。由【金落索】可見，即使是「異宮相集」的集曲，亦可因爲笛色、板眼、結音趨於一致，使原本來源各異的摘句，即使上、下句分散在不同曲牌，亦能流暢銜接，頗見集曲含括各種摘句的可能。

二、首尾歸本格的集曲

　　上述摘句相連的集曲，所集各曲皆只用一段。但有一類集曲作法，首尾屬同一曲牌，僅在中間集入他牌，或稱「帶格犯」。〔註40〕北曲中【九轉貨郎兒】即似此種作法──首尾爲【貨郎兒】，中間集入其他曲牌。〔註41〕南曲集曲則如：《躍鯉記・看穀》【仙呂・二集傍粧臺】，集【仙呂・傍粧臺】首至四、【仙呂・八聲甘州】五至六、【仙呂・皀羅袍】五至六、【仙呂・傍粧臺】末一句（頁 1213～1214）。這一類中間替換句法，首尾仍歸本格的集曲，在《四夢全譜》中尤多，主因是葉堂以集曲的方式將就湯顯祖不合格律的曲文，例如【南呂・浣溪紗（沙）】，原本八句的句式當爲：「三。三◎七乙◎七◎<u>七◎三◎</u>七◎六◎」但《牡丹亭・折寇》的【浣溪紗】卻是：「三。三◎七乙◎七◎<u>五◎</u>七◎六◎」原本的七字句及三字句，只剩下五字句，於是葉堂改以【浣溪令】相集：【南呂・浣溪紗】首至四、【南呂・東甌令】第五句、【南呂・浣溪紗】末二句。（頁 1）以下舉常見的【越調・山桃紅】爲例，詳爲分析：

　　1、集法

　　【越調・下山虎】首至五、【越調・小桃紅】五至合、【越調・下山虎】八至末〔註42〕

〔註40〕汪經昌：《曲學例釋》（臺北：中華書局，1963 初版，1984 五版），卷二，「以一隻正曲牌調爲本，去其腹句，別取他調句律以實之，首尾仍還本格者，是爲帶格之犯。」見頁 60。

〔註41〕葉譜收錄的就有：《貨郎旦・女彈》（頁 183～194）、《古城記・挑袍》（頁 253～263）、《長生殿・彈詞》（頁 597～608）。關於【九轉貨郎兒】的討論可參考卜致立：《北曲【貨郎兒】音樂研究》（臺北藝術大學傳統藝術所碩士論文，2006）。

〔註42〕葉譜收錄此種集法的【山桃紅】計有：《長生殿・密誓》（頁 553～554）、《牡

2、句式

（【下山虎】首至五）四。四◎五。四◎八◎

（【小桃紅】五至合）三·三◎三·三◎〔也〕

（【下山虎】八至末）七◎五◎四◎七◎

3、音樂現象

【山桃紅】在葉譜中只見於4齣戲，但為名劇所用之曲，尤其《牡丹亭·驚夢》【山桃紅】為小生名曲。集曲【山桃紅】的音樂特色，並不在組合摘句後的旋律變化，而是集曲與摘句來源曲牌【小桃紅】、【下山虎】之間板式的同異，及其在劇套中的運用。

（1）由【小桃紅】及【下山虎】說起：先表列【小桃紅】及【下山虎】在葉譜收錄的情形，以清眉目：〔註43〕

表12　葉譜【小桃紅】、【下山虎】一覽表

劇　　目	曲　　牌	板　　式	備　　註
長生殿·雨夢	小桃紅、下山虎	有贈板、無贈板	兩曲連用
紅梨記·窺醉	小桃紅、下山虎	有贈板、**有贈板**	兩曲連用
玉簪記·秋江	小桃紅、下山虎	有贈板、無贈板	兩曲連用
牧羊記·告雁	下山虎	無贈板	未連用【小桃紅】
荊釵記·開眼	下山虎、前腔	**無贈板**、無贈板	曲文、次序異於劇本
金鎖記·私祭	小桃紅、下山虎	有贈板、無贈板	兩曲連用
一種情·拾釵	小桃紅、下山虎	有贈板、無贈板	兩曲連用
殺狗記·雪救	小桃紅、下山虎	有贈板、無贈板	其間插入兩曲
水滸記·後誘	小桃紅、下山虎	有贈板、無贈板	兩曲連用
牡丹亭·魂遊	小桃紅、下山虎	有贈板、**有贈板**	兩曲連用
紫釵記·撒錢	小桃紅、下山虎	有贈板、無贈板	兩曲連用

丹亭·驚夢》第一支（頁3）、《紫釵記·釵圓》（頁2～3）。葉譜收錄其他集法的【山桃紅】尚有：《琵琶記·書館》（頁151～153），集【越調·下山虎】首至四、【越調·小桃紅】六至合、【越調·下山虎】八至末；《牡丹亭·驚夢》第二支（頁3～4），集【越調·下山虎】首四句、【越調·小桃紅】五至合、【越調·下山虎】八至末。

〔註43〕各齣在葉譜的頁次如下（依卷次排列）：《長生殿·雨夢》（頁621～622）、《紅梨記·窺醉》（頁683～684）、《玉簪記·秋江》（頁801～802）、《牧羊記·告雁》（頁903）、《荊釵記·開眼》（頁1193～1194）、《金鎖記·私祭》（頁1243～1244）、《一種情·拾釵》（頁1525～1526）、《殺狗記·雪救》（頁1591～1592）、《水滸記·後誘》（頁1821～1822）、《牡丹亭·魂遊》（頁2）、《紫釵記·撒錢》（頁2）。

　　就有樂譜傳唱之【小桃紅】及【下山虎】來看，除〈告雁〉、〈開眼〉只用【下山虎】外，其餘【越調】套曲中皆同時選用【小桃紅】及【下山虎】，且【小桃紅】爲其首曲，以連用【下山虎】爲通例；就板式而言，【小桃紅】皆爲贈板曲，【下山虎】通常只有正板，僅〈窺醉〉、〈魂遊〉用贈板。

　　（2）【山桃紅】的板式：原本經常連用的【小桃紅】及【下山虎】，組合爲集曲【山桃紅】，銜接頗爲自然流暢，只需統一板式。先將各齣之【山桃紅】列表如下：

表 13　葉譜【山桃紅】一覽表

劇　　目	曲　牌	板　式	備　　　註	出　處
琵琶記・書館	山桃紅	**無贈板**	兩曲連用	頁 151～152
	前腔	無贈板		
長生殿・密誓	山桃紅	有贈板	其間插入	頁 553
	山桃紅	無贈板	唐明皇、楊貴妃密誓排場	頁 559
牡丹亭・驚夢	山桃紅	有贈板	其間插入	頁 3
	山桃紅	無贈板	花神唱【鮑老催】一曲	
紫釵記・釵圓	山桃紅	有贈板	兩曲連用	頁 2
	前腔	無贈板		

　　欲統一集曲【山桃紅】的板式，頗爲簡便，由於【山桃紅】往往有兩曲，於是，第一曲用贈板，第二曲不用贈板，原本【小桃紅】接【下山虎】的板式，正好套用至【山桃紅】及【前腔】。由【山桃紅】的板式，可知集曲考量的是如何安排整隻曲子，而非遷就摘句原來的板式，乍聽集曲【山桃紅】，不容易發覺與【下山虎】的關係，原因正在此，畢竟【山桃紅】是散起加贈板的慢曲，【下山虎】則爲接唱的正板曲。取《玉簪記・秋江》【下山虎】首二句與《牡丹亭・驚夢》【山桃紅】集曲第一曲的首二句，相較如下：

譜 9　【下山虎】與【山桃紅】首二句－《玉簪記・秋江》、《牡丹亭・驚夢》

《玉簪記・秋江》【下山虎】：

1 2 | 1 2　1 6 | 6 6　3 2 1 2 | 2 3 5　3 | 3
黃昏月　下。　意　惹　情　牽 ◎

《牡丹亭・驚夢》【山桃紅】（「 ⦆ 」表贈板）：

卄2 32 1 1 2 12 1̣6̣|3̣6̣⦆ 3̣2̣ 1̣2̣|2̣3̣ 5̣3̣⦆ 2̣ 3̣|3̣

則爲　你如花美眷。似　　水流　年◎

　　而由原本的正板曲，到集曲的贈板曲，板眼擴增之後，旋律是否隨之變化？其實仍是穩定的，即以上譜爲例，「如花美眷」雖是散板，但所用之音與「黃昏月下」相近；「似水流年」之旋律亦與「意惹情牽」無甚差別，故雖然有上板與散板、正板與贈板之別，聽起來雖具不同的音樂性格，但其變化並非來自旋律的繁化，而是節拍的差異。除此之外，【山桃紅】在音樂上並沒有特別變化，如集入【小桃紅】第六句後的定格「也」字，無論贈板與否，其腔是固定的，亦與原曲相同：

有贈板：|6̣ -⦆ 1 2|2̲

無贈板：|6̣ 　 1 2|2̲

　　（3）**摘句相連產生的變化**：取【下山虎】與【小桃紅】摘句組成的集曲【山桃紅】，在「宮調與笛色」及「音程銜接」方面，由於原本就爲同套相連之曲，故還是配以小工調笛色，落音仍在「Re（2）」上。在「板眼銜接」上，較特別的是原本一有贈板、一無贈板的【小桃紅】及【下山虎】，集入後將板式打散重組，例用兩曲的【山桃紅】，則是前爲贈板曲，後爲正板曲。然而，將原本連用的兩曲重組爲集曲，是否有較明顯的殊異之處？或可從「腔句銜接」方面來觀察，集曲中替換【下山虎】中段的是【小桃紅】五至合（句法爲三・三◎三・三◎〔也〕），皆爲三字句，後以定格「也」字收束這一組短句，例如《牡丹亭・驚夢》【山桃紅】第一曲的「和你把領扣鬆，衣帶寬，袖梢兒，搵著牙兒苫也。」在【下山虎】首段（四。四◎五。四◎八◎），穩定的偶言句法之後，繼以一組【小桃紅】的三字句，爲較活潑的奇言句法，且此處四字句有兩板，三字句則只有一板，亦可使音樂略有變化，即使是贈板曲，因有三字句的調劑，亦可較爲靈動，再以「也」字定格的長腔銜接【下山虎】的後段。最後，就套曲的運用而言，集曲【山桃紅】及【前腔】，可以取代原本【小桃紅】及【下山虎】在【越調】套首的作用，並融合兩曲的板式，遞

次出現。或可說：集曲集入的不僅是摘句的句法，甚至包括摘句曲牌在套曲中的前後次第及板式運用。

三、多重首尾及未分析摘句的集曲

（一）多重首尾的集曲

上舉集曲皆只有一組首尾，曲幅與一般曲牌接近。此外，尚有部分集曲，曲幅龐大，以類似套曲的形式經營，具有多重首尾，如：《占花魁・獨占》【商調・十二紅】，其集法是：

> 【商調・山坡羊】首至四、【南呂・五更轉】六至末、
> 【雙調・園林好】首至二、【雙調・江兒水】六至末、
> 【雙調・玉交枝】首至四、【雙調・五供養】五至末、
> 【雙調・好姐姐】首至二、【雙調・五供養】五至末、
> 【黃鐘・鮑老催】首至三、【雙調・川撥棹】首至合、
> 【雙調・桃紅菊】三至末、【雙調・僥僥令】全（頁1047～1050）

【商調・十二紅】共有6組首尾，形同6隻集曲相連成套。其中【鮑老催】至【川撥棹】出現兩次首句；【桃紅菊】至【僥僥令】有兩個尾句；【五供養】被集入兩次；由於【商調・山坡羊】居首，故歸入【商調】曲牌，但相連的大多是【雙調】曲牌。〔註44〕又如：《長生殿・重圓》【正宮・羽衣第三疊】，其集法是：

> 【正宮・錦纏道】首至四、【正宮・玉芙蓉】四至七、
> 【南呂・四塊玉】末、
> 【小石・錦漁燈】首至合、【小石・錦漁燈】四至合、
> 【正宮・一撮棹】末、
> 【正宮・普天樂】首至三、【中呂・舞霓裳】五至六、
> 【中呂・千秋歲】合至末、
> 【中呂・麻婆子】首至五、【滾繡球】九至十、
> 【中呂・紅繡鞋】七至末（頁641～643）

【羽衣第三疊】以3隻曲牌的摘句合為一組首尾，全曲共有4組首尾。雖然

〔註44〕葉譜收錄【商調・十二紅】的尚有《萬里圓・三溪》（頁1441～1444）、《金不換・自懲》（頁1449～1452），但中段【五供養】、【好姐姐】、【五供養】的集句略有不同。

多重首尾的集曲並不多見，但可說明集曲的「套曲」性質，故以下舉《長生殿‧復召》【南呂‧十樣錦】爲例，〔註45〕詳細分析：

1、曲牌摘句

《長生殿‧復召》全齣只用【南呂‧虞美人】、【十樣錦】、【尾聲】三支曲牌，作爲主要過曲的【十樣錦】集曲，劇情段落與集法如下（頁509～512）：〔註46〕

表14　【南呂‧十樣錦】段落與集法－《長生殿‧復召》

段落	集句1	集句2	集句3	集句4
思念貴妃	【南呂‧繡帶兒】首至五	【南呂‧宜春令】五至末	【黃鐘‧降黃龍】首至五	【正宮‧醉太平】五至末
力士獻髮	【南呂‧浣溪沙】首至七	【黃鐘‧啄木兒】五至末	【黃鐘‧鮑老催】首至七	【黃鐘‧下小樓】全
復召貴妃	【黃鐘‧雙聲子】首至六	【商調‧鶯啼序】五至末		

【十樣錦】共集入【南呂】、【黃鐘】、【正宮】、【商調】四個宮調的曲牌摘句，有五組首尾，每一組未必屬同一宮調，但各曲摘句在文意及音樂上皆自成段落，承接流暢，實可視爲五支集曲相連成套。此類多重首尾的集曲，可視爲先由曲牌段落組成集曲，再連接數支集曲而成，故多半篇幅較大，頗似套曲結構。不過，並非長篇集曲就具有套曲性質，以上例集入 7 個曲牌摘句的【金落索】而言，因其只有一組首尾，故仍將其視爲一隻曲牌。

首先梳理曲牌摘句的相關問題：（1）集曲的摘句爲正體，若疊用數隻，才會依原曲用「前腔換頭」，如上文【梁州新郎】；但【十樣錦】集入的第三曲【黃鐘‧降黃龍】則直接集入「換頭」的摘句：【降黃龍】的首句爲四字非韻句，但此處「思伊」、「那平章」〔註47〕是二字韻句，則爲前腔換頭。（2）集曲摘句銜接的通例爲：前一曲的摘句在板上結束，故接續的摘句會從板後或是眼上起；但集入的第七曲【鮑老催】卻是從板上起，據《九宮正始》，該【鮑老催】摘句其實出自「合頭」部分，故《九宮正始》輯錄【十樣錦】時，將此摘句題爲「【鮑

〔註45〕葉譜收錄的【南呂‧十樣錦】尚有《永團圓‧闈艷》（頁1015～1018）。《雷峰塔‧法海》「不知宮調」的【十樣錦】則爲名同實異之曲（頁2187～2188）。

〔註46〕參考曾永義：《中國古典戲劇選注》（臺北：國家出版社，1994），《長生殿‧復召》之說明，頁570。

〔註47〕分別出自〈復召〉及〈闈艷〉，頁509、1015。

老催】後」。〔註48〕不過，翻檢葉譜收入的各曲【鮑老催】，其實都只用「【鮑老催】後」，但逐題【鮑老催】，亦從板上起；故此處銜接雖異於其他摘句，但與【鮑老催】的用法相同。至於【十樣錦】各摘句的旋律，與來源曲牌間的差異，逐曲翻檢後，因無甚差別，為省篇幅，不予舉例說明。〔註49〕

2、套曲性質

　　【十樣錦】具套曲性質，除了多重首尾的銜接方式外，尚可見其板式安排。一般集曲的節拍始終一貫，但【十樣錦】卻在中途轉變：摘自【繡帶兒】、【宜春令】、【降黃龍】、【醉太平】〔註50〕的段落為贈板曲，但【浣溪紗】以下則只有正板，與套曲板式由慢至快的通例相仿，亦與劇情起伏搭配。而【十樣錦】直可視為套曲的縮小版，所摘取的這些曲牌皆可組成套數：前四曲雖然出自不同宮調，但常可見在其他套曲中先後出現，後幾曲皆屬【黃鐘】，自可組套，這樣的推測更可由《玉簪記・偷詩》的第一套曲得到印證，其聯套次第為：【南呂・繡帶兒】、【南呂・宜春令】、【黃鐘・降黃龍】、【正宮・醉太平】、【南呂・浣溪紗】、【黃鐘・滴溜子】、【黃鐘・鮑老催】、【商調・琥珀貓兒墜】、【商調・尾聲】（787～793）。前五曲都見於【十樣錦】，後面皆是【黃鐘】接【商調】曲牌。雖然難以考據此種套式與【十樣錦】的先後，卻可說明多重首尾的集曲，確實與套曲的規模相似，只不過聯套的不是完整的正曲，而是各曲之半連接的集曲。更有意思的是《九宮正始》收錄多重首尾套曲的編排方式，明顯將一組集曲首尾視為一隻曲牌，於是【十樣錦】等於是五隻曲牌，每隻曲牌另起一行排列，其下【十二時】亦是如此，〔註51〕有別於其他集曲接續書寫摘句的編排方式。

〔註48〕　《九宮正始》於【鮑老催】，共輯錄【鮑老催】全、倒接【鮑老催】、【鮑老催】後，各體並有說明，見頁61～66。【十樣錦】見頁1331～1333。
〔註49〕　因有「戲曲曲譜檢索系統」可查詢葉譜等收入的曲牌，頗便於查找【十樣錦】集入的各曲同名曲牌，故不逐曲註記出處。見李殿魁、林佳儀、陳美如、高嘉穗、劉佳佳：「戲曲曲譜檢索系統」，建置於國立臺灣傳統藝術總處籌備處臺灣音樂中心網站：http://210.241.82.1/qupu/，2007。
〔註50〕　【醉太平】多只有正板，但葉譜中可見贈板之例：【繡帶兒】「奴一似」散套（頁1906）、《牡丹亭・歡撓》（頁2）、《南柯記・得翁》（頁1）、《紫釵記・俠評》（頁1）。
〔註51〕　見《九宮正始》，頁1331～1336。按，《九宮正始》例將完整曲牌另起一行排列，最明顯的為【仙呂・四換頭】：「此格四曲皆全調，後用【排歌】為合頭。」見頁301～305。

　　【十樣錦】中各曲牌首尾的銜接之法及相關現象，可彙整如下：就「宮調與笛色」而言，源自【南呂】、【黃鐘】、【正宮】、【南呂】、【黃鐘】、【商調】的曲牌段落，只能在笛色上求統一，不過，葉譜以下的戲曲工尺譜皆未收入【十樣錦】，無從得知此曲的笛色。只能從套式相近的《玉簪記・偷詩》推想，葉譜收錄此齣時未標註笛色，可見全套的笛色是統一的，而《集成曲譜》收錄此齣時標示「凡字調」，〔註52〕故【十樣錦】當是「凡字調」。而諸曲牌段落的結音一致，皆在「La（6）」。再就「板眼銜接」而言，各曲牌段落皆在韻句及板上結束，只有【啄木兒】段落在眼上結束，下曲【鮑老催】續從板起，雖然從板上起唱異於慣例，但此處恰好【鮑老催】從板上起，故可順勢銜接。上舉【金落索】集入【金梧桐】摘句，因在非韻句結束，該句收在眼上；在【十樣錦】集入的【啄木兒】段落是「五至末」，故此曲的末字，罕見地在眼上結束，且查諸葉譜收錄的【啄木兒】，往往如此，〔註53〕聯套的下一曲【三段子】則續從板起，則曲牌在板上結束的慣例亦偶見突破，詳細情形則尚待查考。最後是「段落銜接」，以【十樣錦】爲例，可說明「多重首尾」的集曲，在板式安排、宮調及曲牌銜接等作法，確與套曲相似。至於「摘句相連」的集曲，雖亦具有重新組織曲牌句韻的特點，但其著重的畢竟是在句與句的組接，而非曲牌段落之間的銜接。前者呈現的是由摘句構成的集曲曲牌，後者則在一隻巨幅集曲之內呈現套曲的組織結構，兩者不盡相同。

　　（二）未分析摘句的集曲

　　上述集曲尚可考訂來源的曲牌及句數，但有些集曲卻難以考訂，只能視爲一隻巨幅曲牌，【仙呂・十二紅】就是如此，早在《九宮正始》，首次嘗試考訂出集自【小桃紅】、【紅繡鞋】等數個帶「紅」字曲牌的摘句，但終無十分把握，〔註54〕可見此曲之不易釐析。故葉堂在收入《眉山秀・婚試》【仙呂・十二紅】時特別說明：

　　　　【仙呂・十二紅】，非比【商調】中者可以細註牌名，蓋其所集之曲

〔註52〕《玉簪記・偷詩》，見《集成曲譜》，振集卷七。

〔註53〕葉譜收錄【啄木兒】或其【前腔】在眼上結束的計有：《琵琶記・陳情》（頁84～85）、《鳴鳳記・寫本》（頁1588～1589）、《千忠錄（千鍾祿）・廟遇》（頁2144）、《牡丹亭・冥誓》（頁5）、《邯鄲記・東巡》（頁3）、《紫釵記・還朝》（頁1）。

〔註54〕見《九宮正始》，頁1337～1343。

互相同異，且以板式律之，率與本曲不合。此套向註【醉扶歸】、【繡
帶兒】等名，今悉刪去，歌者如遇【十二紅】，即以爲【仙呂】之正
曲也可。後不贅。（頁 825～826）〔註55〕

此外，【正宮‧鴈（雁）魚（漁）錦】也是難以細分摘句的集曲曲牌，名稱的由
來，乃因交錯使用【雁過聲】、【山漁燈】、【錦纏道】諸曲的摘句；〔註56〕自《琵
琶記‧宦邸憂思》之後，仿作者眾，〔註57〕雖可分爲五段，但悠悠無盡的相思
之情連貫而下，實只是一長篇曲牌。但雖知其爲集曲，從歷代曲譜紛繁的題名，
可見曲家爲釐清【鴈漁錦】的摘句，頗費籌量，如：《舊編南九宮譜》，總題【鴈
魚錦】，分註【雁過聲】、【二犯漁家傲】、【二犯漁家燈】、【喜漁燈】、【錦纏道】，
但未分析各句歸屬；《九宮正始》，分別改題爲【鴈漁錦】、【二犯漁家傲】、【鴈
漁序】、【漁家喜鴈燈】、【錦纏鴈】，且釐析集入曲牌；《南詞定律》則總題【雁
漁錦】，分爲五段，又細註集入的曲牌摘句句數，頗爲詳明；〔註58〕然而，曲調
考證的結果似乎總不夠周全，至吳梅《南北詞簡譜》，仍總題【雁漁錦】，分爲
五段，又博采眾長，重新考釋集入的曲牌摘句，且有詳細的論述文字。〔註59〕
而當年葉堂的作法則頗爲簡省，仍分五段以便觀覽，除第一曲題【雁漁錦】外，
其餘四曲逕題「二段」、「三段」……，各段之下皆不細註牌名：

此曲古《九宮》俱不注細犯何曲，《南詞定律》始加細注，殊未盡協。

〔註55〕 葉譜收錄【仙呂‧十二紅】集曲的計有：《眉山秀‧婚試》（頁 825～827）、《南
西廂‧佳期》（頁 864～867）。〈佳期〉後亦說明：「此套【十二紅】犯調牌名
既與舊譜不合，而律以所犯之曲，刺謬處甚多，但愛歌此套者踵襲殆遍，今
驟然訂正，竊恐有郢客寡和之憾，姑仍舊慣，識者幸無譏焉。」（頁 867）曲
牌間夾註舊傳集法爲：【醉扶歸】首至三、【雙蝴蝶】第三句、【沉醉東風】五
至七、【桃花紅】五至七、【滴滴金】四至五、【洞仙歌】五至六、【皂羅袍】
五至八、【漁父第一】八至九、【好姐姐】第六句、【傍妝臺】四至八、【排歌】
四至七、【太平歌】六至末。

〔註56〕 據吳梅：《南北詞簡譜》，卷五，【雁魚錦】，頁 312。

〔註57〕 葉譜收錄【鴈（雁）魚（漁）錦】的計有：《琵琶記‧思鄉》（頁 105～108）、
《浣紗記‧思越》（頁 365～368）、《長生殿‧尸解》（頁 593～596）、《紅梨記‧
路敘》（頁 673～676）、《荊釵記‧憶母》（頁 1161～1164）、《紫釵記‧拒婚》
（頁 1～3）。

〔註58〕 《南詞定律》之前，徐麟在論析《長生殿‧尸解》【雁魚錦】時，已有一番考
證。見〔清〕洪昇填詞、吳人論文、徐麟樂句：《長生殿》，清康熙間稗畦草
堂刊本，收入《古本戲曲叢刊》，五集。

〔註59〕 見《舊編南九宮譜》，頁 96～98。《九宮正始》，頁 174～178。《南詞定律》，
卷二，冊一，頁 391～394。《南北詞簡譜》，卷五，頁 310～312。

今從古《九宮》亦不注犯調，惟分五段，以還舊觀。況《浣紗》、《荊
釵》諸曲已奉爲成規，似可不必瑣瑣以致聚訟。（頁105～106）

其實，葉堂一向詳註集曲摘句由來，但對於難以考釋妥貼的【雁漁錦】，則不
再糾纏，而採最扼要的處理手法：總題【鴈魚錦】，下分五段，不再標註其他
牌名，畢竟葉譜作爲歌唱宮譜，不需要如格律譜般訂定曲牌範例，既然〈思
鄉〉已成後人競相習作的對象，那麼但能安腔訂譜，也無須再聚訟紛紜了，
故葉堂於《浣紗記·思憶》（正集卷三）、《長生殿·尸解》（正集卷三）、《紫
釵記·拒婚》（卷下）等皆以總題及分段標示。此處將明知爲集曲，卻無法分
析來源的曲牌列爲一類，一來呈現部分集曲已被視爲定式沿用，一來呈現葉
堂不受曲律牽絆，勉力配合歌場實際的一面。

四、集曲音樂的特質

集曲以摘句相連來組成新曲牌的作法，可謂增加曲牌的方便法門，南曲
曲牌的數量遂在明中葉之後大爲增加。然而，集曲究竟是以文學性質，抑或
音樂性質爲主？綜上所述，目前筆者對集曲的基本情形有以下看法：

（一）集曲音樂的通例

在分析集曲的作法及音樂現象之後，本節將論述在葉譜集曲中可見的音
樂通例。首先是集曲各摘句的銜接方式，彼此的連結乃是透過笛色相同、板
眼接續而銜接，像【商調·金落索】各摘句間笛色、板式的歧異，則需使之
共同化，以協調彼此，由於集曲各摘句的結音大抵相同，故聽覺上不致格格
不入。

其次，曲牌摘句的段落，大多數的摘句不論在文意或音樂上皆可自成段
落，通常結束句爲韻句，末字當板，該字落音也與全曲相同或可互爲呼應。
但也有例外，如【南呂·十樣錦】，集入的首曲【繡帶兒】，其末句就不在句
韻及音樂段落收尾，反而是透過不完足的語意，帶起下一腔句。

再次，同一集曲選用的曲牌摘句及其句數，可有不同的作法，或可稱爲
「又一體」，如【越調·山桃紅】是集【下山虎】、【小桃紅】而成，但各【山
桃紅】摘取的句數未盡一致。【商調·金落索】甚至還有摘取不同曲牌之作法，
葉堂就將末尾集入的【寄生子】，改爲【黃鶯兒】及【皂羅袍】，可見集曲變
化的可能，亦見葉堂的獨到之處。

最後，集曲大量產生後，還出現集曲聯套之例，最著名者爲《千鍾祿・慘睹》（一名〈八陽〉），由【正宮・傾盃玉芙蓉】、【刷子玉芙蓉】等集曲曲牌，後接【尾聲】組合成套（頁 1255～1260）。而曲牌摘句的連貫使用，實亦具有套曲性質，像【南呂・十樣錦】這類多重首尾的曲牌，以各具首尾的曲牌段落接續爲巨幅集曲，成爲套曲中的主要曲牌，再加上引子、尾聲，就是完整的一套。故集曲入套，除了常見的以一、二隻聯入外，亦有全部以集曲爲過曲者。

（二）集曲以因應文詞句式為主

翻閱曲譜，如是格律譜，對曲牌的正襯、字數、句數、句式有詳盡的規定；如果是宮譜，大字的是曲文，小字註記在文詞旁邊的才是工尺。〔註60〕歷代曲家念茲在茲的是曲牌格律，度曲要求「字清、腔純、板正」，〔註61〕曲牌文學性質受到的關注，往往超越音樂性質。在分析集曲的來源時，以【中呂・榴花泣】爲例，曲譜標註【石榴花】首至三、【泣顏回】四至末，著意的是摘取自某曲牌的某些句，而不是某幾板或哪些腔特別好。

再如葉堂以集曲「改調就詞」的方式，選取曲牌摘句，逐句適應湯顯祖的曲文，使原本被譏不合律的《四夢》之曲，皆能按板而歌，可見，集曲樣式並非由音樂來決定，而是因應不同的文詞句式。因此，一隻集曲還可以因爲文詞需求的差異，而產生不同的集法。

由組合摘句的現象，可知集曲最小的單位是「句」，而非韻段或詞組。大多數的集曲摘句雖爲韻段之間的銜接，但偶有摘句以非韻句收尾者，但未見以句中詞組作結者。集曲創作主要是在文詞句式上展現新的面貌，即使只是在曲牌的後段另行集入摘句，就像【南呂】的【梁州序】與【梁州新郎】之間，音樂的整體改變不大，但就文學上來看，多了兩句，卻是擴增書寫空間及延續情感。

集曲固然是對曲牌原有句數及句式的拆解，但也可視爲一種重組，呈現句法組合的豐富可能。當新的組合方式被廣爲使用，句式一再套用，這隻集曲已經像是定型的曲牌了，【正宮・鴈魚錦】、【仙呂・十二紅】、【商調・金落索】就有此種傾向，後人重複選用，主要擇取其文學上的句法及句式，並非音樂腔句。

劇作家選用集曲時，還會因內容的需求，適度調整集入的摘句，例如：

〔註60〕不以曲文爲主的曲譜，最具代表性的爲弦索譜，如《太古傳宗》，因爲是彈唱，節拍必須非常清晰，故曲譜的編排是以音樂爲主。

〔註61〕見〈魏良輔《南詞引正》校註〉，收入錢南揚：《漢上宧文存》（上海：上海文藝出版社，1980），頁 105。

同是【南呂‧十樣錦】，《永團圓‧閨艴》與《長生殿‧復召》的摘句就略有參差，同樣集入【雙聲子】，〈閨艴〉只有三句，〈復召〉則取六句，其間無須牽涉對曲律的誤用，而當視爲劇作家意之所至的表現。

（三）集曲音樂著重在銜接和諧

南曲中的集曲，既以因應文詞句式爲主，重點就不在組合悅耳的腔句，故雖有大量新增的集曲曲牌，但就音樂而言，實際上並無新作、新腔產生。雖有曲家強調集曲的音樂表現，如：吳梅認爲【金落索】「此調最美聽。」〔註62〕《寸心書屋曲譜》選入《雷峰塔‧斷橋》【金落索】，說明「調長聲緩，愛恨交加，如泣如訴，歌臺名曲也。」〔註63〕但分析【金落索】旋律，筆者認爲不見得是曲牌本身的腔組接出色，而是透過曲文及演員的詮釋，白娘娘對許仙又愛又恨之情深植人心，才使此曲廣受好評。

總之，集曲各摘句之間，最重要的是必須笛色、板眼、音程、腔句銜接得宜；未必是將各曲牌的特色腔句組合成新曲牌，以【仙呂‧桂枝香】爲例，引人注目的是第五、六兩句的疊句，第六句翻高八度疊唱第五句，〔註64〕但翻查葉譜中集入【桂枝香】的曲牌，只有【仙呂‧玉桂五枝】選此二句，其餘則是集入首、尾段落。

集曲爲何能夠大量產生且被傳唱？首先，集曲的音樂並未因應新的文詞句式而重新創作，僅是新瓶裝舊酒，故容易套唱，方便在歌場唱詠。再次，觀【金落索】之例，可見不同宮調之間，經常可以找到結音相同、旋律相差不大的曲牌，〔註65〕這樣固然便於銜接不同曲牌，但音樂也較爲平淡了。不過，曲家仍可在既有的曲牌框架下，力圖讓曲子更爲美聽，上舉葉堂爲【金落索】集入不同曲牌的摘句即爲一例。

最後，試以同爲曲牌體的高腔作爲對照，略舉其集曲作法，以說明具有音樂性質的集曲內涵。以湘劇高腔爲例，根據曲牌具有不同音樂素材的特點，

〔註62〕見吳梅：《南北詞簡譜》，頁620。

〔註63〕見周秦主編，王正來、毛偉志研校：《寸心書屋曲譜》（蘇州：蘇州大學出版社，1993），甲編，頁456。

〔註64〕名曲如《紅梨記‧亭會》：「月懸明鏡◎好笑我貪杯酩酊◎忽聽得窗外喁喁。似喚我玉人名姓◎我魂飛魄驚◎我魂飛魄驚◎……」可見於葉譜、《集成曲譜》等。

〔註65〕崑腔曲牌腔調混融的概念，見路應昆：〈中國牌調音樂背景中的崑腔曲牌〉，頁9、11，發表於崑曲與非實務文化傳承國際研討會，2007。

將其分爲「黃鶯兒類」、「四朝元類」、「山坡羊類」、「漢腔類」四類，每類有代表性的基本腔句。湘劇傳統將「集曲」稱爲「犯腔」、「犯調」，以變化豐富的《岳飛傳・康王落庄》【五更轉】爲例，爲表現康王趙構悲憤交加的情緒，遂集入「黃鶯兒類」及「山坡羊類」共五隻曲牌的腔句：

【紅衲襖】：1＝C。山坡羊類，落音 La（6）、

【風入松】：1＝D。黃鶯兒類，落音 Re（2）、

【胡十八】：1＝G。山坡羊類，落音 La（6）、

【園林好】：1＝D。黃鶯兒類，落音 Re（2）、

【尾犯序】：1＝D。黃鶯兒類，落音 Sol（5）〔註66〕

其音樂上的變化大抵有三：不同的調式、不同的曲牌類、不同的落音。由於湘劇高腔的不同曲牌類各具不同調式、板式、旋律等的組合，故僅是組合不同曲牌類的腔句，就可見音樂變化，且【五更轉】又包含轉調的變化，此可爲音樂性質的集曲作法之例證。

　　早在宋詞的「犯調」，即爲創製新聲之法；但南曲的「犯調」（後稱「集曲」），從現存文獻、樂譜及作法來看，其創新作法未必在移宮轉調上，雖有「犯調」之名，但其作法是取源自不同曲牌的摘句組合爲集曲，因其必須選用相同笛色的曲牌摘句、集曲句法的安排需與來源曲牌的首末原則相符等，相當程度限制了音樂的發展，〔註67〕倒是摘句重組之法使得牌調大增，作家鋪排劇情、曲家爲不合律的曲文訂譜時，有了更多的選擇。下節則將在分析「集曲」的基礎上，全面考察葉堂對《四夢》曲文宛轉相就的作法。

第二節　宛轉相就作法綜論

　　本節的重點在於：葉堂在爲《四夢》訂譜時，如何宛轉相就？主要的觀察對象爲葉堂更易的曲牌，以及說明作法及觀點的眉批，在綜述葉堂作法的

〔註66〕 參考黎建明：《湘劇音樂概論》（北京：人民音樂出版社，1999），其第一章專論高腔，並有一節討論集曲。【五更轉】譜例見頁 78～80，但曲牌類及落音爲筆者查閱後增入。

〔註67〕 由於本文論述的集曲僅取材自葉譜，雖盡量舉例考察其作法及音樂現象，但未必等於「集曲」這種曲牌樣式的全貌，或許在以因應文詞句式爲主的集曲之外，仍有音樂性質突出的集曲，或是在組合摘句之不同曲調時，偶爾涉及調高或調式的變化，尚待進一步探討。

同時，並引述相關曲譜以爲佐證，至於筆者對於葉堂作法及相關曲學問題的思考，則留待下節開展。筆者製有「《四夢全譜》宛轉相就一覽表」（見附錄四），將葉堂更易的曲牌列表呈現，並予以分類，由於《牡丹亭》是矚目的焦點，故將鈕少雅《格正還魂記詞調》、馮起鳳《吟香堂牡丹亭曲譜》、劉世珩鑑定，劉富樑正譜評注《雙忽雷閣彙訂還魂記曲譜》，〔註68〕均列入討論；而《南柯記》、《邯鄲記》、《紫釵記》，葉堂處理的齣數、曲數相對較少，故引證時仍以《牡丹亭》之例居多。在宛轉相就的作法中，「集曲」是爲關鍵，但並非全部，上節已就集曲本身的作法詳加分析闡釋，本節關注的則是葉堂面對不合律的曲文時，如何選擇摘句適應遷就。

一、作法分類

　　筆者將宛轉相就的作法分爲兩大類，一類與曲牌名實相關，可謂對湯顯祖曲牌標示的勘誤，包括改題曲名、改易曲牌、分出曲牌；一類與集曲相關，爲精心「改調就詞」，以集曲摘句適應湯顯祖不合格律的曲文，包括重訂集曲、集曲相就、新創集曲。分類的目的在便於說明，難免有些不易劃分之處，文中所舉例證當不具爭議，然附錄四「《四夢全譜》宛轉相就一覽表」的「分類」一欄，幾經推敲，雖可資參考，但畢竟無法逐曲考訂，或有未盡準確之處。以下的說明，以葉堂作法爲主，兼及鈕少雅（或稱「鈕譜」）、馮起鳳（或稱「馮譜」）、劉富樑（或稱「劉譜」）的處理方式。

　　（一）與曲牌名實相關者

　　葉堂在《四夢全譜》中，於題寫曲牌名稱頗爲講究，不論是湯顯祖確實誤題的，或是名稱不夠允當的，皆予以訂正，雖非葉堂用力至深處，但爲較全面呈現《四夢全譜》的成果，乃詳細闡述。

　　1、改題曲名

　　葉堂改題曲名的例子中，並非湯顯祖於選用曲牌、認知格律上確有失誤，而是在訂定《四夢全譜》時，整理曲牌名稱，題寫時更爲講究，可見幾種情形：

　　（1）將依俗稱題寫的牌名，改爲與格律譜相合者，如：將《牡丹亭·36婚走》等之【大石·急板令】，改題爲【催拍】，雖然《舊編南九宮譜》註：「【催拍】，一名【急板令】。」（頁 199）葉堂作法看似多此一舉，但實可與諸格律

〔註68〕以下引用時，直接於文後標記版心頁碼。

譜在收錄時皆題【催拍】呼應；將《牡丹亭‧30 歡撓》【黃鐘‧滾遍】改題【黃龍袞】，雖然《增定南九宮譜》卷十四註：「【黃龍袞】，今人只作【袞遍】。」（頁 478）但葉堂仍是依諸格律譜題為【黃龍袞】。又如：《邯鄲記‧24 極欲》【中呂】南北合套，湯顯祖所題曲牌名有「犯」字者，如【黃龍袞犯】、【撲燈蛾犯】，乃按時俗稱呼，〔註69〕格律譜中並無是名，故葉堂仍按【中呂】合套題名慣例，改為【鬥鵪鶉】、【撲燈蛾】。

（2）**以曲牌名稱區隔引子、過曲**，如：《紫釵記‧51 遇俠》【商調】套曲中原有【高陽臺引】、【高陽臺】，一為引子，一為過曲，乃是在曲牌名中加「引」字區隔，雖不失為良法，但緣於格律譜中並無【高陽臺引】之名，或是將引子、過曲皆題為【高陽臺】，或如《南詞定律》卷十，分別以【高陽臺】、【高陽臺序】稱呼引子及過曲（冊三，頁 24、37），葉堂遂亦改題【高陽臺】、【高陽臺序】來區隔，使每一曲牌各有名實，且符合格律譜稱呼慣例。又如：將《紫釵記‧6 墜釵》的【商調】引子【鳳凰閣引】改題為【鳳凰閣】，刪除曲牌名稱中不應有的「引」字；《邯鄲記‧14 東巡》的【黃鐘】過曲【絳都春】，因格律譜中分別以【絳都春】、【絳都春序】稱呼引子及過曲，故改題為【絳都春序】。

（3）**改訂部分集曲名稱**，如：《牡丹亭‧3 訓女》「爹娘萬福」曲，湯顯祖原題【玉山頹】，自鈕少雅起就因此曲乃集【玉胞肚】、【五供養】摘句而成，「原題【玉山頹】，誤。」（頁 3）而改題【玉山供】，葉堂承之；而《南柯記‧23 念女》「這寫盆經卷」曲，集法相同，葉堂更改題【玉胞供】，使集曲名稱更為貼合摘句來源，〔註70〕而非唯舊題【玉山頹】是從。又如：《邯鄲記‧14 東巡》【望吾鄉犯】，據其牌名，本為集曲，《南詞新譜》卷一收錄此曲為例時，即改題為【望鄉歌】，因乃集【望吾鄉】、【排歌】的摘句而成（頁 136），葉堂依此題名，亦屬更明確標示集曲名稱。

葉堂改題曲牌名稱的作法，看似不尊重湯顯祖原作，又頗為繁瑣，何需如此呢？筆者認為，《四夢》非同時完成，在「一名多曲」、「一曲多名」的狀況下，湯顯祖每次創作時，題寫相同的曲牌名稱，內涵卻未必一致；不同的曲牌名稱，則可能指涉相同句律。試舉【好事近】為例，說明葉堂釐清曲牌名實的努力：【好事近】為【中呂】曲牌，在《舊編南九宮譜》收入「過曲」，註：「【泣顏回】，

〔註69〕可參考〔清〕洪昇填詞、吳人論文、徐麟樂句：《長生殿‧24 驚變》眉批，清康熙間稗畦草堂刊本，收入《古本戲曲叢刊》，五集。
〔註70〕但《紫釵記 16‧園盟》【玉山頹】，雖然集法相同，則未改訂，或是遺漏。

即【好事近】。」（頁 15）《南詞新譜》卷八收有「過曲」【泣顏回】、【好事近】，此【好事近】乃集曲，摘入【泣顏回】、【刷子序】、【普天樂】而成，註：「此曲從《太霞新奏》，名【顏子樂】亦可。」（頁 309～311）《九宮大成譜》卷九「引子」收入【好事近】（頁 1181），卷十「正曲」收入【好事近】（頁 1246），卷十二「集曲」收入【好子樂】，乃摘入【好事近】、【刷子序】、【普天樂】而成，註：「舊名【好事近】」（頁 1369）。總之，【好事近】之名，於格律譜中可見於引子、過曲、集曲；在《四夢》中亦是如此，甚至並用【好事近】、【泣顏回】，〔註71〕單看一齣還可，各劇並觀，難免混淆；其實可清理出脈絡，《四夢全譜》就以三個名稱區分：作引子的仍稱【好事近】，屬過曲的則稱【泣顏回】，集曲則稱爲【顏子樂】，亦符合一般使用慣例。〔註72〕由於《四夢全譜》乃同時刊行，葉堂在譜曲安腔之前，先通盤勘訂曲牌，或依格律譜的慣例正名，或依集曲的實際摘句題名，或依己意參訂，逐漸廓清湯作曲牌的面貌，並維持題寫名稱的一致性，可見其精細周到。〔註73〕

2、改易曲牌

此類乃是葉堂就湯顯祖誤題的曲牌名稱，予以更正，有以下數種情形：

（1）因爲名稱相近，湯顯祖或《四夢》刊本誤植的，如：《南柯記・44 情盡》，用【雙調】南北合套，原題【望江南】者，雖《九宮正始》卷二十五不知宮調引子下收有此一曲牌，但此處顯係與北曲【收江南】名稱相近而誤植；《牡丹亭・32 冥誓》【黃鐘】套曲，其中【登小樓】，亦屬誤題，按其句律，爲【下小樓】無誤。

（2）原題爲集曲，改爲正曲者：這一類的曲牌，在名稱中有「犯」字，當爲集曲，實際上屬正曲，葉堂整理之後，認爲符合正格，並非集曲，則將「犯」字去掉，如：《牡丹亭・32 冥誓》【啄木犯】，並非集【啄木兒】等摘句而成，本爲過曲，故葉堂改題【啄木兒】。《南柯記・25 玩月》【普天樂犯】、【傾杯犯】亦是，葉堂亦據實改題爲【普天樂】、【傾杯序】。

〔註71〕湯顯祖將【好事近】作引子者，如《紫釵記・18 黃堂言餞》；作過曲、集曲者，如《南柯記・15 侍獵》。原題【泣顏回】者，僅見於《邯鄲記・27 極欲》【中呂】合套。

〔註72〕筆者在分類時，暫將湯顯祖題爲【好事近】的正曲，視爲葉堂「改題曲名」【泣顏回】；湯題爲【好事近】，葉堂改題【顏子樂】者，則視爲「集曲相就」。

〔註73〕不過，以葉堂及王文治之力，整理《四夢全譜》計 1465 隻曲牌，亦難免有未盡之處，如上舉《紫釵記 16・園盟》【玉山頹】未更訂爲【玉胞供】即是。

（3）**因爲句格相近，湯顯祖確係誤題者**，如：臨川屢將南【中呂】過曲【紅繡鞋】，誤作南【南呂】過曲【金錢花】，見於《牡丹亭・40 僕偵》等，這兩曲皆爲流水板曲，句格也頗爲相像，《九宮正始》【紅繡鞋】註：「此調與【南呂・金錢花】，別在第五句六字、七字。」（頁 392）以下各舉一例：

《紫釵記・29 隴吟》【金錢花】：渭城今雨清塵◎清塵◎輪臺古月黃雲◎黃雲◎催花羯鼓去從軍◎枕頭上別情人◎刀頭上做功臣◎

《牡丹亭・31 繕備》【紅繡鞋】：吉日祭賽城隍◎城隍◎歸神謝土安康◎安康◎祭旗纛。犒軍裝◎陣頭兒，誰抵當◎箭眼裏，好遮藏◎

兩闋除第五句，【金錢花】爲七字句，【紅繡鞋】爲六乙句，其餘句法相同，且字數歧異之句，板數又同爲四板，確實容易混淆，湯顯祖多有誤題，葉堂逐一改易爲【紅繡鞋】。

又如：南【中呂・粉蝶兒】，湯顯祖多僅取前二句寫作，《邯鄲記・7 奪元》：「綠滿宮槐。隨意到棘闈簾外。」句法爲「四◎七◎」但有的雖題【粉蝶兒】，句格則有異：

《牡丹亭・43 禦淮》：萬里寄龍韜◎那得戍樓清嘯◎

《牡丹亭・45 寇間》：沒路走羊腸◎天天呵，撞入這屠門怎放◎

前者句法爲：「五◎六◎」，故葉堂改題【中呂・好事近】；後者句法爲：「五◎七◎」改題爲【仙呂・劍器令】。

3、分出曲牌

湯顯祖原作中，北曲部分，有的帶過曲名稱只題一半；有的南曲曲牌過長，實爲兩曲，葉堂逐一分開題寫，以還曲牌應有之面貌。

（1）**北曲部分**，如：將《牡丹亭・53 硬拷》【雙調】南北合套中之帶過曲詳細標明，北【雁兒落】改題【雁兒落帶得勝令】，並析出【得勝令】；北【沽美酒】改題【沽美酒帶太平令】，並析出【太平令】。《紫釵記・51 遇俠》亦有同樣的處理方式。

（2）**南曲部分**，如：《牡丹亭・27 魂遊》【醉歸遲】，有十數句之多，故自鈕少雅起，即註：「原題【醉歸遲】，雖【醉歸遲】即【五韻美】，但不當連接下調併爲一曲。」（頁 51）故將【醉歸遲】改題【五韻美】，又將「不由俺無情有情」以下，查明句格後，另分正一曲爲【黑麻令】，葉堂亦是如此。又如：將《牡丹亭・30 歡撓》【稱人心】，分爲【稱人心】及【雨中歸】二曲。

（二）與集曲相關者

以下包括葉堂對湯顯祖原有集曲的更訂，以及葉堂「改調就詞」，以集曲來適應湯顯祖不合格律的曲文。

1、重訂集曲

湯作中本有部分以集曲曲牌來撰就曲文者，然而，葉堂於其中某些曲牌又重新釐定集入的曲牌及句數，並改題集曲名稱，如：《牡丹亭・13 訣謁》【桂花鎖南枝】，據其牌名，當是集【桂枝香】與【鎖南枝】而成，鈕少雅註：「原題【桂花鎖南枝】，第五、六句無所著落，今勘正。」（頁 22）此二句的曲文爲：「鎮日裏似醉漢扶頭，甚日的和老駝伸背◎」其句法不見於【桂枝香】與【鎖南枝】，故諸家於此皆重新釐定，但作法有異，鈕少雅釐爲【宜春令】五、六句，改題【南枝令】；馮起鳳集入【孝順歌】七、八句，改題【桂花順南枝】；葉堂及劉富樑集入【月上海棠】四、五句，改題【桂月上南枝】。其中馮起鳳的作法頗有疑義，由於「醉漢扶頭」、「老駝伸背」方是語意關鍵，故其將兩句曲文皆視爲四字句，以【孝順歌】摘句相配，如此一來，此處的節拍只有 3 正板，得唱 16 個字，未免失之倉促，疏於達意；其餘諸家則是看作兩個七乙句法，故取【宜春令】或【月上海棠】摘句相就，兩者的主要差異在於點板處不同，【宜春令】的板較爲平均分配在七個字上，【月上海棠】的板則集中於後四字，正可使柳夢梅一訴醉態朦朧，將三譜的點板標示如下，即可見各家重訂此曲之異：

鈕譜（集【宜春令】）：

鎮｜日裏似｜醉漢｜扶頭｜—。甚｜日的和｜老駝｜伸背｜—◎

馮譜（集【孝順歌】）：

鎮日裏似醉漢｜扶頭。甚日的和｜老駝伸｜背◎

葉譜（集【月上海棠】）：

鎮日裏似｜醉漢｜扶頭｜—。甚日的和｜老駝｜伸｜背◎

葉堂的細膩之處在於從各曲的七乙句法中，找出最能切合本句語意的點板方式，故同樣是重訂集曲，亦可能有各自的處理方式。其取【月上海棠】實頗爲巧妙，據《南詞定律》卷九，此二句於第二字之板，可視需要調配（冊二，頁 515），故葉堂的集法才能兼有鈕、馮二人之優點，難怪在眉批特別加註：「此

曲舊名【桂香遍南枝】，又名【桂香宜南枝】，俱屬牽強，今改【月上海棠】，句調順叶。」（頁 1）又如：《牡丹亭・32 冥誓》【月雲高】，亦是各家集法互有歧異之處，此不俱論。〔註74〕

2、集曲相就

此類作法，乃針對湯顯祖不合格律的引子、過曲牌調，改以集曲摘句適應曲文，遠較「改詞就調」尊重原作。

（1）引子：如《牡丹亭・驚夢》【遶池遊】，由於第三句按律爲七乙句，湯作只有六字，故除馮起鳳外，諸家皆取同爲【商調】引子的【高陽台】三、四句，取代原本的三、四兩句，訂爲集曲【遶陽台】，不過，這一更動是否確有必要？引子本爲散板，不牽涉節拍安排，何況七乙句與六字句，後半節讀相近，皆爲雙式句，或可不必如此費事；馮起鳳在眉批中提及「第三句脫一字」（頁 15），但仍題【遶池遊】的作法，較爲可取；百年來的〈遊園〉曲譜，於此曲仍是按原題【遶池遊】。當然，也有確應改由摘句相集的引子，如：《紫釵記・39 裁詩》【仙呂・望遠行】，僅有五句，與按律當有七句不合，且句法亦異，葉堂等遂以【正宮・破陣樂】相就：【正宮・破陣子】首至四、【正宮・齊天樂】末一句。

（2）過曲：有諸家作法一致者，如《牡丹亭・26 玩眞》【鶯啼序】，因湯作將「合」的兩句 11 字，撰作三句 12 字：「暈情多◎如愁欲語，只少口氣兒呵◎」故諸家皆取【簇御林】「合」的三句宛轉相就，頗爲協調，後之《粟廬曲譜》等，於此曲亦題【鶯啼御林】。然而，湯顯祖的曲文，確有讓諸家傷透腦筋，以致集法各異者，如《牡丹亭》〈28 幽媾〉【二犯梧桐樹】、【滴滴金】，〈32 冥誓〉【鮑老催】、【耍鮑老】，葉堂在現有集曲無法適應曲文的情況下，乃新創集曲相就。

3、新創集曲

其實「新創集曲」仍應歸屬「重訂集曲」或「集曲相就」之下，但爲凸顯鈕少雅、葉堂等突破舊有集曲的創新作法，遂另立一類。〔註75〕由於鈕少雅註

〔註74〕筆者於〈試論葉堂《納書楹四夢全譜》宛轉相就之法〉一文，曾舉此曲爲例說明，收入《2006 第五屆國際青年學者漢學會議論文集》（臺北：輔仁大學，2007），頁 127～128。

〔註75〕附錄四「《四夢全譜》宛轉相就一覽表」的「分類」一欄，在標出「新創集曲」時，亦註明爲「重訂集曲」或「集曲相就」。

語多在分正牌調及句法的誤謬，並未說明何者爲新創之集曲，故筆者乃查閱《南詞新譜》、《九宮正始》，將譜中未收、湯顯祖未選用的牌調名稱，〔註76〕均視爲新作。而葉堂亦僅於《四夢全譜》〈凡例〉中提及：「如【雙梧鬥五更】（見〈幽媾〉）、【三節鮑老】（見〈冥誓〉）等名，余所創始，未免穿鑿，第欲求合臨川之曲，不能謹守宮譜集曲之舊名。」（頁1）〔註77〕故除這兩曲據葉堂自述訂爲新創集曲外，其餘列入此項者，則是將牌名不見於《南詞新譜》、《九宮正始》、《南詞定律》、《九宮大成譜》、《格正還魂記詞調》者，皆予以列入。

下舉〈28 幽媾〉【二犯梧桐樹】爲例，闡釋鈕少雅新創【梧下新郎】、馮起鳳改訂【梧桐樹集】、葉堂新創【雙梧鬥五更】之作法，先引述湯顯祖曲文如下：

> （生柳夢梅唱）【二犯梧桐樹】他飛來似月華◎俺拾的愁天大◎幽佳
> ◎嬋娟隱映的光輝殺◎敎俺迷留亂的心嘈雜◎無夜無明快着他◎若
> 不爲擎奇怕涴的丹青亞◎待抱著你。影兒橫榻◎

亦將各家摘入集句及各句字數羅列如下，〔註78〕鈕譜【南呂・梧下新郎】集法爲：

> 【南呂・擊梧桐】首至四（五◎五◎四。五◎）、【南呂・梧桐樹】四至五（七◎七◎）〔註79〕、【南呂・賀新郎】末二句（七◎三。三◎）（頁53）

馮譜【商調・梧桐樹集】（註：舊名【梧桐墜五更】）集法爲：

> 【商調・梧桐樹】首至六（五◎五◎四。五◎七◎七◎）、【南呂・五更轉】合至末（七◎四。四◎）（頁72）

葉譜【商調・雙梧鬥五更】集法爲：

> 【商調・金梧桐】首至二（五。五◎）、【越調・鬥寶蟾】五至六（二◎七◎）、【商調・梧桐樹】五至六（七。七◎）、【南呂・五更轉】合至末（七◎四。四◎）（頁1）

〔註76〕由於同一集曲牌名，摘入的曲牌句數本見參差，故筆者僅將新創曲牌歸爲此類，不包括牌名相同，摘句句數有異者；或摘入曲牌相同，但標示異名者。

〔註77〕〈冥誓〉【三節鮑老】之作法詳第三節。

〔註78〕以下宮調及句法爲筆者查補。按，句法部分，鈕譜及馮譜，原以大、小字區隔曲文之正、襯；葉譜不分正襯，則從其點板推想句法。

〔註79〕諸格律譜中，只《九宮正始》收錄【南呂・梧桐樹】，餘皆收入【商調・梧桐樹】。

雖然各家集法紛繁，但分析摘入的句法，關鍵在如何將「幽佳嬋娟」斷句，鈕譜、馮譜將其視爲一句，葉堂則將「幽佳」視爲韻句，「嬋娟」另與下文合爲一句，故其遍尋一足以蕩漾纏綿情思的兩字句來集入，選中【越調‧鬥寶蟾】五至六句，第五句的韻字，下一頭板及底板，有足夠的空間讓柳夢梅表現嚮往之情，也才創了新集曲【雙梧鬥五更】；葉堂與馮起鳳之別，正在此一句上，至於首二句，不論用【梧桐樹】或【金梧桐】，並無二致，兩曲此處的句法、點板皆同，甚至馮、葉二人譜出的腔也甚爲近似。再一處差別，則在是否將「待抱著你，影兒橫榻」判讀出襯字，鈕譜將「的」、「著」視爲襯字，自然以三字句集入；馮譜、葉譜均視爲正字，所選則皆出自【五更轉】。葉堂的處理方式的確較爲妥貼，能切合語意，故劉譜於此曲則承葉堂之法，亦訂爲【雙梧鬥五更】，並附註：「鈕譜【梧下新郎】以第三句失拈，故從葉譜。」（頁 109）即是認同葉堂將「幽佳」譜爲韻句的作法。而各種《牡丹亭》標點本，於此處亦斷爲二字句，可見葉堂在譜曲之前，精熟曲文與叶韻，眞能傳臨川之韻。

由於鈕少雅是最早配合《牡丹亭》曲文，重新改訂曲牌者，其新創的集曲多達 35 曲；其中【金馬樂】、【雨中歸】、【霜天杏】等新創集曲，且經《南詞定律》選入，〔註80〕成爲曲牌範例；《九宮大成譜》選入鈕譜新創的集曲，雖僅有【浣紗令】（改題【浣溪令】）、【南枝清】（改題【清南枝】）、【封書序】（改題【畫眉帶一封】），〔註81〕但仍可見原本爲適應湯顯祖曲文而創的集曲，因曲牌摘句安排妥貼，又被納入格律譜中，遂具有獨立於《牡丹亭》外的曲調意義；但鈕譜新創的 35 隻集曲，爲葉堂沿用者僅 13 曲，〔註82〕《四夢全譜》〈自序〉云：「雖有鈕譜，未云完善。」（頁 1）從新創集曲的角度觀察，葉堂確實迭有不同的處理方式，或將湯作曲牌仍視爲過曲，或另創集曲相就。《四夢全譜》中，葉

〔註80〕 【金馬樂】見《南詞定律》，卷六，冊二，頁 156；【雨中歸】見卷四，冊一，頁 473；【霜天杏】見卷十三，冊三，頁 249。

〔註81〕 【清南枝】見《九宮大成譜》，卷六十四，頁 5320；【畫眉帶一封】見卷七十二，頁 6124；【浣溪令】見卷五十一，頁 4067。

〔註82〕 包括新創牌名、摘入曲牌皆同者，及牌名雖異、但摘入曲牌相同者（即使摘入句數略有參差，仍見沿用，故一併計入）：【南枝清】（【清南枝】）（見〈8 勸農〉）、【遶陽台】（見〈10 驚夢〉）、【金馬兒】、【卜算仙】（見〈24 拾畫〉）、【金馬樂】、【雙棹入江犯金風】（見〈28 幽媾〉）、【雨中歸】（見〈30 歡撓〉）、【鳳池遊】（見〈34 詗藥〉）、【霜天杏】（見〈38 淮警〉）、【雁過江】（見〈39 如杭〉）、【浣紗令】（【浣溪令】）（見〈46 折寇〉）、【十二漏聲高】、【黃羅袍】（【公子穿皂袍】）（見〈48 遇母〉）。

堂新創的集曲，除《牡丹亭》外，《紫釵記》尤多，如〈39 裁詩〉，為配合二隻原題【漁家犯】之曲文，新創【雙燈舞宮娥】、【三燈照宮娥】，確如葉堂《四夢全譜》〈自序〉所言：「《紫釵》之譜，蒙獨創焉。」（頁2）

二、權衡後的幾處改動

筆者已從曲牌名稱的改易與集曲的運用，梳理葉堂宛轉相就的作法；以下將從《四夢全譜》等的眉批，〔註83〕觀照葉堂在訂定曲譜時的考量，其中既有對原作的改動、對俗作的批評，亦見對於曲律持保留態度，嘗試以音樂的方式來處理，筆者將於本節中逐段綜論其觀點。

（一）原　則

葉堂於《四夢》的改動，除了《牡丹亭》因遵進呈本，刪除〈15 虜諜〉全齣、〈47 圍釋〉五隻曲子、改動曲文中有胡虜之類字眼外；以下所舉，乃葉堂參以俗本或己意略作更易，並不拘泥於原本，甚至適度選用時下的唱法。先引《四夢全譜》〈凡例〉，以見葉堂譜曲的準則及變通：

> 是譜依原本校錄，除「引」之不用笛和者，不加工尺，餘雖隻曲、小引，亦必斟酌盡善，未嘗忽略。惟〈冥判〉之【混江龍】不錄全譜，蓋此曲才大如海，把讀且不易窮，豈能一一按歌，故僅照時派譜定。（頁1）

北【仙呂‧混江龍】為「字句不拘，可以增損」之曲牌，〔註84〕據鄭騫《北曲新譜》考訂，「增句在第六句下」，湯顯祖此曲即是大量增句之作，馳騁才情，全曲增句多至 40 句，長達 658 字，〔註85〕場上既難逐句按板而歌，聽者亦嫌煩冗，故葉堂雖錄入全部曲文，實際譜上工尺的只有開頭的 11 句及結尾

〔註83〕下引眉批出自《四夢全譜》者，皆採葉堂訂定的齣目及曲牌名稱。按，葉堂於齣目最大的變動，是將《紫釵記》原本四字為題，改成二字，以便閱覽，說詳《納書楹紫釵記全譜》目錄。

〔註84〕見〔元〕周德清：《中原音韻作語正詞起例》，收入《中國古典戲曲論著集成》（一），頁 230。

〔註85〕【混江龍】「增句在第六句下，……增句多少不拘，但必為雙數，須用對偶。以四至十句最為適宜，……增句以每兩句一協韻，且與本曲同韻為原則。」見鄭騫：《北曲新譜》，頁 80～81。〈冥判〉增句句數及字數，據鄭騫〈仙呂‧混江龍〉的本格及其變化〉及其〈後記〉，收入鄭騫：《景午叢編》（臺北：臺灣中華書局，1972），下集，頁 348～373。【混江龍】音樂研究可參考施德玉：《北曲中可增減曲牌的研究》（臺北：生韻出版社，1989），頁 122～184。

的 2 句，其餘僅於句末下底板。其實，要將【混江龍】逐句安腔亦非難事，《九宮大成譜》（頁 1131～1138）、馮譜（卷上，頁 52～55）即是如此；又如《牡丹亭·52 索元》，葉堂或即是將諸曲皆作流水板乾唸，全齣方只點板而未定工尺，〔註 86〕故葉堂的原則雖是「全譜」，逐曲錄入之際，為顧及合樂歌唱，亦酌情安腔，而非一味求全，甚至於部分字句略有增損。

（二）例　證

1、增入字句

雖然葉堂在《四夢全譜》〈凡例〉強調於湯作「文詞精妙，不敢妄易。」（頁 1）但譜中曲文確有幾處無傷大雅的字句改動：

> 《納書楹牡丹亭全譜·18 診祟》【商調·金落索】（其二）「氣一絲兒，
> 怎度的長天日」句眉批：此句照「三婦」本增入「一」字。（頁 2）

此乃將「氣絲兒」改為「氣一絲兒」，既生動描繪杜麗娘病體羸弱，宛如一縷遊絲，亦可符合此處集入【金桐樹】第三句的四字句法，故葉堂樂於從吳吳山三婦評本增入「一」字。〔註 87〕又如《牡丹亭·30 歡撓》【滾遍】，葉堂依格律譜改題【黃龍袞】之名，第二曲中「妙娑婆，秀才家隨行的香火。」由於「妙娑婆」當為四字句，故葉堂冠上「這」字，改以「這妙娑婆」（頁 4）來安腔，添入一字，以適應曲律，遂得以維持原曲；〔註 88〕而非如鈕譜，將此處以【黃鐘·滴滴金】摘句相合，改題集曲【金龍袞】，因一字之差，又得新創曲牌。葉譜還有添入三字之例，《牡丹亭·26 玩真》【集賢賓】，在「俺姓名兒直麼◎費嫦娥定奪◎」兩句之間冠上「恰恁的」三字，成為「恰恁的費嫦娥定奪。」（頁 2）以符合【集賢賓】倒數第三句的七字句法。〔註 89〕

除增入一字，亦有增入一句之處：

> 《納書楹邯鄲記全譜·27 極欲》【中呂·鬥鵪鶉】「俺可也豪興醉徜
> 徉」句眉批：原本少第六句，茲從臧本添入。（頁 3）

向來飽受批評的臧懋循改本，卻也並非一無是處，當葉堂按句律稽考，查知此曲缺少第六句，由於北曲一般不作集曲處理，遂取臧本的「俺可也豪興醉

〔註 86〕按，馮譜於〈52 索元〉全齣，皆譜一板一眼之工尺。
〔註 87〕馮譜於此句眉批註：原題無「一」字，增入成格。（卷上，頁 38）
〔註 88〕按，此作法亦見於馮譜。（卷上，頁 83）
〔註 89〕按，添「恰恁的」三字，當始自鈕譜（卷上，頁 48），雖未註明，但諸家作法皆同。

徜徉」韻句補入，以完備曲牌句律，於安腔亦較爲順適（詳下文）。

2、刪除字句

《納書楹牡丹亭全譜》中還有葉堂自行刪落一字，以便譜曲者，雖未明言，但對照湯顯祖原作或其他曲譜的眉批，可見一二例：

> 《雙忽雷閣彙訂還魂記曲譜・46 折寇》【玉桂枝】「俺有一計可救圍」
>
> 句眉批：葉譜作「俺有計」，刪「一」字，以合【鎖南枝】格。（頁 176）

此曲原題【玉桂枝】，葉堂改作集曲【玉桂五枝】，爲配合【鎖南枝】末段連用四個三字句，遂將「俺有一計可救圍，恨無人與遊說。」刪掉「一」字，改爲「俺有計。可救圍◎恨無人，與遊說◎」（頁 1）較爲俐落，亦合乎句法。

而刪去一句之例，如《納書楹南柯記全譜・38 生恣》，湯作原有【解三酲】三曲（葉堂改訂爲【解酲甘州】及【鵝鴨滿渡船】），其中「則爲那漢宮春」曲之第三句，原「用盡心兒想」有疊句，按律此處不疊，且其他兩曲亦無，故葉堂予以刪除。

3、微調曲文

此處改易曲文，幅度甚小，也僅是一個詞語：

> 《納書楹南柯記全譜・29 圍釋》【南呂・四塊玉】「逞狂乖這狂奴忒急色」句眉批：「逞狂乖」原本作「奇哉」，因【梁州第七】曲內已有「奇哉」兩字，故從臧本。（頁 3）

此處將「奇哉」，據臧本改爲「逞狂乖」，除了避免重句之外，筆者認爲亦有譜曲上的考量，湯作末三句曲文爲：「則道少甚麼粉丕丕女將材◎原來要帽光光你個令四太◎奇哉這賊忒急色◎」葉堂將「奇哉這賊忒急色」，改爲「逞狂乖這賊奴忒急色」，則恰成爲九、九、九的三句，〔註 90〕連用相同句法，在譜曲上更見重疊往復的韻律效果。除參照他本改易曲文，葉堂亦採己意而酌予更動：

> 《納書楹紫釵記全譜・47 撒錢》【仙呂・桂月上南枝】眉批：「是當朝太尉姓盧」，因平仄不調，今改作「盧家」。（頁 2）

連續三個去聲字，確實不易上口，故葉堂改以文意相同的「盧家」譜腔。

〔註90〕葉堂於此三句，字句皆有些微改動，附記於此：「則道少甚麼粉丕丕的女將材◎原來要帽光光令四太◎逞狂乖這賊奴忒急色◎」

4、新譜曲牌、重訂套曲

　　葉堂始終是一位宛轉相就曲文的譜曲者，但此處的兩例，則是葉堂在完整譜出湯作之餘，亦附帶個人作法，於原作頗有刪節，先舉新譜曲牌之例：

　　　　《納書楹紫釵記全譜・47 撒錢》【哭相思】眉批：【哭相思】清唱不便收住，故改【尾】。（頁 4）

此齣以【哭相思】殿尾，由於是以引子之曲用作尾聲，全曲為散板，又是不用笛子托腔的清唱曲牌，雖頗適於霍小玉傾訴心情，但置於收尾，的確顯得單薄散漫，故葉堂摘取【哭相思】末三句曲文，調整次序後，另譜【尾聲】，〔註91〕以低一格並列於後。由於【尾聲】為上板曲，且通常由一板一眼起，一板三眼收，雖僅三句，然緊慢有致，終至收煞全齣，〔註92〕確是較為警策的作法。雖然葉堂仍舊將原作【哭相思】譜出，但附錄的【尾聲】則可見其從曲樂觀點，改訂較為歌場接受的結尾。

　　重訂套曲之例見於《納書楹牡丹亭全譜・32 冥誓》，套末附記：

　　　　此套向無歌者，因牌名雜出，其聲卑抗不相入也。余既著全譜，復節去數曲，以就管絃。今將所用者，每曲標明，庶免警訛之病。（頁 7）

先將全齣依葉堂所訂牌調標示，再將保留者以下加底線標示：

　　　　【仙呂・月夜渡江歸】、【雲鎖月】、【南呂・懶扶歸】、<u>【太師引】</u>、<u>【鎖窗寒】</u>、<u>【太師引】</u>、<u>【鎖窗寒】</u>、<u>【紅衫兒】</u>、<u>【前腔】</u>、<u>【黃鐘・滴溜子】</u>、【滴滴金】、<u>【啄木兒】</u>、<u>【前腔】</u>、【三段子】、<u>【前腔】</u>、<u>【神仗雙聲】</u>、<u>【下小樓】</u>、【滴滴金】、<u>【三節鮑老】</u>、<u>【尾聲】</u>

葉堂將全齣 20 隻曲牌刪至僅存 11 隻，首先將笛色為「工調」的首二曲刪去，其餘笛色統一為「凡調」；【南呂】諸曲原非在聯套中前後組接之曲牌，故略去原本笛色不同的【懶扶歸】；〔註93〕【黃鐘】諸曲於聯套中較常組合，高低相諧，故大多保留。由此可見，葉堂的確不贊同湯作所採套式，故勉力譜出全套樂曲後，仍在維持原作梗概、生旦分唱的前提下，從中摘出較能流暢銜

〔註91〕湯作【哭相思】末三句：「<u>看落花飛絮是俺命絲懸</u>，若得他心香轉作迴心院，抵多少買賦千金這酒十千。」葉堂所譜【尾聲】則為：「若得他心香轉作迴心院，<u>應憐俺落花飛絮命絲懸</u>，抵多少買賦千金這酒十千。」

〔註92〕關於南曲【尾聲】板式，可參考林逢源：〈傳奇南套尾聲的板式變化〉，《彰化師範大學學報》第三期（1992），頁 103～126。

〔註93〕【懶畫眉】笛色通用「六調」，【太師引】笛色通用「工調」，【鎖窗寒】、【紅衫兒】則凡調、六調皆有。按，【懶扶歸】乃集自【懶畫眉】與【醉扶歸】。

接曲腔高低的曲牌，重訂套曲。

（三）改動之由

湯顯祖撰寫《牡丹亭》時，因意之所至，於曲律不夠周全，難免有一句中脫去一字者，諸譜處理不盡相同，鈕譜多以「■」標示，並說明某處不合；〔註94〕馮譜則率常「增入成格」；〔註95〕葉譜則標示及添字皆甚少；劉譜則多於諸譜中擇善而從。上舉隱身於字裡行間的幾處改動，或出自當時流傳的《牡丹亭》刻本、俗本、曲譜，或葉堂以己意度之；試從譜曲安腔的角度來思考，葉堂爲何偶爾逕採與湯作曲文略有出入者，而非改以集曲相就？由上文分析看來，爲合乎曲牌句格，又不濫創集曲，那麼增減一字，使腔句好譜好唱，確爲方便法門。誠然，多出一字可趕唱帶過，缺字的節拍可由他字填滿；不過，有些句子若不增入一二字，確實呆板索然，以下分別舉例說明：

例如【勝如花】，首二句皆爲六字句，但〈36 婚走〉【勝如花】則爲：「前生事曾記懷◎爲傷春病害◎」於是，馮譜爲求合律，將第二句增入一字，成爲「只爲傷春病害」，其點板爲：

卅前生事曾記懷｜—◎ 只 {只爲｜ 傷春 {—病｜ 害 {—｜—◎ （卷下，頁 13）

而葉譜並不添字，缺字的節拍逕由「爲」字補滿，該字時值雖長，亦稱流暢：

卅前生事曾記懷｜—◎ 爲 {—｜ 傷春 {—病｜ 害 {—｜—◎ （頁 1）

然而，若遇前後字之腔原已甚長，曲文缺字又多，譜曲者則會按律增字，以免唱腔板滯。設若上舉葉譜〈26 玩眞〉【集賢賓】「俺姓名兒直麼◎費嫦娥定奪◎」兩句之間，未添入「恰恁的」三字，則其點板爲：〔註96〕

俺姓｜名 {—｜兒 {—直｜麼 {—｜—{—◎費｜嫦娥 {—｜定 {—｜奪 {—◎

則「麼」字幾乎唱足兩板，此又是贈板曲，這一字腔實在太長，依律墊入三字，既便於帶起下句，也有助於調和音聲；類似的作法尚可見於〈23 冥判〉

〔註94〕如：鈕譜於《牡丹亭・21 謁遇》【掛眞兒】第二曲註：「首句上脫一字。」（卷上，頁 37）

〔註95〕如：馮譜於《牡丹亭・49 淮泊》【錦纏道】眉批：「原第二句無『來』字，增入成格。」（卷下，頁 45）但馮譜增入成格處，葉譜多未添入。

〔註96〕此乃據葉譜〈26 玩眞〉【集賢賓】（頁 1），將「恰恁地」三字抽去而成。

【油葫蘆】。〔註97〕故湯作中校核曲律屬脫字者，並非皆須增字成格，亦需視前後句搭配而定；若可以增入字聲方式解決者，委實較因爲一字或一韻不合，而逐句改以集曲相就簡省，亦不致滿紙陌生的集曲，令人望而生畏，雖爲取便歌唱，權衡之後於湯作略有增損，但尚免點金成鐵之譏。

三、對俗唱的批評與接受

葉堂並非終日埋首書室、斤斤於曲律句韻，乃是熟悉曲壇及劇壇風尚的度曲家，於俗唱的某些字音、用字、曲牌，雖嚴詞指責，然確也接受時俗疊唱、抽板、減字的作法，以下舉例分述。

（一）批　評

1、字　音

《四夢》久經傳唱，除了文人家班、宮廷的演出，更經常由樂工及演員展現，身份卑微、乏人指點的民間藝人，不免口裡有所訛誤，這在講究唱曲的葉堂眼裡，即便是一字誤讀，都無法忍受：

> 《納書楹牡丹亭全譜·20 鬧殤》【商調·囀林鶯】「當今生花開一紅」
> 句眉批：當，平聲，俗工作去聲，非。（頁 2）

> 《納書楹牡丹亭全譜·20 鬧殤》【商調·黃玉鶯兒】（前腔）「倘值著
> 那人知重」句眉批：值，音滯，遇也。俗工作入聲，非。（頁 3）

上兩例中，「當」與「值」雖是襯字，但唱曲宜先正字音，故葉堂仍不嫌繁瑣，予以指出。除了誤讀字音，亦不乏罔顧韻字者：

> 《納書楹牡丹亭全譜·8 勸農》【仙呂·八聲甘州】（前腔）「月明無
> 犬吠黃花，雨過有人耕綠野。眞個，村村雨露桑麻。」眉批：歌、
> 麻古韻通用，茲「眞個」個字爲韻，正用古體，俗增「佳話」二字，
> 紕謬可笑。（頁 2）

此曲爲家麻韻，雖然「個」據《中原音韻》已爲歌戈韻，但在初唐時期，「麻與歌戈、佳通押」，〔註98〕因此，葉堂才會說此處「正用古體」，點醒妄增字

〔註97〕如湯顯祖原作「恰好個花間四友無拘礙」，葉堂墊入數字，成爲：「恰好的個花間四友可以無拘礙」（頁 4）。

〔註98〕見尉遲治平：〈欲賞知音　非廣文路——《切韻》性質的新認識〉，表一「假攝」。收入何大安主編：《古今通塞：漢語的歷史與發展——第三屆國際漢學會議論文集（語言組）》（臺北：中央研究院，2003），頁 162。

句的歌者，希冀恢復原作面貌。

2、用　字

除了字句用韻，葉堂對文字意趣亦未曾忽略：

> 《納書楹牡丹亭全譜·7 閨塾》【仙呂·掉角兒序】（第二曲）「女郎
> 行哪裡應文科判衙，止不過識字兒書塗嫩鴨。」眉批：「女郎行」二
> 語，非獨春香自謂也，俗增「我是個」三字，隘甚。（頁1）

> 《納書楹牡丹亭全譜·10 驚夢》【越調·山桃紅】（第二曲）「是哪處
> 曾相見」句眉批：合頭首句，俗改「欲去還留戀」，可謂點金成鐵矣。
> （頁4）

> 《納書楹牡丹亭全譜·10 驚夢》【黃鐘·鮑老催】眉批：俗增【雙聲
> 子】，鄙俚可厭，今不錄。（頁3）

〈閨塾〉之中，不耐煩的豈止是春香！「女郎行」唱的正是兩人對於陳最良
古板、將女弟子與男學生一般教法的心聲。〈驚夢〉的第二曲【山桃紅】是柳
夢梅與杜麗娘雲雨之歡後所唱，原本合頭的三句爲：「是哪處曾相見，相看儼
然，早難道好處相逢無一言。」此夢中之境，可爲下文伏筆，改爲「欲去還
留戀」，不但難與「相看儼然」連貫，柳夢梅幾爲好色之徒。至於【雙聲子】，
唱的是：「柳夢梅，柳夢梅，夢兒裡成姻眷。杜麗娘，杜麗娘，勾引得香魂亂。
兩下緣，非偶然，夢裡相逢，夢兒裡合歡。」其文辭淺顯、曲調順口，雖是
花神所唱，然與〈驚夢〉含蓄蘊藉的曲文相較，委實俗氣。然就今日〈閨塾〉
（習稱〈學堂〉）、〈驚夢〉演出情形來看，葉堂當年鄙棄的改法，有的依然保
留在舞台上，〔註99〕曲家的講究，戲工或許不知，抑或認爲無足輕重。

3、曲　牌

俗伶不明句律，因斷句有誤而致刪去曲文者，亦爲葉堂所詆，下例尤見
對句韻及曲牌章法的講究：

> 《納書楹牡丹亭全譜·12 尋夢》【仙呂·川撥棹】（第二曲）「春歸人
> 面整相看無一言」句眉批：（《幽閨記》）〈離鸞〉【川撥棹】第二曲「男

〔註99〕諸如俞振飛輯：《粟廬曲譜》之〈驚夢〉、《中國崑劇藝術團精選》第三集《牡
　　丹亭》（上）（錄影帶）（臺北：國立傳統藝術中心籌備處，1997）。當然，上
　　述的唱法在劇壇十分流行，但也有不完全這麼唱的，例如青春版《牡丹亭》
　　DVD（臺北：公共電視文化事業基金會，2004），〈學堂〉（即〈閨塾〉的台
　　本）就沒有「我是個」，〈驚夢〉也不唱【雙聲子】。

兒賣藥把衣衫典當償」作一句，俗伶不知此格，又誤以「面」字爲韻，讀作兩句，而于本格轉多一句，遂刪去合頭末句以就之，紕謬一至於此。夫「合」者，合也，不許增損一字，故謂「合前」，度曲者宜知之。（頁5～6）

一般曲牌，一句最多爲七個正字，〔註100〕像《幽閨記》【川撥棹】的【腔換】換頭「男兒賣藥把衣衫典當償」的十字句，的確很容易讀成「男兒賣藥，把衣衫典當償。」成爲四字、六字兩句。葉堂既然看出湯作是仿《幽閨記》句法，於是在點板上也有相應，這一句十字，計點三正板（人、無、言），容易誤讀爲韻字的「面」則爲側中眼。由於誤刪末句，致使此曲「合前」部分，無法與前曲「合」（知怎生情悵然，知怎生淚暗懸）的文字相符，〔註101〕直是戕害曲牌前後曲呼應的語氣。由此觀之，上引俗工改易〈驚夢〉【山桃紅】第二曲「合前」首句爲「欲去還留戀」，顯是不明曲理，妄作曲文了。

（二）接　受

以下所述葉堂對俗唱的接受，未必僅見於《四夢全譜》，《納書楹曲譜》中亦可見例證；只是將晚明的《四夢》曲文與乾隆年間的《四夢全譜》對照，更易覺察葉堂遵從時俗，甚至可見及乾隆年間曲壇的風氣。〔註102〕

1、南曲北唱與北曲南唱

南、北曲原有其體製、風格等的特質，然而當元代中晚期北曲流傳至南方之後，南、北曲交互影響，明代以降的曲壇，在創作與實際演唱時兼融南、北曲；至乾隆年間的曲譜，更可從旋律中發現時俗將部分南曲北唱，

〔註100〕葉堂在《四夢全譜》中有一條關於「字句」及「點板」的描述，可見其觀念，引錄如下：

《牡丹亭・尋夢》【玉交枝】眉批：以七字爲句，若有斷不能作襯字者，則於中間略讀。而板不過四下，茲因下曲重起，故末句獨用五板作收，不嫌破格。（頁4）

簡而言之，葉堂認爲一句最多七字，可有四板。

〔註101〕各段「合前」的文字必須相同，但板眼、唱腔可有異同。以〈尋夢〉的三曲【川撥棹】爲例，第一曲、第二曲相同，第三曲則較低迴。

〔註102〕本段討論的乃是葉堂於《四夢》在演唱上從俗的處理，故湯顯祖原以時尚句格撰作曲文者，不予納入。此部分程芸曾考察《四夢》中【北二犯江兒水】、【一江風】、【香柳娘】、【綿搭絮】、【鎖南枝】、【水底魚兒】等，認爲湯顯祖往往採取「從今」的取向，見程芸：《湯顯祖與晚明戲曲的嬗變》（北京：中華書局，2006），下篇，見頁154～160、168～178。

或以南曲五聲音階來唱某些北曲曲牌。由於筆者已撰〈南、北曲交化下曲牌變遷之考察〉，討論南曲北唱的【中呂‧撲燈蛾】、北曲南唱的【雙調（或入仙呂）‧清江引】，〔註103〕故此處不具論。葉譜中，【撲燈蛾】、【清江引】皆屬南曲、北曲用法互見之曲牌，《四夢全譜》中，北唱的【撲燈蛾】可見於《邯鄲記‧27 極欲》，此爲【中呂】南北合套中的【撲燈蛾】，〔註 104〕依南北相間之慣例，當爲南曲，但此已唱北曲七聲音階。南唱的【清江引】可見於《紫釵記‧28 番釁》、《南柯記‧44 情盡》、《邯鄲記‧22 備苦》等，諸齣中的【清江引】，已非原本見於北套之用法，湯顯祖取作南套過曲或尾聲，疊用時巡題【前腔】，在《四夢全譜》中，皆爲五聲音階的南曲唱法。此外，較罕見的南曲北唱之例，還有源自詞調的【浪淘沙】，於曲牌則收入南【越調】或北【雙調】，《南詞定律》、《九宮大成譜》皆選入《邯鄲記‧30 合仙》【浪淘沙】「甚麼大姻親」一曲：在《南詞定律》卷十三【越調】還是南唱，爲流水板曲，但說明：「此曲亦可轉入北曲。」（冊三，頁 312）但至《九宮大成譜》卷六十六【雙角】，已作北腔，爲散板曲，且附註：「【浪淘沙】，本南詞，唱作北腔已久。」（頁 5695）可見清前期始流行將【浪淘沙】北唱。《納書楹邯鄲記全譜》中，〈合仙〉的六曲【浪淘沙】，屬【雙角】，唱散板，雖然前五曲未展現七聲音階，至末曲方見（頁4～5），但從葉堂於宮調及板式的作法，可知其爲北唱；然標爲【越調】，且有「前腔」、唱流水板的《南柯記》〈34 臥輒〉、〈43 轉情〉，當爲南曲，卻可見一曲中有三處用半音，如〈43 轉情〉的「娑婆」，其腔爲：「| 1 7 | 6 」，【浪淘沙】在葉堂手裡，既有北化的唱法，也有沾染北腔的南曲唱法。由以上三隻曲牌，可見葉堂在爲《四夢》譜曲時，大多採錄當時流行的曲牌唱法，既無損曲文全璧，亦流露時代的尖新腔韻。

2、疊　唱

《四夢全譜》中，部分曲牌的「疊唱」處理，顯見乃接受時俗唱法。這些曲牌，無論在湯顯祖原作或曲牌格律譜中，皆非屬疊句，但在葉譜中，均作疊唱處理，〔註105〕如：【四門子】疊唱首句，見《牡丹亭‧55 圓駕》、《邯鄲記‧

〔註103〕林佳儀：〈南、北曲交化下曲牌變遷之考察〉，《戲曲學報》第四期（2008.12），頁 153～192。

〔註104〕湯顯祖原分別題【撲燈蛾犯】、【疊字犯】，此據《納書楹邯鄲記全譜》題名。

〔註105〕《納書楹曲譜》所收散齣的相同曲牌亦如此，不具錄。

20 死竄》；〔註106〕【一江風】疊唱第八句，見《牡丹亭・9 蕭苑》；〔註107〕【朝天子】疊末句，見《牡丹亭・37 駭變》、《邯鄲記・4 入夢》。通常疊唱的腔句旋律會略微翻高，但葉堂除於《邯鄲記・20 死竄》【四門子】眉批標示：「首句低，次句高。」並未於此類疊唱特別說明。應是【四門子】等曲牌在演唱中早已發展出某句疊唱的習慣，上舉《牡丹亭》諸曲，於馮譜亦是如此，既只是複詠湯作曲文，葉堂亦樂於從眾，不以為怪。

3、抽　板

雖然曲牌有其相應的點板，但偶然抽去一板以便演唱，亦可通融。葉堂除於《納書楹曲譜》〈凡例〉有「抽板取其簡便」一條（頁 11），認同俗唱刪除部分贈板以便演唱的作法，並據以錄入譜中；於《四夢全譜》也有從俗減去正板，使曲文連接更為緊密之例：

《納書楹牡丹亭全譜・10 驚夢》【隔尾】「便賞遍了十二亭臺是枉然」

句眉批：「然」字下底板，時派透去，以便緊接。（頁2）

【尾聲】第二句之末截，慣用疊板及底板，計三板，故「是枉然」的點板當為：

便賞│遍了十二│亭臺是│枉│然 ︶—│—◎到不如 ︷興盡│回 ︷家│……

但葉堂則依俗唱，直接抽去「然」字的底板：

便賞│遍了十二│亭臺是│枉│然 ︶—◎　　到不如 ︷興盡│回 ︷家……

由於【尾聲】第二句，乃由一板一眼轉加贈板一板一眼，至第三句又轉為加贈板一板三眼，故在第二句末以足夠的板拍撤慢，頗為協暢，葉堂這一從俗的改法，雖見其不拘曲律，但實流行未廣，今日唱「然」字仍有兩正板。〔註108〕

4、減　字

葉堂對俗伶刪減湯作曲文，有一尚可接受的罕例，附記如下：

〔註106〕《四夢全譜》中，唯《南柯記・31 繫帥》【四門子】未疊唱首句。

〔註107〕《紫釵記・34 邊愁寫意》亦有四曲【一江風】，但湯顯祖已在第八句後標寫「又」，以示疊唱，故不列入葉譜接受時俗處理之例。

〔註108〕劉譜批評葉堂從俗刪去底板的作法「不可為訓」（頁27），故「然」字仍有一正板及一底板；今習用之《粟廬曲譜》〈遊園〉，於「然」字雖有兩板，但皆為正板。

－167－

《納書楹牡丹亭全譜・20 鬧殤》【越調・隔尾】「怕樹頭樹底不到的
五更風」句眉批：俗作「盼不到的五更風」，亦可。（頁 4）

此句原爲七字句，俗伶取便，刪爲「盼不到的五更風」，雖乏原作滿樹繁花落
地的意象，卻也簡明唱出杜麗娘生命最後的嘆息，故葉堂雖按原作譜腔，仍
註記俗唱。

四、重樂甚於重律

《四夢全譜》最值得珍視之處，在其處處設想以音樂來配合曲文，而非
強扭曲文入律，本段將在顯而易見的集曲作法之外，從葉堂所撰眉批等，觀
照其對曲牌文樂細部的處理。

（一）臨川格

葉堂在譜曲的過程中，對於湯顯祖不合律之處，宛轉包容，甚至冠以「臨
川格」的稱呼，〔註109〕強調是獨特的作法，而非謬誤：

《納書楹牡丹亭全譜・14 寫眞》【玉芙蓉】眉批：【玉芙蓉】首二句，
本上二下三，此作上三下二，與格不合，臨川跌宕情文，不甘拘束。
合前【雁過聲】一曲，〔註110〕歌者就之，即以爲臨川格也可。（頁
3）

查《九宮正始》（頁 150～151）及《九宮大成譜》卷三十一（頁 2713～2716），
【玉芙蓉】首二句，若非上二下三的五字句，就是上三下三的六字折腰句，〔註
111〕皆爲單式句，但湯顯祖此例卻是上三下二的雙式句，乍看不合曲律。然而，
就點板而言，其實並無影響，不管哪種句法，仍在首句末字，第二句頭、末
字上點頭板，〔註112〕葉堂加此眉批，不是要非議湯顯祖，反而是要求歌者要
注意句讀及情感內涵，不宜將「丹青女、易描，眞色人、難學」唱成「丹青、
女易描，眞色、人難學」。雖然作者「跌宕情文，不甘拘束」，但就譜曲、歌

〔註109〕《四夢全譜》〈凡例〉：「知音者即以爲臨川之韻也可，以爲臨川之格也可。」
（頁 1）

〔註110〕【雁過聲】的討論詳下文，此不贅。

〔註111〕【玉芙蓉】「胸中書富五車」之例（選自《拜月亭》），《九宮正始》定爲上三
下三的六字句，《九宮大成譜》則將「書」視爲襯字，爲上二下三的五字句。

〔註112〕《九宮大成譜》有三例在首句首字加點頭板，但就板位而言，句首是可以減板
的，此例可視爲未減板之例，其餘數例則是承上曲，以句首減板的方式處理。
「減板」觀念見洛地：《詞樂曲唱》（北京：人民音樂出版社，1995），頁 103。

唱而言，並無拗口之處，那麼何必斤斤於曲律？但玩味「臨川格」一句，葉堂即使認可湯顯祖的作法，似乎也不鼓勵創作者突破曲律規範，甚至在《牡丹亭·49 淮泊》【錦纏道】眉批直言反對：「此【錦纏道】，《九宮》無此格，亦臨川之變格，後學不可爲式。」（頁 1）

　　葉堂熟諳曲律，但卻不拘泥，對於某些難以合律的作品，僅從譜曲方面安排，並不願意削足適履，或以繁瑣的集曲來湊合：

　　　　《納書楹牡丹亭全譜·29 旁疑》【一封書】眉批：此曲舊名【畫眉帶
　　　　一封】，因首句上二下三，若作【一封書】，則第三字用底板，恐致
　　　　斷文。改爲集曲，固屬諧適，但接唱【前腔】，又犯出宮之病。嘗考
　　　　舊曲，【一封書】斷文頗多，即如臨川所用〈耽試〉、〈圍釋〉內皆然，
　　　　斷不能深求文律，則此處似亦無礙，故改正。凡【畫眉序】、【一封
　　　　書】，首句第三字皆用仄聲，今臨川遊戲成文，遂至失拈，非又一體
　　　　也。（頁 2）

以【一封書】爲例，《牡丹亭》的三曲，包括第〈29 旁疑〉、〈41 耽試〉、〈47 圍釋〉，首句皆爲上二下三的五字句，例如〈旁疑〉的「閒步、白雲除」，並非原曲律上三下二句法。〔註 113〕【一封書】例在首句第三字下頭板及底板，可見其爲句讀之處，但若〈旁疑〉之曲斷句爲「閒步白、雲除」，則不合語意，因此鈕譜註曰：「原題【一封書】，首句節讀不同，今查正。」（卷上，頁 56）遂集【黃鐘·畫眉序】首二句、【仙呂·一封書】三至終，而作【封書序】。因爲【黃鐘·畫眉序】首句僅第五字下底板，〔註 114〕不致於錯斷文意。但問題在於，一般集曲若首、末句爲同宮調，最爲諧和，《九宮大成譜》〈南詞凡例〉即說明：

　　　　各宮集調，假如【中呂宮】起句，中間所集別宮幾句，末又集別宮
　　　　幾句，至曲終必須皆協入【中呂宮】，音調始和。（頁 47～48）

【封書序】卻是首爲【黃鐘】，次爲【仙呂】，雖然得以解決湯顯祖【一封書】首句的句法問題，但就集曲作法而言，卻是出宮了，摘句亦頗繁複。因此，葉堂雖知此法，還是選擇不能正常「以板節字」〔註 115〕的原題【一封書】，而

〔註 113〕如《蔡伯喈》（即《琵琶記》）「一從你、去離」，見《九宮正始》，頁 299～300；
　　　　　《九宮大成譜》，卷三，頁 455。
〔註 114〕見《九宮正始》，頁 74～75。
〔註 115〕語出〔清〕徐大椿：《樂府傳聲》「底板唱法」，收入：《中國古典戲曲論著集
　　　　　成》（七），頁 182。

不為了遷就句法，改作集曲。事實上，鈕譜亦未再以集曲處理其他兩曲【一封書】（卷下，頁 17、28）。

（二）維持原題曲名或僅標示段落

葉堂對《四夢》中顯然不合律的曲牌，未必逐句以曲牌摘句相就而創為集曲；部分曲牌若真處理為集曲，恐使一段曲文出自多個曲牌摘句，導致支離，於此等難以入手處，葉堂則不強作解人，而是維持原作的曲牌題名，如：《牡丹亭 48・遇母》的四曲【番山虎】，鈕譜細按其句律，創為【山外嬌鶯啼柳枝】、【山桃竹柳四般宜】、【山下多麻稭】及【前腔】，又註：「是非莫辨，再俟博者訂正。」（卷下，頁 31～33）然而，這幾可謂只是找出相同句法來湊合曲文，令人望牌名興嘆，終非良法；後《南詞定律》卷十三收入前三曲時亦是如此；〔註116〕直至乾隆年間，自《九宮大成譜》將【番山虎】四曲收入卷二十五【越調】正曲（頁 2331～2334）為範例後，不論馮譜、葉譜，皆援用原題【番山虎】之名，而不再湊合摘句。《牡丹亭・44 急難》【瓦盆兒】情形也頗相類，因與【瓦盆兒】腔句不合，鈕譜改題【石榴花】，雖非集曲，但仍不諧；《南詞定律》卷六（冊二，頁 108～111）、《九宮大成譜》卷十一（頁 1330～1333）皆收入此曲為例，但另有【古瓦盆兒】，以凸顯《牡丹亭》【瓦盆兒】之格；馮譜、葉譜也依原題錄入。可見最晚至乾隆年間，向被視為不合律的湯作曲牌，或因仿作者眾，〔註117〕或因廣收曲調，原本前人莫衷一是的曲牌，至此已可將原貌收入格律譜中，清人對曲律的看法當較明人更為寬適。

除了句法問題，還有曲牌名稱與曲文不合者，葉堂亦不肯強為冠上牌名，於是僅分段而不分曲：

> 《納書楹邯鄲記全譜・15 西諜》「第一段」眉批：按《幽閨記・結盟》折〔註118〕用【仙呂・金瓏璁引】，〔註119〕以下題作【點絳唇】、

〔註116〕題【山外嬌鶯啼柳枝】、【山桃竹柳四多嬌】、【山下多麻楷】，見冊三，頁 108、327、325。

〔註117〕如：《納書楹曲譜》續集卷三所收《永團圓・述緣》【瓦盆兒】（頁 1011），其句法即與《牡丹亭》之【瓦盆兒】相類。

〔註118〕即《幽閨記・7 文武同盟》（據《六十種曲》本），但《納書楹曲譜》正集卷三所收〈結盟〉（頁 379～383），略去【仙呂】排場部分，故不知其如何標示牌名或處理音樂。

〔註119〕《九宮正始》錄入【雙調】，見頁 867。

【混江龍】、【天下樂】、【油葫蘆】等曲，而不合格式，故今譜不註宮調牌名〔註120〕，但分爲四段。此套遵其體裁，亦用【金瓏璁引】，以下仿其句法而塡詞，非臨川創爲此格也。或以【越角‧看花回】、【綿打絮】、【青山口】、【聖藥王】、【慶元貞】等曲逐段扭合，亦未盡協；又「木葉河灣」以下將原文改作四字句，文理牽強可笑。《大成宮譜》於【越角】套曲內載之，仍註原本於後，誠爲有識。今於《長生殿》譜中則註【越角‧看花回】等牌名；於此折則仿《幽閨》之例，不註宮調牌名，分爲四段好。古知音之士，定當首肯余言。

（頁1～2）

此齣場上稱〈番兒〉，葉堂於眉批旁徵博引，說明其源流及處理方式，綜論如下：〔註121〕〈西諜〉套式乃仿自《幽閨記‧結盟》，共有【仙呂‧金瓏璁】、【北絳都春】、【混江龍】、【北尾】四曲，但曲文句法與【混江龍】等大不相合；後《醉怡情》卷八選入〈打番兒〉，略去【金瓏璁】，餘則題爲【越調‧紫花撥四】、【胡撥四犯】，且改易原【混江龍】「木葉河灣」以下數句曲文；〔註122〕《長生殿‧17 合圍》即仿此題名及作法而成；至《九宮大成譜》卷二十八，又試以【越角‧看花回】等七曲相配，並再次改易「木葉河灣」處之文字。〔註123〕頻繁的更易名目，直至葉堂方擺脫羈絆，認爲與其強選【越角】不盡協合的曲牌配合，不如按照曲文內容分段，故譜中除引子【金瓏璁】及【煞尾】外，餘僅標「第一段」至「第四段」區分，不再強爲安上曲牌，亦不因扭合曲牌句法或盲目從俗，致更改「木葉河灣」以下之文字，爲各本中最尊重湯作，且不拘泥於曲律規範者；然而，在《邯鄲記全譜》中大有突破，爲何於譜《長生殿‧17 合圍》時（頁729～734），又按照《九宮大成譜》，題上【看花回】等牌名，則令人費解。

〔註120〕此處「今譜」未詳所指何譜。但手抄劇本或曲譜經常可見不註宮調牌名的情形。
〔註121〕可參考鄭騫〈【仙呂‧混江龍】的本格及其變化〉及其〈後記〉，收入鄭騫：《景午叢編》，下集，頁348～373。
〔註122〕見《醉怡情》，卷八，收入《善本戲曲叢刊》，第四輯，頁761～765。
〔註123〕見《九宮大成譜》，卷二十八，【越角】套曲，譜後說明此套曲的情形，並解釋「木葉河灣」以下，因「不合時宜」，故從時尚錄入，見頁2647～2653。按，將原作「到木葉河灣，則願遲共疾央及煞有商量的流水潺顏，好和歹掇賺他沒套數的番王著眼。」更易爲「到木葉河灣，遲共疾過關山，天助摧殘，地起波瀾，流水潺潺，悉那邏謀反，好歹掇賺，到處分言，弄得箇沒套數的番王番王的眨眼。」

（三）對原作減句、增句的處理

《四夢全譜》中，葉堂對部分減句或增句的曲牌，明知不合律，卻不用集曲的方式重新訂譜，寧可「將錯就錯」，只是提醒歌者注意此處句數有異。

1、減　句

葉堂對《四夢》減句之曲文，處理方法不一，先以【下山虎】爲例：

> 《納書楹牡丹亭全譜·27 魂遊》【下山虎】眉批：臨川塡【下山虎】每較正格少第十一句，此齣及《紫釵記·撒錢》齣皆然，「看姑姑們這般志誠」乃界白，非曲文也，以字句恰合，倂又押韻，故從舊譜增入。（頁 3）

【下山虎】有十二句，湯顯祖少作的第十一句，爲四字韻句，葉堂對〈魂遊〉及〈撒錢〉的【下山虎】有不同的處理方式：〈魂遊〉第十句下的賓白「看姑姑們這般志誠」，恰好爲四字韻句，仄平仄平的聲調又與【下山虎】第十一句相同，於是將此句移作曲文，點上板眼、配上字腔，恰好補足，既符合曲律，亦便於演唱，此法雖非葉堂首創，但卻是說明最詳盡的。〔註124〕但〈47 撒錢〉沒有賓白可以補入，葉堂既未擅自塡入四字，亦未將之改作集曲，而是將第十一句的板位及曲腔一倂抽掉。

然而，其他的減句曲牌，沒有賓白可以補入，又該如何？

> 《納書楹牡丹亭全譜·41 耽試》【滴溜子】眉批：此【滴溜子】較正格少末二句，爲又一體。（頁 2）

> 《納書楹紫釵記全譜·36 觀屏》【桂枝香】眉批：此二闋較正格少第八句。（頁 1）

〈耽試〉的【滴溜子】，少了末兩句（即一個韻句），據《九宮大成譜》卷七十記載，歌場上有一種唱法，是續上末兩句：「仰仗天威，殄滅虜酋」，〔註125〕以符合正格格律，但此法破壞原作的完整性，葉堂不取；由於原作的末字仍落在板上，且兩曲（含【前腔】）的結音落在「La（6）或 Do（1）」，仍與

〔註124〕雖然葉堂未說明所謂舊譜爲何，但並非鈕譜（卷上，頁 51）；略早的馮譜已將「這般志誠」譜上腔句，但於眉批註記：「『姑姑們這般志誠』，坊刻有誤作白文者。」（卷上，頁 70）實不明湯作曲文原貌，但可見當時見將此句移入曲文。

〔註125〕《九宮大成譜》，卷七十，【滴溜子】最後一例即此（金人的）。有以下附註：其《牡丹亭》曲，原本少末一句，後續「仰仗天威，殄滅虜酋」，補成全闋。恐失其舊，今仍錄原體存之。（頁 5987）

全套相諧，因不影響演唱，故葉堂遂讓末二句的曲文、腔、板皆從缺，也不因此改作集曲。〈觀屏〉的【桂枝香】在「洞房清歡」下少一句，【前腔】則在「遙望處平沙落雁」下少一句。查《九宮正始》，【桂枝香】全曲計 11 句，22 板，第八句為四字句，有二板（頁 355）。葉堂在譜曲時，仍依【桂枝香】正格點板，因此將第八句的二板省去，全曲計 20 板；至於曲腔的部分，要有曲文才能生腔，故在第七句後即緊接第九句。以下舉葉譜《琵琶記·賞荷》之【桂枝香】（頁 98～99）與〈觀屏〉的第七至九句樂譜相較，以明葉堂如何省略：〔註126〕

譜 10　【桂枝香】第七至九句－《琵琶記·賞荷》

```
5 i i 6 │ 565  65356 │ 5 i 65 321 - ‖ 22321 │ 2 165653  21 │
又  被  宮商    錯   亂◎        非干  心變◎       這般
```

```
6. 1123216 │ 1 0 0 0 ‖
好  涼       天◎
```

譜 11　【桂枝香】第七至九句（少第八句）－《紫釵記·觀屏》

```
5 i 653565356 │ i  65321 - │ 6. 1123216 │ 1 0 0 0 ‖
洞  房清歡◎        影  闌◎        珊◎
```

【桂枝香】的第七、八、九句的結音依次為「Do（1）、Mi（3）、Do（1）」，由於原作少了第八句，葉堂在譜曲時，直接將第八句的兩個板位、曲腔一併抽出，由於剛好是兩個正板、且第七句的結音 Do（1），與第九句的起音 La（6），相差三度，仍然能很流暢的連接下去，此法頗為簡便，實在無須為了貼合曲牌句律，而另作集曲相就，而葉堂的眉批，旨在提醒嫻熟【桂枝香】的歌者，此處確實沒有那兩板。

〔註126〕兩曲皆為加贈板的一板一眼曲，為清眉目，簡譜只列正板。若以「│」表正板，以「╵」表贈板，〈賞荷〉第七至九句的點板實為：

又被│宮商╵商錯│亂╵亂。│非干╵干心│變╵變，這般│好╵涼│天。

2、增　句

面對湯顯祖恃才逞性的增句之作，葉堂又是如何應變？

> 《納書楹牡丹亭全譜・53 硬拷》【雁兒落帶得勝令】眉批：此【得勝
> 令】較正格多兩句。（頁 3）

北曲【得勝令】正格共 8 句，句法為：五◎五◎五・五◎二◎五◎二◎五◎，
〔註127〕曲首連用五字四句，但湯顯祖卻連用五字六句，葉堂所謂多兩句即在
此。〔註128〕查《北詞廣正譜》，〔註129〕首四句的板位，皆為第一、三字點頭
板，葉堂遂將六句都如此點板，結音的部分，第一句按慣例落在「Sol（5）」
音，〔註130〕其餘則落在「Do（1）」或「La（6）」音，於是六句皆得順暢安
腔。而原本可增句的【混江龍】，在湯顯祖筆下更是繽紛熱鬧，葉堂該如何譜
曲？其中唯《南柯記・43 轉情》者為通用作法，葉堂逐句以散板譜出；而《牡
丹亭・23 冥判》者，篇幅過長，難以盡歌，葉堂遂僅譜前後十數句之腔；至
《邯鄲記・15 西諜》者，於句格不合，葉堂不題曲名，僅予分段，並另行安
腔；而另一巨幅【混江龍】，見於《邯鄲記・30 合仙》（頁 2～4），葉堂則全
數譜出，但亦破格為之，將原本的散板曲，自「蒼顏道扮」句以下，改為上
板唱，但每句末仍以底板收住，直至後段「火傳薪」句，才將每句末字改點
頭板，此舉當是避免散板曲太長，導致單調拖沓之病，但於點板，又不完全
背離散板曲在句末下底板的習慣。將散板曲譜為上板的情形還可見於【入
賺】，【賺】本為套曲中用於連接過渡者，各宮皆有，句法差異不大，〔註131〕
篇幅在十句左右，句中有數處疊板，至末句方上板；但《牡
丹亭・54 聞喜》、《南柯記・40 疑懼》則有增句甚多的【入賺】，葉堂亦是於
中段點上板眼，使曲子不至於繁長難唱。〔註132〕

〔註127〕引自鄭騫：《北曲新譜》，頁 285。

〔註128〕此【得勝令】首六句，並無連續四句遵守格律，而是六句一氣呵成，故不標
明增句所在。

〔註129〕見〔清〕李玉：《北詞廣正譜》，【雙調】，頁 5。此譜成書於清順治七年（1650），
收入：《善本戲曲叢刊》，第六輯；另有單行本（臺北：學海出版社，1998），
見頁 598。

〔註130〕參考《九宮大成譜》卷六十五，【得勝令】，頁 5391～5395。

〔註131〕可參考吳梅：《南北詞簡譜》，卷五，【黃鐘宮・賺】後之說明，見頁 260。

〔註132〕關於《牡丹亭・54 聞喜》【入賺】不合句律，在鈕譜還頗成困擾；但至馮譜，
雖亦為難，於附註稱為「臨川格」，卻已見於中段加點板眼；不過，馮譜、葉
譜開始上板的句子不同。

除配合曲文增句、增板之作法，還有增句卻不增板之例：

> 《納書楹牡丹亭全譜・14 寫眞》【雁過聲】眉批：此曲《南詞定律》
> 九句廿六板，今將「細評度」作一句，計十句廿六板，照格增句不
> 增板。（頁2）

【雁過聲】曲文爲：「輕綃，把鏡兒擘掠，筆花尖淡掃輕描。影兒呵和你細
評度你腮斗兒恁喜謔。……」葉堂所說的是第四句，本爲七字句，查《南
詞定律》卷二，將此曲第四句的正襯定爲：「影兒呵和你細評度你腮斗兒恁喜
謔。」計三板，在「腮、恁、謔」三字上（冊一，頁 292）。葉譜不考量襯
字，將該句斷爲：「影兒呵和你細評度，你腮斗兒恁喜謔。」原本的一句拆
爲兩句，但仍是三板，只是位置不同，點在「度、恁、謔」三字上。也就
是葉堂是將原在「腮」字上的板，移前至「度」字上，如此一來，「影兒呵
和你細評度」有了一板，自可成爲一句，較能完足傳達語意，也不必一連
趕唱數字了。雖然，板位移動導致多了一句，但總板數是不變的，即是葉
堂所謂的「增句不增板」，此是不違曲律，不拗折嗓子，又能符合曲情的調
配之法。

（四）致力以樂傳情

葉堂的企圖不僅僅是合律依腔而已，還致力於以曲腔來烘托情感，本文
無法逐曲分析曲文與音樂之間，聲情起伏的變化關係，但從下段眉批可略見
一斑：

> 《納書楹紫釵記全譜・8 議婚》【字字錦】眉批：「釵釵」、「快快」二
> 字，他譜率皆連屬，然觀此處情文，仍以斷續歌之乃佳，今故訂正，
> 下曲不贅。（頁1）

〈議婚〉的背景是，霍小玉在元宵節出門賞燈，一不小心，頭上簪著的紫玉
燕釵鉤在梅樹梢上，返身拾釵，巧遇秀才李益，李益遂求以此釵爲媒。小玉
歸家之後，憑欄等不著拾釵人，遂有【字字錦】二曲披露心事。「釵釵」、「快
快」的前後文爲：

> （旦霍小玉唱）【字字錦】……試燈回。爲著疎影橫斜。把咱燕釵兒
> 黏帶◎釵釵◎跟尋的快快，是何緣落在秀才◎……（合）……閃得
> 人魠魠待待，厭厭害害◎卻原來會春宵那刻◎
>
> （婢女浣紗唱）【前腔】……步香街◎淡月梅梢。領取個黃昏自在◎

　　釵釵◎書生眼快快，恁是個香閨女孩◎（合前）。〔註133〕

小玉心下含情脈脈，難以割捨，卻又嬌怯怯，欲說還休。因此，此處「釵釵」、「快快」疊字的曲腔處理，應當是帶著高下閃賺的跳躍，而非連續級進的音符，較能符合小玉的心境。於是葉堂將「釵釵」、「快快」的腔定爲：〔註134〕

譜12　【字字錦】第八、九句－《紫釵記·議婚》（葉譜）

```
⌒232 | 5 - 653 | 3 2̲ 3̲2̲1̲6̲ 1̲2̲ ‖ 5 2̲1̲6̲i̲ 6̲5̲3̲ 3̲i̲ |
 釵      釵        書  生眼          快   快        恁是個
   ◎
56̲5̲6̲5̲1̲6̲1̲2̲ | 2 3 0 0 0 ‖
香 閨 女 孩
           ◎
```

　　至於他譜所定的腔，僅能舉《九宮大成譜》卷五十七所錄的【字字錦】「無意燕分開」一曲爲對照（頁4617），唱腔音區較少變化，但節拍大致相同：

譜13　【字字錦】第八、九句－《紫釵記·議婚》（《大成》）

```
⌒6· i̲ | 5 - 653 | 3 2̲3̲2̲1̲1̲ 6̲1̲ ‖ 5 2̲1̲3̲ 2̲1̲6̲ 3̲5̲i̲ |
  釵    釵         書  生  眼         快  快       恁是個
   ◎
56̲5̲6̲5̲1̲6̲1̲2̲ | 2 3 0 0 0 ‖
香 閨 女 孩
           ◎
```

　　兩者最大的差異其實在「快快」，葉堂將兩字腔在過腔接字時的高低音拉開至十度，且是由低至高跳接，但《九宮大成譜》「快快」一詞的腔，高低音差只有七度，又分佈在三拍半中的頭尾處，張力頓減，遂不見突出。

〔註133〕曲文據《六十種曲》本。葉譜的「把咱釵兒黏帶」多一「這」字，作「把咱這釵兒黏帶」。（頁1）

〔註134〕葉譜的兩曲【字字錦】，在「釵釵」、「快快」處的腔都一樣，但爲方便與他譜比較，取兩譜皆有的【前腔】爲例。此處兩曲【字字錦】皆爲加贈板曲，爲清眉目，簡譜只列出正板。但該句點板實爲：

　　　　釵 | 釵 釵 | 釵跟 尋的 | 快 快　（《紫釵記·8議婚》，頁1）

由以上葉堂在譜曲時的思路及考量，可見其如何維護湯顯祖原作的完整，偶見的幾處改動，也是在幾經考量下，認爲無損原作才動筆的，凡有改動，必加眉批說明；對於俗伶的謬誤，小則字音、多至句韻、曲牌，皆不嫌絮煩，一一指明，在在是爲了使湯顯祖原著的華采，不致於湮沒在歌場上。至於原作明顯乖律之處，如果能設法「改調就詞」，葉堂自當竭盡心力宛轉相就，但若無大礙，將之視爲「臨川格」，提醒後學不宜取法，使歌者明其句讀即可。還有些早已無法以律規範之曲，更是無須拘泥了，於是隨順曲文，逐句按板譜腔。然而，葉堂最可貴之處，不僅在於他使《四夢》原作全本有付之歌場的可能，〔註135〕而是致力於揣摩曲情，使所譜之曲能展現原作旨趣。於是葉堂的主張於此愈益清晰，曲律是規範及準繩，若能盡量使曲子合律，不違慣例，演唱者也容易上口；但於馳騁才情之曲牌或句韻，既不能以律繩之，那麼何妨破格，另行根據曲文生腔譜曲。

第三節　宛轉相就作法評議

本節將評論葉堂宛轉相就作法，先從其改訂原則，見其追求文、律、樂之間的平衡；再比較諸譜作法異同，以見葉堂於改訂者中最爲出色也流傳最廣；末論由《四夢全譜》等，可證清代譜曲觀念及作法較明代之轉變及發展。

一、葉堂訂譜原則——追求文、律、樂之間的平衡

在檢視葉堂宛轉相就的作法之際，筆者始終好奇，爲何有些句子不合律，卻毋須將曲牌改作集曲？有些句子只差一字，卻仍將其改訂？其間的界線或原則爲何？葉堂並未說明，以下試圖釐析歸結。首先將其作法依改訂程度多寡，區分爲五項：

1、曲文合律，但未必依律定樂

即使湯顯祖的曲文與律相合，葉堂卻未必依格律譜所定之板譜曲，仍可能挪移板位，例如：【一江風】首句起板，據《南詞定律》卷八所定，〔註136〕

〔註135〕如周維培所言：「葉堂第一次爲《紫釵記》制訂了全本工尺譜，使此劇有可能以全本形式傳唱於崑劇舞台。」「爲崑劇演唱《牡丹亭》等劇制訂了後世目之爲權威的工尺譜式。」見周維培：《曲譜研究》（南京：江蘇古籍出版社，1997），頁245～246。

〔註136〕《南詞定律》，卷八，【古一江風】、【一江風】之首曲皆可參考（兩者差在第

是在起首的三字句後下底板，但《四夢全譜》皆是在第二句首字起頭贈板。若以《牡丹亭・9 肅苑》首曲爲例，依律當定爲：〔註137〕

小春香｜—◎ ｝一種在｜人 ｝奴｜上◎

湯作曲文並無扞格之處，但葉堂卻訂爲：

小春香◎ ｝一種在｜人 ｝奴｜上◎

雖然於律而言，宜先起正板，再下贈板；但不可否認，葉堂的點板法可使第一、二句之間連接較緊密，有個響亮而緊湊的開頭。〔註138〕

　　而葉堂亦常將湯顯祖所作字數較多的【尾聲】挪移板位，以求更爲諧暢，可舉馮譜與葉譜《牡丹亭・35 回生》【尾聲】第二、三句對照，即知葉堂如何不依律點板，但卻使樂曲較爲順口可歌：〔註139〕

馮譜：七｜香湯瑩了｜美食｜相｜扶｜—◎可知道洗棺塵都是這 高唐｜觀中｜雨◎

葉譜：｜七香湯 瑩了美食｜相｜扶｜—◎可知道洗棺塵｜都是這高唐｜館中｜雨◎

主要差異處爲第二句第二板、第三句第一板，該置於何字上（即以粗體字標示處）。馮譜詳分正襯字，也按照【尾聲】的格律點板，然而，當第二句的底板需唱 10 個字時，固然是湯作襯字太多所致；但再看葉堂點板，則通達多了，其將末句的頭板從第三字「高」移前至首字「都」，讓每個字至少有半拍的長度，又第二句則突破「襯不當板」的慣例，在「瑩」字上點板，並以點板重新畫分節讀，後雖遭劉譜批評：「葉譜挪移，不合句律。」（頁 143）然於今看來，葉堂宛轉隨順曲文，不盡然依律定樂，稍作騰挪，卻能字字清楚送入觀眾耳裡，毋寧是更爲高明的。

　　　　八句是否疊唱），見冊二，頁 260～262。
　　　　按，葉堂於【一江風】的起板方式，雖與《南詞定律》及曲律原則不符，但未必是新創，《九宮大成譜》卷四十九所收【一江風】諸體，其中出自《荊釵記》的「繡房中」曲，亦於第二句起頭贈板，見頁 3769～3773。
〔註137〕《南詞定律》原無贈板，此據劉譜補入（頁 22），以便參照。
〔註138〕葉堂的作法，後招致劉譜批評：「本調首曲，應於首句下底板起，葉譜於『一』字上起贈板，非是。」（頁 22）但這應是流行趨勢，葉譜其他【一江風】，率多如此點板。
〔註139〕馮譜題【尚輕圓煞】，見卷下，頁 12～13。葉譜見頁 3。
　　　　另，《牡丹亭・30 歡撓》【尾聲】的情形類似，亦可參看。

2、曲文雖不合律，但照樣訂譜

湯作部分曲牌確有較曲律增減字數、句數等情形，然而，若一一改為集曲，未免過於繁瑣；於是，只要可以從曲樂上解決的，葉堂往往照樣訂譜，上節「對原作減句、增句的處理」一段，即舉出葉堂乃以抽掉板數、增句不增板、增句增板等作法組接，其實，只要分清句韻，不影響曲牌整體架構，於訂譜安腔而言，並不造成困擾。反觀鈕譜，堅持句句合律，卻未必最為穩妥，以《牡丹亭·39 如杭》的引子【多卜算】為例：「原題【糖多令】，後二句不屬，今查正。」（卷下，頁 14）由於【糖多令】末二句的句法為：「七。六乙◎」倒數第二句為仄收，末句應有六字，湯作卻是「昨夜天香雲外吹。桂子月中開◎」故改以【卜算子】末二句集入，句法為「七。五◎」〔註140〕看似吻合，但【卜算子】末句當仄收，此一改調就詞，顧了句法，卻又添韻腳平仄的問題，亦不甚當。葉堂的作法則是重新斷句為：「昨夜天香雲外◎吹桂子月中開◎」仍題【糖多令】，僅倒數第二句字數不合，〔註141〕但仍可照樣下底板，按原曲歌唱。如此看來，又何需堅持句句合律，若將不合律之句改集其他曲牌，導致顧此失彼，倒不如直接忽略不合律處，還可曲文、曲樂兩便，歌者、聽者順耳。

3、增減曲文字句，以求合律且易譜順歌

葉堂雖自言「不敢妄易」湯顯祖曲文，然而，就如上文「權衡後的幾處改動」一段所舉諸例，於湯作某些稍許不合律處，若音樂組織確實受到影響，則以增減某些字句來相應，俾使歌之更為流暢。如《邯鄲記·27 極欲》【鬥鵪鶉】，湯顯祖少作第六句，葉堂還刻意從臧懋循改本中摘出「俺可也豪興醉徜徉」一句補入，〔註142〕何以此處不能照樣訂譜呢？筆者認為：【鬥鵪鶉】是頗為規整的曲牌，共有八句，合套中通常會疊唱非韻句的第一、第三、第七句，於是全曲可分為四段，示意如下：

第一段：第一句·疊唱第一句·第二句◎

第二段：第三句·疊唱第三句·第四句◎

第三段：第五句◎第六句◎

第四段：第七句·疊唱第七句·第八句◎

〔註140〕【糖多令】、【卜算子】句法，據《九宮正始》，頁 264～265。

〔註141〕不過，若據《九宮大成譜》卷一之【糖多令】句法（頁 94），則此曲末二句並未失律。

〔註142〕葉堂於【鬥鵪鶉】眉批註記：「原本少第六句，茲從臧本添入。」

而每一段音樂，都各有一句較低的腔、一句較高的腔互爲呼應，如第一段：

譜14 【鬥鵪鶉】第一、二句－《邯鄲記·極欲》

0676 | 7 6722 | 2676 | 2267 | 676 | 4 4 234643 | 232 |
踢蕩蕩　蹬　道　三　條　踢蕩蕩　蹬道　　三　　條　　滴溜溜　平川

2432 | 34 | 400 ‖
一　掌

第一句「踢蕩蕩蹬道三條」在較低之音區，另有高八度的疊唱；而第二句「滴溜溜平川一掌」之腔較高，皆在中音區，共同完整一組腔句。按此處理方式，第三段若少了第六句，就無法呈現一高、一低腔句呼應的音樂結構，形似孤立，於是葉堂據臧懋循改本增入「俺可也豪興醉徜徉」一句曲文，譜爲：

譜15 【鬥鵪鶉】第五、六句－《邯鄲記·極欲》

0676 | 42 | 765 | 56727 | 6676 | 2353 | 3 23543 | 200 |
抵多少　銀燭　朝天紫　陌　　長俺可也　豪　興醉　　徜　　　徉

則本段仍可維持【鬥鵪鶉】二句一組，由高低音區曲腔組成的架構。[註143]筆者推想，如果湯作此處缺的是第一、二句，則整段不譜曲，即使不合律，但於曲樂而言仍是流暢的，那麼，葉堂就毋須添加曲文，接續譜曲；但當缺漏的是中間的句子，又牽涉【鬥鵪鶉】曲腔組織的銜接呼應，補入相應的曲文，以利維持整隻曲牌的完整性，確是權衡之下必要的改動。又此曲首四句，原本在句首的疊字後面，皆有「的」字，如「踢蕩蕩的蹬道三條」，但參照上舉譜例，則知若有此一介詞，委實會使歌唱時有些疙瘩，故葉堂亦予以刪去，方見俐落順口。

4、曲文明顯不合律，改以集曲相就

鈕譜首先以「集曲」之法，全面處理《牡丹亭》不合句律的曲文，經「改調就詞」後，可使曲文與曲律互相切合；然此法亦可能產生許多陌生的曲牌，

〔註143〕筆者曾分析【鬥鵪鶉】之句段結構及音樂特徵，見林佳儀：《元雜劇情節結構與音樂關係之研究——以現存【中呂宮】全套樂譜之劇本爲對象》（臺北：政治大學中文所碩士論文，2001），頁84～88、248～262。

使演唱者難以直接套用既有的學習經驗，故葉堂改易的曲牌，多屬明顯不合律者，以改訂【仙呂‧江兒水】爲【正宮‧雁過江】（集自【雁過聲】、【江兒水】）爲例，《四夢》中凡三見：《紫釵記‧6 墜釵》、《牡丹亭‧39 如杭》、《邯鄲記‧22 備苦》，湯作於首數句不合，故葉堂改作集曲，試看〈如杭〉首三句：「偶和你後花園曾夢來◎擎一朵柳絲兒要俺把詩篇賽◎這是聰明反被聰明帶◎」實在不是【江兒水】首三句：「五。五◎七◎」之句法，幾番尋覓，方取【雁過聲】首段七言三句相配；〔註 144〕不過，既然兩曲的第三句皆爲七字句，何不就用原【江兒水】之句？從押韻、點板、旋律，筆者未解摘入【雁過聲】第三句的必要性，或許葉堂僅是承襲前人用法。〔註 145〕不過，〈備苦〉之【雁過江】，首三句的句法與其他二例相同，但集法爲：「【雁過聲】首至二、【江兒水】三至末」，則葉堂的確認爲【雁過江】可有另一種集法。

　　【雁過江】乃少數句數不合，改作集曲之例；而《牡丹亭‧32 冥誓》原題【耍鮑老】者，應有八句（七◎六乙◎七◎六乙◎七◎六乙◎七◎六乙◎），〔註 146〕湯作卻僅七句，且句律差異過大；鈕譜雖與前曲併作【永團圓】相就，但亦不甚有把握；葉堂爲求合乎曲文，乃新創集曲【三節鮑老】：

　　　　【三節鮑老】（【鮑老催】首至二）俺丁丁列列◎吐出在丁香舌◎（倒接
　　　　鮑老催】十一至十三）你拆了俺丁香結◎須粉碎俺丁香節◎休殘慢。須
　　　　急節◎（【鮑老催】《拜月亭》格末三句）俺的幽情難盡説◎則這一蓊風動
　　　　靈衣去了也◎（頁 6～7）

由於摘自【鮑老催】三處段落，故稱【三節鮑老】，此曲有如【鮑老催】的薈萃版，以下即據收錄各體【鮑老催】最爲詳盡的《九宮正始》（頁 61～66）略作梳理：首節取的當是【鮑老催】後，也就是「合頭」的首二句，而非【鮑老催】全調的首二句；次節所謂「倒接」，乃因「合頭在前，換頭在後」，參照《九宮正始》，當爲十至十三句，即「換頭」的首四句；末節指《拜月亭‧

〔註144〕【江兒水】句律，據《九宮大成譜》卷二，見頁 336。若據《南詞定律》卷九，第二句爲三字句，但板數皆爲二板，見冊二，頁 499。
　　　　【雁過聲】句律紛繁，此據《九宮大成譜》卷三十一所列第一體而言，見頁2763。
〔註145〕鈕譜、《南詞定律》、馮譜於此曲的集法皆是：「【雁過聲】首至三、【江兒水】四至末」。鈕譜見卷下，頁 15。《南詞定律》見卷二，冊一，頁 389。馮譜見卷下，頁 19～20。
〔註146〕據《九宮大成譜》卷七十，【耍鮑老】第一體所列，見頁 5978。

20 虎頭遇舊》【鮑老催】末曲「告辭去急」的末二句，因此曲較他曲多二個七字韻句。葉堂自述出格的原因爲「第欲求合臨川之曲」(《四夢全譜》〈凡例〉，頁 1)，而非創製新曲新腔。筆者揣想，有譜曲能力的葉堂，或許直接將全曲「依字行腔」還便捷些，何以不辭辛勞從長達十七句的各體【鮑老催】中尋找可以搭配的句段，並兼顧來自不同曲牌摘句的音樂銜接？筆者認爲，此舉乃植根於對曲律的尊重，以集曲宛轉相就曲文，爲的就是在讓每一段曲文皆有牌調可依傍，故葉堂取材的範圍廣及曲牌的正體、又一體，就是希望能妥貼安頓每一段曲文，並能巧妙銜接源自不同曲牌的音樂，不過，這樣強調句句有來歷的作法，又何嘗不是對曲律的重組，甚至自由出入？

5、曲文難以歸屬，視同新創曲牌

不過，葉堂也非「唯律是從」，能宛轉以曲牌摘句相就的，固當戮力爲之，甚至博採諸曲，新創集曲；然而，若湯顯祖恣意揮灑才情致使無法入手格正，那麼，葉堂反而自在通達，既然沒有曲牌、句段可爲曲文框架，那麼何妨就視其爲一獨立的新創曲牌？上文「維持原題曲名或僅標示段落」一段已舉出數例，最鮮明者莫過於《納書楹邯鄲記全譜・15 西諜》，甚至捨棄曲牌名稱，而逕行分段標示！其他如《納書楹牡丹亭全譜・48 遇母》的【番山虎】，即使與通行的散曲作法有異，〔註147〕但格律譜皆引爲例曲，則何妨存之，視爲新創曲牌，也無須絞盡腦汁尋找摘句湊合曲文了。〔註148〕

葉堂宛轉相就的作法看似繁難費解，尤其爲何要於曲文非主要詞義處略微增刪？何以同樣缺少字句，有些曲牌非得改訂？種種集曲作法實是自由出入於曲律之間，那麼何不「因詞造律」，盡情藉湯作來創造曲牌？凡此種種皆耐人尋味。如今看來，關鍵在葉堂雖是譜曲者，然而，關心的焦點並不在於詳明正襯句律、亦非獨厚音樂表現，而是試圖在文、律、樂三者之間追求平衡，其作法，當可如此歸結：《四夢全譜》的目標乃在將存眞的曲文交付歌唱傳情，故當曲文不合律需要改動時，往往在三者之中選擇變動最少、最易實踐，且穩稱曲文者宛轉相就，因此，若能以曲腔處理者，則曲文與句律無須改動仍可照樣譜曲；若增減曲文一字，既合律又順口而歌，則於原作略事騰

〔註147〕見《九宮大成譜》，卷三十五，頁 2235～2238。

〔註148〕鈕譜（卷下，頁 32～33）及《南詞定律》（卷十，冊二，頁 108、325、327）於〈遇母〉原題【番山虎】之曲尚力圖以集曲摘句相合；然至《九宮大成譜》（卷二十五，頁 2231～2234）、馮譜（卷下，頁 43～44），則逕題【番山虎】。

－182－

挪；若曲文與句律明顯不合，則採「改調就詞」手法，以組織曲牌摘句產生
新曲相就，既有曲律爲基礎，又可使歌者部分沿用熟悉的曲唱；但並非所有
不合律的曲文皆適用此法，當必須組合眾多陌生的摘句，致過於繁瑣，葉堂
則使其成爲新曲牌，形同自創曲律規範。於是，葉堂一方面改調就詞，甚至
自創集曲，處理原作不合律的曲牌；另一方面對於按格不應增句或減句，甚
至多一句、少一句之類出格的曲牌，亦照樣譜曲。藉由《四夢全譜》的刊行，
雖然形諸曲譜的是曲文與曲樂，但葉堂實已獨樹一格，成爲繼格律譜編撰者
之外，頗具影響力的曲律詮釋者。然而，筆者認爲其對曲律的理解與詮釋，
在《四夢全譜》中恐怕亦未盡一致，原因在於訂譜乃歷經數年而成，其間對
每一曲牌是否合律、該如何處理的作法，不免隨時相應調整，觀附錄四所列
「《四夢全譜》宛轉相就一覽表」，明顯可見葉堂於《納書楹牡丹亭全譜》煞
費經營，力求字句穩妥，最晚成書的《納書楹紫釵記全譜》，所改易者皆爲犖
犖大端，許多集曲更爲適應曲文而新創，則葉堂對不合律的認定界線當較爲
寬鬆，於不夠切合曲律要求的某些字句，盡量從曲樂上著手配合；而所謂「考
核較精」的《牡丹亭全譜》（《四夢全譜》〈自序〉，頁1），乃因已有鈕譜在前，
則對合律與否在兩可之間的曲牌，如：《牡丹亭・10 驚夢》引子【遶池遊】，
是否需改爲【遶陽臺】？〔註149〕則又牽涉葉堂對前人格正的牌調是否同意，
整體而言，葉堂於鈕譜「改調就詞」的作法，雖有未盡同意而另行創製者，
然沿用處亦爲數不少。

　　葉堂的成就，不在於他格正了多少曲牌，不在於他新創了多少集曲，而
在於他爲崑腔譜出了能傳達作品意趣神色的《四夢》樂曲，正如曲譜參訂者
王文治在《四夢全譜》〈序〉所讚譽的：

　　　《玉茗四夢》……俗工依譜諧聲，何能傳其旨趣於萬一？……懷庭
　　　乃苦心孤詣，以意逆志，順文律之曲折，作曲律之抑揚，頓挫綿邈，
　　　盡玉茗之能事。（頁1～2）

葉堂站在文人及樂工的平衡點上，於合律曲牌諧聲傳情、失律曲牌擇取適於
達意的摘句，並且標示笛色、兼顧唱曲慣例，使曲家及伶人皆得以勝任宛轉
相就後，合律依腔的新樂曲。因此，雖然《四夢全譜》不像鈕譜、馮譜，以
大小字體區分正字與襯字，但按板而歌，自能唱出語氣的疾徐輕重。於是，
被譏爲不協律的湯顯祖作品，又何曾拗折天下人嗓子？葉堂在《四夢全譜》〈自

〔註149〕詳第三章第二節「作法分類／與集曲相關者」。

序〉一語道破：

> 若士豈真以捩嗓為能事？嗤世之盲於音者眾耳。（頁2）

其實，就譜寫音樂的角度而言，如果沒有曲文，自然不需點板、生腔；假設曲文增減一二字，在過腔接字時也有騰挪之道，不至於少了一字就崩解曲律、拗口難唱。湯顯祖想必深諳此理，於是盡興舒展才情，不再對曲律亦步亦趨，可視為「不重律者反而可能真懂樂」〔註150〕的代表人物。那些不敢越曲律雷池一步的曲家，擔心的恐怕是揮灑出格之後，沒有固定的曲腔可以套用，對於音樂曲調，終將束手無策吧！

二、鈕譜、馮譜、葉譜、劉譜作法評說

上文在闡釋宛轉相就的各種作法之際，雖以葉譜為主，但亦舉鈕譜、馮譜、劉譜互為參證，本文雖不及一一評論，但將摘取數個較為突出的觀念或作法，以見各譜於曲文及曲律不同的詮釋；其次，將例舉幾乎同時同地創作的馮譜及葉譜，於相同曲文訂譜安腔的異同，略見乾隆時期崑曲傳唱之概況。

（一）諸譜評說

若仍從「文、律、樂」三者而言，除葉譜追求三者的平衡，諸譜各有偏重：

1、鈕　譜

鈕少雅積數十年之功，校訂《九宮正始》，嫻熟曲律，於四聲正襯、句韻點板及各體格式，如數家珍，故於《格正還魂記》中，最關注的仍是「律」，可從數端見之：

（1）對湯作不合律處，除註記原題曲牌、違律之句，如〈28幽媾〉【雙梋入江泛金風】：「原題【滴滴金】，上半不屬。」（卷上，頁又55）甚至直接呼其為「謬」，如〈28幽媾〉【金馬樂】：「原題【耍鮑老】，大謬。」（卷上，頁又55）直是就律論律，全書並無一語提及作品文采。

（2）細心分辨湯作運用同一牌調不同格處，如〈12尋夢〉的三曲【川撥

〔註150〕見路應昆：〈文、樂關係與詞、曲音樂演進〉，發表於世界崑曲與臺灣腳色——崑曲國際學術研討會，2005；後收入洪惟助主編：《名家論崑曲》（臺北：國家出版社，2010），頁1011～1038；《中國音樂學》2005年第3期，頁70～80。

棹】，即分別標示「常格」、「首句《拜月亭》格」、「首句《荊釵》格」（卷上，頁 21），這在其餘諸譜中甚爲罕見，最可見鈕譜如何費心說明湯作合律。

（3）於原作缺字處，即使毋須改調就詞，亦以「■」標示應有之字位，並說明脫漏處，如〈30 歡撓〉【搗練子】：「第二句上脫二字。」（卷上，頁 57）

（4）鈕譜強調韻腳於分句的作用，於〈20 鬧殤〉【紅衲襖】首曲後有大段說明文字，亟言【紅衲襖】末句爲七字，其帶「也」字格之句，乃連下成文，故共只一句；但因湯作於「也」上之字押韻，故只得斷爲兩句：「依舊向湖山石兒靠也◎怕等得個拾翠人來把畫粉銷◎」（卷上，頁 35）但〈28 幽媾〉之【紅衲襖】，末句爲「可是你夜行無燭也因此上待要紅袖分燈向碧紗◎」（卷上，頁 55）因「燭」字未押韻，故將這一大句，依律定爲七字句，未再於「也」字後下底板分爲兩句。又如〈30 歡撓〉【金龍袞】註：「原本即上調（按，【黃龍袞】），第六句不屬。」（卷上，頁 60）第六句「妙娑婆」有兩處不合律：一爲字數（宜四字，卻僅三字），一爲押韻（非韻句，卻押韻）。筆者認爲鈕譜改作集曲的原因，除字數不合外，主要原因在「妙娑婆」既爲韻句，韻字應該下板，故集入【滴滴金】摘句相合。簡而言之，鈕譜的作法，乃是處處從律著眼，且爲使句句合律，頻繁改訂辨正。

2、馮　譜

雖然馮起鳳《吟香堂牡丹亭曲譜》亦試圖兼顧文、律、樂三者，然若與葉譜相較，其體例及作法皆較向律傾斜：

（1）從體例而言，承格律譜的習慣標示曲牌：《九宮大成譜》將南曲曲牌依其性質分爲引、正曲、集曲，北曲分爲隻曲、套曲、合套，馮譜亦於曲牌或套曲上逐一標記，甚至遇引與正曲同名之曲牌，還於眉批註記，如〈28 幽媾〉【浣沙溪】：「與本宮引不同。」（卷上，頁 73）《九宮大成譜》於每一曲牌往往臚列各體，馮譜於《牡丹亭》所用爲「又一體」者，亦於眉批註記，如：〈20 悼傷〉二曲【集賢賓】，分別爲「又一體」、「正格」（卷上，頁 41～42）。又於改調就詞的曲牌，標示原作題名，如：〈26 玩眞〉【鶯啼御林】：「原題名【黃鶯序】。」（卷上，頁 65）

（2）從作法而言，馮譜解決失律問題，往往仍從合律上著手，不若葉堂考量合樂之法：馮譜頗喜將曲文「添字成格」，如〈40 僕偵〉【女冠子】眉批：「原題無『嶮巇』二字，增入成格。」（卷下，頁 21）此曲首句「世路平

消長」，按格少二字，馮譜扣緊失律的曲文，橫生「嶮巇」兩字湊入，改以「世路嶮巇平消長」來訂譜；葉譜於此則考量度曲合樂，刪除該句的一板後，照樣譜曲，並未大費周章。〔註151〕又馮譜仍將曲文正襯字以大小字體區隔，但卻可見爲合句法，強分正襯，〈46 折寇〉【破陣子】之末句爲五字句，馮譜勘定正襯如下：「你待要霸江山吾在此。」（卷下，頁 35）頗爲牽強；葉譜則爲表杜寶坐鎮淮揚抵禦李全，承鈕譜集入【齊天樂】末句的六字句法，作：「霸江山吾在此」（頁 1）。雖然馮譜與葉譜此句的腔頗爲近似，但可見馮譜爲強調格律，忽略了曲文句意。

（3）馮譜加註容易誤讀之曲文讀音或切語，頗便於唱曲者明辨字音，如：〈7 閨塾〉【一江風】其二「女郎行」句眉批：「行，音杭。」（卷上，頁 6）、〈20 悼殤〉【紅衲襖】其四「從頭學」上註記：「學，奚交切。」（卷上，頁 46）此類標示於〈23 冥判〉、〈53 硬拷〉、〈55 圓駕〉之北曲尤多，乃因馮譜於南北異音之字特別註記，如〈23 冥判〉【混江龍】：「百，叶擺。」（卷上，頁 53）「百」字，南曲讀爲入聲，北曲讀如「擺」音。〔註152〕簡而言之，馮譜雖是首次將《牡丹亭》全本譜曲，展現崑曲歌唱湯顯祖作品原貌的可能，然而於曲文合律的關懷，仍遠勝於曲樂表現，下文將再舉譜例說明。

3、劉　譜

諸譜中最晚成書的劉譜，雖未刊行，卻得以集眾家之長，並以己意參訂，故於樂、於律，皆可見較葉譜偏重之處：

（1）劉譜的曲腔，並非重新譜定，大部分是照錄葉譜，僅更訂部分字腔或於律有不妥處；〔註153〕但葉譜《牡丹亭》遵進呈本，未譜入的〈15 虜諜〉全齣、〈47 圍釋〉北曲部分，則取自馮譜；〈15 虜諜〉附錄之全齣的南唱、〈32 冥誓〉附錄之【永團圓】一曲，乃於通行唱法之外，另行按鈕譜勘

〔註151〕按，葉譜此處仍按湯作題名【孤飛鵰】，一仍「世路平消長」五字之曲文（卷下，頁 1），但【孤飛鵰】，據《九宮正始》（頁 679），當有七字，計三頭板一底板，此處因湯作並無律定的第三、四字，故葉堂直接將該處的頭板抽去。

〔註152〕據《韻學驪珠》卷下，入聲「拍陌」韻：「百，博扼切；北叶擺。」見〔清〕沈乘麐著、歐陽啟名編：《韻學驪珠》（影印清光緒十八年（1892）重刊本）（北京：中華書局，2006），頁 389。

〔註153〕枕雷道士劉世珩鑑定的曲譜，有一種更直接題名《納書楹南柯記曲譜》。沈〔枕〕雷道士鑑定、大雷童嬛瑱如、小雷柳嬽琬如侍拍：《納書楹南柯記曲譜》，精鈔本，臺北：中央研究院歷史語言研究所藏。

明者訂譜，[註154]前者爲自行定腔，後者則據馮譜。劉譜與葉譜的差別主要在兩處：葉譜僅標示一齣之內笛色轉換者外，劉譜則將各齣皆詳明笛色。葉譜僅標示板及中眼，劉譜則增入小眼。各齣末並附「鑼鼓節次」，舉〈15虜諜〉爲例：

> 淨引眾上：大鑼元場還五記。唱【一枝花】：嗩吶吹、介二三鑼。唱完：大元場歸位。念完定場詩：二記。起唱【二犯江兒水】：帽子頭。起唱【煞尾】：介二三鑼。唱完同下：大鑼元場打下。」（頁52）

看似簡單，但於人物上下場、開唱鑼鼓、散板唱中的二三鑼等都已齊備，可與諸曲之腔相連，亦適用於搬演。

　　（2）雖然劉譜之曲腔源自葉譜，然於葉譜配合曲意或歌唱的騰挪，卻未必贊同，故時見批評，如〈30歡撓〉【尾聲】眉批：「此【尾】首二句，葉譜板式不分正襯，茲據鈕、馮二譜勘正。」（頁123）劉譜著意的是合律穩妥，故屢舉《南詞定律》、《九宮大成譜》所定格式參證，如〈28幽媾〉【金蓮子】眉批：「本曲用《紅梨記》格，末句『許』字一板，葉譜挪在『情』字，非式也。茲據舊譜訂正。」（頁110）所謂舊譜，泛稱上述兩譜，皆舉《紅梨記》「鬢掩霞」一曲爲式，[註155]於是，劉譜遂按格律譜點板，但曲腔仍依葉譜，舉後半曲爲例：[註156]

譜16 【金蓮子】後半－《牡丹亭・幽媾》（葉譜）

[註154]〈15虜諜〉附錄按語：「本齣諸曲，鈕譜均作南詞唱，勘註精詳，不忍湮沒，特另譜附錄於後。」（頁53）
　　　〈32冥誓〉附錄按語：「本齣【鮑老催】、【耍鮑老】二曲，鈕譜並作【永團圓】一調，附譜於後。」（頁135）
[註155]見《南詞定律》，卷八，冊二，頁275；《九宮大成譜》，卷四十九，頁3816。
[註156]爲便於比較，劉譜雖訂爲一板三眼，但仍按一板一眼譯譜。葉譜見頁3，劉譜見頁110。

譜 17 【金蓮子】後半－《牡丹亭‧幽媾》（劉譜）

差別只在「則問她許多情。與春風畫意再無差◎」一句及其前後的節拍，劉譜的作法確是【金蓮子】之正格，然並不生動曉暢，葉譜作法雖不合律，但其考量，一是強調「許多情」，盡量使節拍完足；一是讓曲腔更爲流麗，不爲了凜遵句律板位及正襯，而使「春風畫意」情思頓減。簡而言之，劉譜雖視葉譜曲腔爲可依循之典範，於鈔錄時增入小眼細細玩味，然而，當與律衝突，又無可鬆動之際，劉譜往往捨樂就律。

綜觀各譜所重，除葉譜追求文、律、樂的平衡，宛轉相就《四夢》；其餘諸譜，於改調就詞方面，固然用功甚深，力求使曲文不再有失律之憾；然而，即使正襯、押韻、句法、點板樣樣合律，語氣及歌樂卻未必最爲穩稱，由此觀照葉堂遊走於合律邊緣，試圖讓歌唱之曲文兼備詞情與聲情，即使有曲家期期以爲不可，終究無礙葉譜之傳唱。

（二）馮譜、葉譜曲腔異同

同樣爲《牡丹亭》譜曲，馮譜的聲名、流傳遠不及葉譜，葉譜固然後出轉精、聲情妥貼，然而兩譜的異同亦令人好奇，除了上舉改調就詞的種種作法差異，本段將舉二個曲牌段落，見其安腔的差別。

1、同異互見

洪惟助、吳新雷皆曾以〈驚夢〉【皂羅袍】「原來姹紫嫣紅開遍」一曲爲例，討論其音樂處理，偏重各有不同，洪惟助認爲：「二譜的相似度極高，有些句子的音符甚至完全相同，他們應是前有所承。」〔註157〕吳新雷則提出前二句具體音符的差異：「原來」兩字，馮譜按平聲字譜法，起音較高（3 3）；葉譜的起音較低（5 6），使全曲有起伏、有感情，至今傳唱。〔註158〕不過，馮譜中也

〔註157〕見洪惟助：〈從撓喉捩嗓到歌稱繞樑的《牡丹亭》〉，頁754。
〔註158〕吳新雷：〈《牡丹亭》崑曲工尺譜全印本的探究〉，《戲劇研究》創刊號（2008.1），頁117。

偶見較葉譜接近後來唱法者，如曲中「良辰美景」四字。兩譜差異之處，究竟是引用俗唱的程度不同，或曲家個人的創造，已不可考，但譜中盛演劇目的名曲行腔，往往頗為雷同，如〈10 驚夢〉【山坡羊】（沒亂裏春情難遣）、【山桃紅】（則為你如花美眷），〈12 尋夢〉【江兒水】（偶然間心似繾）、〈24 拾畫〉【顏子樂】（則見風月暗消磨），當是蘇州的俗唱早已錘鍊出經典唱法了，尤其【江兒水】幾無二致，僅「心」字之板、「花」字之小腔略略不同。

　　2、訂譜差異舉例

　　不過，於罕見的散齣或曲牌，兩譜所訂則頗有不同，以下於北曲、南曲各舉一例以見之。北曲以〈23 冥判〉【後庭花】之一段增句為例，【後庭花】於曲末可增入句數不拘的六乙韻句，〔註159〕〈冥判〉的增句皆為報花名，除末幾句變化較多，其餘可將四句視為一段，舉第一段為例：〔註160〕

　　　譜18　【後庭花】增句段落－《牡丹亭·冥判》（馮譜）

　　　譜19　【後庭花】增句段落－《牡丹亭·冥判》（葉譜）

　　兩曲的結構差異不大，花神報花名的部分為快唱，判官評點的部分則至少二板，不過，葉譜處理得較為工整。曲腔安排最主要的差別，馮譜的落音為「Do（1）」，與其下【寄生草】相同；葉譜的落音為「Mi（3或3）」，運

〔註159〕詳鄭騫：《北曲新譜》，頁91。
〔註160〕見馮譜，卷上，頁57。葉譜，頁6。

－189－

用同音的兩種八度音程，與其前【鵲踏枝】一致。就曲腔的流暢度而言，由於葉譜反覆運用全齣皆可見的「$\underline{1}$ $\underline{7}$ $\underline{6}$」的各種節奏，故曲子相當連貫，但也不失活潑俏皮；馮譜的腔雖極盡變化，惜「$\underline{5}$ $\underline{4}$ $\underline{6}$」、「$\underline{2}$ $\underline{4}$ $\underline{3}$」的各種組合重複穿插，反而顯得紛亂。馮譜的腔不知是否前有所承，葉譜的腔則源自《九宮大成譜》卷七（頁1141～1145），雖無法由此而論兩者譜曲的高下，但葉譜選錄者確是節拍鮮明、順口好唱，可續爲流傳的。〔註161〕

　　南曲則舉〈32冥誓〉【啄木兒】的【前腔】爲例，爲杜麗娘所唱，兩譜除前四句外，點板、定腔頗見歧異：〔註162〕

譜20　【啄木兒】之【前腔】後半－《牡丹亭・冥誓》（馮譜）

譜21　【啄木兒】之【前腔】後半－《牡丹亭・冥誓》（葉譜）

〔註161〕【後庭花】在〈冥判〉（或稱〈花判〉）的演出，向來是被刪除的，在《綴白裘》初編（頁165～178）即是如此；當代上海崑劇團吳雙整理演出時，特爲加入此段，唱腔與葉譜所錄雖不盡相同，但鋪排方式一致，演出錄影可見：http://mymedia.yam.com/m/1606357。

〔註162〕見馮譜，下卷，頁5。葉譜，頁5。

兩譜的落腔一致，皆以「La（$\dot{6}$）」爲主，間用「Do（1）」。就點板而言，雖然板數相同，但因各有著重的節讀，故點板位置有異，「注生妃央及煞回生帖」爲六字句，馮譜強調「注生妃」，故板在此，葉譜則將板移至「央及煞」；而「少不得冷骨頭著疼熱」爲七字句，馮譜將「不得冷骨頭著疼」六個正字，平均分配在兩板中，葉譜則將重點放在「骨」、「疼」，各佔一板，遂使「少不得」快唱帶過。再從曲腔設計來看，有相當類似者，如「前生業」；有旋律走法相近，但音高不同者，如「爲妻真切」；有高低音差別甚大者，如「化生娘」，馮譜的腔就比葉譜高約八度；也有整句腔的設計兩樣者，如「少不得冷骨頭著疼熱」一句，馮譜是在低音徘徊，葉譜則唱出一道低音、中音、低音的弧線。整體而言，兩譜都營造仍是鬼魂的杜麗娘，在言及回生時，在情意融融之中，懇切而不失堅定的氣氛，不過，葉譜在全曲低語細訴之中，「蘸」字拔高九度，眞是緣定三生的呼喚，「骨」字稍稍挑起，在款款柔情中不失昂揚，譜出的音樂實較馮譜突出。

3、同音標示

在比較兩譜音樂時，常見同樣骨幹音的行腔，馮譜的音符往往較葉譜爲多，尤其是同音的標示，舉〈10驚夢〉【山桃紅】「無一言」的「一」字爲例，將工尺譜橫寫如下：

　　　　　。　　　　×　　　　　。
馮譜：尺・工六六工尺上四　　（頁18）

　　　　　。　　　　×　　　　。
葉譜：尺　工六　　工尺上四　　（頁3）

葉譜的標示僅有骨幹音；而馮譜的同音標示有兩種，見上譜畫底線處：一爲下加一點，一爲重複寫。若將兩譜皆譯爲加贈板的一板三眼曲，則是：

馮譜：<u>2 2</u> 3 ｜ 5 <u>5 3</u> 2 <u>1 6</u>

葉譜：2 3 ｜ 5 3 2 <u>1 6</u>　或　2・3 ｜ 5・3 2 <u>1 6</u>

由於兩譜皆未點小眼，故唱者可有詮釋空間：馮譜的同音標示，因爲重複寫者通常較下加一點者唱得略重，故筆者試譯如上；葉譜的兩種譯法，前者爲等分節拍，後者乃據《粟廬曲譜》的唱法譯出。〔註163〕馮譜習於在曲腔

〔註163〕由於氣口、潤腔的唱法與此處討論無關，故並未譯出。

中安排較多的音符，〔註164〕看似加花，或許是爲了讓音樂更爲流動，但頻繁地等分節拍時值，難免呆板；而葉譜留給演唱者較多的詮釋空間，現在流行的後一種唱法，處理爲長短音符相間，確實較爲婉轉有致。馮譜所記，應也是當時的某種唱法，但於今看來，不甚高明，其流傳未廣，或與此相關。

從馮譜及葉譜的比較，大致可以勾勒出乾隆時期的曲壇，競演的折子戲當已有相對固定的曲腔；但罕見的曲牌，各曲家在牌調框架下還有創作的空間，雖刊行「訂譜」成果，但還不是「定譜」，崑曲音樂仍有變動的空間。

三、清前期曲樂的發展及工尺譜刊行

從清順治十二年（1655）沈自晉《南詞新譜》首見選入湯作，直至乾隆五十七年（1792）葉堂刊行《四夢全譜》，百餘年來的發展歷程，可謂見證清前期曲律的鬆動及曲樂的發展。清初順治、康熙朝的曲律，已有李佳蓮《清初蘇州崑腔曲律研究——以《寒》《廣》二譜與傳奇作品爲論述範疇》，取《北詞廣正譜》、《寒山堂曲譜》及當時的傳奇作品爲對象，論曲牌之格式日趨鬆散、宮調統轄力漸失；〔註165〕筆者則將觀察的時限延至乾隆年間，並結合曲樂之發展情形，故以諸譜收錄《四夢》曲牌爲切入點，見其採選晚近作品之特色，及對不合格律曲牌之處理方式，由此綜論曲樂發展與工尺譜刊行。

（一）格律譜中的《四夢》曲牌

在討論葉譜宛轉相就的作法時，由於涉及鈕譜、馮譜及格律譜等，分析之際，發覺清代諸譜在處理曲牌時，較晚明清初曲家撰作的《南詞新譜》、鈕譜，確有不同，包括較爲合宜的勘訂、認定失律與否的差異、曲樂與曲律的配合等，故本段將考察《四夢》曲牌進入格律譜的歷程，並述及訂譜觀念的轉變。

1、《南詞新譜》

最早選錄《四夢》曲牌作爲例曲的格律譜，爲沈自晉《南詞新譜》，〔註166〕他在〈凡例〉中主張「採新聲」，選錄當代名家名作，提出的「新詞家、諸名筆」，

〔註164〕可再參照上舉馮譜例曲。
〔註165〕李佳蓮：《清初蘇州崑腔曲律研究——以《寒》《廣》二譜與傳奇作品爲論述範疇》（臺北：臺灣大學中文系博士論文，2007）。
〔註166〕《南詞新譜》乃增修《增定南九宮譜》而成，〔清〕順治十二年（1655）刊行。按，〔明〕沈璟《增定南九宮譜》、沈自晉《南詞新譜》等格律譜中輯錄的《還魂記》，爲晚明以前無名氏劇作，並非湯顯祖《牡丹亭》。

首位即湯顯祖（頁 33～34），計選錄《紫釵記》4 曲、《牡丹亭》7 曲、《南柯記》
2 曲、《邯鄲記》4 曲，詳見附錄五「《南詞新譜》收錄之《四夢》曲牌」。沈自晉
收錄者可分爲三類，一是錄入引子，如【瓶仙燈】（卷十四，頁 525）；二爲錄入
湯作集曲，並考訂摘入曲牌，如【玉鶯兒】，註明集自【玉抱肚】、【黃鶯兒】（卷
二十三，頁 847）；三是改訂爲集曲，如將《南柯記・5 宮訓》【傍粧臺】「光景一
時新」曲，改題【粧臺帶甘歌】，乃集【傍粧臺】、【八聲甘州】、【排歌】而成，
且註記：

> 「頭」字改仄聲，「鳳」字改平聲，「他」字改仄聲，乃叶。「信」字
> 不用韻亦可。臨川先生平仄每多未叶，瑕瑜正不相掩，故當備錄。（卷
> 一，頁 156）

雖然此曲平仄偶有未協處，但瑕不掩瑜，沈自晉仍予收入，並改訂爲集曲，當
開後人「改調就詞」適應湯顯祖曲文之先聲，其改訂成果亦爲後人沿用。〔註167〕

　　《南詞新譜》之後的格律譜，徐于室、鈕少雅《九宮正始》標榜古譜，未
收《四夢》曲牌；張大復《寒山堂曲譜》，雖收錄【花郎畫眉】、【望鄉歌】、【粧
臺帶甘歌】三曲，〔註168〕但未出《南詞新譜》、《格正還魂記》，故不另行討論。

　　2、《南詞定律》

　　呂士雄等輯，刊行於康熙五十九年（1720）之《南詞定律》，爲帶點板及
工尺之格律譜，特色爲「務合乎古而宜於今，不紐於成而隨於俗」（〈楊緒序〉，
見冊一，頁 22～23），權衡古今通變並採入晚近作品及格律，選入《四夢》曲
牌數十隻：《紫釵記》10 曲、《牡丹亭》68 曲、《南柯記》6 曲、《邯鄲記》8
曲，包括引子、過曲、集曲，詳見附錄六「《南詞定律》、《九宮大成譜》收錄
之《四夢》曲牌」，其中集曲（包括湯作原爲集曲、重訂的集曲、改調就詞的
集曲）主要來源有二：《南詞新譜》及《格正還魂記》，雖乏訂譜者自行改訂
之曲牌，然而，大量選入格律譜的《四夢》曲牌，既見曲譜廣收後起作品，
如【仙呂・醉扶歸】，在選入《琵琶記・36 孝婦題眞》「我有緣結髮曾相共」
一曲之餘，又錄《牡丹亭・10 驚夢》「你道翠生生出落的裙衫兒茜」一曲，且
讚譽有加：「此曲襯字雖多，安排甚妙，腔韻清奇，眞可爲規範之曲也。」（卷

〔註167〕他譜收入此曲，題名雖未盡相同，但集入曲牌摘句則一致，如：《南詞定律》
　　　　卷四，題【粧臺帶甘歌】，見頁 571。《九宮大成譜》卷四，題【粧臺甘州歌】，
　　　　見頁 662。葉譜題【傍甘歌】，但認爲末句仍爲【傍粧臺】，見頁 1～2
〔註168〕《寒山堂曲譜》收錄之三曲，見《續修四庫全書》第 1750 冊，頁 561、623、
　　　　624。

四，冊一，頁 488～489）；更見曲壇對新創曲調的認同，如：改訂《牡丹亭・24 拾畫》【一落索】為【仙呂・卜算仙】（卷四，冊一，頁 473）、改訂〈26 玩真〉【鶯啼序】為【商調・鶯啼御林】（卷十，冊三，頁 92）等，皆是新入曲牌，譜中收錄據《四夢》重訂及改調就詞的集曲有 30 隻，原本僅為處理單一劇作不合律而設的集曲，一經格律譜收錄，則成為方便依律創作的曲牌，展現牌調逐步累積的歷程。

3、《九宮大成譜》

周祥鈺等輯，刊行於乾隆十一年（1746）之《九宮大成譜》，標註板眼、工尺，兼具格律譜及歌樂譜之性質，遍採古今南、北曲牌調各種體式，共收《紫釵記》22 隻南曲、《牡丹亭》56 隻南曲及 22 隻北曲、《南柯記》7 隻南曲、《邯鄲記（夢）》12 隻南曲及 29 隻北曲，包括南曲引子、過曲、集曲及改訂之曲牌、北曲隻曲及套數，詳見附錄六「《南詞定律》、《九宮大成譜》收錄之《四夢》曲牌」。其中南曲部分，無論數量與內容都與《南詞定律》相近，[註169] 但增選《牡丹亭》之外的其他曲牌，如新改訂《紫釵記・7 托媒》【啄木公子】為【黃鐘・啄木二仙歌】（卷七十二，頁 6142～6143）、新改訂《邯鄲記・6 贈試》【雁來紅】為【正宮・普天樂集】（卷三十二，頁 2843～2844），是則讓湯顯祖曲文有律可依、按譜而歌的嘗試也在持續。[註170] 若與《南詞定律》相較，還可見某些曲牌，時隔 20 多年，當其他曲家整理時，又一新面貌，先表列如下：

表 15 《南詞定律》、《九宮大成譜》收錄《牡丹亭》曲牌調名之差異

《牡丹亭》曲牌	《南詞定律》曲牌 [註171]	《九宮大成譜》曲牌 [註172]	葉　　譜
2 言懷【真珠簾】	商調・遶池簾（卷 10）	雙調・真珠簾（卷 62）	遶池簾
13 訣謁【杏花天】	商調・杏花臺（卷 10）	越調・杏花天（卷 23）	杏花天
30 歡撓【黃龍衰】	黃鐘・金龍衰（卷 1）	黃鐘・黃龍衰（卷 70）	黃龍衰
48 遇母【番山虎】	商調・山外嬌鶯啼柳枝（卷 10）	越調・番山虎（卷 25）	番山虎

[註169] 《南詞定律》本為《九宮大成譜》取材的重要來源，尤其「集曲」，《九宮大成南詞宮譜》〈凡例〉談集曲曲調來源：「今以《曲譜大成》、《南詞定律》、蔣、沈諸譜，擇而用之，未善者稍為更改。」（頁 47）

[註170] 《九宮大成譜》於這兩曲的勘訂，葉譜未完全採用，而是分別訂為：【三鳥集高林】（頁 2）、【普天綠過紅】（頁 2）。

[註171] 除【杏花臺】、【遶池簾】見卷十「引子」下，餘皆見各卷「犯調」下。

[註172] 除【杏花天】、【真珠簾】收為「引子」，【黃龍衰】、【番山虎】收為「正曲」，餘皆為「集曲」。

48 遇母【番山虎】	越調·山桃竹柳四多嬌（卷 13）	越調·番山虎（卷 25）	番山虎
48 遇母【番山虎】	越調·山下多麻楷（卷 13）	越調·番山虎（卷 25）	番山虎
28 幽媾【耍鮑老】	中呂·金馬樂（卷 6）	中呂·二馬普金花（卷 25）	金馬樂
35 回生【啄木鸝】	黃鐘·啄木三鸝（卷 1）	黃鐘·啄木三歌（卷 72）	啄木三歌
47 圍釋【滴滴金】	中呂·縷金嵌孩兒（卷 6）	中呂·雙金圓（卷 12）	雙金圓

　　前半的【杏花天】等曲牌，在鈕譜、《南詞定律》皆改訂爲集曲，但至《九宮大成譜》、葉譜，率多依照原題，上文已討論【黃龍袞】重訂反而顧此失彼、【番山虎】摘句實爲湊合曲文而設，現皆列於正曲卷次，則可見除了關切準確的曲律規範，似乎也逐漸意識到若能譜出合乎曲牌框格之曲，則何妨允許某些出格、賦予曲牌更多的彈性空間。【耍鮑老】以下幾曲，則是繼鈕譜等後再度勘訂，改動幅度不大，只是改換其中一組摘句，如：【縷金嵌孩兒】乃集【縷縷金】首至六、【好孩兒】三句、【縷縷金】合至末（冊二，頁 147），【雙金圓】則是【縷縷金】首至六、【小團圓】第二句、【縷縷金】合至末（頁 1419），只是改易其中「密札札干戈」一句，原因在於【縷金嵌孩兒】所訂句法腔板，並不符合【好孩兒】第三句，《南詞定律》引述有誤，《九宮大成譜》改易爲【小團圓】第二句方爲穩妥。〔註173〕

　　若從《九宮大成譜》增錄的正曲「又一體」來看，可知其所關注者不侷限於曲文正襯、平仄、句式，而是曲牌的整體結構，試以不盡合律的《紫釵記·18 黃堂言餞》【短拍】一曲爲例說明。此曲徐朔方箋校《湯顯祖全集》時，特加按語：「兩曲（【長拍】、【短拍】）都有不合律處，聽之可也。」〔註174〕然而，《九宮大成譜》卷二【仙呂】正曲，在舉《勸善金科》「霞彩千重」爲正曲、繼《南詞定律》列《金雀記》「月上東牆」爲又一體之後，〔註175〕又舉《紫釵記》「翰苑風清」爲又一體，並說明：「【短拍】三闋，句法、板式大同

〔註173〕若從改訂結果來看，兩譜於「密札札干戈」句點板相同，唱腔亦近：「密札札｜干戈｜一」；但查【好孩兒】第三句，乃四字句，點板毫不相關：「｜共樂｜一同｜醉」（冊二，頁 101）；確以【小團圓】第二句方爲合拍，乃五字句，句末兩板：「他愛我｜才學｜一」（冊二，頁 103）。

〔註174〕〔明〕湯顯祖撰，徐朔方箋校：《湯顯祖全集》（北京：北京古籍出版社，1999），頁 1931。

〔註175〕《南詞定律》，卷四，見冊一，頁 487。

小異，塡詞家選用可也。」（頁400～402）此語頗爲中肯，比較諸曲後半，按曲譜分出的正襯來看，同一句的字數確實各有多寡、句式也有歧異，但又都能安入相應的板數之中，僅舉最不相像的末句觀之：

《勸善金科》：駭鸞鶴，法眷｜共昇｜天◎

《金 雀 記》：喜得穿窗｜月色，｜照人清｜爽◎

《紫 釵 記》：少不的人向鳳池頭｜立穩，越富貴｜越精｜神◎

若要說同，最末五、六字定有兩板；若要說異，這句有三種句式、字數也可伸縮：「三，五◎」、「四，四◎」、「四，六◎」當可由此推知曲律的標準已逐漸鬆動或包容漸廣。

　　上舉的變化，於撰作曲文及打板譜曲而言，固無甚驚奇，但當格律譜廣採博收、「求同存異」選入例曲時，列爲「正體」的清宮大戲曲文未必是本格，眾多的「又一體」可能包含「正體」，有的「又一體」可能只是「又一例」；〔註176〕如果要將《九宮大成譜》的每一曲，像《九宮正始》那樣清楚釐析，說明每格句法變化等，的確繁難棘手，然而，僅是《九宮大成譜》博而不精嗎？這當可視爲將以往「律定爲一」的曲牌格律，藉由曲譜選錄多種體式，讓習於「按律塡詞」的文人，在撰作曲文時有更多的選擇空間；而這種變化的背景，除了因爲曲譜的卷帙增加，能夠容納較多的曲調及曲文，當是因爲編撰者明白：曲牌配樂之後，文句上的差異可經由合樂及歌唱來修飾處理，那麼某些句字不是那麼合律實亦無礙。於是，曲樂與曲律的頻繁互動，使得清人合律的標準較以往寬鬆，而變化的歷程，從《南詞新譜》嘗試以「改調就詞」之法，使湯作曲文「合律」（或可稱爲「以律就律」）開始，到《九宮大成譜》將《四夢》曲文中不盡合律之曲亦收入正曲，並點板生腔以「合樂」歌唱，此後凡歌此曲，即使字句出乎常格，亦有譜可據以歌唱（或可視爲「捨律就樂」），曲樂發展至此，可謂不斷挑戰曲律的規範，雖然鬆動有限，畢竟代表清前期曲樂變遷的成果。

（二）曲樂發展與工尺譜刊行

　　清前期曲律標準漸寬及曲樂的發展，當可與刊行工尺唱譜一事並觀。元

〔註176〕關於《九宮大成譜》「又一體」的討論，如：曾永義〈《九宮大成北詞宮譜》的又一體〉即認爲「編者於曲理未盡了了，其所謂『又一體』，多數是可以刪除的。」見曾永義：《參軍戲與元雜劇》（臺北：聯經出版事業有限公司，1992），頁315～337。筆者亦認爲多數又一體「只是舉證同一曲牌的其他可能作法，難以成爲體式。」見林佳儀：《元雜劇情節結構與音樂關係之研究——以現存【中呂宮】全套樂譜之劇本爲對象》，頁131～139。

明以來，不僅未見工尺譜，直至晚明，格律譜亦屬罕見，不若清代蔚爲大觀，目前所知清代最早刊行的工尺譜爲順治年間的《北西廂絃索譜》，屬器樂譜，其後亦有《太古傳宗》三種；而南、北曲唱譜，則有見於格律譜的《南詞定律》、《九宮大成譜》，及屬崑曲全本戲及折子戲曲譜的馮起鳳《吟香堂曲譜》、葉堂《納書楹曲譜》三種。吳梅《中國戲曲概論》卷下〈清總論〉曾評述：「雖然詞家之盛，固不如前代；而協律訂譜，實遠出朱明之上。」〔註177〕工尺譜的刊行，正好記錄了曲家或樂工創作的曲樂，有此之便，即使不合律的曲牌，一經處理安排，總能合樂且按譜歌之，那麼，文人何需斤斤於曲律？歌者何需擔心拗折嗓子？工尺譜的刊行，固然代表一時曲樂創作的繁盛，然而，當頗有舊譜可供憑恃，便於因循，對曲樂的發展卻也是某種程度的羈絆。

　　1、曲樂發展與訂譜需求

　　雖然曲文創作、曲樂鋪排的關索爲曲律，然而，展現於外的則是曲文意涵及歌唱行腔。明代的曲樂已不可考，然從魏良輔《南詞引正》、沈寵綏《度曲須知》等曲論中，可知曲文與曲樂的配合，大抵由曲牌有定腔，逐步發展爲按曲文度曲。《南詞引正》首條談習唱，有：「初學不可混雜強記，如：學【集賢賓】，只唱【集賢賓】；學【桂枝香】，只唱【桂枝香】。如唱別調，則亂規格。」〔註178〕嘉靖年間清唱曲壇認爲每一曲牌各有其樂調，唯有熟玩某一曲調，方能唱出曲名理趣。然至崇禎年間，《度曲須知・絃律存亡》論及古今曲樂變遷，古之絃索「種種牌名，皆從未有曲文之先，預定工尺之譜。」其下又提及優伶之口尚存古意：「一牌名，只一唱法，初無走樣腔情。」亦云古之牌調音樂，乃先於曲文而定，因此，歌者只要事先習得大量曲牌唱腔，即可施於諸劇的曲文，然而，一旦遇到不合律之曲，則難免振嗓撓喉。至於今樂：「但正目前字眼，不審詞譜爲何事。」「依聲附和而爲曲子之奴，總是牌名，此套唱法，不施彼套，……以變化爲新奇，以合掌爲卑拙。」〔註179〕唱者對於不合律的曲文，不再試圖套用原來慣唱的曲調，而是依其字聲，極盡曲調變化。沈寵綏描述的明末曲壇變化，簡而言之，在曲牌文、樂關係中，

〔註177〕收入吳梅著，王衛民輯校：《吳梅戲曲論文集》（北京：中國戲劇出版社，1983），頁166～167。

〔註178〕見〈魏良輔《南詞引正》校註〉，收入錢南揚：《漢上宧文存》（上海：上海文藝出版社，1980），頁92。

〔註179〕〔明〕沈寵綏《度曲須知・絃律存亡》，見《中國古典戲曲論著集成》（北京：中國戲劇出版社，1959）（五），頁239～242。

從「以樂爲主」發展至「以文爲主」，雖然感慨唱者不再以詞譜爲據，古之曲律湮沒，然而，正可見當時曲樂的活潑發展，同一曲牌，遂可有不同面貌。在這樣的背景下，正凸顯工尺譜的重要性。從曲樂的角度而言，當歌者不能再按現成的牌調音樂歌唱時，譜曲的重要性漸增，也使同一曲牌的各種樂曲增加，故需要抄存的，就不僅是曲文，連同曲樂也需被記錄。再從撰作曲文的角度觀察，當「合律方可歌」的限制不再，實大爲拓展書寫曲文的優遊空間，當意之所至，某句多作幾字、結尾刪去兩句等，曲樂自可相應周到，故曲律雖是規範，卻不需步步相隨。〔註180〕

2、「定譜」與襲用

明末以來曲樂的發展，至乾隆年間漸臻成熟，但《九宮大成譜》、葉譜等工尺譜的刊行，除了記錄譜曲成果、代表當時曲樂成就，恐怕也一定程度限制了其後曲樂的發展。關鍵之一，刊行的曲譜與鈔本相較，難免具有「定譜」的性質，尤其《九宮大成譜》爲官修的格律譜，旁附工尺，形同將律定的範圍除曲文作法又擴及曲樂歌唱；而葉譜，其唱口既爲一時推崇，積數十年功力所訂之譜又「爲世所宗」，〔註181〕何嘗不具有典範意義？路應昆曾強調「定譜」對後起作品的規範作用：「『定譜』代表權威典則，有強大的『規範』作用，有了這樣的約束，後來的創作便不能輕易『出格』了。」〔註182〕而刊行曲譜影響之大，還有關鍵之二，兩譜蒐羅宏富，頗資取材，《九宮大成譜》廣收南、北曲各種牌調且體式眾多，又有北套及合套可爲參考，本爲曲樂寶庫；而葉譜相較於《九宮大成譜》於南曲僅錄隻曲，葉譜中包含各式長短、排場不同的南套及常演劇作，可謂度曲者極佳底本，不但略事增潤即可按譜歌之，若依現成散齣套式撰作曲文，在文字完成之際，音樂也有譜可據，詳見第一章第三節「曲譜典範」。再舉〔清〕陳森《品花寶鑑》第四十一回，華夫人批評時下曲集之例，見工尺譜如何便於取用：

〔註180〕本段涉及的曲牌從以樂爲主漸至以文爲主的發展，目的是凸顯工尺譜在發展過程的重要性，不擬展開。關於此一課題，可參考路應昆論文，觀照寬廣且論述精闢。路應昆：〈文、樂關係與詞、曲音樂演進〉，發表於世界崑曲與臺灣腳色——崑曲國際學術研討會，2005；後收入洪惟助主編：《名家論崑曲》（臺北：國家出版社，2010），頁 1011～1038；《中國音樂學》2005 年第 3 期，頁 70～80。

〔註181〕見〔清〕李斗：《揚州畫舫錄》，卷十一，頁 254。

〔註182〕見路應昆：〈中國牌調音樂背景中的崑腔曲牌〉，發表於崑曲與非實務文化傳承國際研討會，2007，頁 9～10。

　　　那些曲本，不過算個合工尺的字譜，文理之順逆、氣韻之雅俗，也

　　　全不講究了。從那《九宮譜》一定之後，人人只會改字換音，不會

　　　移宮就譜，也是世間一樣缺陷。〔註183〕

此言道出由於《九宮大成譜》曲文、曲律、曲樂兼備，作者欲撰曲文，取譜中
一調，改換文詞，頂多於平仄稍有不協處微調工尺，即可按譜歌之，但爲合譜
而創作，遂致曲文乏味。然而，此法確爲捷徑，且便於生成新作的曲腔，如《品
花寶鑑》第四十三回提到新曲本《梅花夢・入夢》之腔，即是取《九宮大成譜》，
按所作曲牌填上工尺，即可合拍。〔註184〕因有刊行詳備的工尺譜，當一曲既成，
免除訂譜的麻煩，即可以樂傳詞，然而，當因循成風，豐碩的曲樂成果反爲怠
於創作的藉口，在依律填詞之外，又依譜定樂，雖然可套用的對象甚多，表面
上曲樂一片繽紛，實際上，卻落入另一種套用固定曲調的侷限了。

　　其實，在葉譜中已可以看到曲樂的更多可能，葉堂捨棄《邯鄲記 15・西
諜》牌名，改以「第一段」等標示，〔註185〕又〈30 合仙〉中，原本眾仙唱的
「漢鍾離到老梳丫髻」、「上鵲橋」並非曲牌，但葉堂亦譜出【八仙歌】與【漁
歌詞】（頁 1～2、4），爲可與前後連貫的樂曲，可見其對長短句有相當的掌握
能力，除了「改調就詞」之外，也還別有處理方式。可惜這類「依文譜樂」
的作法並不見發展，否則借鑑曲牌來處理「率意爲長短句」〔註186〕的作品，
音樂上具有獨立性，或許又是文樂結合的新契機，也可免於因襲之弊。

　　湯顯祖《四夢》演繹的故事、華美的詞采向來膾炙人口，然而曲文不合
律的問題，伴隨演出排場的需求，遂有種種割裂原作的改本，在節錄曲文之
餘，「改詞就調」遂爲常見之手法；直至鈕少雅《格正還魂記》，嘗試以集曲
「改調就詞」，採曲律的變通作法來處理失律文句，《牡丹亭》曲文遂得完璧，
乃葉堂撰就《四夢全譜》之先聲。本章乃以《四夢全譜》爲核心，探討葉堂
如何宛轉相就，將湯作曲文付之歌唱。筆者在詳細分析葉譜的處理方式之後，

─────────────

〔註183〕見〔清〕陳森著、孔翔點校：《品花寶鑑》（北京：中華書局，2004），頁 418
　　　　～419。

〔註184〕見〔清〕陳森著、孔翔點校：《品花寶鑑》，頁 435。又，第四十一回亦有填
　　　　【梁州序】，套用《九宮大成譜》工尺者，見頁 418～419。

〔註185〕其後之《過雲閣曲譜》、《六也曲譜》利集、《集成曲譜》玉集卷三、《與眾曲
　　　　譜》卷三從之；但《六也曲譜》利集，於「二段」處則標示【胡撥四犯】。又
　　　　各本於「木葉河灣」處數句，則依俗改曲文，而非如葉譜照錄湯顯祖原文。

〔註186〕出自〔宋〕姜夔【長亭怨慢】〈序〉，見唐圭璋編：《全宋詞》（北京：中華書
　　　　局，1965），頁 2181。

知其除「改調就詞」外，還散見「改文就律」、「以樂補律」、「以樂就文」等等的方法，或是在無傷大雅的情況下略微更爲曲文一二字，或是對多塡及漏塡的句子，直接以音樂節拍及旋律配合，而確實無法合律之曲，則索性視爲新創牌調，另行生腔，總之，試圖在變動最小的狀況下，追求文、律、樂三者的平衡，並傳達作品幽深之致。葉堂的成功，不僅留下堪稱傳世最完整的作家作品全譜，還使《四夢》問世 400 年之際，重又以本戲的面貌於舞台搬演；於曲學上又獨具意義，可謂戳破「合律方可歌」的侷限，「律」固然不失爲便捷之法，但音樂的靈活多變、巧於因應，則拓展了曲文的創作空間。葉譜代表的不僅是個人成就，尚可呈現晚明至清前期以來，曲壇對牌調的關注逐漸由重律轉向重樂的軌跡，譜中既延續前人勘訂的曲牌及曲樂，更新創集曲及將從前未歌之曲一一譜出。下一章則將探討的重心移至曲樂的實際作法，既關注葉堂於相同曲牌在不同情緒下之曲樂處理，也關注各曲譜於《四夢》曲牌譜法之異同，並擬結合探討曲樂相關問題，諸如是否完全依字聲行腔？曲牌是否有其音樂框架？以見葉堂於曲樂發展之獨特性。